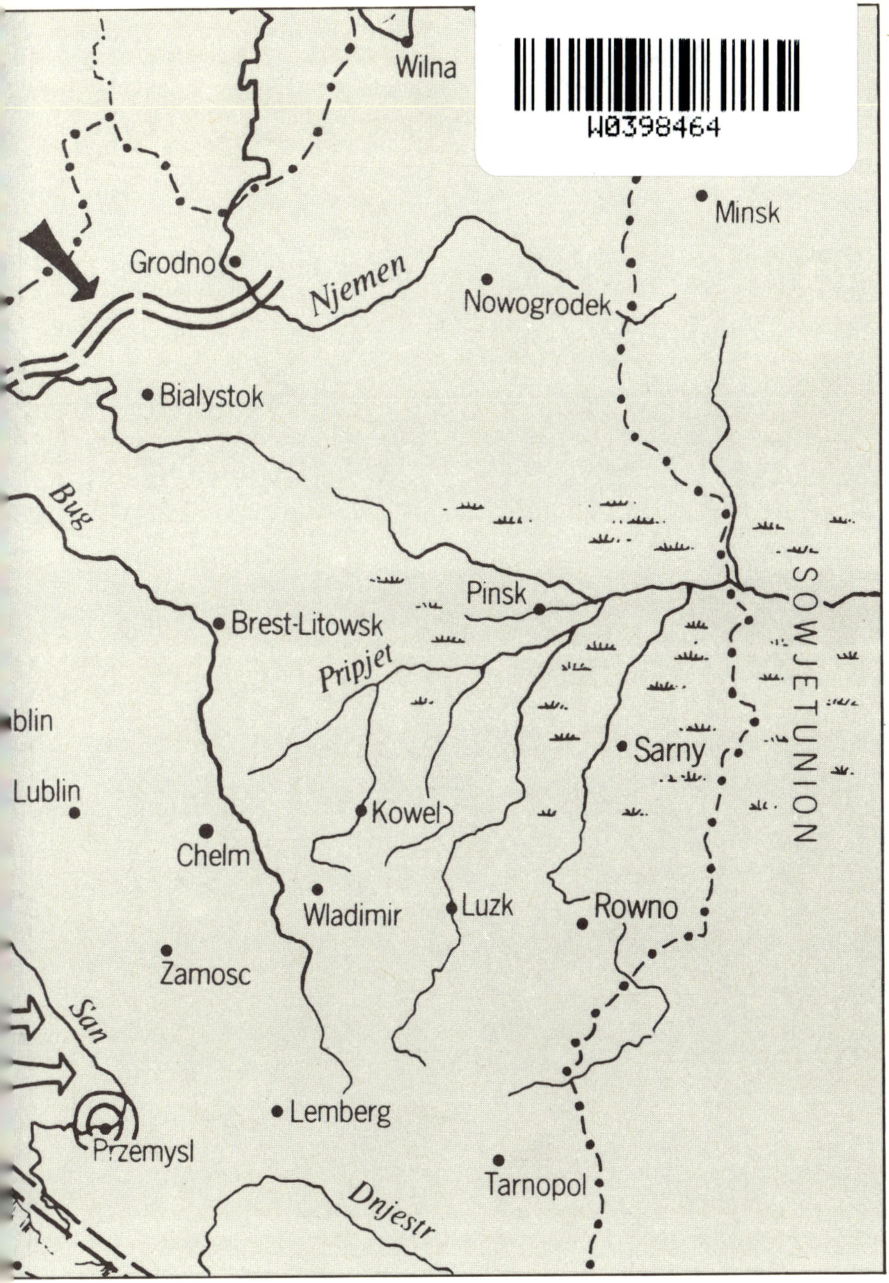
Wilna
Minsk
Grodno
Njemen
Nowogrodek
Bialystok
Bug
Pinsk
Brest-Litowsk
Pripjet
SOWJETUNION
blin
Sarny
Lublin
Kowel
Chelm
Wladimir
Luzk
Rowno
Zamosc
San
Lemberg
Przemysl
Tarnopol
Dnjestr

Wolfgang Fischer

Ohne die Gnade der späten Geburt

Wolfgang Fischer

Ohne die Gnade der späten Geburt

Antwort an meinen Sohn

50 Abbildungen und Dokumente

Herbig

Keine der handelnden Personen ist erfunden. Ihre Namen wurden – soweit es angebracht schien – mit Rücksicht auf Überlebende und Angehörige geändert.

Abbildungsnachweis:
Alle Fotos und Dokumente aus dem Archiv des Verfassers

Umschlaggestaltung: Christel Aumann, München
Herstellung: Verlagsservice Dr. Helmut Neuberger und Karl Schaumann GmbH, Heimstetten
Satz: Filmsatz Schröter GmbH, München
Gesetzt aus 10/12 Punkt Times
Druck und Binden: Mohndruck, Gütersloh
Printed in Germany
ISBN 3-7766-1622-9

Inhalt

*Für meinen Sohn
Jan-Patrick*

*Alles wirklich Böse
beginnt in Unschuld*

ERNEST HEMINGWAY

Regie für den letzten Akt

Es ist der 17. April 1945. In einer halben Stunde wird es dunkel sein und dann werden sie kommen, unaufhaltsam kommen. Doch wenn die sowjetischen Panzer mit ihrer Begleitinfanterie in das zusammengeschossene Dorf eingedrungen sind, werden meine Männer in Sicherheit sein.

Am späten Vormittag bin ich mit den sieben Schützenpanzern meines Zuges und den beiden Granatwerfer-Wagen in den Ort zurückgekommen, der mir die vergangene Nacht als Quartier gedient hat und den ich erst in den ersten Morgenstunden verlassen habe. In den wenigen Stunden dazwischen hat sich das Dorf auf gespenstische Weise verändert. Einige Häuser sind von Bomben zerstört, die Dorfstraße hat Trichter und von den Masten hängen zerfetzte Telefonleitungen. Auf der Kreuzung in der Dorfmitte hat eine Fliegerbombe den Wagen eines Flüchtlingstrecks erwischt. Die verstümmelten Pferde, Möbelstücke und aufgerissenes Bettzeug liegen wild durcheinander. Von den Einwohnern, die letzte Nacht hier noch gelebt haben, ist nichts zu sehen. Bis auf einige Soldaten einer nicht identifizierbaren Einheit, die sich gerade verkrümeln, ist der Ort menschenleer. Die in unregelmäßigen Abständen einschlagenden Granaten wären gar nicht notwendig, um hier zu spüren, daß Bedrohliches in der Luft liegt.

Ich lasse absitzen und die Fahrzeuge weit auseinandergezogen an den Häusern abstellen und tarnen. Das alles aber nicht ohne vorher ein paar Sicherungen aufgestellt zu haben. Nach einer halben Stunde sind meine fünfzig Soldaten

mit ihren MGs, T-Minen und geballten Ladungen in Stellung gegangen. Mit meinem Melder, dem Gefreiten Berner, einem intelligenten, aber noch kriegsunerfahrenen Achtzehnjährigen mache ich mich auf den Weg, um die Stellungen abzugehen. Dabei bin ich auf Berner dringend angewiesen. Falls ich einmal volle Deckung nehmen muß, fällt es mir ziemlich schwer, ohne seine Hilfe wieder auf die Beine zu kommen. Ich gehe noch am Stock, denn der Ausschuß, den ein Querschläger an meinem rechten Oberschenkel hinterlassen hat, ist noch nicht ganz abgeheilt. Eine fünfmarkstückgroße Stelle ist noch offene Wunde und der Narbenzug schränkt die Beweglichkeit meines Beins erheblich ein.
Es sieht gar nicht so schlecht aus. Hitlerjungen und Volkssturmmänner müssen hier wochenlang unter der Anleitung eines fronterfahrenen Soldaten eifrig geschanzt haben. Die Männer brauchen sich nur in den Laufgräben und Dekkungslöchern einzurichten. Das haben sie auch getan, wie man es von alten Routiniers erwarten kann.
Der Iwan muß mitbekommen haben, daß hier neues Leben aus den Ruinen erblüht. Plötzlich und hageldicht kommt ein Artillerie-Feuerüberfall. Berner und ich stecken gerade in einem Laufgraben und brauchen nur den Kopf einzuziehen. Da schlägt auf dem Grabenrand, dicht vor Berner, eine Granate ein und läßt eine Ladung Erdbrocken auf uns niederprasseln. Berner ist zusammengesunken. Als ich mich über ihn beuge, bewegt er sich. Er hat keine Verwundung, aber einen Schock. Er ist benommen, kaum ansprechbar. Ich lasse ihm Zeit, kloppe ein paar dumme Sprüche, rede ihm gut zu. Nach zehn Minuten ist Berner wieder ganz da und seine vor kurzem noch apathische Seelenlage schlägt nun in Euphorie um, seine Reaktionen wirken überdreht: »Das kann doch einen Seemann nicht erschüttern.« Bald wird er wieder ganz in Ordnung sein, obwohl seine Feuertaufe auch ein abgebrühtes Frontschwein nicht ungerührt gelassen hätte.

Am Ortsausgang in Richtung Spremberg richte ich in einem kurzen Grabenstück meinen Gefechtsstand ein. Etwas mehr als einen halben Kilometer von hier, an der Straße, liegt ein einzelnes Gehöft mit ein paar Kastanienbäumen. Das könnte ein Gasthof sein, auch wenn er zur Zeit wenig einladend aussieht, denn unter den Bäumen stehen zwei Panzer vom Typ T 34. Beide haben auf dem Heck Fässer mit Treibstoff. So hielten wir es in der Zeit der schnellen Panzervorstöße, wenn der Nachschub nicht gesichert war. Es ist ziemlich Betrieb unter den Kastanien und man benimmt sich dabei offensichtlich ziemlich sorglos.
So lange es hell ist, ist von dort aus nichts zu befürchten. Ein Angriff von da müßte über die freie Plaine geführt werden. Das wird man schön bleiben lassen. Weitaus bedenklicher sieht der Wald aus, der parallel zur Straße verläuft und sich dicht bis an unseren Ort hinzieht. Wenn der Russe angreifen wird, dann wird er das aus diesem Bereitstellungsraum heraus tun.
Meine Lagebeurteilung wird unterbrochen, als ein Oberleutnant von der Artillerie zu mir in den Graben springt. Es ist derselbe, der mich heute in den frühen Morgenstunden beim Angriff auf ein Dorf mit seinen zwei Batterien hätte unterstützen sollen. Bevor es dazu kam, wurde ich aber herausgezogen, um hier den sich abzeichnenden Panzerangriff abzuwehren. »Bevor ich arbeitslos werde . . .«, begründet er seinen Besuch. Einen Befehl, meine Kampfkraft zu verstärken, hat er nicht, aber »Russen sind doch überall, da ist es doch Wurscht, wo ich schieße«, findet er. Das spricht zwar nicht für eine straffe Kampfführung durch den Divisionskommandeur, dafür um so mehr für die ungebrochene Initiative bei der Truppe.
Bei der nun gemeinsamen Überlegung, wie es hier weitergehen soll, kommen wir zur gleichen Einschätzung. Eine Chance, den Russen hier aufzuhalten, haben wir nur bei Tageslicht und auch nur dann, wenn wir aktiv werden. So

wie es Nacht ist, bleibt nur noch der Befehl »Helm ab zum Gebet«. Mit unseren Schützenpanzern, deren Panzerung am Bug nur 1,5 cm und an den Seiten nur 8 mm stark ist, kann man Sowjetpanzern nicht die Stirn bieten. Und wenn sie kommen, dann dutzendweise und nicht nur das, sondern auch noch mit Begleitinfanterie. Es sollte ihre letzte Großoffensive mit dem Ziel Berlin sein.

Wir bereiteten einen Schlag vor, der den Sowjets den Schwung nehmen soll. Nach dem alten Grundsatz »Nicht kleckern, sondern klotzen« planen wir einen Feuerschlag, der Wirkung haben wird.

Mein Artillerist hat bei jeder Batterie sechs Lagen freigegeben bekommen. Das sind 36 Schuß, mehr als man erhoffen durfte. Zusammen mit unseren 18 schweren Wurfkörpern reicht das für ein Höllenkonzert aus, das uns für die nächste Stunden Ruhe verschaffen wird.

Die Wurfkörper, auch »Stuka zu Fuß« genannt, haben das Format von Fliegerbomben und an ihrem Ende einen Raketenreibsatz. Mit ihrer 50 Kilo-Ladung Sprengstoff oder Flammöl haben sie eine verheerende Wirkung. Diese Teufelseier werden aus Stahlrahmen abgefeuert, die außen am Schützenpanzer angebracht sind. Drei meiner Wagen tragen jeweils sechs dieser Dinger und ich habe meine Gründe, sie möglichst bald loszuwerden. Abgesehen davon, daß sie die Fahrzeuge um gut einen Meter verbreitern und mit 300 Kilo zusätzlich belasten, wirken sie wie eine Superbombe auf Rädern. Wehe, wenn man da einen Treffer bekommt! Wenn es heute Nacht zur Begegnung kommt, möchte ich das Zeug los sein.

Sie werden also zum verabredeten Zeitpunkt, 16.05, in das Konzert einstimmen. Zwölf Wurfkörper auf die Bereitstellung am Waldrand und sechs auf das Gehöft. Wie immer bei solchen Unternehmungen lösen die Vorbereitungen eine gewisse Hektik aus, von der der Gegner natürlich nichts mitbekommen darf. Unser Artillerist beschränkt sich beim

Einschießen auf wenige Schuß. Ich lasse Schrader meinen Befehlswagen mit der 2 cm-Kanone hinter einem Haus bereitstellen. Die beiden T34 reizen mich und ich habe eine Vorstellung, wie ich denen an den Kragen könnte.
Ich setze mich hinter die Kanone. Im Magazin stecken 20 Sprenggranaten. Gleichzeitig mit den ersten Artillerielagen fährt Schrader den Wagen in Schußposition. In drei Feuerstößen leere ich das ganze Magazin auf einen T34, der mir die Breitseite mit seinen Treibstoffässern zeigt und verschwinde wieder hinter der schützenden Hauswand.
Für die nächsten Augenblicke bin ich abgelenkt. Die schweren Wurfkörper jagen mit ihrem widerlichen Heulen paarweise nach drüben. Eine schwere Detonation in der Gegend meiner rechten Stellung kann ich nicht einordnen. Dann wende ich mich wieder dem T34 zu, der eine dicke, schwarze Qualmwolke verbreitet, bevor er in einem Feuerball aufgeht.
Nach wenigen Minuten ist der ganze Spuk vorbei. Die Stille lastet auf uns und die »Normalität« wird erst wieder hergestellt, als die sowjetische Artillerie ihren Segen auf die längst wieder verlassenen Feuerstellungen der Schützenpanzer ablädt.
In die Erleichterung, die sich bei uns einstellt, mischt sich kein Jubel. Dazu gibt es auch keinen Grund. Wir haben unser Problem nicht gelöst, sondern nur vor uns hergeschoben. Dann meldet der Granatwerfer-Halbzug einen Rohrkrepierer. Da unsere Granatwerfer aus dem rundum gepanzerten Wagen schießen, fürchte ich Schlimmes. An Ort und Stelle bestätigt sich das. Zwei Tote, drei Schwerverwundete. Feldwebel Scholz wird sein Bein verlieren. Wir versorgen die Verwundeten so gut es geht. Der noch immer fahrbereite Wagen wird sie nach hinten zum nächsten Verbandsplatz bringen.
Wie mag es auf der anderen Seite aussehen? Lieber nicht daran denken, aber es ist für die nächste Zeit recht still

geworden. Taktisch gesehen ist dies der richtige Augenblick, hier abzubauen und zu verschwinden. Praktisch aber bedeutet es das Todesurteil. »Wer den Tod in Ehren fürchtet, stirbt ihn in Schande.« Ein Divisionsbefehl definiert den Begriff »Verteidigung«, entgegen der Dienstvorschrift, die eine flexible Kampfführung zuläßt, als das Aushalten in der Stellung bis zur letzten Patrone. Wenn ich mich an diesen Divisionsbefehl halte, wird von uns hier bestimmt niemand überleben.

Bis jetzt haben wir alles getan, um unseren Auftrag zu erfüllen und die Sowjets am Durchbruch zu hindern. Mehr als zehn Stunden Zeit haben wir für die Division gewonnen, die vom Vorstoß der sowjetischen Panzerkeile in ihrem Unterkunftsraum überrascht wurde.

»Herr bleib bei uns, denn es will Abend werden ...« Wer hat das zu wem gesagt? Keine Ahnung, aber der Ausspruch geht mir im Kopf herum. Jedenfalls steht er so irgendwo im Neuen Testament. Es wird wirklich bald Abend werden und das Wort »Testament« bekommt plötzlich eine ganz andere Bedeutung. Und wenn »der Tag sich geneigt« hat, werden sie kommen, unaufhaltsam kommen. Es wird meine Stunde sein, die Stunde, auf die ich mich seit Monaten vorbereitet habe.

Ich habe Oberfeldwebel Henschel, meinen Stellvertreter, rufen lassen. Der wortkarge Hamburger hat seine Frau und eine Tochter bei einem Bombenangriff verloren. Mit seinem Glasauge hätte er das Kriegsende beim Ersatzbataillon abwarten können und es ist kein Zufall, wenn er hier bei der kämpfenden Truppe ist. Mit ihm kann ich Klartext reden. »Bei Einbruch der Dunkelheit können wir mit dem Angriff so sicher rechnen, wie mit dem Amen in der Kirche!« Henschel brauche ich nicht auszumalen, was dann passiert. Ich mache ihm klar: Ab Dämmerung alle Mann zu den Fahrzeugen. Nur die MG-Trupps bleiben noch in den Stellungen. Bei den ersten Anzeichen, daß der Tanz losgeht,

vollen Feuerzauber für zwei Minuten, abbauen und zu den Fahrzeugen. Schnellen Rückzug über die Straße nach Trebendorf. Henschel soll meinen Wagen und auch das Kommando übernehmen.
Henschel sieht mich mit seinem einen Auge an, läßt es über den Panzerschreck, den ich neben einem Deckungsloch bereitgelegt habe, schweifen und begreift. Wir geben uns die Hand, Henschel grüßt und geht. Wenn alles funktioniert, wird den Männern und auch Henschel, der sich auf meinen Befehl berufen kann, nichts geschehen.
Henschel hat Berner mit sich genommen. Ich bin wieder allein. Es dämmert. Vom Wald her kommen die typischen Geräusche von Panzermotoren, die angeworfen werden. Etwas später sind Kettengeräusche in der Gegend des Gehöfts auszumachen und urplötzlich legt die Artillerie los und gleich darauf dieses schaurige »Urrräh, Krasnaja Armija!«. Aus tausend Kehlen, so kommt es mir vor. Sie kommen vom Waldrand, wie erwartet, und werden von unseren MGs 42 empfangen, die bald darauf schweigen.
Auch bei mir tut sich etwas. Vom Gehöft her kommen zwei Panzer. Sie fahren langsam rechts und links der Straße. Vermutlich fürchten sie eine Pak am Ortseingang, die hier auch stehen würde, falls wir eine hätten. Aber vielleicht lassen sie sich auch nur Zeit, damit die Infanteristen in ihren dichten Rudeln bequem hinter den Panzerhecks folgen können. Die Wagen verhalten und schießen mit ihren Kanonen auf den Ort. Mit dem Maschinengewehren bestreichen sie den Ortsrand. Ein langer Feuerstoß sägt in das Stallgebäude, das vier Meter hinter mir liegt. Die Geschosse schlagen in die Ziegelmauer und die Phosphorteilchen der Leuchtspurmunition flackern noch ein Weilchen in den Einschußstellen weiter.
Mit quietschenden Ketten nehmen die beiden Wagen wieder Fahrt auf. Noch vierhundert Meter. Im Ort hinter mir höre ich das trockene Krachen der sowjetischen Panzerka-

nonen. Die Russen sind schon im Ort und – meine Männer hoffentlich bereits in Sicherheit . . .

Wann und wie hat das alles angefangen? Mit unseren Landsknechtsliedern, die wir auf unseren Fahrten sangen?
Wann oder wo wurde dieser Weg zur Einbahnstraße in die Sackgasse? Mit dem Paradeschritt auf dem Reichsparteitag? Auf der staubigen Dorfstraße von Scuscin? Auf den schnurgeraden mit Pappeln gesäumten Landstraßen Frankreichs? Auf den Rollbahnen in der Sowjetunion, oder auf den Gebirgsstraßen Griechenlands und Albaniens?

Wie ich »Politiker« wurde

Mit der Politik fängt das so an wie mit den Kreuzberger Nächten, nämlich ganz langsam. Bei mir war es jedenfalls so. Als ich mit neun Jahren meinen Vater verlor, hatte ich von ihm gelernt, daß es Militaristen gibt – eine ganz verabscheuungswürdige Sorte Mensch. Das hat keine nachhaltige Wirkung hinterlassen. Heute weiß ich, daß Vater, der seit Anfang dieses Jahrhunderts Sozialdemokrat und entschiedener Kriegsgegner war, zumindest subjektiv recht gehabt hat. Schließlich starb er an den Verwundungen, die er im Krieg gegen Frankreich erlitt, wo er jahrelang gelebt hatte und glücklich war.

Von meiner Mutter, die sich mit ihrer schmalen Kriegerwitwenrente durchschlagen mußte, ging keine politische Indoktrination aus. Sie hatte genug andere Sorgen. Mein fünf Jahre älterer Bruder Albert hatte Freunde in der Kommunistischen Jugend-Internationalen. Also trat er diesem Verein bei. Mutter machte sich Sorgen, wenn er erst spät nachts heimkam, von Beschäftigungen, über die er nicht sprach. Als ich zwölf Jahre alt war, wurde ich Mitglied im Arbeiter Rad- und Kraftfahrer-Bund »Solidarität«. Der stand der SPD nahe. Das war für mich nicht ausschlaggebend. Vielmehr war mein Freund Rudi dort Mitglied. Ein Jahr später trat ich dann noch zusätzlich einem kommunistischen Schwimmverein, »Rote Sporteinheit«, bei. Mitglieder bekamen verbilligte Monatskarten für das Freibad, und einen anderen Schwimmverein gab es eben bei uns nicht.

So gehörte ich zwei politischen Richtungen gleichzeitig an

und das in einem Dorf in dem die beiden Gastwirtschaften streng voneinander getrennt entweder von bürgerlichen oder sozialistischen Gästen besucht wurde. Selbst die beiden Turnvereine übten getrennt ihre sozialistische oder bürgerliche Riesenwelle am Hochreck.

In der Schule gab es Schüler aller politischen Schattierungen, wobei sich aber jede Gruppe den anderen gegenüber recht reserviert verhielt. Das änderte sich 1933 sehr schnell. Hitler war nun Reichskanzler und sofort kamen zwei oder drei Jungen in ihren Braunhemden zur Schule. Vorher wären sie sicher verprügelt worden, jetzt war es ein guter Schutz gegen den Rohrstock. Welcher Lehrer hätte es schon gewagt, eine braune Uniform zu verprügeln; gerade jetzt, wo sie ihr nationales Herz entdeckten.

Mein Klassenlehrer und Rektor, der uns die Freiheitskriege durch das Lied:

»Du Schwert an meiner Linken
Was soll dein heit'res Blinken
Schaust mich so freudig an
Hab' meine Freude dran«

nahebrachte, hatte das nicht notwendig. Im I. Weltkrieg hatte man ihn, den jungen Leutnant, im Heeresbericht erwähnt und mit dem Hohenzollernschen Hausorden ausgezeichnet. Er machte keinen Hehl daraus, daß er der Monarchie nachtrauerte, doch für die Nationalsozialisten hatte er bislang wenig Sympathie gezeigt. Seine Einstellung war konservativ-deutschnational. In der allgemeinen Begeisterung um die deutsche Wiedergeburt wollte er aber nicht abseits stehen – wer wollte das schon – und im lokalen Tageblatt erschien im Februar 1933 sein mahnender Artikel: Nach dem Sieg bindet den Helm fester.

Bei der Schulweihnachtsfeier, zu der die Eltern eingeladen wurden und traditionsgemäß ein Weihnachtsmärchen auf der Bühne des Dorfgasthauses zur Aufführung kam, gab es weder Zwerge, Feen noch Weihnachtsmänner zu sehen.

Auf dem Spielplan stand das Bühnenstück »Deutscher Eid vor deutschen Eichen«. Handelnde Personen waren eine Gruppe Hitlerjungen und ein speerbewaffneter bärtiger Waldschratt, die sich unter deutschen Eichen begegnen. Mißtrauisch muß sich der Alte fragen lassen, »welchen Blutes« er sei. Das bringt ihn nicht in Verlegenheit. Stolz reckt er den Hitlerjungen seinen Speer entgegen und tönt: »Seht diesen Speer, die Runen künden, daß ich deutsch wie ihr!« So kam es dann zu dem Eid – siehe oben.
Nach der Aufführung müssen dem Rektor doch Zweifel gekommen sein, ob er da nicht über das Ziel hinausgeschossen sei; jedenfalls versuchte er bei mir die Volksmeinung zu ergründen. Ich schätzte ihn als Lehrer sehr, denn er kümmerte sich weit über das übliche Maß hinaus um mich und versuchte mich zu fördern. Seine Tochter Johanna ging mit mir in die gleiche Klasse und gefiel mir recht gut. Vielleicht fand ich deshalb auch ihren Vater so nett. Aber auch mit den anderen Lehrern kam ich gut zurecht. Einer von ihnen hat mir seine Privatbibliothek zur Benutzung angeboten, ein anderer gab mir zwei Jahre lang unentgeltlich Unterricht in Englisch.
Als sich die erste Euphorie über die politische Umwälzung bei den Lehrern und bei den »alten Kämpfern« in der Hitlerjugend gelegt hatte, schlugen die Wogen nicht mehr ganz so hoch. Der Alltag kehrte wieder ein, aber das gesamte Klima hatte sich doch geändert. Die alten Gruppierungen in der Klasse hatten sich aufgelöst. Immer öfter passierte es, daß ein Mitschüler zur Schule kam, an dessen Koppelschloß mit der Siegrune zu erkennen war, daß er nun »dazugehörte«. Gegen Mitte des Jahres gehörte auch ich dazu. Wir wuchsen so schön zur Gemeinschaft zusammen, wie das gesamte Volk.
Nur drei oder vier Schüler, von denen man wußte, daß ihre Väter »unbelehrbare Sozis« oder »Kommunisten« waren, blieben abseits. Nicht, daß sie nun drangsaliert worden wären – sie gehörten ganz einfach nicht dazu. Mein Bank-

nachbar Heinz war einer von ihnen. Wir waren befreundet, und Heinz durfte auch weiterhin vor dem Unterricht von meinen Hausarbeiten abschreiben. Aber unsere Freizeit teilten wir nicht mehr. Ich mußte ja zum Dienst im Jungvolk. Was Heinz trieb, wußte ich nicht mehr. Einmal hatte er angedeutet, sein Vater sei weg. Ich nahm an, er sei auf Montage. Nachgefragt habe ich nicht. Das große Wegsehen hatte begonnen, nicht aus Angst, aus purer Gleichgültigkeit oder aus Mangel an Phantasie.

Im Frühjahr 1934 begann ein neuer Lebensabschnitt. Wir zogen in die nur fünf Kilometer entfernte Kleinstadt um. Die neue Drei-Zimmer-Wohnung im Obergeschoß lag am Ortsrand. An der Südseite ein Obstgarten, an dessen Ende das Gelände steil zum Flußufer abfiel, daran grenzten Wiesen, einzelne Baumgruppen und dahinter der sumpfige, mückenverseuchte Auenwald. Um in das Zentrum nach Leipzig zu kommen, brauchte man nur die 300 Meter Fußweg bis zur Straßenbahn-Haltestelle zu laufen.
Das tat ich allerdings nur im Winter. In der warmen Jahreszeit schwang ich mich um 7.00 Uhr morgens auf mein Fahrrad und strampelte die zwölf Kilometer bis zu meiner Lehrstelle in der Leipziger Kurprinzstraße. Ich wollte Buchdrucker werden. Meine Vorstellungen darüber, wie der Beruf aussieht, waren zwar verschwommen, aber ich war eine Bücherratte und hoffte das mit dem Beruf gut in Einklang bringen zu können. Mein Lehrbetrieb, so alt wie sein Besitzer – stolze 75 Jahre – war nicht gerade ein Aushängeschild für den Ruf Leipzigs als Stadt des graphischen Gewerbes. Die Maschinen waren größtenteils reif für das Museum. Sie wurden noch von Transmissionen angetrieben, die ihre Energie von einer Dampfmaschine bezogen, die im Erdgeschoß stand. Die Schriftsetzerei, in der ich die ersten drei Monate zum Erlernen der Schwarzen Kunst verbringen mußte, war attraktiver. Eine große Auswahl an

Schriften, besonders für osteuropäische Sprachen, Russisch, Griechisch und Bulgarisch. Regelmäßig kam der Auftrag für Satz und Druck des Statistischen Jahrbuchs. Wir druckten eine Fachzeitschrift, Wörterbücher für Fremdsprachen, Plakate, Romane und Akzidenzen. Bei den wenigen Investitionen muß der Betrieb eigentlich ziemlich rentabel gewesen sein.
Da stand ich nun am Setzkasten und reihte die Bleilettern zu Worten. Das war ein Handwerk, daß heute nur noch für wenige Kenner ausgeübt wird und durch Lichtsatz und Computer fast ausgestorben ist. Sehr bedauerlich. Ich verdanke dieser Zeit ein sicheres Gefühl für Typographie.
Nach diesem drei Monate dauernden Gastspiel in der Setzerei wechselte ich in den Saal mit den Druckmaschinen. Mein neuer Chef war Obermeister Lehmann, ein finsterblickender Endfünfziger mit einem goldenen Herzen. Der riet mir gleich zur Begrüßung, sofort nach der Lehre etwas Vernünftiges und Zukunftsträchtiges anzufangen, am besten – zur Fliegerei zu gehen.
Zum Lebensinhalt wurde mir der gewählte Beruf nicht. Das lag zum Teil an der Arbeitsatmosphäre unter den Druckern, durchweg verbitterte und aufmüpfige Leute mit einem ausgeprägten Hang zu Individualismus. Jeder war des anderen Feind. Der 75jährige Firmenchef, klein, eingetrocknet und kneiferbewehrt, stand gern in einer Ecke und paßte auf, daß seine Arbeiter keine Zeit und kein Material verschwendeten. Als ich einmal aus einem großen Faß Öl in eine Ölkanne umfüllte, sah ich plötzlich seine verkniffenen Augen auf mir ruhen. Prompt goß ich vor Schreck etwas Öl daneben und erlebte einen krächzenden Firmeninhaber, dessen wirtschaftliche Existenz ich wohl soeben ruiniert hatte.
Aber es gab auch Lichtblicke. Das waren die beiden Wochentage, an denen ich in die Buchdrucker-Lehranstalt gehen durfte. Ein modernes Gebäude im Stil des Dessauer Bauhauses, am Rande des Johannisfriedhofs, auf dem Goe-

thes Freundin Käthchen Schönkopf begraben liegt. Die Lehranstalt hielt in ihrem Innern, was sie von außen versprach. Wertvolle moderne Maschinen und hervorragende Lehrer. Hier bereute ich meine Berufswahl nicht. Meine Mitschüler waren durchweg hellwache Burschen. Unter ihnen entwickelte ich mich, wenn auch als Spätzünder, zum Rebellen, Rädelsführer und zur Sportskanone. Zu meinen Lieblingslehrern gehörte der Zeichenlehrer namens Müller. Von den älteren Semestern wußten wir, daß Müller Jahre in russischer Kriegsgefangenschaft auf der Halbinsel Kola zugebracht hatte, und auf Wunsch bereit war darüber zu reden. Ich sprach ihn darauf an, und tatsächlich kramte er in einer der nächsten Stunden ein Manuskript aus seiner Aktentasche und las uns vor.

Das hatte keinerlei Ähnlichkeit mit dem Buch von Erich Edwin Dwinger, das wir von unseren Heimabenden her kannten. Was Müller zu sagen hatte, klang nicht abenteuerlich-romantisch, nicht heldenmütig – nur schrecklich. Uns war es natürlich nur darum gegangen, eine Unterrichtsstunde auf angenehme Weise totzuschlagen. Jetzt saßen wir ziemlich still und nachdenklich da. Müller machte auch nicht den geringsten Hehl daraus, warum er uns von seinen Erlebnissen berichtete: »Ich habe euch das gesagt, weil ihr vielleicht einmal in ähnliche Situationen geraten könnt. Erinnert euch dann daran, was ich euch heute erzählt habe, vielleicht kann es euch dann hilfreich sein.«

Damit lag Müller auf keinen Fall auf der allgemeinen Propagandalinie. Hitler, »der ehemalige Frontsoldat, der den Krieg mit allen seinen Schrecken erlebt hatte«, kämpfte für den Frieden. Die Vorstellung daß wir mal russische Kriegsgefangene sein könnten, war einfach absurd. Niemand konnte sich ein solches Schicksal vorstellen. Wie klar hat Müller damals die Entwicklung vorausgesehen und wieviel Mut hatte dieser sonst so stille Mann in dieser Zeit, solche Dinge zu sagen? Müller brachte auch die Courage auf, uns abstrakte Kunst nahezubringen, obwohl sie inzwischen als »entartete Kunst« verboten war und ihre Maler Berufsverbot hatten.

Einer meiner Mitschüler hat offenbar schon damals gut verstanden. Er hieß Max Reimann und war eines Tages verschwunden. Später hörte ich, er sei nach Spanien gegangen, um dort auf der Seite der Roten Brigaden zu kämpfen.

Es war die Zeit um die Olympiade von 1936 in Berlin. Die Welt war in Ordnung. Das Deutsche Reich hatte sich der weiten Welt von der besten Seite gezeigt. Ich hatte mich zum Jungzugführer im Jungvolk und dann zum Fähnleinführer gemausert. Sicher war ich der Prototyp des Hitlerjungen, spießerverachtend und flink wie ein Windhund. Das Reich fand ich in Ordnung, glaubte der Propaganda und denen, die sie nachplapperten. Nach der ertragenen Monotonie in der Druckerei lockten die großen Zeltlager, Geländespiele, Aufmärsche, Heimabende und die Morgenfeiern. Die Morgenfeiern mit Landsknechtstrommeln und Fanfarenzug, mit Fahnen, Sprechchören und Singschar, bei denen vom Heldentod deutscher Studenten bei Langemarck die Rede war, oder aus dem »Cornet« von Rainer Maria Rilke rezitiert wurde, verursachten ergriffene Schauer im Rückgrat. Wir dachten an Heldentum und versuchten heroisch auszusehen. Ich war wer. Zuhause fühlte ich mich als Familienvorstand, denn Bruder Albert war Freiwilliger in der SS-Verfügungstruppe. Das war für einen ehemaligen Angehörigen des KJI (Kommunistische Jugend Internationaler) keineswegs ungewöhnlich. Gleich in den ersten Monaten nach der Machtübernahme von 1933 waren die Kämpfer aus dem Reichsbanner (SPD) und aus dem Rot-Front-Kämpferbund in die SA und SS übergewechselt. Oft herzlichst als alte Bekannte aus gemeinsamen Saalschlachten begrüßt.

Selbstbewußtsein in seinen Spielarten bis zur Arroganz fand einen günstigen Nährboden. Als »Führer« hatte man ganz einfach besser, härter und tüchtiger zu sein als andere. Alte hatten wenig hineinzureden, denn »Jugend muß von Jugend geführt werden«, hieß es offiziell. Unser Stammführer verstand sein Handwerk, und seine »Führerschulung« zu den Wochenenden war kein Zuckerlecken. Gepäckmärsche, nächtliche Orientierungsübungen, Stiefelappelle und Schulungsabende füllten fast die ganze Freizeit aus. Der Stammführer, der den Spitznamen Gandhi nicht ganz zu unrecht trug, war ein asketischer Puritaner, Philologiestudent mit einer Mensurnarbe am Jochbein, asthmatisch, zäh und unerbittlich.

Von ganz anderer Machart war Udo. Er studierte Medizin, war schon seit 1930 in der Hitlerjugend und somit Träger des goldenen HJ-Abzeichens. Sein Einfluß im Jungstamm war wahrscheinlich größer als der von Gandhi, wenn er sich auch weitaus weniger beim Dienstbetrieb blicken ließ. Im Gegensatz zu Gandhi schien ihm das Studium Vorrang zu haben. Udo war Sohn eines Chefarztes, sehr sportlich, hochintelligent, parkettsicher und genau das, was man einen sauberen Jungen nennt.

Regelmäßig kam bei ihm in der elterlichen Villa ein Lesekreis, den er gebildet hatte, zusammen. Udo, der sonst eine Menge über nationalsozialistische Weltanschauung zu sagen wußte, las hier mit uns Bücher, die man eigentlich nicht lesen durfte. Das Buch »Der Abituriententag« des Juden Franz Werfel, der in der Emigration starb, war durchaus nicht als abschreckendes Beispiel ausgewählt worden.

Wenn einer von uns »pflichtgemäß« solchen Frevel gemeldet hätte, wären auf Udo trotz seiner Meriten erhebliche Schwierigkeiten zugekommen. Auch seine ketzerischen Bemerkungen über Bonzen und die Gestapo hätten da zu Buche geschlagen. Unbewußt habe ich damals gelernt, daß man an eine Sache oder an Prinzipien glauben kann, ohne die Kritikfähigkeit aufgeben zu müssen.

Mit Erstaunen nahm ich das erste Mal zur Kenntnis, daß nicht alles Gold war, was da glänzte. Von dem Besitzer der

Kronenapotheke wurde da gesprochen, der Offizier im Weltkrieg und mit dem EK I ausgezeichnet war und nun plötzlich verschwand. Wahrscheinlich wegen Schwierigkeiten mit der Partei emigriert, nahmen wir an.
Daß Ernst Röhm, oberster SA-Führer und einziger Duzfreund Hitlers schwul und Alkoholiker war, erfuhren wir zwar erst, als er erschossen war. Aber daß Robert Ley, Führer der Arbeitsfront (eine Art Gewerkschaftsersatz), der noch im Amt war, ebenfalls an der Flasche hing, war kein Geheimnis. Das skandalöse Gehabe von Gauleitern, die zum Teil primitive Aufsteiger waren, blieb kein Geheimnis, und Goerings Byzantinismus wie die Affären von Goebbels waren allgemein bekannt, ohne daß ihre Popularität darunter gelitten hätte.
Bei uns entwickelte sich aber ein Unbehagen gegen die Parteibonzen schlechthin. Diese biertrinkenden, meist fetten Spießer – so sahen wir sie jedenfalls – hatten so gar nichts Edles oder Nordisches an sich. Da gab es noch viel zu tun – und wir fühlten uns als die »Garanten der Zukunft«, als die uns ja auch die Propaganda hinstellte.
Es war Udos Verdienst, wenn wir ahnten, daß man bei aller Ideologie nicht Humanität und andere moralischen Grundsätze über Bord werfen darf. Noch vor dem Krieg habe ich Udo aus den Augen verloren. Er wurde Sanitätsoffizier bei der Kriegsmarine und verbrannte im ausgelaufenen Öl, als sein Versorgungs-U-Boot vernichtet wurde.
Udo war wohl der Kristallisationspunkt für einige von uns geworden, aber er war nicht der einzige mit einer freieren Denkungsart. Da war Helmut Hofbauer, ein ehemaliger Wandervogel, den Udo aus der Schußlinie nahm, indem er ihn zum Jungvolkführer machte. Helmut war ein Romantiker und ein talentierter Grafiker. Er fiel als Feldwebel vor Sewastopol. Gandhi, der Unerbittliche, erschoß sich in Italien, um nicht »unehrenhaft« in amerikanische Gefangenschaft zu geraten.

Aus unserem damaligen Kreis haben nur ganz wenige die kommenden Jahre unbeschadet überstanden. Keiner von ihnen hat damals gespürt, was Politik in ihrer Konsequenz bedeutet, und wie stark das Leben jedes Einzelnen mit ihr verbunden ist. Der Preis für Landsknechtstrommeln, Fanfarenzug, wehende Fahnen, für Lagerfeuer-Romantik, Geländekunde, Körperertüchtigung und das geschmeichelte Selbstbewußtsein war sehr hoch.
Aber das merkten wir erst, als es zu spät war. Wir schwammen im großen Strom. Alles war besser geworden, es gab keine Arbeitslosen mehr – ich hatte sie noch gesehen, wie sie zu Hunderten vor dem Arbeitsamt auf dem Rasen lagen und auf ihre Unterstützung oder auf die Vermittlung eines Jobs warteten. Die Straßenschlachten zwischen den Kampfverbänden der Parteien und deren Schlachten mit der Polizei hatte ich auch noch am Rande mitbekommen. Tote und Schwerverletzte gehörten da zur Tagesordnung. Jetzt waren die Männer weg von der Straße. Sie waren im Arbeitsdienst, in der Wehrmacht oder in Arbeit für die Rüstung. Zu Hause hatten wir das erste Mal statt Margarine Butter auf dem Brot.
Meine Lehrzeit ging März 1938 zu Ende. Mein Wochenlohn, der im ersten Lehrjahr stolze drei Reichsmark betrug, hatte sich inzwischen auf acht Reichsmark gesteigert. So konnte ich mit sechs Reichsmark zum Familienunterhalt beitragen und mit dem Rest mich fast reich fühlen. Der finstere Maschinensaal im Lehrbetrieb bereitete mir keinen Trennungsschmerz. Dort mußte ich erst einmal raus – die Entscheidung zu treffen, wie es weitergehen soll, hatte Zeit. Zuvor wollte ich so schnell wie möglich das halbe Jahr Arbeitsdienstpflicht und die zwei Jahre Wehrpflicht hinter mich bringen.

»*Arbeit adelt . . .*«

Zum Reichsarbeitsdienst hatte ich mich als Freiwilliger gemeldet. Das hatte den Vorteil, daß man sich seinen Standort aussuchen durfte. Ich wählte Sangerhausen, am Südharz gelegen und mir bereits bekannt. Dort hatte mein Bruder Albert auch seine, damals aber noch freiwillige Arbeitsdienstzeit verbracht.

Das Lager war noch dasselbe. Die rund 150 Mann unserer Abteilung waren in Baracken untergebracht; der Wirtschaftsbau mit dem Speise- oder Versammlungssaal und das Wachgebäude hatten rote Ziegelmauern. Den üblichen Anfangszirkus mit Einkleiden, Eingeteiltwerden und sinnlos erscheinendem Herumlaufen nahm man so hin. Gar nicht gefiel mir das Gebaren der Vorgesetzten, gemeint sind die Vormänner, ein Dienstgrad, der in der Wehrmacht dem Gefreiten entspricht. Ihr Brüllen, ihre Schimpfworte ließen auf einen chronischen Mangel an Intelligenz schließen.

Unter den höheren Dienstgraden, den Truppführern und Feldmeistern, fanden sich ein paar durchaus akzeptable Persönlichkeiten. Insgesamt hatte ich immer den Eindruck, daß fast alle Arbeitsdienstführer einen Minderwertigkeitskomplex gegenüber der Wehrmacht hatten. Natürlich war diese mit ihren Waffen, ihrer Tradition und dem Flair von Heldentum attraktiver, auch bei den Mädchen. Besonders bei den oberen Rängen im RAD wurde das Unterlegenheitsgefühl durch nationalsozialistische Gesinnung und Betonung der Parteinähe kompensiert. Unser Hemd war braun und am Arm trugen wir eine Hakenkreuzarmbinde.

In dieser Atmosphäre war es verständlich, wenn die Abiturienten unter uns, die vorzeitig ihre Arbeitsdienstpflicht ableisteten, weil sie als Offiziersanwärter zur Wehrmacht gingen, nichts zu lachen hatten. Sie wurden regelmäßig zu den unangenehmsten Diensten eingeteilt.
Der Dienst – wie sollte es auch anders sein – bestand zur Hauptsache aus Arbeit. Für den Fürsten von Stolberg bauten wir eine Wirtschaftsstraße im Harz. Das bedeutete Arbeit mit Schlägel und Brechstange im Steinbruch, die Loren der Feldbahn mußten beladen und entladen werden. Außerdem der Straßenbau und das alles unter hohen Tannen und in frischer Luft! Das gab Muskeln, gelegentlich auch einmal einen Unfall und für den Abend müde Knochen. Die brauchten wir auch, denn mit den 25 Pfennig Tageslöhnung hatten wir die Kosten für Zahn- und Schuhcreme und andere Luxusartikel zu bestreiten. Zum Ausgehen blieb da nichts übrig. Etwa genau so viel Zeit, wie für die Arbeit stand für Sport, Exerzieren, Unterricht und politische Erziehung zur Verfügung. Sport machte mir am meisten Spaß. Ich trainierte mit einer Gruppe Langstreckenlauf, 3000 Meter, und freundete mich mit Esbach an, der sich als Brustschwimmer auf der Hundertmeterstrecke für die Olympiade 1940, die in Tokio stattfinden sollte, vorbereitete.
Alles in allem, war es auszuhalten. Die Kameradschaft untereinander war gut und die paar Monate waren leicht zu überstehen.
Der Schock kam dann ganz plötzlich und gerade zum »Bergfest«, nach drei Monaten Dienstzeit. Mit noch ein paar anderen Arbeitsmännern bekam ich, in fast feierlicher Form die »Freiwilligenschnüre« verliehen. Die Ehrung bestand in einer schlichten Schulterklappe mit einer Paspellierung. Gleichzeitig erfuhr ich jedoch, daß meine Dienstzeit im RAD zwölf Monate dauern würde. Mein Fehler, ich hatte mich als Freiwilliger und nicht als Vorzeitigdienender be-

worben. Das Kind lag im Brunnen, und mit ihm ein Jahr meiner Lebensplanung. Zwölf Monate RAD hieß Entlassung Ende März 1939. Aber November 1938 wollte ich schon bei der Wehrmacht sein. In die konnte man aber nur jeweils im Herbst eintreten.

Das bereitete mir schlaflose Nächte, bis ich dann einen Dreh fand. Stramme Meldung beim Abteilungsführer, Oberstfeldmeister (entspricht dem Hauptmannsdienstgrad) Berndorf, ehemaliger Obergefreiter der Reichswehr. Mit dem kam ich ganz gut zurecht, zwar war er ein rechter Kommißtyp, aber ein gerader Kerl: »Ich möchte mich um die mittlere Führerlaufbahn im RAD« bewerben. Berndorf war erfreut und wollte sich für mich einsetzen. Wohl war mir mit dieser krummen Tour nicht, denn mir lag nur daran, zum Herbst aus dem RAD herauszukommen. Wer für die mittlere Führerlaufbahn angenommen worden war, wurde nämlich nach seiner Beförderung zum außerplanmäßigen Truppführer im Herbst für die Ableistung seiner Wehrpflicht zur Wehrmacht beurlaubt. Nach der abgeleisteten Wehrpflicht erwartete man ihn dann im RAD wieder zurück. Darauf wollte ich es ankommen lassen.

Alles verlief wie geplant. Große Prüfung für alle Bewerber aus dem Arbeitsgau, rund 120 junge Burschen, darunter viele Abiturienten. Ich war im Ergebnis unter den fünf besten. Glückwunsch. Welche Folgen das alles haben sollte, konnte ich natürlich nicht ahnen. Vorerst war ich nun froh, daß jetzt erst einmal die letzten Monate im RAD vor mir lagen. Es kam sogar Leben in diesen Laden. Seit Tagen ging das Gerücht um, daß wir an die Westgrenze verlegt werden sollten, um am Westwall mitzubauen. Eines Abends kam mein Freund Wilpert sehr deprimiert zu mir. Mit der Sprache wollte er nicht recht heraus, weil man ihn zum Schweigen verpflichtet hatte. Der Oberstfeldmeister hatte ihm eröffnet, er würde wegen

politischer Unzuverlässigkeit zur benachbarten Abteilung Roßla versetzt und nicht bei uns bleiben.
Wilperts Makel bestand darin, Katholik zu sein. Er hatte Abitur und wollte Theologie studieren. Was ihn empörte, war das Mißtrauen, er könnte als Katholik kein guter Deutscher sein und vor allem, daß es über ihn irgendwo eine Akte geben sollte. Berndorf hatte durchschimmern lassen, daß er damit nichts zu tun hatte und auf höhere Weisung so handeln müßte.
Wilpert verschwand wirklich ein paar Tage später und wir wurden tatsächlich nach Westen verlegt. Das Lager war nur halb fertig und lag weitab von jedem Dorf in der Eifel. Wir legten Stacheldrahtsperren an, hoben Stellungen aus. Den Bau der zum Teil riesigen Betonbunker und auch der Panzersperren mit ihren Betonhöckern blieb privaten Baufirmen und der Organisation Todt überlassen.
Fünf Mann aus der Abteilung wurden ausgesucht, ich war darunter. Keiner von uns war unter 180 cm groß und wir alle waren sportlich und gut drauf. Es ging aber nicht um Sport, sondern um den Reichsparteitag in Nürnberg. Dort sollten wir unter den 40 000 Arbeitsmännern sein, die am Führer vorbeimarschieren und an der Kundgebung des Reichsarbeitsdienstes teilnehmen durften.
Ohne Fleiß kein Preis. Wir Fünf trafen uns mit knapp 200 anderen Auserwählten und lernten »Achtungsschritt«, was im Volksmund unter Paradeschritt bekannt ist. Auf einem Sportplatz wurde in 40 cm Höhe ein Draht gespannt. So hoch hatten die Hacken beim Achtungsschritt zu fliegen. Wir ließen sie fliegen, Stunde für Stunde, bei Sonne, Regen und Wind. Erst mit Drillichanzug bekleidet, dann in der Tuchuniform »erste Garnitur«, dann dazu noch mit Tornister. Der Spaten über der rechten Schulter war schon von Anfang an dabei. Der Sport bestand vorwiegend darin, die Knie durchzudrücken. Die restliche Zeit ging mit Spaten- und Kleiderpflege und Appellen drauf.

Nach drei Wochen waren wir reif und bekamen einen schwarzen Ärmelstreifen mit einem geheimnisvollen silbernen W verpaßt. Das W stand für Westwall. Das war geheim, denn der böse Feind durfte nicht wissen, daß wir am Westwall bauten. Die ganze Welt wußte es, die eigene Propaganda war voll davon, aber »Pst, der Feind hört mit«.
In einer Aachener Kaserne bekamen wir noch einmal im großen Verband, ungefähr 1000 Mann vom Arbeitsgau West, den letzten Schliff – stundenlang zur Musik unseres Musikzuges Original und genau Tempo 114. Nürnberg, Lager Langwasser, viele Zelte, die erste Maß Bier meines Lebens und dann der große Augenblick. Letzter Appell, Uniform, Tornister, Spaten – alles in Ordnung. Präsentiermarsch. Ein Posten mit einem Fähnchen (1. Point) »Achtung« die Beine hoch, 2. Point, »Augen rechts«. Ich völlig konzentriert: Ellbogen an den Körper, Spaten fest im Griff, Richtung halten, Knie durchdrücken, Beine hoch – den Führer habe ich nicht gesehen. Wir haben gut abgeschnitten. Vier Tage Sonderurlaub als Lohn der Angst. Ich hatte vorher noch meine Beförderung zum außerplanmäßigen Truppführer bekommen!
Ziemlich langweilig zuhaus. Meine Altersgenossen mit ihren Gesprächsthemen kamen mir ganz schön kindisch vor. Da hatte ich doch ganz andere Erfahrungen. Meine Uniform trug ich nicht, weil mir die krumme Tour mit meiner Bewerbung, und die daraus abzuleitende Beförderung ein schlechtes Gewissen machte.
Auch in meiner alten Abteilung blieb ein Unbehagen. Meine nun neuen »Truppführer-Kameraden« konnten sich offensichtlich nicht damit abfinden, daß sie sich länger als ich für ihren Dienstgrad schinden mußten. Mir war er quasi in den Schoß gefallen. Endlich dann die Entlassung. Ich hatte meinen Einberufungsbefehl zum Pionierbataillon 49 in Hannoversch Münden. Bis dahin waren es noch drei Wochen, die ich zuhause verbringen sollte.

Ohne körperliche Strapazen fehlte mir etwas. Da ließ sich das Notwendige mit dem Nützlichen verbinden. Ich fand einen Job auf einer Baustelle. Was ich zu tun hatte, konnte ich: Schippen. Das hatten wir doch im RAD exerziermäßig beigebracht bekommen.

Arbeitsantritt 7.30 Uhr. Ich hatte ein paar alte Sachen angezogen. Der Polier schüttelte den Kopf, weil ich keine Schaufel mitgebracht habe und drückte mir eine in die Hand. Meine Kollegen schauten mich kritisch von der Seite und mißtrauisch an. Ob sie mich für einen Spitzel hielten? Jedenfalls paßte ich nicht in die Landschaft. Ich legte los, im RAD-Tempo, und das brachte mir einen nachdrücklichen und nicht sehr freundschaftlichen Hinweis ein, daß dies nicht der richtige Arbeitsstil sei.

Gegen nachmittag – mir taten die Knochen trotz des moderateren Tempos höllisch weh – stieß ich beim Schaufeln auf eine Reihe Ziegelsteine und machte mich daran, sie rauszupuhlen, um tiefer zu graben.

Kurz bevor ich auf die unter den Ziegelsteinen verborgene 10000-Volt-Leitung stieß, kam der Polier, ziemlich aufgeregt über meine Ahnungslosigkeit. Nach zwei Wochen verabschiedete ich mich aus dieser Arbeitswelt, in der ich ganz neue Erfahrungen gesammelt hatte. Das waren gewiß keine Nationalsozialisten. Trotzdem hatten sie mich nach ein paar Tagen akzeptiert. Bei der Verabschiedung waren sie ganz freundlich, aber ich hatte das Gefühl, daß sie an meinem Verstand zweifelten und sogar ein bißchen Bedauern darüber verspürten. Ich aber war um 40 Reichsmark Selbstverdientes reicher. Meine finanzielle Zukunft war gesichert, zumindest fürs Erste. Am 17. November 1938, dem Geburtstag meiner Mutter, stieg ich in den Zug, der mich nach Hannoversch Münden bringen sollte.

Waffenträger der Nation

Das Städtchen am Zusammenfluß von Werra und Fulda mit seinen schönen alten Fachwerkhäusern und engen Straßen sah anheimelnd aus. Ganz manierlich lief auch der Empfang auf dem Bahnhof ab, wo Unteroffiziere und Gefreite der beiden Pionierbataillone, die in Hannoversch Münden stationiert waren, ihre Schäfchen erwarteten. Ganz gegen meine Arbeitsdiensterfahrungen kamen meine potentiellen Vorgesetzten ohne unnützes Geschrei aus. Dafür machten sie durchweg einen professionellen Eindruck und rochen geradezu nach Autorität.

Schnell hatte man uns mit unseren Pappkoffern und Persilkartons in Reih und Glied gebracht. Unter den leicht amüsierten Blicken der Bürger der alten Garnisonstadt, wurden wir in Marsch gesetzt. Wir kreuzten die Fuldabrücke, sahen linkerhand den Weserstein, wo sich der Fluß mit der Werra vereinigt hatte, marschierten die Landstraße parallel zur Weser in Richtung Gimte. Da lag sie, unsere Kaserne. Nagelneu, hellgrau gestrichene Gebäude mit hellroten Ziegeldächern. Richtig schmuck, umfriedet von einem hohen schmiedeeisernen Zaun. An der Wache der Fahnenmast mit wehender Reichskriegsflagge. In die Überlegungen zu den kommenden Ereignissen mischten sich Unsicherheit, aber auch ein gewisser Stolz darauf, jetzt zum richtigen Mann, zum Soldat zu werden.

Daß wir es noch lange nicht waren, wurde uns unmißverständlich schnell klargemacht. Besonders eifrig zeigten sich dabei die »Oberpioniere«. Das sind die Soldaten, die es

nach dem ersten Dienstjahr noch nicht bis zum Dienstgrad des Gefreiten geschafft hatten.
Auf dem Kasernenflur standen sie ostentativ im Wege. »Pionier X bittet Herrn Oberpionier vorbeigehen zu dürfen« mußten wir tönen. Ein herablassender Wink und wir durften – mit strammer Ehrenbezeigung versteht sich – passieren. Fiel der Gruß zu lasch aus, hatte man Liegestützen zu machen und das möglichst mit dem Spruch »Ich bin gern Soldat – ich will Athlet werden«. Nach kurzer Zeit war dieser Spuk zu Ende. Jemand hatte hier durchgegriffen.
Für die Grundausbildung wurden wir in Gruppen zu 15 Mann eingeteilt und bekamen jeweils einen Rekrutenunteroffizier und einen Rekrutengefreiten als Betreuer. Bei mir waren das der Unteroffizier Bergmann und der Gefreite Thiele. Bergmann war ein etwas ungelenker Westfale, Thiele war Hesse und hatte, wie er gleich verkündete, die mittlere Reife. Beide waren nicht übel.
Zur Einführung bekamen wir eine Standortbestimmung: die Namen unserer direkten Vorgesetzten vom Gefreiten über den General bis zum Führer. Wir erfuhren, die Ehre zu haben, einem Korpsbataillon anzugehören, das zu keiner Division gehörte, sondern dem IX. Armeekorps direkt unterstellt war. Deswegen machten wir, obwohl wir mit dem Karabiner 98 k bewaffnet waren, nicht den »Karabinergriff mit langem Riemen«, sondern den zackigeren Gewehrgriff alter preußischen Tradition mit kurzgemachtem Riemen. Die Bedeutung wurde zwar nicht ganz klar, aber allmählich begriffen wir, daß wir ein besonderer Haufen waren und so etwas machte ja auch stolz. Außerdem waren wir vollmotorisiert und hatten daher keine Fahne, sondern eine Standarte. Unsere Bedeutung wurde noch unübersehbarer, weil wir als Kommandeur einen Oberst hatten, was sonst nur bei einem Regiment der Fall war.
Es war also völlig logisch, daß wir erst einmal geschliffen werden müßten, um dem allen würdig zu werden.

In der Hitlerjugend:
»Hart wie Kruppstahl . . .«?

Stiefelappell bei der Führerausbildung.

Fahnen und Fanfaren bei der Morgenfeier.

1938, Hannoversch Münden. Ausbildung im Behelfsbrückenbau.

Sommer 1939. Smycho bei Prag. Ausbildung im Kriegsbrückenbau.

23. August 1939. Im Güterzug zum »Reichsparteitag des Friedens«.

Wir passieren die polnische Grenze in Richtung Brest-Litowsk.

September 1939. Der Krieg hat begonnen. Die Melder und Fahrer vom Zugtrupp. (Der Autor 2. v. l.)

Im Polenfeldzug. Ein polnischer Soldat wird als »Heckenschütze« abgeführt.

Das Flieger-MG auf den Fahrzeugen kam während des Feldzugs nicht zum Schuß.

Brest-Litowsk. Die Kompanie hat ihren ersten Toten.

Auf dem Kasernenhof lernten wir wie man geht, wie man sein Gewehr trägt, wie man grüßt und wie man sich hinlegt. Auf dem Wasserübungsplatz lernten wir den Umgang mit dem schweren Kriegsbrückengerät B. Das Halbponton wog 750 Kilogramm – »das haben wir früher an der Uhrkette getragen«. Es wurde exerziermäßig auf die Schulter genommen und abgesetzt. Die schweren Brückenteile wurden in einer unnatürlich kurzen und schnellen Schrittfolge, dem Pontonierschritt durch die Gegend bewegt. Am meisten litt ein ebenso dürrer wie langer Mitrekrut. Er war »uralt«, hatte ein paar Semester studiert und trug den Namen einer rheinischen Stahldynastie, und dieser Name stand auch auf den Trägern des Brückengeräts! Namensträger unter sich. »Hätten Sie doch ihrem Großvater gesagt, daß er die Dinger nicht so schwer machen soll!«, wurde dem Enkel vorgehalten.
Am unangenehmsten war der Wasserübungsplatz im Winter. Die 15 Meter langen Ganzpontons zu rudern, kommt Galeerendienst sehr nahe. Beim »Ruder einholen« lief uns das eiskalte Wasser in die Ärmel und gefror an den Jackenärmeln. Stumpfsinn war gelegentlich unvermeidbar, aber es gab genug zu lernen. Waffenkunde, Sprengwesen z. B. die raffinierten Zünder, Brückenbau, Sperrdienst, Schießen und Gefechtsdienst, Stoßtruppausbildung und Sport. Ich hatte den festen Willen zu beweisen, daß ich ein guter Soldat war, hatte aber manchmal Zweifel, ob ich diese Torturen durchstehen würde.
Langsam schliff sich alles ein. Nachdem ich meinem Rekrutenunteroffizier beim Kampfball, bei dem fast alles erlaubt ist, ein blaues Auge verpaßt hatte, wurde er fast kameradschaftlich und bei etwas rabaukenhaften Kameraden, denen ich lieber aus dem Weg ging, fand ich Anerkennung. Dafür hatte mich der Hauptfeldwebel, ein ganz scharfer Hund, auf dem Kieker. Er hatte ein Auge darauf, daß ich nicht übermütig wurde.

Unser Rekrutenoffizier, Leutnant Helmers, verfügte über eine untadelige Haltung. Nie kam ein häßliches Schimpfwort über seine Lippen, und er genoß den Ruf eines tadellosen Offiziers. Kompaniechef war ein reaktivierter Offizier des Weltkrieges mit schütterem Haar, Tränensäcken und unverkennbarem Ansatz zu einem Bäuchlein. Zum Kompaniesport erschien er gelegentlich im Trainingsanzug, ließ sich den Haufen melden und – verschwand.

Von anderem Holz war da mein Zugführer, Feldwebel Jäger, der alles, was er von uns verlangte auch perfekt vormachen konnte. Mit ihm verband mich eine unausgesprochene Rivalität beim Langstreckenlauf. Zweimal in der Woche gab es sofort nach dem Wecken einen Morgenlauf. Medizinisch gesehen ein wahrer Unsinn, dem Körper unmittelbar nach dem Schlaf Höchstleistung abzuverlangen! Die Distanz für diese unbeliebten Läufe wurde nach und nach bis auf fünf Kilometer gesteigert. Regelmäßig übernahm Jäger nach den ersten Minuten die Spitze und hielt sie bis zum Eintreffen in der Kaserne. Dann war der Haufen weit auseinandergezogen. Die Lahmsten kamen erst zwanzig Minuten später und völlig ausgepumpt an.

Ich hielt mich ständig in der Spitzengruppe und von selbst entwickelte sich zwischen Jäger und mir so etwas wie ein Duell. Aus Gründen der Disziplin erlaubte ich mir nicht, Jäger zu überholen. Der wiederum versuchte aber, mich abzuhängen, und legte weiter Tempo vor. Schließlich einigten wir uns stillschweigend auf einen Kompromiß. Ich hielt angemessenen Abstand und er lief ein weniger extremes Tempo. Das kam uns schließlich allen zugute.

Nach der Rekrutenzeit, die ein halbes Jahr dauerte, wurde alles weniger verbissen. Die scharfe Trennung zwischen uns und dem Jahrgang vor uns verwischte sich. Wir waren inzwischen in die Spezialausbildung, wie MG-Schütze, Kraftfahrer, Funker und Melder hineingewachsen. Mein neuer Job war Melder beim Zugtrupp und mein Platz entwe-

der bei Jäger und dem Zugtruppführer Unteroffizier Burg im geländegängigen Pkw Horch oder auf einem der Krafträder, die zum Zugtrupp gehörten. Mit Hugo Pieper, der den Horch fuhr, verband mich bald eine dicke Freundschaft.
Es gab mehr Freiheit. Man war nicht mehr in den großen Haufen eingespannt, hatte einen besseren Überblick und durfte manchmal sogar selbständig denken. Das Soldatenleben begann mir Spaß zu machen. Ich hatte gelernt, wie man die Tragfähigkeit von Brücken berechnet und auch wie man sie in die Luft jagt. Dinge, die ich interessant fand, von denen ich allerdings nicht dachte, daß ich sie auch einmal anwenden werden müßte. Am wichtigsten für mich war, daß ich gute Freunde hatte und daß ich mich angenommen fühlte. Keinen Augenblick erkannte ich, daß mich die Politik inzwischen voll und ganz vereinnahmt hatte, daß ich mich genau so verhielt, genau so empfand, wie man es von mir erwartete. Ich war reif für das Größere, das sich nun anbahnen sollte.

Mein Bruder Albert hatte mit seinem SS-Pionierbataillon beim »Anschluß Österreichs an das Reich« mitgewirkt, das Sudetenland »befreit« und war auch bei der Besetzung der »Resttschechei« dabei. Endlich fiel auch auf mich ein schwacher Abglanz dieser geschichtlichen Entwicklung. Mein Bataillon verlegte nach Prag. Es war Sommer 1939. Wir bekamen Soldzulage in Tschechenkronen. Für umgerechnet zwei Reichsmark gab es schon ein Abendessen und ein Glas Pilsner Bier. Die Sonne schien. Es war alles in Ordnung.
Die Ausbildung ging den gewohnten Gang. Fährenbau und Brückenschlag auf der schnellfließenden Moldau und immer häufiger gab es Nahkampf- und Stoßtruppausbildung, die allmählich ganz neue Züge annahm.
Die Sicherheitsbestimmungen beim Umgang mit scharfem Schuß, Handgranatenwerfen und Sprengen wurden gelokkert, um eine realistischere Ausbildung zu ermöglichen. Es

gab erstaunlich viel Munition zu dieser Ausbildung. Langsam bekamen wir Übung darin, eine Handgranate so zu werfen, daß sie kurz über dem Boden detonierte. Man brauchte sie nur lange genug in der Hand zu halten, bevor man sie wegwarf. Nach der Handgranatensalve galt es unmittelbar aufzuspringen und aus der Hüfte schießend in die feindliche Stellung einzubrechen. Bei einer solchen Übung erwischte mein ehemaliger Rekrutenoffizier Leutnant Helmers einen Handgranatensplitter im Oberschenkel. Helmers kam ins Lazarett und wurde erst wieder gesehen, als wir in Polen weitaus realistischere Erfahrungen gesammelt hatten.

An meinem 20. Geburtstag, am 23. August 1939, wurde meine Kompanie in Prag-Smycho in einen Güterzug verladen. Es war der Tag, an dem in Moskau der Nichtangriffsvertrag zwischen Hitler und Stalin unterschrieben wurde. Unser Zug setzte sich in Bewegung und rollte in Richtung Nürnberg. Dort sollte vom 2. bis 11. September der Reichsparteitag des Friedens stattfinden, auf dem wir am Tag der Wehrmacht zeigen wollten, wie man einen Panzerangriff durch Minen stoppt.

Nach ein paar Tagen in Nürnberg bestätigten sich die Gerüchte. Der Parteitag war abgesagt. Wir bestiegen unsere Fahrzeuge und brummten mit den schweren Henschel-Dreiachsern, den Kübelwagen und Krädern nach Hannoversch Münden. Überall in den Ortschaften liefen frisch eingezogenen Reservisten in ihren gerade verpaßten Uniformen und in Stiefeln, die noch nicht geschwärzt waren, umher. Bespannte Einheiten, verstörte, aufgeregte Menschen und – keine Spur von Begeisterung.

Nur nicht zu spät kommen

Unsere eigne Kaserne in Gimte war vollgestopft mit neuaufgestellten Einheiten. Wir krochen beim Pionierbataillon 29 unter. Unter diesen Umständen wurde die Mobilisierung zum Abenteuer, denn ein Teil der Kriegsausstattung lag noch bei Prag, ein Teil in unserer alten Kaserne. Und daß nun gerade nach dem Mob-Plan eine Menge Leute versetzt werden mußten, machte das Durcheinander noch größer. Unter anderem verschwand unser Enkel aus der Stahldynastie, er wurde als Bademeister zur Heeres-Schwimmanstalt abkommandiert. Wir sollten den Verlust verkraften.

Unsere Abgänge wurden durch zum Teil recht ahnungslose Zivilisten ersetzt. Einer von ihnen sprach mich am Kasernentor, wo ich mit umgeschnallter 08 als Posten eingeteilt war, an. Er wollte wissen, wo es zu 1. Pi 49, meiner Kompanie ginge. Das konnte ich ihm genau sagen. Es handelte sich um den frischgebackenen Pionier Hans Herold, der mitsamt seinem Opel Kadett eingezogen wurde. Gestern noch war er Tabakhändler irgendwo im Hessischen. Herolds Pkw hatte bei meinem Zug eine Planstelle als Krad, Herold durfte das inzwischen feldgrau gespritzte Fahrzeug weiterhin fahren. Am Abend in der Kantine stellte Herold mich seiner Frau vor und als er zur Theke ging, um ein Bier für mich zu holen, bat mich Frau Herold, doch recht gut auf ihren Mann aufzupassen. Herold war leicht füllig, unbeholfen und schon 35 Jahre alt. Am nächsten Tag gab ich ihm Privatunterricht an der Pistole und versuchte ihm die

Angst vor den bösen Stielhandgranaten zu nehmen, die er in seinem Wagen mitführen mußte.
Zwei Tage später – der Feldzug gegen Polen war bereits angelaufen – rollte unser Bataillon gen Osten. In den Dörfern und Städten, durch die wir kamen, drängten sich Menschen an den Straßenrändern. Sie winkten, warfen uns Blumen, Zigaretten und Schokolade zu. Aber auch jetzt keine Begeisterung. Besorgte Gesichter. Am besten ist die allgemeine Stimmung wohl in den Zurufen der vielen Mädchen am Straßenrand ausgedrückt. »Auf Wiedersehen, laßt euch nicht totschießen!« riefen sie uns zu. Wir kamen uns ungeheuer wichtig vor, ein bißchen schon wie Helden auf Vorschuß, und waren neugierig auf das Kommende.
Bütow war die letzte größere deutsche Stadt, die wir passierten, dann waren wir auf ehemals polnischem Gebiet. Die Häuser sahen kaum anders aus als bisher. Kein Wunder, denn bis nach dem Ende des Weltkrieges war das hier noch Deutschland gewesen.
Wir fuhren dem Krieg hinterher. Das war an zerstörten Häusern, an den Brücken und den Bombentrichtern zu erkennen. Südlich von Danzig kamen wir nach Ostpreußen und damit wieder auf Reichsgebiet. In der Gegend von Lyck, im äußersten Südostwinkel an der polnischen Grenze, zogen wir auf Dörfer verteilt mit dem Bataillon unter.
Irgendwo muß auch der neue Kompaniechef zu uns gestoßen sein. Reserveoffizier, von Beruf Bergwerksdirektor, Zigarrenraucher und wohlgenährt. Gleichzeitig mit seinem Eintreffen wurde unser Status geändert. Aus dem Pi. Btl mot 49 wurde das Pz. Pi. Batl 49, das nun nicht mehr dem Armeekorps unterstand, sondern fester Bestandteil der 10. Panzerdivision war. Zur Division gehörten zwei Panzerregimenter mit insgesamt 280 Panzern, zwei motorisierte Schützenregimenter, ein Artillerieregiment, eine Beobachtungsabteilung, eine Panzeraufklärungs-Abteilung (Kräder und Panzerspähwagen), eine Kradschützenabteilung (mit

Krädern, Panzerspähwagen und schweren Infanteriewaffen), eine Nachrichtenabteilung, eine Sanitätsabteilung und wir, das Panzerpionier-Bataillon 49 mit Brückenkolonne B und Pionierkolonne. Dazu kamen noch die Nachschubeinheiten, Bäckerei- und Fleischereikompanie und auch noch eine Heeresfliegerstaffel. Runde 20000 Mann waren wir stark, und so fühlten wir uns auch. Am nächsten Tag ging es los.

Auf einer der vielen Vormarschstraßen rollte nun auch die 1. Pz. Pi. 49, ziemlich weit vorne in die Kolonne eingegliedert, für den Fall, daß Sperren geräumt, oder Brücken wiederhergestellt werden müssen. In diesem Riesenpulk von schätzungsweise 5000 bis 6000 Fahrzeugen als winziger Punkt, unser Horch-Geländewagen. Am Steuer der Gefreite Hugo Pieper, daneben mein Langstreckenrivale, der schneidige Feldwebel Jäger, auf der Rückbank Unteroffizier Burg, der Zugtruppführer und ich, der Pionier Fischer als Melder.

Schon nach wenigen Stunden waren wir dick eingestaubt. Im offenen Pkw waren wir schlimmer dran als die Mannschaften auf ihren Henschel-Lastern, die wesentlich höher saßen. Den meisten Dreck schluckten die Kradfahrer, deren Augen trotz Schutzbrille fast immer entzündet waren. Von Fahrzeug zu Fahrzeug wurde doppelter Tachoabstand gehalten, damit es feindliche Tiefflieger nicht zu leicht hatten. Auf den Mannschaftswagen waren die Flieger-MGs auf den Drehstützen bereit. Die polnische Grenze lag bald hinter uns und nach der Karte mußten wir bald in Scuscin, einem größeren Dorf, sein.

Noch vor dem Dorf kam die Kolonne zum Stehen. Ich stieg aus, um zu sehen, was los war. Arbeit für uns. Mitten im Dorf war die Straße gesperrt. Polnische Pioniere hatten die alten Platanen gefällt. Die Bäume lagen genau nach Vorschrift ineinander verkeilt und zeigten mit ihren Kronen in unsere Richtung. Wir hätten das nicht besser machen können. Soeben waren die Soldaten einer Schützenkompanie vor der Sperre in Stellung gegangen. Ebenfalls genau nach Vorschrift. Auf der anderen Seite der Sperre standen die Dorfbewohner ratlos in den Haustüren und warteten, was da kommen sollte.

Da kam auf der »Feindseite« unversehens ein etwa 14 Jahre alter Junge in Richtung auf die Sperre zu und wollte kurz davor die Dorfstraße überqueren. Er war rund 100 Meter von uns entfernt. Da fielen ein paar Gewehrschüsse. Der Junge fiel in den Straßenstaub, hielt seine Hände auf den Bauch gepreßt und wälzte sich von einer Seite auf die andere. Schräg gegenüber, auf der anderen Straßenseite, in der Tür des kleinen strohgedeckten Hauses, standen die Eltern – weinend und händeringend. Aus Furcht, man würde auch auf sie schießen, wagten sie nicht, ihrem Jungen zuhilfe zu kommen. Die Soldaten starrten wie gebannt auf dieses Bild, es herrschte betretene, ratlose Stille.

Von meinem Hochgefühl, das ich noch vor wenigen Augenblicken verspürte, war nichts mehr vorhanden. Mein Mund war wie ausgetrocknet, und ich konnte meine Augen nicht von dem Jungen im Straßenstaub lösen. Wie unter Zwang stieg ich durch das Astwerk der Straßensperre, ohne darauf zu achten, ob darin versteckte Ladungen oder Minen angebracht waren. Ich stand vor dem Jungen, der mich mit aufgerissenen Augen ansah. Zwischen seinen Fingern quoll Blut aus der Bauchwunde. Seine Kniee waren angewinkelt. Ich bückte mich und nahm ihn auf die Arme. Er war schwerer als ich gedacht hatte, aber bis zu seinen Eltern waren es keine 30 Schritte. Dort, zu ihren Füßen legte ich den Jungen behutsam nieder. Als ich die Sperre wieder überquert hatte, fühlte ich mich ganz erschlagen. Ein Brechreiz würgte mich.

Die Szenerie hatte sich in der kurzen Zeit verändert. Dicht an der Straßensperre stand ein Schützenpanzer, davor der Kommandeur des Schützenregiments. »Wer hat geschossen?« brüllte er. Ein Soldat baute sich vor ihm auf, meldete sich. »Ich bringe Sie vors Kriegsgericht!«, schrie der Oberst in der gleichen Lautstärke wie vorher und wandte sich ab. Ein Leutnant ließ sich vom Soldaten das Soldbuch geben und nahm die Personalien auf.

Als wir wieder in unserem Wagen saßen, sah ich die großen, feuchten Stellen an meinem Waffenrock und an meiner Hose. Es war Blut von dem Jungen. Für mich und meine Kameraden das erste Blut dieses Krieges und es war nicht meines. Keiner von uns sprach auch nur ein Wort über den Vorfall, auch später nicht. Die erste Kriegshandlung vor unseren Augen – ebenso tragisch wie sinnlos.

Wir atmeten auf, als wir einen Auftrag bekamen. Auf der Straße nach Lomza mußte man über eine Brücke. Der Kommandeur wollte wissen, ob sie unzerstört war und welche Tragfähigkeit sie hatte. Unsere schweren Panzer wogen immerhin 24 Tonnen. Hugo Pieper trat aufs Gaspedal. Die Windschutzscheibe hatten wir umgeklappt, um Schußfeld für das MG, das auf eine Fliegerdrehstütze gesetzt war, zu haben. Dicht hinter unserem Wagen folgte ein Kradmelder vom Kompanietrupp angehängt und hinter ihm im Kübelwagen unser neuer Kompaniechef, Hauptmann Schmidt.

Wir verlangsamten unser Tempo, als wir im Straßengraben, weit vor uns, etwas Undefinierbares ausmachen. Wir hielten, schauten durch die Gläser. Es war etwas Dunkles, und Rauch kräuselt auf. Dann erkannten wir einen kleinen Pkw, der mit dem Heck im Straßengraben hing. Es war ein olivfarbenes Militärfahrzeug. Die Windschutzscheibe war zersplittert. Die Karosserie hatte Splittereinschläge und auf den Vordersitzen hingen zwei tote polnische Soldaten. Der Fahrer hatte die Arme herunterhängen und lag mit dem Kopf auf dem Lenkrad. Der Beifahrer lag weit zurückgelehnt in seinem Sitz, ihm fehlte die

linke Gesichtshälfte. Die Rückbank schwelte und verbreitete einen widerlichen Brandgeruch.
Wir standen fassungslos um das Fahrzeug, auch Hauptmann Schmidt hatte jetzt zu uns aufgeschlossen. Er war sichtlich von dem Anblick erschüttert und gab mit gepreßter Stimme den Auftrag, die Nummer auf den Schulterklappen der beiden Toten festzustellen. Auch mich nahm der Anblick schwer mit, aber ich verspürte auch das Verlangen, richtig hinzusehen, obwohl es mir nicht leicht fiel, so, als ob ich etwas für mich Wichtiges über das Leben oder das Schicksal erfahren könnte. Anders als bei dem Jungen in Scuscin, erschien mir der Anblick hier nicht überraschend. Es waren immerhin Soldaten und solches war eben in einem Krieg normal, wenn man den Krieg schon als normales Geschehen betrachtete. Vermutlich waren sie mit ihrem Wagen einem Panzerspähwagen unserer Aufklärungsabteilung vor die Kanone gefahren . . .
Die Straßenbrücke war unzerstört und ihre Tragfähigkeit lag bei 30 t.

Der merkwürdige Ausdruck im Gesicht von Hauptmann Schmidt beim Anblick der beiden Toten beschäftigte mich. Was war der Hauptmann für ein Mensch? Weltkriegsoffizier mit dem EK I, wohlbeleibter Genießer mit der unvermeidlichen Zigarre und seiner Art sich von den Leuten im Kompanietrupp bedienen zu lassen. Das konnte doch nicht alles sein. Für einen Reserveoffizier war er erstaunlich selbstsicher und ich hatte das Gefühl, daß er noch für ein paar Überraschungen gut sein konnte.
Bei der nächsten Gelegenheit kamen mir aber wieder Zweifel, denn der Hauptmann machte vor unser aller Augen keine gute Figur, so glaubten wir jedenfalls. Es war eine jener Pausen, in denen der Krieg seinen Atem aussetzt.
Wir lagen am Strand des Narews in der Sonne oder spülten uns den Körper vom Staub ab. Ein anschwellendes Ge-

räusch, wie wir es in Kriegsfilmen schon einmal gehört hatten, nur viel lauter und bedrohlicher. Und dann 200 Meter hinter uns der Einschlag mit seiner Fontäne aus Erde, Qualm und Splitter. Wir genossen das Schauspiel, das sich noch zweimal wiederholte, überrascht und neugierig. Nicht so der Kompaniechef, der nur mit Badehose bekleidet, sich mit erstaunlicher Geschwindigkeit im Straßengraben in Sicherheit gebracht hatte.

Wir hielten uns für tapfer, in Wirklichkeit waren wir nur ahnungslos. Hauptmann Schmidt mit seiner Erfahrung aus dem Weltkrieg hatte sich sinnvoll und wir uns sehr töricht verhalten. Niemand hatte uns jemals erklärt, was in einem solchen Falle eigentlich vor sich geht. Die drei Granaten mit ihrer Begleitmusik waren für uns ein Naturereignis wie eben Donner und Blitz. Das schaut man sich an, denn man kann ja doch nichts daran ändern. Es drang einfach nicht bis in unser Bewußtsein, daß hinter der Artillerie-Lage eine recht irdische und zielgerichtete menschliche Tätigkeit verborgen war.

Irgendwo im Gelände, für uns unsichtbar, saß da ein Artilleriebeobachter, hatte uns im Scherenfernrohr, gab der Batterie über Funk das Ziel an und ließ auf uns schießen. Wenn das beim ersten Mal nicht treffen sollte – eine kleine Schußkorrektur und die nächste Lage lag im Ziel. Wir hatten pures Anfängerglück, daß es hier bei den drei Schuß blieb. Weiß der Himmel, warum. Vielleicht mußte die Batterie Stellungswechsel machen, war die Munition knapp, oder wurde sie gerade von unseren Flugzeugen beharkt? Sie trat nicht mehr in Erscheinung. Auch nicht als die Brückenfahrzeuge eintrafen und wir unsere erste Kriegsbrücke bauten.

Die kümmerlichen drei Granaten betrachteten wir als unsere Feuertaufe, obwohl wir immer noch nicht an einer Kampfhandlung teilgenommen, noch keinen Schuß abgegeben hatten. Der Krieg beschränkte sich auf Bilder: abgebrannte Dörfer, von denen nur noch die Schornsteine standen; flüchtende Bevölkerung auf Panjewagen hoch mit Hausrat und Bettzeug beladen; weggeworfene Waffen und Ausrüstungsgegenstände; eine von Fliegerbomben zerschlagene Kolonne mit Geschützen, toten Pferden und Munitionswagen; drei deutsche Soldatengräber mit den Holzkreuzen, auf denen die Stahlhelme hingen. Alles Zeugnisse eines Kriegsgeschehens, das sich bereits abgespielt hatte, bevor wir da waren.

Doch dann passierte etwas ganz in unserer Nähe. Vor uns in der Marschkolonne kam es zu einer kurzen Schießerei. Der Vormarsch stockte für eine Viertelstunde, dann rollten die Fahrzeuge an und kommen wieder zum Stehen. Am Straßenrand kam uns ein polnischer Soldat mit erhobenen Händen entgegen. Hinter ihm vier Infanteristen mit umgehängtem Karabiner und daneben ein Unteroffizier mit schußbereiter Pistole. Feldwebel Jäger wollte wissen, was mit dem Polen los sei. »Das ist einer von den verfluchten Heckenschützen. Die Schweine haben in den Chausseebäumen gesessen und die ersten Fahrzeuge durchgelassen. Dann haben sie auf den Kommandeurswagen geschossen. Unser Ordonnanzoffizier ist tot. Diese Sau hier wird umgelegt.«

Die »Sau« sah sehr menschlich aus. Ob sie uns verstand? Ihrem Gesicht war das nicht anzumerken. Konnten mit Heckenschützen eigentlich Soldaten in Uniform gemeint sein?

Immer wieder hatte man uns belehrt, daß die Polen mit ihren Heckenschützen einen hinterhältigen Krieg führten. Aber dieser hatte doch bestimmt gewußt, daß er in der Baumkrone keine Chance hatte, davonzukommen. Und dann wartete er noch kaltblütig auf ein »lohnendes Ziel«. Aus polnischer Sicht hatte er doch einen Orden verdient! Wie sahen wohl unsere Taten mit polnischen Augen gesehen aus? Ich versuchte an die von Polen hingemetzelten Volksdeutschen zu denken, von denen ich im Radio gehört hatte (das stimmte zum Teil) und an den polnischen Überfall

auf den Sender Gleiwitz vor Kriegsausbruch (das stimmte nicht, das war eine gemeine Propagandalüge).
Alles war so neu, so ganz anders, als ich es in Büchern über den Krieg gelesen hatte und auf vieles fand ich keine Antwort.

Allmählich wurde das Marschtempo langsamer und der polnische Widerstand stärker. Vor uns, am Bug, lag die Stadt Brest-Litowsk. Auf einem Landgut schon in Sichtweite des Stadtrandes zogen wir mit der Kompanie unter. Es wurden die üblichen Sicherungen ausgestellt. Die Feldküche gab das Abendessen aus. Wer nicht zur Wache eingeteilt war, kroch ins Stroh. Nach ein paar Stunden war es mit dem Schlaf vorbei. Eine wilde Schießerei weckte uns. Alarm!
Eines unserer vorgeschobenen Maschinengewehre war deutlich herauszuhören. Der übrige Feuerzauber lief an einem Gehöft, das nicht mehr zu unserem Kompaniebereich gehört. Kein Mensch wußte, woher die Weisheit kam, aber einer rief es dem andern zu: »Die Polen sind durchgebrochen!« Die Schießerei wurde noch hysterischer. Feldwebel Jäger lag neben mir und bat mich mit gepreßter Stimme, seiner Frau zu schreiben, falls ihm etwas zustieße. Ich war peinlich berührt, denn der schneidige Jäger, mein heimliches Vorbild, wurde weich. Aber, jeder hat nun einmal einen schwachen Augenblick, warum nicht auch Jäger, der später zeigen sollte, was für ein Kerl er war. Als er als Hauptmann in Rußland fiel, war er allerdings schon nicht mehr bei uns.
Bei Tagesanbruch legte sich die Aufregung. Niemand konnte von sich mit Sicherheit behaupten, einen einzigen Polen gesehen zu haben. Keiner wußte, worauf er eigentlich geschossen hatte. Wie würde das Durcheinander erst sein, wenn es wirklich ernst war? Das sollten wir bald erfahren.
Der Tag lief ganz gemütlich an. Wir beobachteten ungefähr 20 Stukas vom Typ Ju 87, die einen Angriff auf die Festung

flogen. Für uns war die Welt in Ordnung, aber am Abend sollte sie es nicht mehr sein.
Hauptmann Schmidt kam vom Bataillonsstab zurück. Eilig und das Kartenbrett unter dem Arm stapfte er in das Haus, das als Kompaniegefechtsstand zweckentfremdet worden war. »Zug- und Gruppenführer zum Kompaniechef«, wurde durchgerufen. Es lag etwas in der Luft. Nach 30 Minuten wußten wir alle, was die Stunde geschlagen hatte.
Unsere Kompanie war einem Schützen-Bataillon unterstellt, das in den Abendstunden zum Angriff auf die Festung antreten sollte. Unsere Aufgabe war es, die Schützen durch das Beseitigen von Sperren und beim Angriff auf die Befestigungen mit Stoßtrupps zu unterstützen.
Es war »Bereitschaft für Stoßtrupp« befohlen und alles lief wie im Manöver. Handgranaten wurden scharf gemacht, geballte Ladungen (3 kg) und Zündschnuranzünder mit Sprengkapseln ausgegeben. Die Flammenwerfer wurden einsatzbereit gemacht und Nebelhandgranaten verteilt. Die MG-Schützen gurteten Munition und die gestreckten Ladungen wurden überprüft. Das waren drei Meter lange Eisenrohre, die mit Sprengstoff gefüllt waren. Mit ihnen konnten Gassen in die Stacheldrahthindernisse gesprengt werden. Die Späße, die dabei gemacht wurden, klangen zu verkrampft, um echt zu sein. Man hatte ein unangenehmes Gefühl in der Magengrube, war gespannt und neugierig darauf, wie man sich selbst verhalten würde.
In Schützenreihe mit großen Abständen gingen wir in die Straßengräben links und rechts der Straße auf den Stadtrand vor. Nach den ersten Häusern schwenkten wir nach links ab und kamen in eine Schrebergartenanlage, wo wir uns verteilten. Wir warteten darauf, daß man uns brauchte. Die Sonne stand schon sehr tief, als eine Schützenkompanie an uns vorbeikommend in ihren Bereitstellungsraum vorrückte. Sie zogen wie Silhouetten gegen das Abendrot abgehoben an uns vorbei, wie auf einem verkitschtem hero-

ischem Gemälde. Sie sahen wirklich wie Helden aus. Mit Stahlhelm, Sturmgepäck, MG-Schützen mit umgehängten Munitionsgurten, die Lafette des schweren Maschinengewehrs oder eine Bodenplatte eines Granatwerfers auf dem Rücken und die Handgranaten im Koppel oder in den Stiefelschäften. Zur gleichen Zeit setzten unsere Batterien mit dem Störfeuer auf das Gefechtsvorfeld ein. Die Lagen zogen fauchend über uns hinweg. Im Kino konnte das nicht ergreifender sein. Aber bei uns machte sich ein klammes Gefühl breit. Die Raucher unter uns zogen nervöser an ihren Zigaretten als sonst. Ein paar flapsige Bemerkungen sollten Gelassenheit vortäuschen, aber jeder wußte von jedem, daß ihm mulmig zumute war. Ich war davon nicht ausgenommen.

Die Soldaten des Schützenbataillons, die an uns vorüberzogen, hatten schon ein anderes Stadium erreicht. Bei ihnen fiel keine schnoddrige Bemerkung, sie waren schweigsam und erschienen seltsam entrückt.

Feldwebel Jäger wurde zum Kompaniechef gerufen und ich schloß mich als Melder selbstverständlich an. Inzwischen war es stockdunkel. Der Mond war noch nicht aufgegangen, und wir stolperten über Gemüsebeete und niedrige Gartenzäune. Vor uns Maschinengewehrfeuer, unverkennbar polnisches. Dann standen wir vor einem mannshohen Bahndamm. Es klang so, als ob direkt hinter dem Damm das feuernde Maschinengewehr stand. Da kam unser Kompanietruppführer über den Damm gehechtet. Der Hauptmann war tatsächlich auf der anderen Seite. Wir mußten also rüber. Was uns so irritierte war der Geschoßknall, der entstand, weil das Infanteriegeschoß mit mehrfacher Schallgeschwindigkeit flog und dabei die Schallmauer durchbrach. Man hörte ihn allerdings nur, wenn das Geschoß auf einen zuflog.

Hauptmann Schmidt hinter dem Bahndamm, vor dessen Füßen wir landeten, wußte das natürlich und strahlte Ruhe aus, die unvermeidliche Zigarre im Mund. »Die Polen sind mindestens 500 Meter entfernt.« Der Chef wollte, daß Jäger den Zug bis an den Bahndamm vorzog, damit er bei den Schützen eingreifen konnte, wenn es notwendig wurde. Ich mußte den Befehl nach hinten bringen, den Zug hierher führen und mich zurückmelden. Das bedeutete unter anderem, daß ich zweimal über den ungemütlichen Damm springen mußte.

Ziemlich außer Atem war ich nach getaner Arbeit wieder bei Jäger und Schmidt, die beunruhigt waren, denn vorne tat sich etwas. Die Artillerie hatte ein eindrucksvolles Vorbereitungsfeuer geliefert. Dann waren bei den Schützen weiße Leuchtkugeln hochgegangen. Das konnte ein Zeichen dafür sein, daß das Artilleriefeuer zu kurz lag und die eigenen Soldaten gefährdete. Das war alles passiert als ich unterwegs war. Im Augenblick nahm das Schützenfeuer heftig zu. Lange Feuerstöße aus den Maschinengewehren, kleckerndes Einzelfeuer. Dazwischen das Krachen von Wurfgranaten oder Handgranaten. Und dann hörten wir – unglaublich aber ganz deutlich: Die Schützen sangen das Deutschlandlied. Nein, das war kein Gesang, es klang schaurig. »Die spielen Langemarck«, ging es mir durch den Kopf.

Langsam verebbte das Feuer, bis zum Schluß nur noch die langsamer feuernden polnischen Maschinenwaffen zu hören waren. Hauptmann Schmidt hielt den Angriff für gescheitert. Er wartete immer noch auf einen Melder, der über die Vorgänge bei den Schützen Klarheit schaffen sollte, aber der kam nicht zurück. Schmidt hatte mit seinen Befürchtungen recht behalten. Die Schützenkompanie, die vor zwei oder drei Stunden an uns vorbeigezogen war, kehrte zurück. Es waren ganze 17 Mann, einige von ihnen verwundet und alle sahen aus, als ob sie in den wenigen Stunden um Jahre gealtert wären.

Ihr Angriff war abgeschlagen, es gab niemanden mehr, den wir unterstützen hätten können.

Wir sprangen noch einmal über den Bahndamm und verbrachten den Rest der Nacht in den Schrebergärten unter freiem Himmel. Ich schlief erschöpft ein, und die Batterie ganz in meiner Nähe, die noch stundenlang in unregelmäßigen Abständen auf die Festung feuerte, störte mich dabei überhaupt nicht.
Am Morgen weckte mich Gewehrfeuer. Da wurde man schnell wach. Ein polnischer Doppeldecker, eine Kiste wie aus dem Weltkrieg, kam im Tiefflug über die Schrebergärten genau auf uns zu. Alles, was eine Waffe hat, schoß auf diesen Vogel. Der Wahnsinnsknabe gab aber nicht auf, drehte im Messerflug eine Kurve, damit wir seine polnischen Hoheitsabzeichen auf der Maschine deutlich sehen konnten und flog uns wieder an. Ich schoß im Liegen auf die extrem tief fliegende Maschine. Es wurde keine Ruhmestat. Der erste Schuß, den ich in diesem Krieg abgab, traf eine Eisenbahnschiene drei Meter vor mir.
An meiner Schießkunst konnte es also nicht gelegen haben, daß die Maschine ganz dicht bei uns eine Bruchlandung machte. Pilot war ein polnischer Oberleutnant. Wir zogen ihn aus dem, was von seinem Flugzeug noch übrig geblieben war. Mit einem Verbandspäckchen versorgten wir seinen glatten Oberschenkelschuß. Der schien ihn nicht so sehr zu beunruhigen, wie die Tatsache, daß die Deutschen schon in Brest-Litowsk waren.
Gegen Mittag waren wieder die Stukas da und bombardierten die Festung und zwei Stunden später kapitulierten die Verteidiger. Damit war für uns der Krieg erst einmal gelaufen. Zwei oder drei Tage brachten wir noch in der Stadt zu. Bei der Befehlsausgabe wurde bekannt gegeben, daß wir damit rechnen müßten, mit der Roten Armee, also mit den Russen Kontakt zu bekommen. Wie wir uns da zu verhalten hätten, wurde nicht gesagt. Anscheinend wußte auch der Hauptmann nichts Genaues. Wir räumten die Stadt und traten mit unseren Fahrzeugen den Rückmarsch an. Nach

uns rückte die Rote Armee in Brest-Litowsk ein. Die Stadt wurde sowjetisches Territorium und die letzten deutschen Einheiten verabschiedeten sich mit einer gemeinsamen Parade. Die Soldaten unseres Schützenregiments waren für die Sowjetunion gefallen. Drei Jahre später sollten wieder deutsche Soldaten um die Festung kämpfen. Die Rotarmisten verteidigten sie vier Wochen lang und gaben erst auf, als die Deutsche Armee schon tief in ihrem Land stand. Der Festungskommandant sollte nach dem Krieg von einem Kriegsgericht wegen seiner Kapitulation zum Tode verurteilt werden.

Wer kann schon in die Zukunft blicken? Ich versuchte in der Nacht, die ich in einem typisch ostpreußischen Bauernhaus verbrachte, eine Bilanz der letzten Wochen zu ziehen. Gut, mir war nichts passiert, aber das war ebenso Zufall, wie es auch Zufall war, wenn es einen traf. Oder stimmte das gar nicht? Gibt es ein Schicksal, das einem jeden zugedacht ist? Bei dem Anblick der beiden toten polnischen Soldaten hatte ich vergebens nach einer Antwort gesucht. Einen Toten und vier Verwundete hatten wir in der Kompanie. Waren wir billig davon gekommen? Wann war es nicht mehr billig? Bei den vielen Toten von der Schützenkompanie und den Tausenden auf beiden Seiten? Etwas habe ich gelernt: Menschen kann man erst in Bewährungssituationen beurteilen. Sich selbst auch und ich war mit mir nicht zufrieden. Große heldische Leistungen hatte ich nicht vollbracht, oder war der Sprung über den Bahndamm, mit der Angst im Bauch, schon eine Leistung gewesen? Richtige Leistung war mir noch gar nicht abverlangt worden. Wie würde ich mich wohl verhalten, wenn es einmal so weit war?

Wir waren in Danzig und warteten auf einen Transportzug, der uns zurück in die Kaserne bringen sollte. Das konnte Tage dauern. Die Leute in der Stadt waren wie aus dem Häuschen. Wir wurden mit Begeisterung und Aufmerksamkeiten förmlich überschüttet und als Befreier gefeiert, aber den Gipfel erlebten wir erst, als wir auf unseren Fahrzeugen in Hannoversch Münden eintrafen. Die ganze Stadt war auf den Beinen, man jubelte und es regnete Blumen über Blumen. Frau Jäger stand am Straßenrand und warf ihrem Mann eine Rose in den Wagen. Ich war froh, daß ich ihr keinen Brief schreiben mußte.

Ich hatte die erste Sprosse meiner militärischen Karriereleiter erklommen und trug den Gefreitenwinkel auf dem Arm. Jetzt bekam ich pro Tag 25 Pfennig mehr Löhnung. Was aber noch mehr zählte – es gab zehn Tage Sonderurlaub.

Urlaub nach einem siegreichen Feldzug in einer Kleinstadt, in der man sich kennt, das war schon eigenartig. Man wurde angesprochen. »Wie war das in Polen?« Man wurde mit Zigaretten beschenkt, zum Bier oder Kaffee eingeladen. Wie mit der Buschtrommel hatte es sich verbreitet: Alle Urlauber treffen sich im »Goldenen Engel«, der Gastwirtschaft am Marktplatz. 20 junge Soldaten aller Waffengattungen, alle stolz auf Erlebtes und palavernd. Ein Jungvolkkamerad, inzwischen im Reichsarbeitsdienst, erzählte grinsend, wie er mit ein paar anderen in Polen einen Juden totgetrampelt hatte. Mir kam die Galle hoch, weil ich sicher war, der Bursche machte sich nur wichtig. Ich riet ihm, sein dummes Maul zu halten, und er verstummte endlich.

Auch mein Bruder Albert war in Urlaub gekommen. Mit seinem SS-Pionier-Bataillon war er weiter südlich, im Raum von Radom, eingesetzt. Albert war viel stiller und in sich gekehrt als sonst. Sehr zur Enttäuschung von Werner, mit seinen 16 Jahren der jüngste von uns Brüdern, der vor Neugier fast platzte. Aber auch bei mir kam keine rechte Erzählerfreude auf.

Elisabeth, eine ehemalige und flüchtige Freundin, machte uns einen Kaffeebesuch. »Ich war gerade in der Gegend.« Sie ging scharf ran, verabredete sich mit mir für den Abend zu einem Kinobesuch. Nun wußte ich endlich auch, wie das mit den Mädchen eigentlich ist. Im siebenten Himmel

schwebte ich nicht gerade, denn mein Herz gehörte uneingeschränkt Claudia, meiner romantischen Jugendliebe. Mit ihr wechselte ich scheue und scheinbar belanglose Briefe. Claudia war Führerin im weiblichen Arbeitsdienst und wir sahen uns nur sehr selten, weil wir kaum einmal zur gleichen Zeit Urlaub hatten.
Die faulen Tage zuhause waren vorbei und in der Kaserne war wieder ein geregelter Dienstbetrieb eingekehrt. Die Disziplin war unverändert, doch das Verhältnis meines Jahrgangs zu den Dienstälteren, die jetzt Obergefreite waren oder gerade zu Unteroffizieren befördert worden waren, hatte eine kameradschaftliche Färbung angenommen. Es gab personelle Veränderungen, Versetzungen und Kommandierungen. Ich sollte zum Bataillonsstab versetzt werden und konnte das gerade noch verhindern, denn ich wollte unbedingt in meiner Kompanie bleiben. Mit Neid sahen wir zu, wie die dritte Kompanie auf Schützenpanzer und leichte Panzer vom Typ 2 umstieg. Damit reagierte man auf die Erfahrungen aus dem Polenfeldzug, wo die durchgebrochenen Panzerspitzen in Schwierigkeiten geraten waren, weil die Pioniere in ihren ungepanzerten Fahrzeugen nicht hatten folgen können. Es wurde überall gelernt. Die Offiziere hatten Planspiele und Rahmenübungen. In der Kompanie lief die Spezialistenausbildung auf vollen Touren. Langsam begriff ich die Feinheiten im Zusammenspiel mit anderen Waffengattungen. Das hatte in Polen durchaus nicht immer reibungslos geklappt.
Noch bevor der Winter hereinbrach, räumten wir unsere Kasernenanlage für Ersatzeinheiten und bezogen in Weilburg an der Lahn Privatquartiere. Ich wohnte bei dem Inhaber eines Konfektionsgeschäfts. Mein Zimmer teilte ich mit unserem Sanitätsunteroffizier Erwin Spiegel. Der rotgelockte Filou hatte sich im Sturmlauf die schönste der sechs Verkäuferinnen, die im Erdgeschoß arbeiteten, herausgepickt. Aber nette Mädchen gab es in Weilburg genug. Ein

paar Soldaten fanden hier sogar »die Frau ihres Lebens«, die sie dann im Frühjahr, als wir an die Mosel verlegten, als Verlobte zurückließen.
Dieses Mal wohnte ich mit einem anderen Melder zusammen bei einem Winzer im »ältesten Weinort Deutschlands«, in Dhron. Das Verhältnis zu den Dhronern war denkbar gut. Wir wurden zu Kellerproben eingeladen und bekamen täglich unsere Flasche »Viez«, wie hier der Haustrunk heißt, hingestellt. Tageweise wurden wir vom Dienstbetrieb beurlaubt, um unseren Quartierwirten im Weinberg helfen zu können.
Wer die Zeichen zu deuten verstand, bekam mit, wohin der Hase lief. Häufiger als sonst stand auf dem Dienstplan: Stoßtrupp, gewaltsamer Flußübergang, Kriegsbrückenbau. Kein Zweifel, der nächste Feldzug für uns stand in Frankreich an. Im Unterricht wurden Lichtbilder von Festungswerken der Maginot-Linie gezeigt. Unser Hauptmann Schmidt entwickelte sich zur Legende. Unser Schirrmeister, der für die Fahrzeuge zuständig war, war mit dem Hauptmann auf dem Kraftfahrzeug-Park. Schmidt hatte den Wunsch nach einem bequemen Wagen geäußert, fand aber bei den Verwaltungsmenschen, die nun einmal für solche Zuteilungen zuständig sind, nicht sofort Verständnis. Der Schirrmeister konnte Schmidt hervorragend parodieren, wie der die Zahlmeister breitwalzte: »Sie werden doch wohl noch in der Lage sein, dem Führer einer Einheit der ersten Angriffswelle ein vernünftiges Fahrzeug zur Verfügung zu stellen.« Man war in der Lage. Das vernünftige Fahrzeug war eine attraktive Mercedes-Limousine, natürlich in Wehrmachtsgrau, in der sich unser zigarrenrauchender Hauptmann prächtig ausnahm.
Seinen nächsten Beweis für Selbstvertrauen gab Schmidt unserem Divisionskommandeur, Generalleutnant Schaal. Der hatte sich eine Bataillonsübung angesehen. Wir hatten mit viel Nebel und Platzpatronen einen gewaltsamen Über-

gang über die Mosel vorgeführt, den Fährbetrieb aufgenommen und eine Kriegsbrücke gebaut. Der General war ziemlich zufrieden, gab aber unserem Hauptmann wegen irgendeiner Panne eine Rüge, obwohl der damit überhaupt nichts zu tun hatte, sie ging auf das Konto einer anderen Kompanie.

Das hatte sich auch bis zum General herumgesprochen. Beim Abendessen erhob er sein Glas, trank Schmidt zu und fragte sehr jovial: »Warum haben Sie mich denn nicht auf meinen Irrtum aufmerksam gemacht, Herr Schmidt?« Schmidts Antwort: »Hält nur auf, Herr General.« Der alte Knabe wurde uns geradezu sympathisch.

Im April kam Unruhe in unser Leben. Ein paar Mal bereiteten wir uns auf den Abmarsch vor, der dann wieder abgeblasen wurde. Mein ehemaliger Rekrutenoffizier, Helmers, den in Prag der Handgranatensplitter erwischt hatte, war wieder bei uns aufgetaucht. Aber nur kurz. Er wurde zum Oberleutnant befördert, nahm den zweiten Zug unserer Kompanie als Stamm für eine neu aufzustellende Kompanie mit und war wieder weg; mit ihm auch unser Feldwebel Jäger. Als mein neuer Zugführer tauchte ein Feldwebel Wigand auf, der wenige Tage später zum Leutnant befördert wurde. Die anderen Lücken in der Kompanie wurden aufgefüllt und wir waren wieder komplett, als wir in den ersten Maitagen bei Nacht und Nebel abrückten.

Keiner von uns wußte, wohin es ging. In der Eifel sammelten sich die Kolonnen. Es sah so aus, als ob die ganze Division auf dem Marsch war. Alles läuft perfekt und kriegsmäßig. Bei einem Halt sah ich, wie Soldaten unserer Aufklärungsabteilung die Magazine ihrer Maschinenpistolen füllten. Aber noch war es nicht so weit. Vor dem Hellwerden wurde die Grenze zu Luxemburg erreicht und wir verschwanden in einem Dorf, das von der Zivilbevölkerung geräumt war. Von nun an geschah alles kriegsmäßig. Flie-

ger-MGs wurden aufgestellt und die Fahrzeuge getarnt. Im Ort gingen Streifen, und die Brücken über den Grenzfluß, die Sauer, waren gesperrt.
Das war nicht unser Werk, sondern die Luxemburger hatten auf ihrer Seite die Brücke mit einer Betonmauer blockiert. Dahinter stand ein Doppelposten von Zollbeamten. Die Zugtrupps waren eifrig bemüht die genauen Maße der Betonmauern festzustellen. Nachts ging auch einmal ein Spähtrupp über die Sauer, um weitere Straßensperren auszumachen. Die darauffolgenden Tage übte die Kompanie mit einem Spurtafel-Brückengerät, das genau auf die Betonmauer zugeschnitten war.

»Wir haben euch doch nicht den Krieg erklärt«

In der Nacht zum 10. Mai 1940 stellte sich wieder diese unbeschreibliche Stimmung nach Aufbruch, Abenteuer, aber auch nach Ungewissem und Beängstigendem ein. Das fiel alles ab, als wir im Morgengrauen aufsaßen. Ein Zug unserer Kompanie hatte in weniger als zehn Minuten die Brücke über den Betonriegel geschlagen. Die beiden Zöllner auf der luxemburgischen Seite waren wortlos zurückgetreten und die Fahrzeuge rollten über die Brücke nach und durch Echternach.

Drei Panzerspähwagen hatten die Spitze übernommen, wir folgten. In den verschlafenen Dörfern öffneten die Bewohner, vom Motorenlärm geweckt, die Fenster und trauten ihren Augen nicht. Nach wenigen Stunden hatten wir die Grenze nach Belgien überschritten, kein Augenblick ein Gedanke darüber, daß wir zwei neutrale Länder überfallen hatten. Das war ja nicht unser Bier – so einfach war das.

Die Ereignisse mußten sich herumgesprochen haben, denn ein Flugzeug flog unsere Kolonne an, drehte aber gleich nach den ersten MG-Schüssen wieder ab.

Wir hatten es eilig voranzukommen und als die Marschkolonne wieder verhielt, fuhr ich mit dem Krad zur Spitze. Eine Baumsperre, aber längst nicht so gut wie die in Polen. Ich schickte den Kradfahrer mit der Meldung, die durch eine Lageskizze ergänzt war, zurück. Um nicht unnötig Zeit zu verlieren, erkundete ich einen Umgehungsweg.

Wir lernten unser Handwerk und die Division wurde für uns

so etwas wie eine Großfamilie. Wir kannten die einzelnen Einheiten. Von den Befehlsausgaben, an denen ich als Melder teilnehmen konnte, war mir ein Teil der Offiziere von den anderen Waffengattungen vertraut und von vielen gemeinsamen Einsätzen her waren mir auch viele Unteroffiziere und Männer bei den Schützen, Panzerjägern und Artilleristen bekannt. Zu dem Schicksal der Pioniere gehörte es nun einmal, daß sie selten als geschlossene Einheit auftraten. Die Kompanien, Züge, ja sogar die Gruppen wurden einzeln anderen Waffengattungen zugeteilt, um spezielle Aufgaben zu übernehmen. Das erforderte sehr viel Selbständigkeit und Durchsetzungsvermögen, damit man dort nicht »verheizt« wurde. Andererseits waren wir fast immer hochwillkommen und genossen viel Vertrauen.
Das Wetter war fast sommerlich und die Nächte auf Sicherung oder bei dem kurzen Schlaf auf dem Erdboden waren erträglich. Am dritten Tag gingen wir über die französische Grenze und näherten uns Sedan, der Stadt, die in vielen deutschen Soldatenliedern vorkommt und in der am 2. September 1870 Napoleon III. von den Deutschen gefangengenommen wurde.
Gegen die Franzosen empfanden wir weder Haß noch Feindschaft. Die Kameradschaft der »Frontsoldaten über die Schützengräben des Ersten Weltkriegs« hinweg hat in der Propaganda eine große Rolle gespielt und die Bücher über den letzten Krieg hatten ihr Übriges getan. Im Gegensatz zum polnischen, war der französische Soldat auch nie als Untermensch dargestellt worden. Außerdem wußten wir: Wir hatten den Franzosen nicht den Krieg erklärt, sondern sie uns, wenn auch auf den Druck der Engländer. Damit war alles klar. Eine differenziertere Betrachtung war offensichtlich nicht notwendig. Aber die französische Zivilbevölkerung hatte unser Mitgefühl. Den Flüchtlingen – und in den nächsten Tagen waren die Straßen voll von ihnen – halfen wir, so gut wir konnten. Immer stießen wir auf

Dankbarkeit und Verwunderung, weil man von den »Boches« ganz andere Vorstellungen vermittelt bekommen hatte.

Bis zur Maas waren es nur noch wenige Kilometer. Wir befanden uns bei Bazeilles, das ebenfalls im Krieg 1870/71 eine große Rolle gespielt hatte. Ich hatte den Auftrag, mit dem Kommandeur eines Schützenbataillons Verbindung aufzunehmen, dessen Bataillon wir mit Floßsäcken (Schlauchboote) über die Maas setzen sollten.

Mutterseelenallein stapfte ich los, verließ den Feldweg, der am halben Hang entlangführte und überquerte ein frischgeeggtes Feld. Unten im Tal verlief eine Landstraße, auf der unsere Schützen in geöffneter Ordnung gegen Bazeilles vorgingen. Dort unten hoffte ich meinen gesuchten Major zu finden. Gelegentlich stieg in der Nähe der Straße die Dreckfontaine eines Granateinschlags auf. Es waren keine großen Kaliber, das Feuer lag ungenau. Das übliche Störfeuer.

Ein Flugzeug brummte. Ich drehte mich danach um und sah eine große zweimotorige Maschine. Eine Heinkel 111, beruhigte ich mich, aber schon spritzten im Acker die Einschläge des Bord-MGs neben mir auf. Die »Heinkel 111« war eine französische Potez 63. Anscheinend hatte sie meine kriegsentscheidende Wichtigkeit nicht erkannt, denn sie verschwendete keinen zweiten Feuerstoß an mich.

Fast war ich an der Straße, als eine Granate in ein einzelnes Gehöft schlug. Als ich dort ankam, ließ sich ein Schütze gerade seine Splitterverletzung am Oberarm verbinden. Mir war nicht ganz geheuer, und ich legte eine kleine Pause ein. Eine alte Soldatenregel (die nicht stimmt) sagt, daß da, wo eine Granate eingeschlagen ist, nicht so bald wieder eine einschlagen wird.

Der Schütze war inzwischen verbunden. Statt aber auf den nächsten Sanka zu warten, oder sich nach hinten abzusetzen, nahm er seine MG-Lafette auf den Rücken und zok-

kelte seinem Haufen hinterher. Recht beschämt darüber machte ich mich nun auch wieder auf die Socken.
Als ich den Bataillonsgefechtsstand der Schützen fand, war der Major nicht da. Aber der Adjutant wies mich in die Lage ein und gab mir einen Befehl an Hauptmann Schmidt mit.
Alles lief nun wie im Manöver. So sah es jedenfalls aus. Der diesseitige Ortsteil von Bazeilles war weitgehend in unserer Hand. Die Kompanie verteilte sich auf einer Straße, die durch einen Park mit uralten Bäumen führte, der durch Mauern von der Straße abgegrenzt ist. Weit auseinandergezogen warteten wir hier auf die Lkw, die uns die Floßsäcke bringen sollen. Hauptmann Schmidt war mit seinem Kübelwagen und zwei Krädern bereits da, da kamen auch die Lastwagen. Eilig wurden die Schlauchboote abgeladen. Wir wollten hier jede unnötige Massierung vermeiden und die Franzosen nicht darauf aufmerksam machen, daß sich hier etwas anbahnte. Die Pioniere gingen daran die Floßsäcke zu entrollen und mit der Fußpumpe aufzupumpen. Leutnant Wigand hatte mir den Auftrag gegeben, die Namen aller hier Beteiligten aufzulisten. Der Sinn dieses Befehls war mir zwar nicht ganz klar, aber ich machte mich an die Arbeit. Dazu mußte ich ein ziemliches Stück Straße abschreiten, um niemanden auszulassen. Beim Kübel von Hauptmann Schmidt fing ich an. Langsam näherte ich mich dem anderen Ende der Kompanie.
Da brach die Hölle los. Der Himmel war plötzlich verdunkelt. Ich lag an der Parkmauer zwischen Brennesseln und wußte nicht, wie ich dahingekommen war. Meine Hände waren aufgerissen und der Ellenbogen schmerzte. Das nächste, was ich wahrnahm, war ein Telefonmast, der quer über der Straße lag, und in einer Staubwolke bewegten sich ein paar Gestalten. Am schlimmsten sah es am anderen Ende aus. Der Chefwagen stand in Flammen und auch das Beiwagenkrad hinter ihm brannte.
Ich rappelte mich auf. Der Cheffahrer lag leblos im Fahrer-

sitz. Noch bevor ich etwas unternehmen konnte, detonierten im brennenden Wagen Handgranaten, und MG-Munition ging hoch. Hier konnte man nicht mehr helfen. Ich drehte mich um. Wo war der Rest der Kompanie? Herold, der Tabakhändler, dessen Frau mich gebeten hatte, auf ihn aufzupassen, lag am Boden. Seine Hose war zerfetzt. Er hatte einen Splitter im Bauch. Der Einschuß war nur zwei Zentimeter lang, gezackt und blutete nicht. Ein weiterer Splitter hatte am Oberschenkel eine stark blutende Wunde gerissen. Ich verband sie mit einem Verbandspäckchen. Als ich mich aufrichtete, sah ich, daß sich andere Kameraden, die ihren ersten Schock überwunden hatten, ebenfalls um die Verwundeten kümmern.

Es waren nicht genug für die vielen, die Hilfe brauchten und mit Verbandspäckchen allein konnte man in den meisten Fällen ohnehin nichts ausrichten. Ich griff mir ein unversehrt an der Parkmauer lehnendes Solokrad. Der Fahrer war nicht auffindbar und ich hatte natürlich keinen Zündschlüssel. Mit der Nadel meines Reichssportabzeichens im Zündschloß bekam ich die Karre zum Laufen. Zwei Kilometer weit auf der Straße nach hinten lag der Gefechtsstand einer Artillerieabteilung. Artillerie hat Funk, dachte ich. So war es, und Sanitätskraftwagen wurden angefordert. Ich konnte zurück zur Kompanie. Bei Hauptmann Schmidt meldete ich, daß Hilfe unterwegs war. Der Hauptmann war verstört, hatte Tränen in den Augen. Ich wußte nicht sicher, ob er mich verstanden hatte.

Nach den ersten Zählungen hatten wir neun Tote und sechsundzwanzig zum großen Teil Schwerverwundete. Fast alle Floßsäcke hatten Treffer und waren unbrauchbar. An den Flußübergang war nicht mehr zu denken. Das ganze war das Werk einer einzigen Granate, die vermutlich aus einem Festungswerk der Maginot-Linie südlich von Sedan abgefeuert worden war.

Später erfuhren wir, daß unsere 2. Kompanie, die links von

uns eingesetzt war, mehr Kriegsglück hatte. Zwar blieben auch hier viele Soldaten tot oder verwundet im höllischen Abwehrfeuer der Franzosen liegen, als sie ihre Floßsäcke über eine überschwemmte Wiese zur Maas schleppen mußten. Aber der Feldwebel Rubarth schaffte es dennoch mit ganzen acht Pionieren über den Fluß zu kommen. Nacheinander kämpfte er mit zweien seiner Unteroffiziere ein halbes Dutzend Betonbunker nieder. Als dann die Franzosen zu einem Gegenangriff ansetzten, kam endlich auch die Infanterie über die Maas. Rubarth war der zweite Soldat im Unteroffiziersstand, der nach dem Feldzug mit dem Ritterkreuz ausgezeichnet wurde. Er sollte als Leutnant in Rußland fallen.
Die Nacht verbrachten wir in Sedan. Die Franzosen hatten am Vortag die Stadt evakuiert. Wir schliefen in den verlassenen Wohnungen auf Sofas oder Betten. Ab und zu schlug in der Stadt eine französische Granate ein. Unsere Stimmung war sehr gedrückt und wir redeten kaum miteinander. Jeder hing in den ersten ruhigen Stunden nach dem Inferno von Bazeilles seinen Gedanken nach. In den Köpfen wurden Eindrücke geordnet und eine erste Bilanz gezogen. Man mußte ja mit dem Geschehenen leben.
Am Morgen weckten uns die Franzosen mit Fliegerbomben. Gegen Mittag übernahmen wir die Kriegsbrücke von Sedan, die von Teilen unserer zweiten und dritten Kompanie noch über Nacht gebaut worden war. Ich wurde als Verkehrsposten eingeteilt. Meine Aufgabe bestand darin, die Fahrzeuge 300 Meter vor der Brückenauffahrt gegebenenfalls zu stoppen, um einen Stau an der Brücke zu vermeiden. Bald zeigte es sich, wie sinnvoll dieser Auftrag war. Die Brücke wurde zum Hauptziel für englische und französische Flugzeuge, denn von hier aus ergoß sich ein endloser Heerwurm von Panzern, Geschützen und Soldaten weit in das französische Hinterland. Die Flugzeuge kamen zu zweit oder zu dritt dicht über die Dächer von Sedan und griffen die Brücke an.

Hier standen eine 8,8 cm-Flakbatterie und eine Anzahl 2 cm-Flakgeschütze, die feuerten, was das Zeug hielt. Die Bomben fielen, ohne Schaden anzurichten, links und rechts von der Brücke ins Wasser, denn das Abwehrfeuer war so dicht, daß es die Flieger nicht wagen konnten, die Brücke in ihrer Längsrichtung anzufliegen. Im Lauf des Tages zählte ich achtzehn Abschüsse durch die Flak.

In der Nacht wurden wir an der Brücke abgelöst, bestiegen unsere Fahrzeuge und reihten uns in die Marschkolonne, die die Brücke überquerte, ein. Bei Hellwerden bogen wir von der Vormarschstraße ab und zogen mitten zwischen französischen Artilleriestellungen unter. Die verlassenen Geschütze stammten in ihrer Mehrzahl bestimmt noch aus dem Ersten Weltkrieg. Es waren durchweg schwere Batterien. Neben ihnen waren noch Unmengen von Granaten und Kartuschen gestapelt.

Gegen Mittag gab es Unruhe. Nach den Meldungen versuchten die Franzosen mit einem Panzerangriff unseren Brückenkopf einzudrücken. Der Angriff kam, aber nicht bei uns, sondern einige Kilometer rechts von uns. Dort gab es einige kritische Augenblicke, denn mit unseren 3,7 cm-Panzerabwehrgeschützen war gegen die stark gepanzerten Kampfwagen der Franzosen kein Blumentopf zu gewinnen. Selbst unsere Kampfwagen mit ihren 5- und 7,5 cm-Kanonen taten sich da schwer. Ein findiger Kompaniechef vom Schützenregiment rettete die Situation in unserer Nachbarschaft mit einem Trick. Er ließ mit allen verfügbaren Leuchtpistolen auf die Dickhäuter schießen. Die Franzosen, die wie im Angriff üblich, alle Luken dicht hatten, glaubten die Leuchtspur von Panzerkanonen zu sehen und drehten ab.

Unser Panzerkeil stieß nun in den nächsten Tagen von Sedan aus in Richtung auf die Kanalküste vor. Bei den Strategen hatte dieses Unternehmen den Namen »Sichelschnitt« erhalten. Mit ihm sollte das britische Expeditions-

korps und ein Teil der französischen Armee vom Gros getrennt werden. Von den strategischen Absichten wußten wir natürlich nichts, aber wir gerieten in eine Art Hochgefühl, in einen Ausnahmezustand. Wir saßen in den Fahrzeugen, eingestaubt, übermüdet und aufgedreht.
Das schwierigste Problem der Truppenführung schien das Verkehrschaos zu sein. Auf den überstrapazierten Straßen drängte alles vorwärts. Oft entstand dabei ein fast unentwirrbares Durcheinander. Laut Divisionsbefehl war immer der dienstälteste Offizier, der anwesend war, verpflichtet in solchen Fällen die Verkehrsregelung zu übernehmen. Als wir einmal in einem solchen Chaos festsaßen, verlangte ein wutentbrannter Oberst, der es besonders eilig hatte, von unserem Hauptmann lautstark zu wissen: »Wer sind Sie, was machen Sie hier eigentlich?« Schmidt hob seine Hand zur Meldung an den Mützenschirm und antwortete in freundlichem Ton: »Hauptmann Schmidt, 1. Pz. Pi. 49., Zuschauer, Herr Oberst.«
Tatsächlich waren wir öfters Zuschauer als Akteure in diesem »reißerischen Stück«, das da wie ein Film vor unseren Augen ablief. Lange Kolonnen niedergeschlagener und erschöpfter Gefangener kamen uns auf der Straße entgegen. Darunter auch Kolonialtruppen mit Farbigen, Algeriern und tiefschwarzen Senegalesen. An Straßenkreuzungen und in den Ortsdurchfahrten lagen zerschossene Fahrzeuge und verstreute Ausrüstungsgegenstände. In Peronne hatten die Stukas einen verzweifelten Versuch der Franzosen, unseren Vormarsch aufzuhalten, vereitelt. Ein schrecklicher Friedhof verglühter Panzerkampfwagen. Obwohl die Luftherrschaft eindeutig bei uns lag, tauchten immer wieder einzelne Feindflugzeuge auf, um uns mit ihren Bordwaffen und Bombern anzugreifen.
Immer häufiger begegneten wir jetzt französischen Flüchtlingen, die nun zurück in die Ortschaften wollten, aus denen sie geflohen waren. Oft saßen sie mit ihren Autos fest, weil

ihnen das Benzin ausgegangen war oder der Wagen eine Panne hatte. Manchmal konnten wir aushelfen. Unser Sanitäter und auch der Arzt kümmerten sich um verletzte Zivilisten, und immer wieder merkte man es den Menschen an, wie fassungslos es sie machte, daß die Deutschen so »gentil« waren. Auf ihre Regierung und besonders die Engländer waren sie schlecht zu sprechen. Auch wenn man da einiges als Anbiederung abzog, blieb doch noch eine Menge Enttäuschung über die eigenen Politiker übrig.

Eine Woche ging das so. Dann scherten wir aus der allgemeinen Marschrichtung nach links aus. Meine Kompanie erhielt im Rahmen eines Sperrverbandes den Auftrag, an der Somme die linke Flanke der Division zu sichern. Jeder Zug von uns bekam ein paar Panzerjäger mit einer 3,7 cm-Pak und seinen Verteidigungsabschnitt zugeteilt.

In vorsichtigem Tempo, nach allen Seiten sichernd, fuhr unser Zug über Feldwege, umging ein Dorf, das sich später als verlassen erwies, und hielt nach zwei Kilometern an. Die Fahrzeuge wurden gegen Fliegersicht getarnt, ein Flieger-MG übernahm die Sicherung. Der Rest machte Pause. Nur der Zugtrupp, das sind Burg – inzwischen Feldwebel –, der Fahrer Hugo Pieper, ich und noch ein zweiter Melder im Horch-Kübel und ein Kradmelder bekamen einen Auftrag. Wir sollten feststellen, ob im Dorf Offoy die Brücke über die Somme noch intakt war.

Wir machten uns fertig. Die Windschutzscheibe wurde umgelegt, das MG kam auf die Drehstütze. So konnten wir beiden Melder über die Köpfe von Burg und Pieper hinweg nach vorne feuern. Ein paar Handgranaten und geballte Ladungen hatten wir sowieso immer im Wagen. Wir fuhren los. Der Kradmelder hatte Anweisung, uns mit 200 Metern Abstand zu folgen. Falls bei uns was schief ging, blieb ihm auf diese Weise noch eine Chance davonzukommen.

Das Gefühl an der Spitze zu fahren, durch eine Gegend, in der noch alles möglich schien, war völlig neu. Jeden Augen-

blick konnte etwas passieren. Wir waren überwach, etwas nervös, aber auch euphorisch. Im Ersten Weltkrieg hatte an der Somme eine der ganz großen Materialschlachten getobt. Jetzt sah hier alles friedlich, ja verschlafen aus. Aber konnte man dem Frieden trauen?
Die Straße zweiter Ordnung, auf der wir fuhren, machte eine Rechtskurve und wir sahen in 500 Meter Entfernung das friedliche Offoy vor uns liegen. Wie viele französische Dörfer in dieser Gegend war es in Grün eingebettet. Die Felder reichten bis an die Gärten mit ihren Obstbäumen am Ortsrand. Eine gute Deckung für einen eventuellen Verteidiger. Ein Infanterieangriff über die Felder auf Offoy war wenig zu empfehlen.
Wir verlangsamten unsere Fahrt, um keine Staubfahne aufzuwirbeln. Kurz nach der Kurve hielten wir an. Durch das Glas ließ sich nichts Verdächtiges erkennen. Pieper legte den Rückwärtsgang ein und gab Vollgas. Wenn die Franzosen am Ortseingang eine Sicherung liegen hatten, würden sie jetzt bestimmt hinter uns her schießen, weil sie denken mußten, daß wir sie erkannt hatten. Aber es blieb alles ruhig. Wir fuhren nun wieder vorwärts auf Offoy zu, bis zum ersten Haus und hielten. Plötzlich kamen auf der Straße zwei französische Soldaten auf uns zu. Mit erhobenen Händen. Sie waren unbewaffnet und leicht angetrunken. Die hatten bestimmt schon länger ihren privaten Waffenstillstand gemacht, und wir hielten uns nicht damit auf sie auszufragen und schickten sie nach hinten. Feldwebel Burg stieg mit mir aus, und wir gingen – stets um Deckung bemüht und immer an der Wand lang – in den Ort hinein.
Die Straße machte einen Knick. Burg blieb hier mit dem MG zurück, um mir notfalls Feuerschutz geben zu können. Vorsichtig ging ich weiter. Noch drei Häuser. Nach ihnen war die Straße mit Pappeln gesäumt. 100 Meter weiter lag die Straßenbrücke. Sie war anscheinend unzerstört. Ich mußte wissen, ob sie zum Sprengen vorbereitet war.

Hinter der Brücke machte die Straße eine sanfte Rechtskurve. Auch hier standen links und rechts der Straße Pappeln. Hinter ihnen Unkraut und Erlenbüsche. Mir wurde warm, mein Mund war trocken. In der Friedhofsruhe des von allen Einwohnern verlassenen Dorfes kamen mir die Vogelstimmen unnatürlich laut vor. Ich hatte das bestimmte Gefühl, daß mich jemand im Visier hatte und schon rasselte auch eine MG-Garbe los. Sie riß Funken aus dem Pflaster und die Querschläger jaulten durch die Gegend. Blitzschnell lag ich zwischen den Brennesseln im Straßengraben. Mir war nichts passiert, und ich lag hier erst einmal ziemlich sicher.
Wieder herrschte Stille, als sei gar nichts passiert. Das sprach für einen erfahrenen Soldaten, der sich nicht zu einer sinnlosen Schießerei hinreißen ließ. Vor meinen Augen flatterten zwei Schmetterlinge, unberührt von den kriegerischen Ereignissen. Es verstrichen ein paar Minuten, bis Burg endlich so weit war. Endlich. Er hatte das MG in Stellung gebracht und deckte mit einem langen Feuerstoß die Pappeln und das Buschwerk jenseits der Brücke ein. Bevor man sich drüben von der Überraschung erholen konnte, war ich mit ein paar Sprüngen hinter einer schützenden Hausecke verschwunden.
Unser Auftrag war erfüllt. Gegen Abend übernahm eine Gruppe meines Zuges, verstärkt durch eine 3,7 cm-Pak, die Sicherung an der Straße nach Offoy. Ich ließ mich ebenfalls dort nieder. Für den Fall, daß nachts etwas los war, konnte ich das nach hinten melden.
Die Pak stand 30 Meter von der Straße abgesetzt in Stellung, der MG-Trupp hatte sich eine Stellung im Kartoffelacker auf der zwei Meter hohen Böschung am linken Straßenrand eingerichtet. Ich grub mich neben dem MG-Trupp ein.
Es war dunkel geworden. Mir war, als ob von Offoy her Panzergeräusch zu hören war. Der Geschützführer von der Pak hatte das auch gehört. Er kam bei mir angekrochen und

machte keinen sehr heldenhaften Eindruck. »Jetzt im Dunkeln, kann ich von meiner Stellung aus nichts machen.« Das kam selbst mir Anfänger spanisch vor. Wozu hatte man eine Pak für die Nacht, wenn die nur bei Sonnenschein schießen konnte? Ziemlich unwirsch riet ich ihm, sich mit seiner Spritze zu verziehen und uns keinen Ärger zu machen. Das tat er auch und keine fünf Minuten zu früh. Auf der Straße hörten wir nun deutlich das Quietschen von Panzerketten.

Auf mich hatte das Beispiel des Geschützführers anstekkend gewirkt. »Wenn der nichts machen kann – wieso dann ich?« Der typische Beamtenstandpunkt: Der Krieg als Zuständigkeitsfrage. Tatsächlich trug nicht ich hier die Verantwortung, sondern der Gruppenführer und der Geschützführer, zwei Unteroffiziere. Mir reichte diese Überlegung für den Augenblick als Rechtfertigung vor dem eigenen Fracksausen. Als das Ding herandröhnte, preßte ich meinen Kopf in die Ackerfurche. Ich spürte, wie unter mir die Erde schütterte, hörte das Motorengeräusch anschwellen und wurde von den heißen Auspuffgasen gestreift. Mein erster Feindpanzer auf freier Wildbahn – und ich hatte ihn nicht einmal gesehen.

Am nächsten Morgen hatte ich das Gefühl versagt zu haben. Was hieß hier schon nicht verantwortlich zu sein? Schließlich war der Kampfwagen unmittelbar an mir vorbeigerauscht. Mein Selbstbewußtsein war schwer angeschlagen und das wurde noch schlimmer, als ich den Rest der Geschichte zu hören bekam. »Mein Panzer« war durchgefahren bis zur Sicherung bei der Kompanie. Dort war der Gefreite Hardt auf den Wagen gesprungen und hatte mit der Pistole durch die geöffnete Luke die Besatzung zum Aussteigen aufgefordert. Mit Erfolg. Dabei war Hardt gar kein »richtiger Pionier, sondern nur Funker«.

Nur gut, daß niemand darüber sprach, wo eigentlich dieser Panzer hergekommen ist. Für mich blieb diese Episode für

immer mit dem Geruch von Ackerkrume und Kartoffelkraut und mit einem schlechten Gewissen verbunden.
Am Vormittag machten wir uns gefechtsbereit. Die Sicherung wurde eingezogen. Unser Zug sollte mit Infanterieunterstützung Offoy angreifen. Unser Auftrag war es, die Brücke über die Somme zu zerstören. Ähnliche Aufträge hatten unzählige Pioniertrupps längs der Somme, um die Flanke der auf Boulogne vorstoßenden Division gegen Angriffe zu sichern. Für mich bedeutete das einige Kilometer Meldegänge zu den einzelnen Gruppen, zur Infanteriekompanie und zur eigenen Kompanie.
Dazu mußte ich leider oft über deckungsloses Gelände. Das Getreide stand für meine Zwecke noch nicht hoch genug und die Kartoffelfelder reichten auch gerade nur aus, um sich in ihnen zu verstecken. Prompt hatte mich auch schon ein französischer Granatwerfer auf dem Kieker; auf mich einzelnen Mann, der so schön auf dem Präsentierteller lag. Mehr als vier Schuß war ich ihm nicht wert und ich machte mich wieder auf die Beine.
In der Bereitstellung kam ich gerade dazu, wie der Gefreite Löser einen Lungendurchschuß erlitt. Keiner von uns wußte, daß man den Ein- und Ausschuß mit Heftpflaster abdichten mußte. So gut waren wir nun auch wieder nicht ausgebildet. Der Sanitätsoffizier war nicht auffindbar und so mußte Löser sterben.
Ein paar Kilometer links von uns waren ungefähr 70 altmodisch aussehende Doppeldecker, Henschel-Sturzkampfbomber, dabei, ein Ziel an der Somme zu bombardieren. Nach der Karte konnte das das Städtchen Ham sein. Im Geheimen wünschten wir uns, daß ein paar von diesen »Vögeln« auch vor uns ein paar Eier legten, was uns die Arbeit bestimmt erleichtern hätte können. Nichts war es damit. Nur eine leichte Batterie unserer Artillerie belegte Offoy mit drei oder vier Lagen. Das sollte die ganze Feuervorbereitung sein. Als dann die Infanterie zum Angriff

antrat – sie sollte uns den Zugang zur Brücke freikämpfen – meldeten sich die Franzosen mit ihren Wurfgranaten und Maschinengewehren. Soweit ich es mitbekam, gab es bei uns keine Ausfälle, und bald waren wir im Ort, wo wir bessere Deckungsmöglichkeiten fanden.
Nun waren wir Pioniere an der Reihe. Aber jetzt begannen die Mißverständnisse mit den »Kameraden der anderen Feldpostnummer«. Die Franzosen vermuteten, daß wir den Angriff über die Somme vortragen wollten, und schossen aus allen Knopflöchern, um uns nicht über die Brücke kommen zu lassen. Eben die Brücke, die wir sprengen wollten, damit sie uns nicht angreifen konnten. Aber man konnte ja nicht mit ihnen reden und unserer Infanterie gelang es nicht, die Franzosen so niederzuhalten, damit wir unser Werk tun konnten.
Ein schweres Infanteriegeschütz (15 cm) auf Selbstfahrlafette wurde vorgezogen, es sollte die Brücke zusammenschießen. Aber das haute nicht hin. Feldwebel Burg hatte das schon geahnt und 20 T-Minen – je 3,5 kg stahlummantelte Sprengmunition – heranschaffen lassen.
Als Freiwillige für einen Stoßtrupp gesucht wurden, meldeten sich mehr als die zehn Mann, die wir brauchten. Mit ihnen wollten wir die 20 T-Minen auf die Brücke bringen lassen. Je zehn Minen sollten einen Trennschnitt bilden. Die geeigneten Stellen auf der Brückenecke hatten wir bereits erkundet. Burg wollte mit mir, sobald die Minen an ihrem Platz waren, die Zündung anbringen. So sollte das laufen.
Noch eine Zigarettenpause für die Beteiligten, dann schossen das schwere Infanteriegeschütz, die Granatwerfer und Maschinengewehre was das Zeug hielt, auf das feindliche Ufer, um uns Luft zu verschaffen.
Rauf auf die Brücke, die T-Minen auf die Fahrbahn. Auf dem Bauch kriechend steckten wir die Sprengkapseln in die Zündkanäle. Burg zog den Zündschnuranzünder ab und rief wie auf dem Übungsplatz: »Brennt!« Nichts wie runter von

der Brücke. Und schon schossen die Franzosen wieder. Aber das Feuer lag nicht so genau, denn wir hatten Nebelkerzen geworfen. Da die Straße, unser kürzester Rückzugsweg, unter starkem MG-Feuer lag, sprangen wir in die Somme und wateten, bis zum Bauch im Wasser, am schlammigen Ufer entlang. Mühsam und ausgepumpt krabbelten wir an Land. Die Brücke war »im Eimer«, unser Auftrag erfüllt.

Wir wurden wieder bei der Division gebraucht. Die Infanterie blieb in Offoy, wir stiegen auf unsere Fahrzeuge und suchten wieder Anschluß an die Division zu bekommen. Überall auf den Straßen hatte sie ihre Spuren hinterlassen. Hinweisschilder mit ihrem taktischen Zeichen auf Tanklager, Panzer-Instandsetzungswerkstätten und die großen Kabeltrommeln für die Nachrichtenverbindungen und manchmal auch ein Fahrzeug, das auf eine Mine gefahren war, oder getroffen worden war. Wir fuhren Tag und Nacht. Irgendwann in der Dunkelheit machten wir Halt, ließen die Fahrzeuge am Straßenrand stehen und legten uns auf eine Wiese zum Schlafen nieder.

Noch bevor uns die Morgenkälte weckte, taten dies schon ein halbes Dutzend britischer Bomber. Sie luden ihre Bomben über Fahrzeuge und Soldaten ab. Zu unserem Glück ging der Segen ein paar hundert Meter entfernt nieder – auf eine andere Einheit. Wir waren nun hellwach und bemerkten, daß wir buchstäblich an der Kanalküste standen. Wir hatten das bereits eingenommene Boulogne links liegen gelassen und waren nun auf dem Weg nach Calais.

Zum ersten Mal erlebte ich eine große Befehlsausgabe. Eine kühle aber gespannte Atmosphäre. Klare, logische und daher unmißverständliche Sätze, von denen ein jeder für die Betroffenen ein Würfelspiel mit hohem Einsatz bedeutete. Leutnant Wigand hatte mich als seinen Melder mitgenommen. Die Gruppe Offiziere und Melder hatte sich um einen

kleinen drahtigen Oberst in schwarzer Panzeruniform geschart. Der Mann mit der unverwechselbaren Reiterfigur war der Kommandeur unserer Panzerbrigade, die den Angriff auf Calais führen sollte. Zu seinem Verband gehörten außer dem Panzerregiment zwei Batterien Artillerie, ein Schützenbataillon, Panzerjäger und wir Pioniere. Mein Zug wurde dem Schützenbataillon zugeteilt, und ich wurde als Melder zu seinem Kommandeur, einem Major, abgestellt.
Das erste Angriffsziel für dieses Bataillon war ein altes Außenfort südlich von Calais an der Küstenstraße. Von dort aus sollte eine Panzerabteilung den Angriff längs der Straße auf den Stadtrand von Calais fortsetzen. Ich meldete mich bei Wigand ab. Gleich anschließend meldete ich mich bei dem Major als Verbindungsmelder zu den Pionieren und hielt mich in seiner Nähe bereit. Jedenfalls bis sein Adjutant entdeckte, daß ich eine Drei-Kilo-Ladung Sprengmunition mit mir herumschleppte. Das gefiel ihm gar nicht und er ließ mich von nun an zehn Meter Abstand halten.
Das Bataillon nahm Gefechtsordnung ein und ging gegen das Fort, dessen Wälle deutlich vor uns lagen. Es schien eine ziemlich alte Festungsanlage zu sein. Nach meiner Schätzung war dieses Außenwerk mindestens 200 Jahre alt und hatte früher wahrscheinlich als Küstenbefestigung gedient. Selbst mir, dem kleinen Gefreiten wurde klar, warum dieses Gemäuer vor dem eigentlichen Angriff auf Calais ausgeschaltet werden mußte. Wenn hier ein paar panzerbrechende Waffen standen, war es nichts mit dem Panzerangriff auf die Stadt. Die Gegend war flach wie ein Brett bis zur steil abfallenden Küste.
Weit auseinandergezogen setzte sich das Bataillon in Bewegung. Es wurde von zwei Panzern III flankiert, die mit ihren 5 cm-Kanonen auf die Scharten schossen.
Mein Major, rotgesichtig, groß und füllig, lief dicht hinter der Spitzengruppe. Zu meiner Verwunderung trug er in seiner rechten Hand eine Pistole 08, obwohl der Feind noch

drei bis 400 Meter entfernt und durch Mauern geschützt war. Von dort feuerte er mit seinen Infanteriewaffen. Rechts von mir hatte es einen Schützen getroffen und ein Sanitäter kümmerte sich um ihn. Bevor es zu einem richtigen Gefecht kam, schwenkte man auf dem Festungswall eine weiße Fahne. Die Schützen, die bisher nur sprungweise vorgegangen waren, um sich gegenseitig Feuerschutz geben zu können, sprangen nun auf und stürmten mit Hurra auf die Festung zu. Da belferten plötzlich wieder ein paar Maschinengewehre los und alles lag wieder flach. Nur nicht mein Major und ich. Der Major weil er wütend war und ich weil ich Angst hatte, die »Pioniere zu blamieren«. Der Major, nun noch röter im Gesicht, fuchtelte mit seiner Pistole und brüllte mit einer quäkigen Stimme, die gar nicht zu seiner Figur passen wollte: »Seit wann läßt sich die deutsche Infanterie die Initiative vom Feind aus der Hand nehmen? Sprung auf, marsch, marsch!«

Tatsächlich sprangen jetzt die Schützen wieder auf und stürmten die letzten Meter, mit ihren MGs aus der Hüfte schießend, auf die Festungswälle zu. Von dort war das Feuer rasch wieder verstummt. Wir standen am Fuß des Festungswalles, umrundeten das Werk, bis wir den Eingang fanden. Ein großes Tor aus Eisenstäben. Dahinter wucherte überall kniehohes Unkraut. Mit Sicherheit hatte hier in den letzten Jahrzehnten keine militärische Besatzung gehaust.

Ein französischer Offizier kam und öffnete uns von innen das Tor. Und jetzt kamen die französischen Soldaten aus den Kasematten, die noch innerhalb der Anlage zur Marschkolonne aufstellen. Die armen Kerle waren völlig demoralisiert, zum Teil auch betrunken. Sie glaubten offensichtlich, daß sie von uns erschossen würden. Sie gingen auf die Knie nieder und schwenken alle ihre Taschentücher. Wir waren fassungslos. Nur weil ein paar von ihnen von uns in den Hintern getreten worden waren? Natürlich waren wir nicht gerade besonders freundlich gestimmt wegen der weißen

Fahne und dem darauf folgendem Feuer. Später stellte es sich heraus, daß von den englischen Soldaten geschossen worden war, die die Kapitulation ihrer Bundesgenossen nicht mitbekommen hatten.
So nach und nach kamen jetzt auch die Engländer aus ihren Löchern. Sie waren wesentlich cooler als ihre Waffenbrüder und ließen sich Zeit. Vorsichtshalber schaute ich noch einmal in die Kasematten, ob sich da nicht einer verdrückt hatte. In der ersten lagen zwei tote Franzosen. Eine Panzergranate hatte den Wall und das Mauerwerk glatt durchschlagen. In der nächsten Kasematte lag ein englischer Soldat. Der sah auch ziemlich tot aus, aber als ich versuchte, ihn vorsichtig mit dem Fuß umzudrehen, grinste mich der »Tote« an. Meiner Einladung aufzustehen, folgte er nur langsam, geradezu provozierend langsam. Sein Grinsen wurde nun kumpelhaft, ein bißchen um Verständnis bittend. Der Kerl mit dem schiefsitzenden flachen Stahlhelm auf dem Kopf war ein wahrer Hüne. Ich glaubte, der Brokken nahm mich nicht ganz für voll und stieß ihm – nicht ganz die feine englische Art – meinen Karabiner in den Rücken: »Go along!«, was der ohne sich übermäßig zu beeilen, dann schließlich auch tat. Seine Mitgefangenen waren schon längst unten an der Straße abmarschbereit, als ich ihn dorthin in Trab setzte.
Gerade lief der Panzerangriff auf Calais an. Auf dem Wegstück, das von der Festung auf die Landstraße von Calais führte, stand der Brigadekommandeur mit Leuten seines Stabes und schaute sich das Geschehen an. Die Panzer feuerten auf erkannte oder vermeintliche Ziele am Stadtrand. Die Gefangenen glaubten, das gelte ihnen und lagen schon wieder auf den Knien.
Mein Tommy hatte nun endlich diesen entnervten Haufen erreicht, raffte sich zu einem gemäßigten Langstreckentempo auf und lief an ihm vorüber. Ich fragte mich gerade, wo der Bursche hin wollte, da zog der schon an der Gruppe

um den Oberst vorbei, auf die gerade ein Kradmelder zueilte. Blitzschnell hatte der Brite das Krad mit dem laufenden Motor erreicht. Schon hing er auf der 600er Zündapp-Solo-Maschine und raste die Landstraße in Richtung Calais davon. Für mich war es ein Rätsel, wie dieser Bursche die fremde Maschine so schnell in den Griff bekommen hatte. Ein Panzer III am Straßenrand schoß mit seinem MG hinterher. Der Tommy lag fast auf der Maschine, fuhr Schlangenlinien und verschwand in einer Straßenkrümmung hinter den Chausseebäumen. Ich war erleichtert.
In den nächsten Tagen hatten wir uns mit britischen Soldaten herumzuschlagen. Berufssoldaten, die Mannschaftsdienstgrade mit fünf oder sechs Dienstjahren. Mein sturer Brite war keine Einzelerscheinung gewesen. Nur die rückwärtigen Dienste schienen die gleiche Qualität wie unsere Etappenhengste zu haben. Das stellten wir in einem Vorort von Calais fest, in dem man uns noch nicht erwartet hatte. In einer Nebenstraße stießen wir auf eine englische Troßeinheit, die dabei war, fünf Lastwagen mit Verpflegung zu verladen. Allzu sorglos. Bei unserer Untersuchung nach »Waffen« stießen wir auf Riesenmengen von Zigaretten, Schokolade, gekochten Schinken in großen würfelförmigen Weißblechdosen und Whisky. Wir waren noch voll andächtigen Staunens, als ein leichter britischer Panzer um die Ecke bog und bei uns anhielt. Wir machten uns auf den britischen Fahrzeugen unsichtbar und ließen die Panzerbesatzung aussteigen und die Hände heben.
So vergnüglich blieb das nicht lange. Straßenkämpfe sind scheußlich wie ein Kampf im Dschungel. Hier in Calais fiel diese Aufgabe uns Pionieren zu. Mit Sprengladungen bahnten wir uns den Weg von Keller zu Keller und vermieden so das verlustreiche Springen von Haustür zu Haustür. Die Panzerjäger halfen uns mit ihrer 3,7 cm beim Niederkämpfen von Widerstandsnestern. Ich hatte das nur kurze Zeit mitzumachen, dann war ich wieder bei meinem dicken

Major, der sich anscheinend an meine geballte Ladung gewöhnt hatte.
Wieder erlebte ich den Krieg aus einem neuen Blickwinkel. Hier beim Bataillon erfuhr man mehr von der Großlage. In Dünkirchen war das Gros des britischen Expeditionskorps bereits von uns eingeschlossen. Hier in Calais verteidigten sich die Engländer so hartnäckig, weil sie noch möglichst viel Truppen und Material einschiffen wollten. Das war der Grund, warum unser Hauptangriffsziel der Hafen und die ihn beherrschende Zitadelle war.
Gestern war es dem dritten Zug unserer Kompanie gelungen, in die Zitadelle einzudringen. Die Briten hatten ihn wieder hinausgeworfen. Beim Sprung von den Festungsmauern hatte es viele Verletzungen gegeben. Mein dicker Major wollte es auf die sanfte Tour versuchen. Ein belgischer Hauptmann, der sich hier beim Bataillonsstab aufhielt, sollte dabei helfen. Der Major behandelte den Belgier sehr zuvorkommend, vielleicht weil die Belgier eigentlich neutral waren und sich nur gegen den deutschen Angriff zur Wehr gesetzt hatten. Angeblich kannte der belgische Offizier den britischen General, der die Zitadelle verteidigte. Der Belgier wurde also in Begleitung eines deutschen Offiziers als Parlamentär zur Zitadelle geschickt. Der Deutsche war Leutnant Peters, ein blonder Hamburger Junge, der gut englisch sprach. Nur mit einer weißen Fahne bewaffnet gingen sie durch das Niemandsland.
Nach knapp zwei Stunden war Leutnant Peters wieder da – auf einer Trage liegend. Anfangs war alles normal verlaufen. Peters wurden die Augen verbunden. Dann wurde er zum britischen General gebracht, bei dem er seinen Spruch los wurde: Kapitulieren oder morgen früh ein schwerer Stuka-Angriff auf die Zitadelle. Die britische Antwort: »Wir kämpfen genauso für unsere Ehre wie die Deutsche Armee.«
Der General bedauerte noch, den belgischen Hauptmann

zurückhalten zu müssen, weil man leider versäumt habe, ihm die Augen zu verbinden. Peters wurde wieder eine Augenbinde angelegt. An der vordersten Linie entläßt man ihn, aber noch bevor er in Sicherheit war, fegte ihm der Feuerstoß von einem MG hinterher. Peters erhielt am linken Bein einen Streifschuß oberhalb des Kniees und am rechten Bein einen unterhalb des Kniees. Eine halbe Stunde später erschien ein britischer Parlamentär: »Der Herr General bittet diesen bedauerlichen Irrtum zu entschuldigen.«

Feldwebel Burg tauchte bei mir auf und lieh mich beim Major aus. Leutnant Wigand war schwer verwundet und lag nicht weit von hier entfernt auf dem Rathausplatz. Wir schnappten uns eine Trage und noch zwei Mann. Wigand hatte einen Bauch- und einen Oberschenkelschuß. Es war eine lebhafte Schießerei im Gange, aber ich hatte das bestimmte Gefühl, daß man uns aussparte. Wir rollten Wigand auf die Trage und rannten gebückt los. Es war sommerlich warm und noch nie war mir eine Last so schwer vorgekommen. Wir waren völlig mit unserer Kraft am Ende, als wir Wigand endlich in den Sanka schoben. Umsonst – Wigand starb noch auf dem Hauptverbandsplatz.

Der Major war von meiner Verfassung nicht zu beeindrukken: ein neuer Auftrag. Er fürchtete, daß der Belgier den Briten mitgeteilt hatte, wo sich unser Gefechtsstand befand und wollte deshalb verlegen. Ich sollte mich in der Nähe vom Rathausplatz umsehen und einen neuen erkunden – möglichst im »Feuerschatten«.

Ziemlich niedergeschlagen machte ich mich auf den Weg. Die Sache mit Leutnant Wigand hatte mir den Rest gegeben. Die letzten achtundvierzig Stunden hatte ich kaum geschlafen, ich war hungrig und im Augenblick sehr durstig. Ab, die Hauptstraße zum Rathaus entlang. Einsam und vorsichtig hielt ich mich dicht an der Hauswand. Urplötzlich das Geräusch eines ganz dicken Brummers und schon lag ich flach. Die Granate schlug schräg gegenüber in Höhe der zweiten Etage in ein vierstöckiges Haus. Gleich darauf dicke Qualmwolken aus den Fensteröffnungen und ein nicht enden wollender Regen von Ziegeln und Glassplittern. Eine Explosion hatte ich nicht gehört. Das große Eingangstor war aufgesprungen und heraus stürzten zwei Nonnen mit gestärkten Flügelhauben und rußgeschwärzten Gesichtern. Das mußte ein Schiffsgeschütz gewesen sein, denn bisher hatte ich bei den Briten noch keine schwere Artillerie bemerkt.

Kurz vor dem Rathausplatz bog ich links in eine Seitenstraße ein. Auf der dem Rathausplatz abgewandten Seite fand ich ein geeignetes Haus. Das Eingangstor war verschlossen. Eine Handgranate hinter den Türdrücker, Dekkung an der Hauswand und das Tor stand einladend offen. Vom Hausdurchgang gingen nach links und rechts mit ein paar Stufen je ein Eingang ab. Ich nahm den linken, um bei der nun einmal gewählten Richtung zu bleiben. Im Erdgeschoß Büroräume mit wenig Platz. Im ersten Stock eine Privatwohnung. Die Wohnungstür hatte man klugerweise nicht abgeschlossen. Das ersparte Vandalismus. Die Wohnung selbst war sehr geräumig und sah so aus, als ob sie schon seit Tagen nicht mehr bewohnt wurde.

Auf der Suche nach etwas Eßbarem fand ich in der Küche im Kühlschrank ein großes Stück trockenen Schweizer Käse und eine Flasche Champagner Marke Heidsieck. Gut für meine ausgetrocknete Kehle, weniger gut für einen des Alkohols ungewohnten Musterknaben. Der Champagner regte mich an und ich kam auf eine »tolle Idee«. Standen nicht auf dem Rathausplatz »Die Bürger von Calais«, die berühmten Bronzefiguren von Rodin? Das hatte ich doch in »Rilke über Rodin« gelesen. Auf zu den Bürgern. Wer weiß, wann ich wieder einmal hierher komme.

Wieder einmal auf der Hauptstraße zum Rathaus. Alles war still. Rathausplatz – es war noch keine zwei Stunden her, daß es hier rund ging – Totenstille. Ich dachte wieder an den

Leutnant Wigand, konzentrierte mich aber dann auf die »Bürger von Calais«. Sie waren nicht zu sehen. Also einen Satz über die Straße rüber zu den Anlagen vor dem Rathaus. Niemand schoß. Kein Schuß und ich ging weiter, sah mich um. Und jetzt dieses verteufelte ßßßßßßt und kraackkks. Unverkennbar ein Granatwerfer und kein eigener, denn der Einschlag war keine 15 Meter von mir entfernt.

Nichts tat mir weh. Vielleicht war ich, als es krachte, schon in der Horizontalen. Glück gehabt, aber jetzt nichts wie schnell weg! So schnell wie ich lief, konnten die gar nicht mit Richten nachkommen. Noch außer Atem saß ich in einer Toreinfahrt und überprüfte, ob bei mir noch alles dran war. Es war, aber mein rechtes Hosenbein hatte in Kniehöhe ein paar kleine Löcher und im rechten Stiefel waren ein paar ganz kleine Schnitte.

Es wurde Zeit, daß ich mich wieder im Gefechtsstand sehen ließ, aber der Major hatte gar nicht registriert, daß ich über Gebühr lange weg gewesen war. Vermutlich hatte er andere Sorgen. In einer Ecke zog ich meine Hose runter. Rings um meine rechte Kniescheibe hatte ich drei winzige Verletzungen. Es war kein Blut geflossen. Was soll's? Am nächsten Tag aber fing es in meinem Knie an zu tuckern und am Tag darauf wollte der Bataillonsarzt wissen, warum ich mein Bein so nachzog. Das Knie war stark angeschwollen, die kleinen Einschüsse hatten sich entzündet. Der Stabsarzt fragte mich ziemlich unwirsch, ob ich gerne mein Bein verlieren wollte. Dumme Frage. Er verpaßte mir einen Verband und einen Verwundeten-Begleitzettel: »Liegend zu transportieren.«

Man schob mich auf der Trage in den Sanka – oben links. Das kam mir reichlich übertrieben vor, zumal ich die drei andern Verwundeten sehen konnte, die schon im Wagen lagen. Die waren wirklich schlimm dran. Als wir in Boulogne in einen Lazarettzug umgeladen wurden, war einer von ihnen gestorben.

Mit meinem dicken Knie, das ich mir schließlich in privater Mission erworben hatte und einem schlechten Gewissen lag ich nun in einem weißbezogenem Bett und ließ den einschläfernden Rhythmus der Schienenstöße auf mich wirken. Ärzte und Schwestern behandelten uns, wie man Sieger behandelt, die ihren »Blutzoll« entrichtet hatten. In Trier fiel mir der Abschied von einer besonders appetitlichen, nach Uralt Lavendel duftenden Schwester geradezu schwer. Auch im Reservelazarett Brüderkrankenhaus gab es Schwestern. Durchweg Töchter aus gutem Hause, 17 oder 18 Jahre alt, die noch über derbe Soldatenspäße schamhaft erröteten. An den Wochenenden kamen mit Blumen und Geschenken BDM-Mädchen, die neugierig nach Kriegserlebnissen fragen und wir verwiesen dann regelmäßig auf die Wochenschauberichte. Eines dieser Mädchen mit blondem »Pferdeschwanz« war einfach hinreißend und als ich wieder aufstehen durfte – die drei Splitter hatte man in Narkose herausoperiert – lud ich die Schöne zu einem Spaziergang ein. Sie führte mich in den Ausflugswald der Trierer, der den verheißungsvollen Namen »Busental« führt. Auf das Tal achtete ich wenig und Erkundungsgänge nach weiteren Namensbestandteilen wagte ich nicht zu unternehmen. Ein Kuß von ihr beim Abschied verriet, daß sie auf mich nicht böse war, aber auch, daß sie vielleicht nicht böse gewesen wäre, wenn . . .
Glockengeläute, Freudentaumel auf der Straße und im Lazarett: Frankreich hatte um Waffenstillstand gebeten.

Mit der Zeit wurde ich, auch nach der Ansicht der Ärzte, gesund und sollte in den nächsten Tagen zu meinem Ersatzbataillon entlassen werden. Das war gar nicht nach meinem Geschmack, und es war zu befürchten, daß man mich dort als Ausbilder vereinnahmen würde. Ich wollte um jeden Preis zurück zu meinem Haufen. Nach einem Gespräch mit dem Chefarzt von Mann zu Mann war alles klar. Er schrieb mir einen Marschbefehl, mit dem ich versuchen konnte, mich zu meiner Truppe nach Frankreich durchzuschlagen. Außerdem gab er mir noch den Tip, es auf dem Flugplatz zu versuchen. Vielleicht würde ich von einer Ju 52 mitgenommen werden.

Das klappte nicht. Es gab gerade keine Maschine in meine Richtung, aber ein Lkw mit dem Ziel Reims war startbereit. In Reims kletterte ich von der Ladefläche und meldete mich bei der Frontleitstelle. Die kannten die Standorte aller Einheiten und stellten die entsprechenden Marschbefehle aus und gaben Verpflegung aus. Ich hatte keine Ahnung, auf welches Abenteuer ich mich da eingelassen hatte. Als Anhalter – ich weiß nicht, ob diese Bezeichnung damals schon erfunden war – ging es mit einem Beiwagenkrad, mit Nachschubkolonnen und mit einem Beute-Pkw weiter. Der Beutewagen »gehörte« zwei Luftwaffensoldaten, die schon seit Wochen »vergeblich ihre Truppe suchten«. Es war nicht zu glauben. Immer wenn sie fast am Ziel waren, kamen ihnen ein paar hübsche Französinnen dazwischen.

Mit diesen beiden Lebenskünstlern kam ich nach Chateau Thierry. Hier stauten sich die Troßfahrzeuge vor einer Kellerei. Der Zutritt zu dem in unterirdischen Gängen gelagerten Champagner war frei. Man durfte sich nur nicht von der Lichtleitung entfernen, weil man sich sonst verirren konnte. Wir nahmen ein paar Flaschen, die nur durch verschiedene Farbstreifen gekennzeichnet waren, mit. Meine Flieger wurden recht lustig und beschlossen vor Ort zu bleiben.

Mich zog es zu meiner Kompanie. Eine Frontleitstelle dirigierte mich in Richtung Paris, aber ich landete in Fontainebleau und wurde nach Orleans weitergeleitet. Dort erfuhr ich, daß meine Division in Angouleme lag. Hier fand ich tatsächlich eine Transporteinheit der 10. Panzerdivision. Spät am Abend war ich beim Stab eines unserer Panzerregimenter und traf dort einen Kradmelder meiner Kompanie,

der gerade zurück zur Kompanie wollte, die morgen verlegen sollte. Ich schwang mich auf den Soziussitz. Unterwegs nickte ich immer wieder ein, wachte gerade noch rechtzeitig auf, bevor ich runterfiel.
Zwischendurch erfuhr ich bruchstückweise von den Neuigkeiten in der Kompanie. Hauptmann Schmidt war tot. Er war im Rathaus von Calais am Scherenfernrohr stehend durch einen Kopfschuß gefallen. Unter Umständen an dem Tag, als ich nach den Bürgern von Calais gesucht hatte? Neuer Kompaniechef war Oberleutnant Thieme geworden, ein Reserveoberleutnant, der bisher den dritten Zug geführt hatte. Ein kleiner quirliger »Kugelblitz«, der von seinen Männer nicht ganz für voll genommen und vom bösartigen Kommandeur schikaniert worden war.
Die Kompanie war in meiner Lazarettzeit an der französischen Weygandlinie bei Amiens eingesetzt worden und hatte bei den schweren Kämpfen einige Tote zu beklagen. Unsere Gesamtverluste lagen nun bei 70 Mann. Der verkannte Oberleutnant Thieme wurde inzwischen in der Kompanie allseits geachtet und war beliebt. Als die Kompanie an der Weygandlinie im Angriff stecken geblieben war, hatte Thieme seinen Männern zugerufen: »Paßt mal auf, von wo aus die da drüben schießen – ich springe!« Thieme war gesprungen und der Angriff weitergelaufen.
Mitten in der Nacht stand ich nun meinem verschlafenen Chef gegenüber, den der Melder aus dem Bett geholt hat. Ein fester Händedruck: »Fein, daß Sie wieder da sind, Fischer. Schlafen Sie schnell noch ein Stück. Ach, halt, ich habe ja noch was für Sie.« Thieme kramte in seinen Sachen, kam auf mich zu: »Im Namen des Führers verleihe ich Ihnen das EK II.« Er knöpfte mir das Ding umständlich ins Knopfloch und holte mich gleich auf die Erde zurück: »Putzen Sie sich aber bis morgen einmal Ihre Stiefel.« Die sahen aber allerdings ziemlich schmutzig aus.
Große Wiedersehensfreude beim Zugtrupp, besonders bei

Burg. Der hatte das EK I und von ihm erfuhr ich, daß der Ordenssegen auf die Zerstörung der Sommebrücke zurückzuführen war. Wenn das so einfach war, meinetwegen. Unser ganzes Bataillon rollte in Richtung Paris. Es hatte sich herumgesprochen: Wir sollten dort an einer Siegesparade teilnehmen. Unter den Bäumen im Schloßpark von Etampes stellten wir unsere Fahrzeuge ab und schlugen dort unsere Zelte auf. Zur Zeit war die Feldküche überflüssig, denn die Mannschaftswagen waren fast bis zum Achsbruch mit den guten Sachen aus den britischen Troßfahrzeugen und Champagner überladen.

Mein Wohlbehagen wurde vorübergehend getrübt. Eine Operationswunde war entzündet. Der Bataillonsarzt vereiste die Wunde und öffnete sie. Ich mußte liegen und brauchte es mir nur gutgehen zu lassen.

In der Kompanie war vieles anders geworden. Die alte Hackordnung galt nicht mehr. Die meisten der aktiven Unteroffiziere, unsere Halbgötter aus der Rekrutenzeit, waren verschwunden. Mancher von ihnen hatte sich im Feldzug nicht halb so forsch gezeigt wie in der Kaserne. Gruppenführer waren jetzt in fast allen Fällen Leute meines Jahrgangs, von denen viele in Friedenszeiten nicht gerade als Mustersoldaten gegolten hatten.

Mein Knie war wieder in Ordnung, nur unsere oberste Führung hatte weiche Knie bekommen. Aus Angst vor einem womöglichen Luftangriff der Engländer wurde die Parade in Paris abgesagt.

Wir verlegten wieder. Neue Unterkunft war ein verschlafenes Marnedorf namens Vareddes. Geschichtsträchtiger Boden, denn hier war im September 1914 das geschehen, was die Franzosen das Marnewunder nannten. Hier, 35 Kilometer vor Paris, hatte der deutsche Rückzug begonnen. Der Anfang vom Ende des Ersten Weltkrieges. Zwischen Vareddes und der Stadt Meaux stand ein pompöses Denkmal, das die Franzosen an die unerwartete Wende erinnern

sollte. In Vareddes klagte eine Bronzetafel die Deutschen an, in dieser Zeit vier Einwohner ermordet zu haben. Unser Kompaniechef tat nichts, um die Tafel entfernen zu lassen.
Der Chef hieß inzwischen nicht mehr Thieme. An seiner Stelle stand Hauptmann Engel, ehemaliger Hauptfeldwebel, ein Kleinigkeitskrämer, wie wir fanden und dazu noch ohne jede Kriegserfahrung, die wir in reichem Maße zu besitzen glaubten. Es war wie verhext. Auch die anderen Offiziere, zwei Leutnants, hatten weder am Polen- noch am Frankreichfeldzug teilgenommen. Diesen Mangel versuchten sie durch Schleiferei und Strenge auszugleichen. Das gab böses Blut bei uns und führte zu guter Letzt auch noch zu Spannungen unter den drei Offizieren. Um den Ärger hinunterzuspielen wurde einfach gesoffen, denn Champagner und Schnäpse waren für uns billig. Nur wollte ich da nicht richtig mithalten, denn aus Alkohol machte ich mir nichts.
Wir waren damals in Wochenendhäusern untergebracht, die Leuten in Paris gehörten. Die hatten hier ihre Freizeit mit Angeln und anderen Freuden verbracht. Mein Freund Walter Döring, ein Reservist mit dicken Augengläsern und leicht zum Stottern neigend, kam aufgeregt zu mir. Er hatte in seinem Quartier einen Projektor und einen »Pornofilm« entdeckt. Ein Kunstwerk, daß ich mir unbedingt ansehen müßte. Das »Kunstwerk« war offensichtlich der Versuch eines Amateurs, der seine Frau beim Ausziehen auf Schmalfilm gebannt hatte. Obwohl wir mit solchen Darbietungen nicht gerade verwöhnt waren, fand ich das aber nicht so besonders aufregend.
Trotz aller Querelen, der Dienst ging weiter. Der Ersatz für unsere Verluste traf ein. Blutjunge Soldaten mit Kurzausbildung, aber auch alte Zivilisten um die Dreißig. Sollten unsere kriegsunerfahrenen Offiziere denen beibringen, wie man sich kriegsmäßig verhält. Wir »alten Krieger« bekamen Heimaturlaub.
Heute meine ich, daß wir vor lauter Kraft nicht laufen konn-

ten. So mußte sich eine heimkehrende Olympia-Equipe fühlen, die nur Goldmedaillen nach Hause bringt. Mein Bruder Albert trudelte ebenfalls als Urlauber ein. Man traf sich mit Nachbarn, Freunden und Zufallsbekannten und immer wurde gefeiert. Bei einer solchen Gelegenheit nahm sich ein schlankes, blondes Mädchen meiner besonders an. Sie war hübsch und hatte außer einer aufregenden Figur auch einen schauderhaften Ruf. So kurzweilig ich das anfangs fand, so lästig wurde sie mir bald. Die Verbindung sollte den Urlaub nicht überleben. Übrigens: Es war gar nicht so leicht, die Forderungen des im Ersten Weltkrieg gefallenen Dichters Walter Flex, der damals eine Kultfigur war, zu erfüllen: Reif werden und rein bleiben. In Sachen Liebe bestanden die damals üblichen Vorstellungen, die sich aus zwei Quellen nährten: Einmal aus dem heroischen Schrifttum mit seinem Gebot von Zucht und Ordnung und zum anderen aus der Literatur sentimentaler, edler Spielart. Dazu zähle ich auch Bindings »Keuschheitslegende«, ganz zu schweigen von »Die Heilige und ihr Narr«. Es war eben die Zeit, in der Zarah Leanders Lied »Kann denn Liebe Sünde sein« als äußerst frivol galt.
Mit dem Ende meines Urlaubs traten derartige »Probleme« wieder in den Hintergrund. Die Kompanie hatte mich wieder. Jetzt als neugebackener Unteroffizier und Gruppenführer. In die Freude darüber mischten sich auch bange Fragen. Wie würden meine Kameraden das aufnehmen, wenn ich nun plötzlich als Vorgesetzter dastand? Vier oder fünf Mann in meiner Gruppe hatten mit mir in der Rekrutenzeit auf dem gleichen Zimmer gelegen. Jetzt mit ihnen dienstlich per »Sie« zu verkehren, kam mir albern vor. Und wie würden sie das finden, mich mit Herr Unteroffizier anzureden? So streng waren in dieser Zeit noch die Bräuche. Diese Befürchtungen erwiesen sich als unbegründet. Alle gaben sich redlich Mühe, damit unsere Gruppe gute Leistungen zeigte und selbstverständlich behielten wir unseren üblichen Umgangston bei, wenn wir unter uns waren.

In der Rückschau war das eine recht sorglose Zeit, die wir unbeschwert genossen. Wie angenehm war das ruhige Dorf an der Marne mit der freundlichen Bevölkerung, die Dorfkneipe mit der 14jährigen Wirtstochter, bei der ich gelegentlich einen Curaçao trank. Nicht weil ich gern trank, sondern Ginette so ein nettes Wesen war. Es dauerte nicht lange, dann begrüßte sie mich jedes Mal mit einem Bonjour, Monsieur Curaçao.

In dieser Idylle bekam ich einen Brief mit einer sonderbaren Anschrift. »An den Akademiebewerber Wolfgang Fischer« und die Feldpostnummer. Das Schreiben sah amtlich aus und enthielt einen Fragebogen zur Aufnahme in die Akademie für Jugendführung Braunschweig. Das Anschreiben versicherte mir, daß ich bei der Annahme meines Antrags von der Wehrmacht beurlaubt würde. Nach der ersten Sprachlosigkeit grübelte ich darüber, wer wohl diesen Versuch mit mir veranstaltet hatte. Die Gebietsführung der Hitlerjugend, vermutete ich, denn von dort bekam ich gelegentlich Mitteilungsblätter zugeschickt. Den Gedanken sich vom Krieg beurlauben zu lassen, um in ein paar Jahren Bannführer bei der Hitlerjugend zu sein, fand ich einfach absurd. Alleine die Vorstellung, Bestandteil in der Parteihierarchie zu werden, erschien mir lächerlich. Nicht, weil ich inzwischen ein Regimegegner geworden wäre, sondern ich hatte immer diese sich wichtig gebärdenden Spießbürger vor Augen, die außer ein dreifaches »Sieg Heil« auf den Führer auszubringen, nach meiner Meinung nichts leisteten. Auch die Hitlerjugend als Lebensberuf erschien mir nicht verlockend. Gut ich habe die Jahre bei ihr genossen, aus der vorpubertären Romantik war ich herausgewachsen und meine Ergriffenheit vom Heldenpathos war auch nicht mehr die, die sie einmal war. Ich schickte den Fragebogen unausgefüllt zurück und habe davon nie wieder etwas gehört.

Nach und nach kamen einige Kompanieangehörige, die von ihren Verwundungen genesen waren, vom Ersatzbataillon zurück. Ein paar Geschichten wurden bekannt und sprachen sich herum. Ein Soldat war zuhause festgenommen worden. Die Polizei hatte bei ihm ein Silberbesteck gefunden, das er in Frankreich aus einem Privathaus mitgenommen hatte. Urteil: vier Jahre Gefängnis, dann umgewandelt in Versetzung zu einer Strafeinheit. Wir haben nie wieder von ihm gehört. Bei einer Kompaniebelehrung wurde ein Urteil bekanntgemacht. Ein Leutnant und ein Unteroffizier unserer Division wurden degradiert und zu Gefängnisstrafen verurteilt. Ihr Vergehen: Der Unteroffizier hatte in Sedan aus einer Privatwohnung ein Radiogerät mitgenommen, um damit Musik und Nachrichten hören zu können. Das Radio war nicht für ihn gedacht, sondern stand bei seiner Gruppe im Quartier. Der Leutnant wurde für schuldig befunden, weil er den Sachverhalt kannte und geduldet hatte.

Daß solche Vergehen bestraft wurden, fanden wir ganz in Ordnung. Ich kann mich nicht erinnern, daß in meiner Umgebung geplündert worden wäre. Es war bekannt, daß man Dinge an sich nehmen darf, die zum unmittelbaren Bedarf gehörten. Ein Huhn oder ein Schweizer Käse aus dem Kühlschrank, ja auch ein sauberes Hemd aus einem Laden (wenn man das schmutzige dafür dort zurückließ), das war im Rahmen des Erlaubten. Manchmal verstanden wir nicht, wenn sich Franzosen bei uns für Dinge bedankten, die wir unterlassen hatten. Ich denke an einen Bauernhof bei Calais, auf dem wir 24 Stunden zugebracht haben. Beim Abmarsch erschien der Bauer, ein kerniger, grauhaariger Typ mit einer natürlichen Würde, um sich für unser korrektes Verhalten zu bedanken. Ein Verhalten, das uns selbstverständlich erschien. Wir lebten im Bewußtsein unserer Rechtschaffenheit. Zweifellos hat es damals Franzosen gegeben, die mit Recht manches anders gesehen haben.

Ich dachte wie wir alle denken sollten. Der Führer hatte Churchill nach dem Frankreichfeldzug ein faires Friedensangebot gemacht. Doch Churchill wollte nicht. Keiner von uns hatte was gegen England, aber der Krieg gegen England wurde vorbereitet und wir wußten, daß wir bei der Invasion zur ersten Welle gehören würden.
Auf der Marne lag nun ein alter Lastkahn mit aufgeschnittenem Bug. Dort wurde Verladen mit Lastfahrzeugen geübt. Der Kompaniechef machte mit den Unteroffizieren Sandkastenspiele, denen englische Landkarten zugrunde lagen. Abkommandierte Kommandos der Kompanie brachten an der Küste Infanteristen bei, wie man mit Floßsäcken in der Brandung fährt. Das »Unternehmen Seelöwe« wurde vorbereitet. Alles streng geheim, aber die Franzosen konnten zuschauen.
Nach und nach wurden diese Aktivitäten eingestellt; ohne jeden Kommentar. Was wir nicht wußten: Hitler hatte die »Luftschlacht um England« verloren. Die Marine hielt die Invasion ohne deutsche Luftüberlegenheit für unmöglich und auf Hitlers Speisekarte stand bereits die Sowjetunion.
Im Oktober fand sich die ganze 10. Panzerdivision auf dem größten französischen Truppenübungsplatz bei Mourmelon ein. Ein kleiner öder Ort mit ein paar Kneipen, einem Militärbordell und ungezählten Kasernenbaracken. Dazu mieses Herbstwetter und strapaziöse Verbandsübungen. Das Übungsziel: »Zusammenwirken aller Waffen«. Das hieß im Klartext, alles verläuft gefechtsmäßig und so kriegsnah wie möglich. So wurde es dann auch und das gleich für Wochen. Die Panzerangriffe pflügten an den, in den Schützenlöchern geduckten Infanteristen bedrohlich nahe vorbei.
Der Kommandeur der Schützenbrigade soll gesagt haben: »Wenn ich kriegsnah sage, meine ich kriegsnah. Wenn jemand vom Panzer breitgewalzt wird, kostet mich das zehn Pfennig für eine Postkarte und ich habe einen neuen.«

Gemeint war damit ein neuer Soldat. Wie dem auch sei, der Oberst hatte seinen Spitznamen »Groschengrab« weg, der ihm noch lange nachhängen sollte. Zum Unglück wurde wirklich ein Kradfahrer von einem Panzer überrollt. Dem Oberst, dem man diesen flotten Spruch nachgesagt hatte, wurde in Rußland unser Divisionskommandeur, witzigerweise hieß er genau so wie ich.
Zum Abschluß der Übungen bekam mein Zug den Auftrag, ein Stoßtruppunternehmen vorzuführen. Alles kriegsmäßig versteht sich und mit scharfem Schuß. Zuschauer sollten Kommandeure und eine Gruppe Generalstabsoffiziere sein. Für Feldwebel Burg und mich war das nun nach der Somme unser zweiter gemeinsamer Stoßtrupp. Mit Sicherheit nicht weniger gefährlich als der erste. In einem Gelände, das aussah, als hätte hier eine Materialschlacht des Ersten Weltkrieges stattgefunden, lag ein Betonbunker hinter Stacheldrahthindernissen. Ein Schützenbataillon hatte einen Infanterieangriff über eine Entfernung von 500 Meter vorzutragen, und zwar unter Einsatz von schweren MGs, Infanteriegeschützen und Granatwerfern und mit scharfem Schuß. Nach dem Manöverplan hatte die Infanterie ihren Auftrag erfüllt, wenn sie die Drahtsperre erreicht hatte. Von da ab fing unser Part an. Sperre überwinden und den Bunker niederkämpfen.
Das Theater lief an. Die Schützen machten ihre Sache ganz gut und es klang genau so wie echt. Dann kamen wir dran und das wurde sehr unangenehm, denn eine Artillerie-Abteilung sollte unseren Angriff vorbereiten. Wohlgemerkt mit scharfem Schuß. Sie machte das sehr eindrucksvoll, denn sie schoß mit Abprallern. Eine deutsche Spezialität. Die Granaten schlagen flach auf, und prallen ab und krepieren wenige Meter über dem Erdboden. Und das nicht viel mehr als 100 Meter vor uns.
Wir warfen Nebelkerzen und hetzten mit den mit Sprengstoff gefüllten und drei Meter langen Gasrohren zum Sta-

cheldraht. Die mußten in die Drahtsperre geschoben und gezündet werden. Die Metallsplitter des Gasrohrs rissen bei der Sprengung die Gassen in die Sperre. Das war hier bei der Übung, wie im Ernstfall, eine kritische Phase. Die kurze Zündschnur ließ nur wenige Zeit, um in Deckung zu springen. Deckung war zuviel gesagt, denn in der Regel lag man nur zwei oder drei Meter vom Ende des Gasrohrs entfernt und wendete ihm den Stahlhelm zu. Die Hände lagen an der Hosennaht. Wenn man Glück hatte, bekam man keinen Splitter ab.

Das war gelaufen. Jetzt der Flammenwerfertrupp. Feuerstrahl und schwarzer Qualm. Und als Schlußakkord die Sprengtrupps an den Scharten. Als Hintergrund die Einschläge der Artillerie, die Sperrfeuer schoß.

Erst ein Jahr später sollte ich erfahren, wie nahe ich bei diesem Unternehmen dem Heldentod gewesen war. Mein MG-Schütze Fritz Bender beichtete mir zu fortgeschrittener Stunde, daß ihm damals bei der Handgranatensalve, seine Stielhandgranate aus der Hand rutschte und direkt neben mir liegen blieb. Fritz hatte dann noch im letzten Augenblick den Mut aufgebracht das Ding aufzunehmen und wegzuwerfen. Keine Sekunde zu früh. Unserem General und den Gästen hat die Show gefallen.

Wir gossen uns in einer Pinte einen hinter die Binde und waren stolz. Auf was? Das ist kaum zu sagen. Daß wir Pioniere waren, daß aus den neugierigen, nach Abenteuer lüsternen Anfängern Handwerker des Krieges, nein Facharbeiter geworden waren. Kaum einer spürte bei dieser Feststellung ein Frösteln. Oder doch? Dagegen gab es notfalls etwas zu trinken. Nur nicht weich werden. Krieg hatte es immer gegeben, das war doch ganz normal . . .

Im Dezember konnten wir dem Schlamm, Regen, Schnee und Glatteis auf dem Truppenübungsplatz den Rücken kehren. Auf unseren Fahrzeugen ging es nach Süden, in die Umgebung von Dijon. Wieder kamen wir in ein Dorf, nicht

viel größer als Vareddes. Aber das Dorf hatte nichts Städtisches, keine Wochenendhäuser. Es war ein richtiges Bauerndorf in der Cote d'Or. Eine Landschaft flach wie ein Brett. Hier wurde die Ernte der riesigen Erdbeerfelder zu Fraise, einem süßen Erdbeerlikör, verarbeitet. Trotz der südlicheren Lage war es kalt und der Schnee lag hoch. Der Winter 1940/41 war streng.
Die Soldaten wohnten auf die Familien im Ort verteilt in Privatquartieren. Mein Freund Hans Korn teilte mit mir das Ehebett, das uns die Wirtsleute, das Ehepaar Bertét, überlassen hatten. Das fanden wir sehr gastfreundlich, verstanden aber nicht, warum wir unser Bett nicht durch die Tür, sondern nur über ein paar improvisierte Stufen durch das Fenster erreichen konnten. Was auf den ersten Blick nach Großzügigkeit ausgesehen hatte, stellte sich als Vorsichtsmaßnahme heraus. Das getroffene Arrangement sollte verhindern, daß wir in das Schlafzimmer der 16 und 18 Jahre alten Töchter gelangen könnten.
Das Abendessen nahmen wir in der Küche des Bauernhauses gemeinsam mit der Familie ein, zu der außer den Töchtern noch der 14jährige pausbäckige Pierre gehörte. Man gab sich anfangs recht zugeknöpft, doch mit der Zeit lokkerte sich die Stimmung. Immer häufiger wurden uns Kostproben aus dem Familientopf angeboten. Und als das Familienoberhaupt begriffen hatte, daß seinen Töchtern von uns keine Gefahr drohte, wurde man geradezu herzlich. Die Bauersfrau erzählte uns, daß zwei Neffen von ihr in deutscher Kriegsgefangenschaft waren und sie ihnen keine Päckchen schicken durfte. Andererseits sah sie, wie oft wir Post bekamen.
Es war ein bitterkalter Winter. Dienst wurde klein geschrieben, wir saßen lieber in Ofennähe. Und dann war Weihnachten. Wir wurden mit Feldpostpäckchen von zuhause, aber auch von unbekannten Absendern geradezu überschüttet. In der Heimat kratzte man wohl das Letzte an

schmackhaften Sachen zusammen, um uns eine Freude zu machen.
Genau wie die Familie Bertét hatten sich bald auch die anderen Dorfbewohner mit unserer Anwesenheit abgefunden. Es gab keine Reibungen, keine Zwischenfälle. Aus ganz banalem Anlaß brachte man mir im Dorf fast Verehrung entgegen. Eines Tages war mir auf der Dorfstraße ein Leichenzug entgegengekommen. Ich blieb stehen und weil ich keinen Hut hatte, grüßte ich militärisch. Dabei war mir nicht recht klar, ob mein Verhalten angemessen oder lächerlich war. Von den Dorfbewohnern wurde es jedoch unerwartet positiv aufgenommen. Meine Quartiergeber sprachen mich auf die Geste hin freundlich an. Ich habe keine Ahnung, wem ich da die letzte Ehre erwiesen hatte, aber plötzlich hatte ich überall im Dorf Freunde. Ein alter Herr, der mich bis dahin nicht beachtet hatte, richtete nun bei jeder Begegnung ein paar freundliche Worte an mich: Bonjour, Monsieur, ce n'est pas chaud aujourd'hui, hein? Ja, der katholische Pfarrer bat mich in sein Haus und bewirtete mich mit einem Glas Wein.
Beim letzten Abendessen am runden Tisch der Familie Bertét spürte ich den Fuß von Juliette, der sich mir behutsam aber beharrlich am Schienbein entlang zum Knie hinauf bewegte. Juliette war die jüngere und hübschere von den beiden Schwestern. Am nächsten Morgen, bevor wir abmarschierten, verabschiedete sich Juliette von mir mit einem Kuß, der gar nichts schwesterliches an sich hatte. Der schmeckte mir fast noch besser als die zwanzig Hühnereier, die mir Mutter Bertét eingepackt hatte – vielleicht weil ich ihre Tochter »verschont« hatte.
Bei ekelhaftem Schlackerwetter rollten die Fahrzeuge durch ein trübes Frankreich. Auch als wir über die Reichsgrenze ins Saargebiet kamen, war das Wetter nicht freundlicher geworden. Mit steifen, durchgefrorenen Knochen stiegen wir im Schneeregen von unseren Wagen. Wir waren in

Völklingen. Rechte Freude darüber, nun wieder in Deutschland zu sein, kam nicht auf. So bequem und so geruhsam wie in unserem Dorf in der Côte d'Or würde es hier sicher nicht werden. Mit dem ominösen sechsten Sinn witterten wir – es lag etwas in der Luft.
Doch erst einmal bekamen wir vom Vorkommando unsere Quartierzettel in die Hand gedrückt und verzogen uns mit dem notwendigsten Gepäck in die angewiesenen Privatquartiere. Von der alten Dame wurde ich mit auf Zimmertemperatur gedrosselter Herzlichkeit in meine Kammer mit dem Bett geleitet. Ich hatte Schüttelfrost und legte mich hin.
Am Morgen bei der Befehlsausgabe wurde verkündet, daß Völklingen für drei Tage Zwischenstation sei und – was viel interessanter war – 20 Mann durften in die Oper. Interessenten konnten sich melden. Darauf gab ich meine Absicht, mich krank zu melden, auf und saß am Abend im Grenzlandtheater Saarbrücken. Ein nagelneuer prächtiger Bau, den die Stadt als Belohnung für die Volksabstimmung über die Heimkehr der Saar von Hitler geschenkt bekommen hatte. Auf dem Spielplan stand »Tannhäuser«. Ich genoß den Pilgerchor, die weiblichen Statisten im Hörselberg, aber hingerissen war ich vom Lied, das der Hirtenknabe singt. Wahrscheinlich war es weniger das Lied – als die junge Sängerin, die es sang. Trotzdem, die Schauer, die mir über den Rücken liefen, kamen nicht vom Theatererlebnis, sondern waren ganz solide Fieberschauer.
Am nächsten Tag lag ich im Lazarett Homburg/Saar – wegen Verdacht auf Typhus. Als es mir am zweiten Tag bereits besser ging, sah ich das ganz anders als mein Arzt. Der blieb stur. »Sie kommen ja aus Frankreich, da kann man nicht wissen.« So blieb ich also auf der Isolierstation, aß meine Diät und sehr bald nach meiner Diät noch eine Portion Vollkost und fühlte mich kerngesund. Schließlich gab der Arzt seine Hoffnungen auf Typhus auf und entließ mich zur Truppe.

Die Kompanie war weg. Fern in Schlesien auf dem Truppenübungsplatz Neuhammer. Schlimmer als Mourmelon konnte es da auch nicht sein.
Ganz so schlimm wurde es in Neuhammer auch nicht, denn der Frühling kam. Wir wohnten wieder in Baracken. Der Dienst – die ganze Palette von Brückenbau bis Gefechts- und Sprengdienst – wurde wieder zur Knochenarbeit.
Langsam konnte es auch ein Blinder mit dem Krückstock sehen: Es bahnte sich etwas an. Wir Gruppenführer wurden nun mit Maschinenpistolen und mit der Pistole P 38 (Walther) ausgestattet. Die dritte Kompanie bekam schweres Wurfgerät und zum ersten Mal bekam ich Nebelwerfer zu Gesicht. Die hatten mit Nebel überhaupt nichts zu tun, sondern es waren rückstoßfreie Raketengeschütze mit einer hohen Schußfolge.
Die ganze Division wurde umorganisiert. Aus den bisher 12 Panzerdivisionen wurden 24 gemacht. Dazu mußten wir eins von unseren Panzerregimentern abgeben. Bei der Gefechtsausbildung lernten wir eine neue Methode sich einzugraben. Die frühere »Schützenmulde«, in der man lang und flach auf dem Bauch lag, war vorbei. Jetzt grub man Schützenlöcher, in denen man aufrecht stand und besser gegen Splitter geschützt war. Und Panzerdeckungslöcher gruben wir, in denen wir uns zur »Gewöhnung« von unseren Panzern überrollen lassen mußten! Der neue Kompaniechef Hauptmann Engel, der in Vareddes zu uns gestoßen war, forderte uns viel ab. Strapaziöse Märsche, Nachtübungen und Langstreckenläufe. Nach einem anstrengenden Brückenschlag über die Oder, schickte er vor unseren Augen die Fahrzeuge zurück ins Lager und ließ uns die 15 Kilometer marschieren. Und das mit Waffen und ohne jede Marscherleichterung. Wir waren sauer und fühlten uns schikaniert. Erst viel später merkte ich, daß ich wieder einmal jemanden völlig falsch eingeschätzt hatte. Engel, ein konsequenter Mann handelte schlicht nach dem Grundsatz »Schweiß spart Blut«.

Ich hatte ein privates Problem: Mein Bruder Albert wollte in Dresden seine Auserwählte Gertrud heiraten, und man erwartete meinen Besuch bei der Familiengründung. An sich war unter den gegebenen Umständen ein Sonderurlaub bei einem solchen Anlaß so gut wie sicher. Aber ausgerechnet jetzt an einem Montag hatte Engel mitgekriegt, wie ich die zum Morgenappell angetretene Kompanie sehr abgekämpft und gerade noch rechtzeitig vor der Meldung an den Chef erreichte.
Am Sonntag hatte ich im nahen Städtchen Sagan mit zwei Kumpanen etwas getrunken, ein sehr attraktives Mädchen ausgemacht und rumgealbert. Der Zeitpunkt für den letzten Zug nach Neuhammer rückte näher, aber ich lag bei der Dame so gut im Rennen, daß ich blieb und meine Kumpels aufgaben. Das war zwar der Beginn einer recht ergiebigen Freundschaft mit Erika, aber auch eine Disziplinlosigkeit. Engel begrüßte mich dann auch mit dem Rat: »Na, Fischer, reichen Sie mal zum nächsten Wochenende wieder Urlaub ein!« Der Rat war weiß Gott nicht ernst gemeint, aber genau das mußte ich tun, wenn ich zur Hochzeit wollte. Also Kopf hoch, wenn der Hals auch dreckig ist. Auf zum Chef. Betont zackig, deutscher, aber leicht demutsvoller Blick. Oh Wunder, der strenge Hauptmann Engel moralisierte zwar ein wenig, doch er ließ Gnade vor Recht ergehen.
Familie konnte Spaß machen, besonders, wenn man feierte. Nach meiner Erinnerung hatten wir keinen Mangel an Trink- und Eßbarem. Meine künftige Schwägerin, schlank und sportlich sah ganz annehmbar aus, aber sie hatte dunkles, gekräuseltes Haar und eine Stupsnase. Das Rassehauptamt der SS fand, daß sie nicht den strengen Auslesegrundsätzen der SS entsprach und Albert hatte nur auf besonderen Antrag und weil er Frontsoldat war, eine Ausnahmegenehmigung zur Heirat mit Gertrud bekommen. Vielleicht deswegen entwickelte Gertrud nach

der Hochzeit als SS-Frau ein gesteigertes Elitebewußtsein.
Eine nette Beigabe zur Schwägerin war ihre Cousine Gisela, die auch Hochzeitsgast war und mit der mich Gertrud gerne verkuppelt hätte. Gisela aber entsprach nun so gar nicht meinen »strengen Auslesegrundsätzen« und daran konnte auch Gertruds Hinweis: »Giselas Vater ist Amtmann bei der Steuer« nichts ändern. Abgesehen davon war Gisela uralt, mindestens 25 Jahre. Meine Ablehnung wurde mir nie verziehen – »wo doch Gisela dir zwei Päckchen nach Rußland geschickt hat«. Zusammen mit Gertruds SS-Dünkel reichte das für eine gepflegte Feindschaft aus.
Hauptmann Engel wollte mich natürlich nicht ganz ohne erzieherische Maßnahme davonkommen lassen. Zum nächsten Wochenende gab es keinen Urlaubsschein. Dafür durfte ich am Samstag auf dem Schießstand Gewehre einschießen. Das war ein Vertrauensbeweis, aber er ließ mir eben nicht die Möglichkeit zu einem Rendezvous mit Erika. Erika hatte mich aber auch am nächsten Wochenende noch nicht abgeschrieben.
Abends, in der Kantine oder in der Baracke saßen wir Unteroffiziere beim Palaver zusammen. Kurt Gebhard, ein westfälischer Siegfried mit wäßrigen blauen Augen und guter Baritonstimme; Fritz Baresel, ebenfalls Westfale, wortkarg und treu wie Gold; Hans Korn, mein Bettnachbar von der Côte d'Or und unser Sanitätsunteroffizier Erwin Spiegel, mit dem ich in Weilburg im selben Quartier lag. Wir stellten Vermutungen über die Zukunft an. Natürlich würde der Krieg weitergehen und bestimmt auch bald, wie man aus dem Betrieb hier schließen konnte. Aber wie? Ganz Schlaue wußten es schon zuverlässig: Stalin hat der Deutschen Wehrmacht den Durchmarsch durch die Sowjetunion freigegeben. Wir marschieren zum Kaukasus und nehmen über Persien die Engländer in die Zange. Rommel greift über den Suezkanal an. Das klang fast glaubhaft. Warum auch nicht?

Kühne Strategien lagen doch dem Führer und was er damit erreichte, hatte er ja in Polen und Frankreich bewiesen. Wir hielten uns für so unschlagbar, wie es die Propaganda behauptete.

April 1940. An der Mosel. Hilfe im Weinberg und Warten auf den Krieg.

10. Mai 1940. Im Morgengrauen über die luxemburgische Grenze bei Echternach. Die Betonsperre auf der luxemburgischen Seite wird überbrückt.

11. Mai in Belgien. Eine gesprengte Brücke wird ausgebessert.

13. Mai 1940. Floßsäcke für den Maasübergang werden nach vorne gebracht.

Ein Volltreffer der französischen Artillerie hat die Bereitstellung zerschlagen.

14. Mai 1940. Die Division rollt über die Kriegsbrücke bei Sedan ins französische Hinterland.

Immer häufiger sind unter den Gefangenen Soldaten der Kolonialtruppe.

Gefallene Franzosen in einem Außenfort von Calais.

Ein Kompanieangehöriger wird mit militärischen Ehren beigesetzt.

Brennende Öltanks im Hafen von Calais.

Spuren der Straßenkämpfe in Calais.

24. 6. 1940. Im Rundfunk wird die bevorstehende Waffenruhe angekündigt.

Balkenkreuz-Feldzug

Die Division war wieder auf dem Marsch. Das war wie eine Befreiung von der Routine, vom Alltag. Wir fuhren durch polnisches Gebiet. Bei jedem Halt zogen wir in Waldstükken unter und tarnten unsere Fahrzeuge sorgfältig. Die letzte Etappe unseres Marsches wurde nachts zurückgelegt. Vor dem Morgengrauen verschwanden wir wieder in einem Waldstück. Alles war organisiert. Bei der Ankunft fanden wir Hinweisschilder und Einweiser vor. Der Wald wimmelte von Fahrzeugen, Waffen und Soldaten. Bei Tageslicht durfte sich niemand von uns außerhalb der Deckung sehen lassen. Nun wußten wir – es wird ernst. Das machte uns zwar nachdenklich, aber lange noch nicht bedrückt.

Wie gewohnt machte ich meine privaten Erkundungsgänge. Überall roch es nach Fichten, Dieselöl und Benzin. Ich traf alte Bekannte, die mir von Polen, von Frankreich und von den Verbandsübungen her vertraut waren. Den Schwadrons-Chef von der Aufklärungsabteilung an seinem Acht-Rad-Spähwagen, den Unteroffizier von den Panzerjägern an seiner Zugmaschine und den Oberwachtmeister der schweren Artillerie-Abteilung an seinem Beiwagenkrad.

Alle machten Pause, futterten, spielten Karten, fummelten an den Waffen oder Fahrzeugen. Es fiel nicht schwer, sich zwischen den vielen Waffengattungen zurechtzufinden. Alle Fahrzeuge hatten ihre taktischen Zeichen, an denen man die Waffengattung und bis runter zur Kompanie auch die Einheit ablesen konnte. Zusätzlich trugen alle Fahrzeuge der 10. Panzer-Division das gelbe Y mit den drei senkrechten Strichen (YIII). Zusätzlich zeigte ein weißes G auf den Fahrzeugen an, daß wir zur Gruppe Guderian gehörten, der als der Schöpfer der deutschen Panzerwaffe gilt. Ähnlich wie bei uns sah es an der 1600 Kilometer langen Grenze zur Sowjetunion überall aus. Die Historiker sollten später Bilanz machen und zu dem Ergebnis kommen, daß auf deutscher Seite 3000000 Soldaten mit 1830 Flugzeugen, 7184 Geschützen, 3580 Panzern, 600000 Fahrzeugen und 750000 Pferden bereitstanden. Ihnen gegenüber, im russischen Grenzgebiet, standen 10 Armeen mit 4,5 Millionen Soldaten, denen eine Stunde schlagen sollte, die sie nicht erwarteten.

Das Bild bei der Kompanie war ganz friedlich. Der Chef war beim Kommandeur und ich blieb nun bei meiner Gruppe. Das waren die 15 Soldaten, für die ich die Verantwortung trug. Etwa die Hälfte von ihnen waren im November '39, also vor knapp zwei Jahren, mit mir zusammen in Hannoversch Münden Soldat geworden. Die anderen waren in Frankreich nach dem Feldzug als Ersatz zu uns gekommen und waren jetzt schon in die Kompanie hineingewachsen. Meine Stützen in der Gruppe aber waren die Kameraden, die in der Rekrutenzeit mit mir auf der gleichen Stube gelegen hatten. Da war erst einmal mein MG-Schütze 1, Fritz Bender, der seine Ähnlichkeit mit dem arroganten Willy Birgel pflegte und stets auf seine Unabhängigkeit bedacht war. Mit seinem Schützen 2, Karl Konrad, war er ein Herz und eine Seele. Konrad stammte von einem westfälischen Bauernhof, ein großer, kräftiger Bursche, schweigsam, bedächtig und zuverlässig. Wie oft hatte ich Karl beobachtet, wie er nachdenklich einen Erdklumpen zerrieb und überlegte, was man hier anbauen könnte. MG-Schütze 3, praktisch der Munitionsschlepper, war Walter Reiter, zum Fettansatz neigend und als trübe Tasse eingestuft. Ich hatte den leichten Verdacht, daß Reiter in gewisser Weise schlauer war als wir alle zusammen.

Die treueste Seele in diesem Verein war zweifellos Jupp Vincenz, ein baumlanger Typ mit schleppendem Gang und hängenden Schultern. Jupp kam aus ganz ärmlichen Verhältnissen und hatte als Grobschmied bei den Henschel-Werken in Kassel gearbeitet. Er trug die Panzerbüchse, die bei ihm den Eindruck erweckte, als sei sie auf seine Figur zugeschnitten. Sein Eßbesteck, von ihm liebevoll »mein Schanzzeug« genannt, trug Jupp stets im Stiefel bereit. Wenn es irgendwo etwas zu essen gab, ließ sich Jupp dort nieder. Er war immer hungrig.

Zu den Gewehrschützen zählten neben Walter Hagen, dem Intelligentesten von allen, Guido Männle, ein 32jähriger Reservist und kauziger Schwabe (wegen Wilddieberei vorbestraft); Franz Hecker, Sudetendeutscher und etwas aufsässig, und als Dienstältester Ferdinand Klinger aus Schwerdte. Klinger war der Fahrer unseres Henschel-Dreiachsers mit den 100 PS unter der Haube. Im Führerhaus, neben Klinger, saß Jupp Vincenz als Beifahrer und ich an der rechten Tür, als Gruppenführer. Der Rest der Gruppe saß zwischen den Aufbauten auf der Ladefläche.

An Bord hatten wir alles, was Pioniere brauchen konnten: Spreng- und Zündmittel, Minen, Äxte, Motorsäge, Spaten, Hacken, Notverpflegung, Handgranaten, Munition und anderes. Mit meinen Männern und mit dem bulligen Henschel hatte ich nun bei dem bevorstehenden Abenteuer klarzukommen. Mit dem Wort Abenteuer meine ich den Marsch durch die Sowjetunion – und an den Kaukasus.

Am Abend, es war der 21. Juli 1941 um 22.00 Uhr, wußte ich es besser. Hauptmann Engel verlas einen Führerbefehl: Unser Feind wäre der Bolschewismus, der mit 160 Divisionen bereitstände, uns zu überfallen, und dem wir zuvorkommen müßten. Angriffsbeginn: 22. 7., 3 Uhr 15.

Der Auftrag für die Kompanie: Brückenschlag mit B-Gerät über den Bug. Wir würden also nicht bei der ersten Welle sein. Weder beim Übersetzen über den Fluß noch bei den

Einheiten, die den Brückenkopf bildeten. Ich wußte nicht so recht, ob ich mich freuen sollte.
Es war noch dunkel. Genau mit dem Sprung des Uhrzeigers auf die volle Minute rollte die Feuerwalze an. Es war wirklich wie ein Donnerrollen. Tausende von Geschützen schickten ihre Granaten auf sowjetische Feldstellungen, Unterkünfte, Brücken und Verkehrsknotenpunkte. Die leichten und schweren Infanteriewaffen feuerten auf Ziele, die von der Aufklärung ausgemacht werden konnten und weit hinter der Grenze warfen Flugzeuge ihre Bomben auf Kasernen und Bahnhöfe.
Wenn man genau hinhörte, konnte man neben dem Höllenkonzert von Heulen, Schlorren und Zischen der Granaten, die über uns hinwegzogen, das infernalische Geräusch der Nebelwerfer hören. Allein ein Nebelwerfer-Regiment verbrauchte dabei in einer halben Stunde Vorbereitungsfeuer 2880 Granaten. Das waren zwei Granaten in drei Sekunden.
Wer von uns Statisten auf dem Welttheater erkannte hier, was geschah, was seinen Anfang nahm?
In die Bewunderung für diese gigantische Machtentfaltung mischte sich das Wunschdenken, daß man drüben, auf der anderen Seite vom Bug, keinen starken Widerstand mehr finden würde.
Mehr Fantasie hatte ich damals nicht aufgebracht, und die meisten von meinen Kameraden wohl auch nicht. Das Denken verkürzte sich auf die nächsten Stunden oder Tage auf die Grundbedürfnisse: Essen, Schlafen und Überleben.
Heute frage ich mich, wo waren damals die Verantwortlichen, die Bescheid wußten? Von großen historischen Augenblicken wurde bei vielen Gelegenheiten gesprochen. Das hat sich bis heute nicht geändert, ständig werden »neue Kapitel im Buch der Geschichte« aufgeschlagen. Was am 22. Juni 1941 begann, hat die Landkarte von Europa verändert, halb Europa unter das Joch des Stalinismus

gebracht, Millionen von Menschen getötet, verkrüppelt, entwürdigt und vertrieben. Aber wer sprach davon? Alles paßte in das einfache Schema von Opfer und Sieg.

Eine Stunde nach Angriffsbeginn gab es am Bug keine Gefechte mehr, die Kampfhandlungen spielten sich fünf Kilometer weiter ostwärts ab. Jetzt kamen wir zum Einsatz. Mit den ersten fertigen Fähren, die später zur Brücke zusammengefügt werden sollten, setzten wir Panzer, Spähwagen, Munitions- und Sanitätswagen über. Der Brückenschlag klappte wie im tiefsten Frieden. Kein sowjetisches Flugzeug hatte sich sehen lassen, keine Granate hatte bei uns eingeschlagen. Nur die deutschen Flugzeuge sahen wir in Staffeln über uns nach Osten fliegen und nach getaner Arbeit wieder zurück.

Die Abendverpflegung wurde ausgegeben: Kommißbrot, Hartwurst, Margarine und Malzkaffee. Der baumlange Gefreite Althöfer schlug sich seitwärts in die Büsche, denn er verspürte ein menschliches Rühren. Wenig später fielen ein paar Schüsse, dann tauchte Althöfer wieder bei uns auf, ziemlich blaß um die Nase. Ganz außer Atem berichtete er: »Das ist ein Land! Hier kann man noch nicht einmal in Ruhe ...« Althöfer hatte, wie er erzählte, bereits die Hose heruntergelassen und war in Hockstellung, als ein Rotarmist 20 Meter vor ihm aus dem Busch trat, sein Gewehr hochriß und schoß. Althöfer ließ sich zur Seite fallen, nestelte seine Pistole aus der Tasche und verfeuerte alle acht Schuß, der Russe schoß nur zweimal.

Im Grunde kam Althöfer mit einer sehr wichtigen Erkenntnis von seinem Gang in die Büsche zurück. In diesem Land konnte man sich keinen Augenblick sicher fühlen. Der Krieg schlug zu, unverhofft und überall. Das Wort Partisanen war uns bis dahin noch unbekannt.

Was Althöfer bei seinem ersten Rußlanderlebnis aber besonders mitnahm, war neben dem Schreck das Bewußtsein, einen Menschen getötet zu haben. Nicht auf Entfernung, nicht wie ein Bomberpilot anonym, sondern Auge in Auge. Althöfer, der einen Schutzengel zu haben schien, hat die Zeit in Rußland überlebt. Der Schutzengel muß auch schon in Frankreich bei ihm gewesen sein. Bei Bazeilles hatte ihm ein Granatsplitter unterhalb seiner Hand den MG-Laufbehälter zerschlagen, auf den er sich stützte. Auch bei den schweren Kämpfen in Tunis blieb Althöfer der Schutzengel treu. Erst in amerikanischer Gefangenschaft verließ er ihn. Althöfer starb bei einem Verkehrsunfall.

Die ersten Ortschaften, durch die wir fuhren, sahen genauso aus wie in Polen. Kein Wunder, denn wir waren ja noch in Polen. Erst seitdem wir 1939 der Sowjetunion diesen Streifen Land überlassen hatten, war es russisches Gebiet. Die Häuser waren aus Holz, hatten Strohdächer. Aber neu im Ortsbild waren für uns die Triumphbögen mit den sozialistischen Emblemen und Propagandasprüchen und die gipsernen Lenindenkmäler.

Wir brauchten drei Tage und Nächte, bis wir wieder Anschluß an die 10. Panzerdivision bekamen. Die Straßen waren durchweg kaum befestigt, und auch dort, wo sie eine Schotterunterlage hatten, waren sie von den schweren Fahrzeugen und Panzern zermahlen. Die Fahrer versuchten nicht in die tiefen Fahrspuren zu geraten, wichen aus, und die Rollbahn verbreitert sich zu einem Feldweg mit Autobahnausmaßen. Für die Kradfahrer begann hier eine Marter, die zu jeder Jahreszeit mit einer neuen Variante aufwarten sollte: Staub, Schlamm, Schnee und nochmals Schlamm. Von der Roten Armee merkten wir in Grenznähe nur wenig. Erst weiter im Innern trafen wir auf Kolonnen mit Gefangenen. Die Bevölkerung machte zwar einen geschockten, aber nicht feindseligen Eindruck.

In den nächsten Tagen hatten wir alle Hände voll zu tun, um die vielen hölzernen Straßenbrücken wieder herzustellen oder zu verstärken. Im Einzelfall brauchten wir dafür ein paar Stunden, manchmal aber auch einen ganzen Tag. Jedesmal nach getaner Arbeit kam dann wieder diese Quälerei, um den eigenen Verband einzuholen. Manchmal benutzten wir die Auspuffdrossel an unserem Henschel, die einen grellen Zwitscherton von sich gab, um an Engpässen Vorfahrt zu bekommen. Langsam lernten aber die anderen Waffengattungen, daß sie selbst nicht vorankamen, wenn sie die Pioniere nicht vorließen.

Nach allem, was wir hier zu sehen und auch zu hören bekamen, waren wir nicht mehr ahnungslos genug, um zu bedauern keinen Kampfauftrag zu bekommen. Doch wir fragten uns manchmal, wozu es denn eigentlich Baubataillone gab. Die gab es auch, aber die kamen bei unserem Marschtempo einfach nicht schnell genug nach. Trotzdem hatte dieser Feldzug wenig Ähnlichkeit mit dem gegen Frankreich. Wir fühlten uns wie in eine fremde Welt versetzt. Die Dörfer wirkten trist, die Bevölkerung war ärmlich, der russische Soldat unheimlich und fast allgegenwärtig war ein Geruch von diesem russischen Benzin, das stark nach Petroleum roch.

Zur Abwechslung bekamen wir ein paar Minen zu räumen. Es waren quadratische Blechkästen, olivfarben und ungefähr drei Kilo schwer. Ihre Zünder waren primitiv, aber wirksam wie viele der russischen Waffen. Der Sicherungsstift im Zünder wurde durch eine Blechzunge herausgezogen, wenn der Deckel der Mine durch das Gewicht eines Fahrzeugs deformiert wurde. Bis ich diesen Kriegsschauplatz verlassen hatte, sollte ich mit meinen Männern etwa 10000 solcher Teufelsdinger geräumt und ein paar unangenehme Überraschungen mit ihnen erlebt haben.

Eine Woche Vormarsch war nun ins Land gegangen, da hatten wir unseren ersten Toten. Es war der Gefreite Gerold. Hauptmann Engel hatte ihn noch spät abends mit der Tagesmeldung zum Bataillonsstab geschickt. Gerold fuhr

mit seinem Solokrad los und kam nicht beim Bataillon an. Am Morgen fanden wir ihn in einem Waldstück an der Rollbahn. Zehn Meter neben der Straße hatte Gerold sich sein Grab ausheben müssen, neben dem er mit einem Genickschuß getötet wurde.
In der der nächsten Zeit häuften sich Vorkommnisse dieser Art. Hier wurden Verwundete von Sowjets verstümmelt oder erschlagen, andernorts ein Sanitätswagen angegriffen. Der Krieg bekam ein anderes Gesicht. Vorbei die Zeit, in der sich der Gegner wegen eines Mißverständnisses entschuldigte, wie in Calais. Dort hatten auch britische Soldaten einen Verwundeten von uns versorgt und zu einem Platz getragen, wo wir ihn abholen konnten.
Hier war nichts mehr von Ritterlichkeit zu spüren. Um so mehr von unerbittlichem Haß.
Zugegeben, wir hatten uns kaum ernsthafte Gedanken darüber gemacht, welche Gefühle der sowjetische Soldat uns gegenüber haben mochte. Wir hielten es einfach für selbstverständlich, daß im Krieg bestimmte Spielregeln eingehalten werden mußten und waren anfangs auch davon überzeugt, daß man sich auf unsrer Seite danach richtete. Ich hatte es nicht realisiert, daß der sowjetische Soldat der Überzeugung sein mußte, von uns, seinen »Verbündeten«, heimtückisch überfallen worden zu sein. Die Eskalation der Grausamkeiten hatte begonnen.
Wir bekamen allerdings nur mit, was an der Front passierte. Was sich später weit im Hinterland, an Sonderkommandos auf der einen Seite und Partisanenkrieg auf der anderen Seite abspielte, ahnten wir nicht, wenn wir auch bald die Auswirkungen zu spüren bekamen.

Der Vormarsch ging weiter. Mit der Zeit begriffen wir nach welchem Rhythmus sich unsere Verwendung innerhalb der Division regelte. Wir, die erste Kompanie, wechselten uns mit der zweiten beim Vormarsch in den Spitzenverbänden

ab. Während eine Kompanie Spitze fuhr, kümmerte sich die andere um die Brücken an der Rollbahn. Nur selten wurden die Kompanien dabei geschlossen eingesetzt, sondern gruppen- oder zugweise den anderen Waffen unterstellt oder zugeteilt.
Unsere Dritte, die gepanzerte, war ständig mit einem Zug an der Spitze beim Panzer-Regiment eingesetzt. Bei den üblichen abendlichen Halts wurden die leichten Panzer der Pioniere in die Mitte genommen und die schweren Kampfwagen gruppierten sich, wie eine Wagenburg im Wilden Westen, um sie.
Die Eindrücke aus diesen ersten Wochen verwischen sich in der Erinnerung. Die anfallenden Strapazen, die Knochenarbeit, Staub, Durst, Schlafmangel, auch Hunger, und wenn es mit dem Nachschub einmal nicht klappte, hielten sich noch in Grenzen. Ganz selten wurden wir von Flugzeugen angegriffen. Meistens war es eine Rata, unverkennbar mit ihren breiten Stummeltragflächen, die fast bis zum Höhenleitwerk reichten.
Immer wieder kamen uns lange Kolonnen von gefangenen Soldaten entgegen. Wir schliefen zu jeder Stunde, die es erlaubte: während des Marsches auf den Fahrzeugen oder bei den Halten in deren Nähe auf dem Boden. Selten einmal in einem Haus, beispielsweise in einer Schule, einer Kolchose oder einem Verwaltungsgebäude. Andere Häuser standen nicht leer, denn die Zivilbevölkerung war ja nicht vor uns geflohen.
Es ging vorwärts, 50, 60 und mehr Kilometer am Tag. Immer größer wurden die Kolonnen der Kriegsgefangenen. Das Marschtempo nahm keine Rücksicht auf solche Nebensächlichkeiten wie Flankensicherung. Es war nicht zu übersehen, daß wir mitten durch den Feind marschierten. Die riesigen Wälder links und rechts wimmelten nur so von versprengten Soldaten, aber auch von noch intakten Einheiten. Weil wir jederzeit mit Feindflugzeugen rechneten, hiel-

ten wir große Abstände von Fahrzeug zu Fahrzeug. Die wurden noch etwas vergrößert und dann ging es mit Vollgas über das Stück Straße, das unter Beschuß lag. Man dachte nicht daran, erst einmal den Granatwerfer außer Gefecht zu setzen. Das mochten die tun, die nach uns kamen. Wir mußten hier erst einmal durch.

Bald hatte sich die rote Luftflotte von den ersten Schlägen erholt und erschien nun ziemlich oft über uns mit Bomben und Bordwaffen. Unsere Jagdflugzeuge vom Geschwader Mölders, erkennbar an ihrer gelben Schnauze, konnte nicht überall zugleich sein. Wenn sie zur rechten Zeit am rechten Ort waren, hatten sie auch immer Erfolg. Zwei von ihnen nahmen es mit einem Bomberpulk von sieben Maschinen auf und schossen sie ohne eigene Verluste ab. Da gab es großen Jubel bei uns.

Wir kannten den Grund für die Eile, mit der wir Kilometer fraßen: Mit anderen Verbänden versuchte unser Korps in einer Zangenbewegung die Stadt Minsk weiträumig einzuschließen. Wir selbst bildeten die Spitze des südlichen Keils, der den Kessel von Minsk dichtmachen sollte.

Bei einem Stau auf der Rollbahn trauten wir unseren Augen nicht. Schon während der Fahrt hatte ich auf einer Parallelstraße, etwa drei Kilometer links von uns, lange bespannte Kolonnen gesehen und sie für Teile einer Infanterie-Division gehalten. Das war zwar richtig, doch ich hatte nicht erkannt, daß dort die Rote Armee marschierte, und zwar ebenso eilig wie wir, – um der Einschließung zu entgehen. Ein General, der im gepanzerten Befehlswagen kam und die Bescherung sah, ließ schnell eine 10,5 cm Kanone aus der Marschkolonne herausziehen und abprotzen. Im direkten Richten feuerte sie nach drüben in die Kolonne. Der General gab die Feuerbefehle. Von meinem Henschel sah ich durch das Glas die Einschläge direkt im Ziel. Ich konnte es kaum glauben, was dort passierte, es war einfach nicht zu fassen. Niemand rannte in Deckung. Die Granaten schlugen zwischen die Panjewagen und marschierenden Soldaten, aber der Heerwurm marschierte weiter, als wäre nichts geschehen. Nur ein paar Lücken klafften in ihm.

Die Sorglosigkeit und Neugier, mit der wir mehr oder weniger bisher in den Tag hineingelebt hatten, schwand. Die ständige Ahnung von Gefahr wuchs. Wenn wir nachts die Rollbahn verließen und in einer Ortschaft unterzogen, wurden starke Sicherungen ausgestellt, aber fast immer gab es in der Dunkelheit Plänkeleien. Meistens waren es versprengte Rotarmisten, die ahnungslos auf unsere Sicherungen stießen, sie kämpften hart und ohne Rücksicht auf ihre Verluste.

Das waren Zufallsgefechte. Was würde passieren, wenn sie einmal in einer gut geführten Offensive antraten? Wie schrieb doch Paul Carell in seinem »Unternehmen Barbarossa«:

»War es denn nicht schwindelerregend, was Generalfeldmarschall von Bock als Oberbefehlshaber der Heeresgruppe Mitte, in seinem Tagesbefehl zu Papier brachte?

›Die Heeresgruppe Mitte stand im Kampf mit vier russischen Armeen in Stärke von etwa 32 Schützendivisionen, 8 Panzerdivisionen, 6 mot.-tech. Brigaden und 3 Kavalleriedivisionen . . .

Die blutigen Verluste des Gegners sind sehr hoch. Die Zählung der Gefangenen und Beute bis zum gestrigen Tag ergab: 287704 Gefangene, 2485 erbeutete und vernichtete Panzer, 1449 Geschütze, 246 erbeutete Flugzeuge . . .«

Am 10. Juli waren wir Pioniere wieder einmal in unserer klassischen Rolle gefragt. In den letzten drei Wochen hatten wir 800 bis 1000 Kilometer zurückgelegt. Nun lag vor uns, quer zur Angriffsrichtung, der Dnjepr. Nach den Erlebnissen an der Maas bei Bazeilles, stimmte das nachdenklich. Die Russen würden sich hier verteidigen.

Am Abend war beim Kompaniechef Lagebesprechung und Befehlsausgabe. Was da zu hören war, stimmte auch nicht gerade zuversichtlich. Zwar glaubte man, daß der Russe hier bei Schklow (zwischen Orscha und Mogilew) nicht mit uns rechnen würde, denn die Straßenverhältnisse waren für motorisierte Truppen zu schlecht. Aber dennoch war der Wurm drin. Hauptmann Engel war es hoch anzurechnen, daß er uns reinen Wein einschenkte:

Am heutigen Nachmittag sei der Korps-Artillerie-Führer, ein Oberst, bei der Erkundung mit seinem Kübel auf Russen gestoßen. Er hätte zwar entkommen können, aber sein Pkw und die gesamten Kartenunterlagen seien dem Russen in die Hände gefallen. Unser Angriffstermin würde deshalb auf morgen früh vorverlegt. Um die Russen auf unsere Absichten nicht aufmerksam zu machen, unterblieb in unserem Angriffsstreifen die an sich unerläßliche Erkundung. Das hieße, wir würden heute Nacht durch unbekanntes Gelände stapfen und womöglich auf russische Sicherungen stoßen. Dann würden wir mit unseren Floßsäcken beladen sein, ohne zu wissen, wie weit wir diese schweren Lasten tragen müßten. Die Sturmboote mit ihren schweren Motoren konnten wir unter diesen Umständen überhaupt nicht einsetzen.

Anders als am Bug war uns diesmal der kämpferische Auftrag: »Gewaltsamer Flußübergang« zugefallen. Der erste Zug sollte mit kleinen Floßsäcken in der ersten Welle die Infanteristen vom Regiment »Großdeutschland« übersetzen und unser zweiter Zug, der mit den großen Floßsäcken längere Zeit brauchen würde, sollte als zweite Welle das gleiche tun.

Das würde kein Vergnügen! Die großen Floßsäcke mit ihren hölzernen Einlegböden waren erbärmlich schwer und mußten einen halben Kilometer bis in den Bereitstellungsraum getragen werden, damit die Russen keinen Motorenlärm hörten. Die Lastwagen blieben hinten. Die Schlepperei konnte scheußlich werden, denn wir hatten ja auch noch unsere Waffen, das Sturmgepäck und Munition zu tragen!

Gegen Mitternacht nahmen wir unsere Lasten auf und rückten möglichst leise in die Bereitstellungen ein. Jetzt kam die unangenehmste Zeit, die Wartezeit. Mir gelang es nicht, Schlaf zu finden. Nur ganz kurz sackte man ab und war gleich wieder hellwach. Im Unterschied zu Bazeilles bedrückte mich nun die Verantwortung für meine Gruppe, die jeden Fehler, den ich machte, auszubaden haben würde. Kurz bevor der Morgen dämmerte, erhoben wir uns. Nach einer Buschreihe sahen wir den Dnjepr. Vor uns ein teilweise abgeerntetes Getreidefeld, das zum Dnjepr hin leicht abfiel, dann ein etwas steiler abfallender Streifen bis an das Ufer. Das jenseitige Ufer lag steil etwa vier Meter über dem Wasserspiegel. Dahinter, so weit das Auge reichte, ebenes, aber unübersichtliches Kusselgelände. Ungünstiger konnte es für uns gar nicht sein.

Wir warteten auf die versprochene Stuka-Unterstützung. Sie kam verspätet, bestehend aus vier Maschinen und war äußerst dürftig. Anscheinend fanden sie keine Ziele, warfen ein paar Bomben und flogen heim. Der angekündigte Feuerschlag der Artillerie dauerte ganze fünf Minuten und der Munitionsaufwand war bescheiden.

Nach der letzten Granate – es war 05.20 Uhr und von russischer Seite war bis jetzt noch kein Schuß gefallen – setzten wir uns in Bewegung. Rechts von uns der erste Zug mit den leichteren Floßsäcken. Der kam auf dem abgeernteten Kornfeld schneller als wir voran und hatte, etwas von uns abgesetzt, 150 Meter Vorsprung. Auch wir mußten über die Plaine. Da sah ich beim ersten Zug Granateinschläge. Die Fontänen schlugen zwischen den einzelnen Übersetztrupps auf. Ein Floßsack bekam einen Treffer. Unverkennbar war da eins von den gefährlichen 7,62 cm Feldgeschützen, wegen ihrer rasanten Geschoßbahn auch »Ratsch-Bum« genannt, am Werk. Der erste Zug lag fest und ich konnte mir ausmalen, was uns gleich blühen würde.

Gerade in diesem Augenblick erkannte ich links von uns

einen Geländeeinschnitt, in dem ein dünnes Rinnsal in Richtung auf den Fluß zuplätscherte. An der Halteleine des vorderen Floßsacks zerrend, dirigierte ich meine Gruppe dorthin. Wir waren für den Russen unsichtbar geworden. Völlig erschöpft folgten wir dem Bächlein mit seinen Windungen bis zum Dnjepr.
Auch hier lagen wir günstig. Durch das Steilufer auf der anderen Seite waren wir für die Russen im toten Winkel. Nun fehlten uns nur noch die Infanteristen, die wir übersetzen sollten. Nur vereinzelt tröpfelten die bei uns ein, denn der Russe hatte nun erkannt, was sich tat und schoß aus allen Rohren auf die Plaine hinter uns. Ganze zwei Ladungen Infanteristen konnten wir über den Fluß setzen, ohne einen Schuß abzubekommen. Dann stockte der Nachschub an Infanteristen. Die bereits übergesetzten hatte das Kusselgelände verschluckt. Ich war mit meinen Männern allein – der richtige Augenblick für den Russen, einen Gegenstoß zu machen.
Vorsichtshalber setzte ich Jupp mit seiner Panzerbüchse und den kleinen Männle mit seinem Gewehr am Feindufer als Sicherung ab und wartete weiter auf Infanteristen.
Nach einer Weile kam Verkehr auf. Die Infanteristen kamen flott nach und zwei weitere große Floßsäcke machten uns beim Übersetzbetrieb Konkurrenz. Jetzt konnte sich die Lage im Brückenkopf stabilisieren. Wir hatten ein paar schwere Maschinengewehre, einen Granatwerfer und auch eine leichte Pak übergesetzt. Gerade atmete ich auf, daß wir das geschafft hatten, da fiel mir auf, daß ich von Jupp Vincenz und Männle die ganze Zeit über nichts mehr gesehen oder gehört hatte. Da kam Erwin Burg, wir tauschten Neuigkeiten aus und ich wurde von meinen Sorgen um Jupp und Männle abgelenkt. Unsere Dienste wurden nicht mehr gebraucht. Inzwischen waren die Sturmboote herangekommen und hatten den Übersetzverkehr übernommen.
Wir hatten uns am diesseitigen Ufer niedergelassen. Erwin

Spiegel, der Sanitätsunteroffizier berichtete von den Verlusten beim ersten Zug. Unter den vier Toten war auch Walter Döring, der in Vareddes als Reservist zu uns gekommen war. Die Brückenfahrzeuge wurden erwartet. Da kam der erste Pontonwagen, gezogen von einer Zugmaschine, über das freie Feld bis zu der Stelle, wo der Abhang zum Fluß steiler zu werden begann. Und nun schlugen ganz schwere Brocken ein. Der Fahrer und Beifahrer waren aus der Zugmaschine herausgesprungen und liefen nach hinten. Die russische Artillerie beschäftigte sich weiter mit dem einsamen Pontonwagen, verlor aber dann das Interesse an ihm und beschränkte sich darauf, in unregelmäßigen Abständen auf die vermutliche Brückenstelle zu feuern.

Zu meiner Erleichterung sah ich am anderen Ufer Männle und Jupp mit acht gefangenen Russen. Wir setzten sie über, um sie abzuholen. Jupp meinte, Russen könnten schwimmen, was die auch brav taten. Der Dnjepr war an dieser Stelle höchstens 80 Meter breit und seine Strömung nicht sehr stark. Jupp und Männle war es langweilig geworden, als keine Infanteristen mehr nachkamen und hatten sich deshalb einfach mal umgesehen. Dabei hatten sie einen gut getarnten Bunker entdeckt, an dem die Schützen ahnungslos vorbeigegangen sein mußten. Jupp war mit seiner Panzerbüchse in Stellung gegangen. Männle war bis zum Hinterausgang des Bunkers gerobbt. Jupp hatte in die Scharte geschossen und Männle hatte die acht Russen, die verstört die Hände hoben, kassiert!

Inzwischen war von einem beherzten Fahrer der Pontonwagen in halsbrecherischer Fahrt den Hang hinunter zum Fluß gefahren worden. Das schwere Geschütz hatte dazu geschwiegen und nun kamen ermutigt auch die anderen Fahrer mit dem Gerät an. Der Brückenschlag begann. Wir waren Zuschauer.

Erwin Spiegel berichtete weiter von den Ereignissen beim ersten Zug. Ich war dazu übergegangen, mir ein Deckungs-

loch auszuheben, ließ mir aber Zeit dazu. Die Beine im Loch saß ich auf dem Rand und hörte Spiegels Erzählungen zu. Da schlug bei der Brückenstelle eine Granate ein. Dieses Mal eine leichte, also ein anderes Geschütz. Ich riet Erwin, sich lieber hinzulegen. Für meinen Geschmack standen und saßen wir ohnehin zu dicht aufeinander. Da kam auch schon die nächste Granate. Das Geräusch schwoll an, wurde schrill und dann kam die Detonation. Ich spürte die Hitze und wurde von Erdbrocken zugedeckt.
Als es aufhörte Erde zu regnen, schaute ich mich um. Der Granattrichter war mehr als metertief und sein Rand war nur einen Meter von meinem Deckungsloch entfernt. Der Iwan hatte mit Verzögerungszünder geschossen, und ich war genau im toten Winkel gelegen. Die Detonationswelle hatte meine Handrücken und meine Ohrläppchen, soweit sie nicht vom Stahlhelm geschützt waren, angesengt. Ich hörte nichts und als ich mich zur Seite wandte, sah ich, was von Erwin Spiegel übriggeblieben war: die untere Hälfte seines Körpers, die Beine eigenartig verdreht. Aus der Verbandstasche, die er am Koppel trug, ringelte sich wie eine Schlange die Gummibinde, mit der man blutende Gliedmaßen abband. Sonst war von Erwin nichts mehr auffindbar.
Noch nach Stunden konnte ich nicht wieder normal hören. Ich hatte einen Schock. Ich mußte mich zusammennehmen, daß ich nicht in Deckung ging, nur weil jemand hustete. Endlich erkannte man, daß wir hier am Dnjepr unseren Auftrag längst erfüllt hatten und nicht mehr gebraucht wurden, und holte uns zurück zu den Fahrzeugen. Es sollte noch einige Zeit dauern, bis ich meinen Schock überwunden hatte und ich wieder voll ansprechbar war. Die Nacht wälzte ich mich von einer auf die andere Seite, ohne Schlaf zu finden.
Am nächsten Morgen ging unser Wanderzirkus wieder auf Reisen. Bevor wir den Steilhang zur Dnjepr-Brücke hinunterfuhren, sahen wir rechterhand die Gräber von sechs

Männern unserer Kompanie. Es waren nicht die ersten Gräber, die wir zurückließen und es sollten auch nicht die letzten sein.

Es war noch früh am Tag. Am jenseitigen Ufer führte die Rollbahn durch das Kusselgelände. Jetzt sahen wir auch die Feldstellungen, die gestern nicht zu erkennen waren. Sie waren hervorragend getarnt und mit großem Geschick angelegt. Etwas abseits, ebenfalls in gut getarnter Stellung, eine 7,62 cm-Kanone. Vielleicht das Geschütz, das gestern . . .

Dann ein schrecklicher Augenblick. Wir mußten mit den Fahrzeugen von der Rollbahn runter, auf der drei schwere Zugmaschinen mit angehängten Geschützen standen. Die Zugmaschinen waren ausgebrannt, die Geschütze gesprengt. In der Luft lag der typische Brandgeruch und der von verbranntem Fleisch. Eine Anzahl Soldaten unter der Leitung eines Offiziers waren damit beschäftigt, die Rollbahn wieder freizumachen. Am Straßenrand lagen in einer Reihe tote Soldaten oder was von ihnen übrig geblieben war. Zwanzig, dreißig?

Etwas abseits stand ein Schützenpanzer mit hoher Antenne und Stander. Es war der Befehlswagen von Generaloberst Guderian, dem Befehlshaber der Panzergruppe 2. Neben dem Schützenpanzer der Generaloberst, der den Kommandeur einer Artillerieabteilung anschrie, nein, anbrüllte. Guderian sah aus, als ob er gleich platzen würde. Sein Gesicht war blaurot angelaufen und hatte eine gewisse Ähnlichkeit mit dem eines wütenden Pavians. Sein Opfer war der Kommandeur von den toten Männern am Straßenrand. Seine Abteilung war nachts über die Brücke gefahren, nachdem schon die halbe Division darübergerollt war. In dem unübersichtlichen Gelände war seine Abteilung von Partisanen überfallen worden. Noch bevor die erschöpften Kanoniere aus ihrem Schlaf erwacht waren, war es für sie zu spät. Am nächsten Tag ordnete ein Armeebefehl an,

daß bei Nachtmärschen auf den Fahrzeugen Wachen eingeteilt werden mußten.
Nur wenige Kilometer waren wir nach Osten gefahren, dann bogen wir auf einer kleinen Nebenstraße nach Norden ab und befanden uns hinter der russischen Front. Im nächsten Ort schien niemand uns erwartet zu haben. Am wenigsten die russische Feldbäckerei, deren backfrische Brote herrlich dufteten. Nach meinem Geschmack hatten sie zu viel Sauerteig, aber nach dem ewigen Kommißbrot war das eine willkommene Abwechslung. Was mit der Bäckerei geschehen sollte, brauchten nicht wir entscheiden. Sollten sich die Einheiten, die nach uns kamen, darum kümmern. Wir konnten weder Gefangene mitnehmen noch Wachen für sie zurücklassen.
Die russischen Nachrichtenverbindungen schienen wirklich gut zu sein. Ansonsten hätte man allmählich merken müssen, daß wir in ihrem Hinterland parallel zu ihrer Front fuhren und Verwirrung stifteten. In der Abenddämmerung überholte ein riesiges Transportflugzeug im Tiefflug unsere Kolonne. Alle MGs ratterten los, aber der Pilot schaltete nur seine Lichter ein und merkte nicht, mit wem er es zu tun hatte. Die Maschine machte ein Stück weiter vorn auf dem Feld eine Bruchlandung, ungefähr 500 Meter von unsrer Straße entfernt. Hauptmann Engel hatte es offensichtlich sehr eilig und ließ nicht einmal halten.
Es war schon fast Mitternacht, als wir in einer Ortschaft die Fahrzeuge abstellten und die Wachen aufstellten. Vor meinem Haus stand ein Einzelposten und direkt vor der Tür mein Henschel-Dreiachser. Die Sicherung für das Dorf hatte heute der dritte Zug übernommen. Mit den Sitzpolstern aus dem Lkw machte ich mir im »Wohnzimmer« ein Lager, zog die Stiefel aus und legte mich lang. Aus dem ersten Tiefschlaf schreckte ich hoch, als ich draußen eine Pfeilpatrone hörte. Eigentlich war sie das Signal für Gasalarm und auch nicht so laut, daß es einen aus dem Tiefschlaf

riß. Aber unser sechster Sinn hatte sich überentwickelt (und abgewandelt läßt sich nach Lenin sagen: Vertrauen ist gut – Wachsamkeit ist besser). Also auf und in die Stiefel! Das ging nicht auf Anhieb. In dem einen hatte ich eine Eierhandgranate. Das war keine Schlamperei, denn ich habe sie dorthin getan, damit sie mir auf dem Boden nicht in eine Ecke rollt. Eine große Schlamperei aber war die Tatsache, daß meine Maschinenpistole draußen im Führerhaus des Henschel in ihrer Halterung hing! Ich öffnete die Haustür und hatte den Henschel mit der Beifahrertür direkt vor der Nase. Ich riß die Tür auf, sah die Maschinenpistole vor mir und in der offenen Fahrertür einen Rotarmisten. Der war noch erschrockener als ich, hob die Hände und stammelte nur »Pan, Pan, Pan.«

Jetzt kam auch der Gefreite Reiter, der hier Posten stehen sollte. Der stammelte auch, aber nicht »Pan«, sondern »Dddddie Russen kommen!«. Das war gar nicht mehr notwendig, denn schon flackerte Gewehrfeuer auf, Leuchtkugeln gingen hoch, die Kompanie war wach. Bald war auch die Übersicht wieder hergestellt. Eine russische Lkw-Kolonne war ahnungslos in unser Dorf eingefahren. Die Soldaten gehörten zu einem Baubataillon und waren durchweg ältere und nicht kampferprobte Männer. Nach einer Stunde war Ruhe eingetreten. Ich hatte mich nicht übermäßig eingemischt, denn in solchen Situationen ohne Übersicht passierte es leicht, daß man sich gegenseitig umbrachte und nicht den Feind.

Am Morgen gab es noch eine kleine Nachlese. Zwei oder drei Dutzend Russen hatten sich in einer Scheune versteckt. Wieder einmal hatte ich Gelegenheit einen General zu beobachten, der Krieg spielte. Es war der neue Divisionskommandeur, ehemals das Groschengrab von Mourmelon. Er hatte sich einen Karabiner reichen lassen, ein paar Männer vereinnahmt und übte Infanterieangriff auf die versprengten Russen. Spärlich bewaffnet – die meisten hatten nicht einmal ein Gewehr – ergaben sie sich nach wenigen Minuten.

Die folgende Woche blieb ohne besondere Ereignisse, wenn man von ein paar Fliegerangriffen, kaputten Brükken und nächtlichen Schießereien mit russischen Spähtrupps einmal absah. Dann aber kam es knüppeldick und nicht ohne Ankündigung. Unser Angriffsziel hieß Jelnja. Eine Stadt, die nach Ansicht der Strategen von ungeheurer Bedeutung als Ausgangsstellung für einen Angriff auf Moskau war. Von Jelnja nach Moskau waren es nur noch 300 Kilometer. Unsere Division war, zusammen mit der SS-Division »Das Reich«, für den Angriff vorgesehen. In dieser Division war mein Bruder Albert Oberscharführer (Feldwebel). Sie gehörte, wie auch das Regiment »Großdeutschland«, eine Eliteeinheit der Wehrmacht, zusammen mit uns zum XXXX. Panzerkorps.
Die Russen maßen Jelnja ebenfalls große Bedeutung bei. Tausende von Zivilisten hatten um die Stadt endlose Panzergräben gezogen. Einem Pionierstoßtrupp gelang es schließlich in einen der Gräben einzudringen, und die Steilwand mit einer Sprengung einzuebnen. Jetzt kamen die Panzer durch, und am 19. Juli war Jelnja in unserer Hand. Die Kämpfe waren schwer gewesen. Fast alle Häuser in der Stadt waren in Flammen aufgegangen. Gestützt auf die Ortschaften im Umkreis der Stadt baute das Korps eine Hauptkampflinie auf, die unter Namen »Jelnjabogen« noch eine traurige Berühmtheit erlangen sollte.
Für die Zeit vom 20. Juli bis zum 3. September – so lange blieben wir bei Jelnja eingesetzt – finden sich im Tagebuch des Oberkommandos der Wehrmacht folgende Hinweise:
»25. Juli: Heftige Feindangriffe mit Artillerie und Panzern gegen Südflanke und -flügel der Panzergruppe 2 . . .
31. Juli: Die Stellungen Jelnja wurden durch Gegner mit

Artillerie und Panzern von Südosten und Norden angegriffen ...
3. August: An der Jelnjafront weiter ununterbrochene feindliche Angriffe mit starkem Artilleriefeuer ...
4. August: Heftige Abwehrkämpfe im Jelnjabogen ...
11. August: Starke Feindangriffe gegen Jelnjabogen. Linker Flügel 15. ID und rechter Flügel SS-Reich mußten drei Kilometer zurückgenommen werden ...
12. August: Die Lage im Jelnjabogen hat sich entspannt ...
13. August: Gegen den Jelnjabogen weiter starke Feindangriffe. Die Verteidigung wird durch Munitionsmangel und das Fehlen von Stukaverbänden beeinträchtigt ...
30. August: Bei 4. Armee griff der Feind mit starken Kräften gegen VII. AK und den Jelnjabogen an. Bei VII. AK gelang ihm ein 8–10 km tiefer Einbruch. Die übrigen Angriffe konnten abgewiesen werden. Die Lage wird am 31. August durch Gegenangriff der 10. Panzerdivision bereinigt werden ...«
Das nur als Kostprobe, wie der Krieg aus der Vogelperspektive aussieht.
Was wir damals nicht wußten: Hitler hatte schon längst seinen Plan geändert. Nicht Moskau war sein vordringliches Ziel, sondern neuerdings die russischen Ölfelder von Baku und das Donez-Industriebecken. Die Heeresgruppe mußte einen Teil ihrer Kräfte abgeben, die nach Süden abgezweigt wurden. Moskau sollte erst dann wieder als Ziel verfolgt werden, wenn der Erfolg im Süden eingetreten war. So lange hatten wir die Positionen bei Jelnja für ihn offenzuhalten. Jelnja, der am weitesten vorgeschobene Keil an der ganzen Ostfront, mußte sich gegen die anbrandende Rote Armee mit ausgedünnten Kräften verteidigen.
Für uns sah das damals so aus: Ein namenloses Dorf, fünf Kilometer hinter der vordersten Linie, nahm den Kompaniegefechtsstand, den Troß und die Fahrzeuge auf. Die Züge bauten weit vorgeschoben Erdstellungen und Bunker

aus. Zwischen den einzelnen Stützpunkten lagen 500 bis 1000 Meter unübersichtliches Gelände. Deswegen, noch weiter vorgeschoben, einzelne schwach besetzte Feldwachen, die Schutz vor Überraschungen bieten sollten.
So einen Feldposten hatte ich mit meiner Gruppe besetzt. Tage- und nächtelang. Auf einem flachen Erdhügel eingegraben, meine 12 Mann und ich. Von Erdloch zu Erdloch rund zehn Schritt Abstand. Vor uns fiel das Gelände leicht ab. Dann kam auf die nächsten 500 Meter versumpfter Boden mit Buschwerk, das allmählich in schütteren Laubwald überging. Kein gerade gemütlicher Platz, am wenigsten in der Nacht. In der Dunkelheit war es für den Gegner kein Problem, sich bis auf 40 Meter unbemerkt heranzuarbeiten.
Anfangs fanden wir es hier nicht allzu übel, denn die russischen Granaten zogen über uns hinweg und schlugen hinten beim Troß ein. Aber bald war es mit der Ruhe vorbei und schuld daran war unser neuer Zugführer, Leutnant Altmann. Ein seltsamer Typ. Reserveoffizier, im Privatberuf Kaufmann. Er hatte sich im Frankreichfeldzug bei einem Stoßtrupp an der Maginotlinie bewährt und es schnell vom Gefreiten zum Leutnant gebracht. Seine ganze Erscheinung erinnerte an einen Tangojüngling mit seiner schwarzen Lokkenpracht, die unter der Feldmütze hervorquoll. Er verfügte über einen etwas skurilen Humor und wurde allgemein akzeptiert, denn für komische Vögel hatten wir Verständnis. Nur Feldwebel Burg war, nicht zu unrecht, sauer, weil er bis jetzt den Zug geführt hatte und nun diesen »Unsoldat« vor die Nase gesetzt bekam.
Leutnant Altmann stellte aus im Augenblick entbehrlichen Leuten einen Spähtrupp zusammen. Mit ihnen, etwa 15 Mann und einem Maschinengewehr, zog er an meiner Stellung vorbei und war bald von dem dichten Buschwerk verschlungen. Dort erspähte Altmann 50 bis 60 Rotarmisten, die bei ihren Panjewagen saßen und Brotzeit machten.

Auf den Panjewagen lagen zwei Granatwerfer mit Munition und Verpflegung. Vorsichtig ließ Altmann das MG in Stellung gehen. Dann trat er ins Freie und rief in unverkennbar rheinischer Mundart: »Ruki wjärch, meine Herren!« Die Rotarmisten schienen zu verstehen, verluden folgsam ihre Handfeuerwaffen auf die Panjewagen, ließen sich zur Marschkolonne formieren, um sich von Altmann zu den deutschen Linien geleiten zu lassen. Ein schöner Plan, nur machte Altmann jetzt den gleichen Fehler, den auch die Russen vorher gemacht hatten: Er vergaß eine Sicherung aufzustellen. Seine Karawane bekam plötzlich MG-Feuer. Die Gefangenen stoben auseinander und Altmann blieb nur, sich in die Büsche zu schlagen. Atemlos erschien er wieder bei uns in der Stellung. Ein Mann war ihm abhanden gekommen.

Seit Altmanns Safari war es mit unsrer Ruhe vorbei. Noch am gleichen Tag, am Spätnachmittag kam ein lahmer Doppeldecker, mit Sowjetstern auf den Tragflächen und schaute sich unsere Stellung an. Fritz Bender am MG war gerade eingeduselt, träumte von einem Flugzeug. Bis der Motorenlärm in seinen Schlaf drang und Bender so richtig wach wurde, war der Vogel ungerupft entkommen.
Die Nacht blieb ruhig, doch im Morgengrauen war der Iwan mit einem kampfstarken Spähtrupp da. Wir verbrauchten fast 1000 Schuß MG-Munition, bis wir sie los waren. Die Vordersten lagen keine 40 Meter vor unseren Erdlöchern.
Von da an kam der nächtliche Trupp, der uns Essen, Munition und Feldpost brachte, nur noch ungern in unsere Stellungen. Dafür bekamen wir täglich unseren Segen an Granatwerferfeuer ab. Alles ging noch glimpflich ab, bis ein kompaniestarker Spähtrupp in der Nacht auf Handgranatenwurfweite herankam. Für zwei von uns reichte es gerade für das Heimatlazarett. Nichts Gravierendes. Der Abschied fiel ihnen nicht schwer. Auch wir nahmen Abschied von der

Stellung und gingen zurück zur Kompanie. Hier hatte es ebenfalls Verluste gegeben. Besonders schmerzlich für mich war, daß unser Assistenzarzt mit einem Lungenstecksplitter abtransportiert werden mußte. Mit ihm hatte ich mich oft und gerne unterhalten.

Nach der Isolation in der Stellung waren wir verständlicherweise wild auf neue Informationen. Der Schreibstubenhengst wußte ein bißchen was aus den Telefonaten und den Befehlen, die eingingen. Auch der Troß glaubte manchmal etwas zu wissen. Man mußte nur lernen, zwischen Latrinenparolen und Glaubhaftem zu unterscheiden. Fest stand, daß unsere Lage nicht gerade rosig war. Die Artillerie hatte Munitionsmangel, die bespannte Truppe hing mit ihren Pferdewagen noch weit zurück und konnte uns nicht entlasten. Außerdem mußten sie sich mit den Partisanen herumschlagen. Unserer Division und dem Regiment »Großdeutschland« – die SS-Division war nach Süden ausgeschert – lagen nach den Ergebnissen der Feindaufklärung auf der russischen Seite zwei Panzerdivisionen und neun Schützendivisionen gegenüber. Wir hatten einen relativ ruhigen Abschnitt erwischt. Das versumpfte Gelände vor uns war für schwere Fahrzeuge und Panzer nicht gangbar. Deshalb war hier der Druck nicht so stark.

Nachdem Panzerdivisionen nun einmal für den Bewegungskrieg konzipiert sind, wurden wir endlich aus dem Jelnjabogen herausgezogen. Die 263. Infanterie-Division löste uns ab. Innerhalb von zwei Wochen hatte sie 6000 Verwundete und auf ihrem Soldatenfriedhof lagen 2000 Tote.

Wir atmeten auf, als man uns diese Pause gönnte. Das Dorf unweit der Rollbahn sah sehr friedlich aus. Es gab einen kleinen Teich, und auf dem Dorfanger weideten Gänse. Die Bewohner verhielten sich nicht gerade feindlich. Wir trieben das, was Soldaten immer tun, wenn sie Ruhe haben. Es wurden Briefe geschrieben, in einem alten Eimer wurde Unterwäsche ausgekocht. Die Waffen wollten gepflegt sein

und zwischendurch setzte der Hauptfeldwebel Appelle in Gerät und Bekleidung an.
An einem der üblichen Morgenappelle ließ der Hauptmann ungefähr 15 Mann vortreten. Auch ich war dabei. Hinter Engel stand ein Schreibstubenhengst mit einem Karton. Ordensverleihung. Engel ließ sich ein EK I reichen, schaute mir tief in die blauen Augen und setzte an zu sagen: »Im Namen ...« Da rief jemand Fliegeralarm. Die Kompanie spritzte auseinander und vier tief anfliegende russische Bomber luden ihre Fracht ab. Glück gehabt! Nur ein kleiner Teil der Bomben war noch ins Dorf gefallen. Die meisten waren über uns hinweggerauscht und hatten auf der Wiese ein paar Gänse durcheinandergewirbelt. Mein EK I bekam ich später auf der Schreibstube und weniger feierlich als vorgesehen. Ich war stolz wie ein Spanier: Nur noch zwei Unteroffiziere hatten diese Auszeichnung, die selbst der Chef noch nicht hatte. Nachts schlief ich im Führerhaus und hatte meinen Uniformrock so an die Fahrertür gehängt, daß ich den blitzenden Orden sehen konnte. Meine Einstellung zu diesem Stück Metall sollte sich später sehr ändern, aber das konnte ich mir jetzt auch beim besten Willen nicht vorstellen ...
Nach ein paar Tagen war es mit der Ruhe vorbei. Die Division rollte wieder. Wir schlugen uns um Smolensk, um Potschinok und Roslawl. Die sowjetische Luftwaffe hatte wieder ein Wort mitzureden. Während des Marsches auf der Rollbahn wurden wir von einem Bombenflugzeug angegriffen. Die Maschine kam von rechts und flog genau quer zu unserer Fahrtrichtung. Das Biest war keine 500 Meter hoch und in seiner linken Tragfläche war ein Loch zu sehen, als ob dort eine 8,8 cm-Flakgranate durchgefahren wäre. Zwei Bomben lösten sich von der Maschine. Sie mußten ungefähr in unserer Höhe am Rand der Rollbahn einschlagen, schätzte ich. Ich hörte wie hinten auf dem Wagen Fritz Bender sein MG spucken ließ, in einem einzigen langen

Feuerstoß. Es verstummte erst mit der Bombenexplosion. Jupp, Ferdinand und ich hatten uns im Führerhaus tief geduckt, bevor ein paar Bombensplitter durchfegten. Die Bombe war nicht am Boden, sondern, nachdem sie eine Pappel gestreift hatte, in der Luft losgegangen.
Hinten auf dem Wagen Geschrei. Ferdinand Klinger, der Fahrer, stieg auf die Bremse. Der Wagen hielt. Runter, wir klappten den Seitenteil herunter und Fritz Bender fiel mir in die Arme. Es sah ganz schlimm aus. Ein Bombensplitter hatte seinen linken Arm oberhalb des Ellenbogens glatt durchschlagen. Der Unterarm hing nur an einem Fleischfetzen.
Fritz stand völlig unter Schock und schien keinerlei Schmerzen zu empfinden. Ich legte ihn am Straßenrand nieder und machte mich daran seinen Arm abzubinden. Fritz sah dabei interessiert zu und riet mir: »Nimm doch ein Taschenmesser und schneide den Unterarm ab.« Das brachte ich nicht fertig. Ich heftete ihm den Ärmel mit dem leblosen Teil mit einer Sicherheitsnadel an den Uniformrock. Dann packten wir Fritz vorsichtig in den Beiwagen von einem Krad, damit er so schnell wie möglich zum Arzt kam.
Wie der Tod von Erwin Spiegel hatte mich auch die Verwundung von Fritz Bender tief erschüttert. In der Erinnerung scheint es so, als ob sich solche Erlebnisse auf einer ganz anderen Bewußtseinsebene abspielen, die außerhalb der Realität liegt. Das trifft manchmal auf ganze Zeitabschnitte zu, von denen nur noch Empfindungen haften geblieben sind, das Zeitgefühl und die Abläufe des Geschehens sind weitgehend ausgelöscht.
Dazu gehörte eine Zeit, während der wir in der Umgebung von Roslawl in Zelten hausten, in einem Kusselgelände, durch das ein Bach floß. Von hier aus machten wir einen Gegenstoß, um den Russen, der bei einer Infanteriedivision eingebrochen war, zurückzuwerfen. Übrig geblieben sind nur schemenhafte Erinnerungen an Waldkämpfe, an einen

Angriff auf ein Dorf bei einbrechender Dunkelheit. Vor dem Ort ein deutscher MG-Trupp, dicht beieinander hingestreckt, als sei er eben gefallen. Häuserkampf mit Handgranaten. Ein russischer Angriff. Sie kamen zu Hunderten über das freie Feld und gerieten in flankierendes MG-Feuer. Ein Offizier, hoch zu Roß mitten unter ihnen, erschoß vom Pferd aus einen seiner Soldaten mit der Pistole.
Desna-Übergang. Das Flußufer mußte erst erkämpft werden. Wir Pioniere gingen mit der Infanterie gemeinsam vor. Zwischen uns ein schweres Infanteriegeschütz auf dem Panzerfahrgestell. Es schoß im direkten Schuß. Nach jedem Schuß mußte ein Kanonier mit einer Stange die Kartusche aus dem Verschluß stoßen. Ein wahnwitziges Verhalten in diesem Feuer. Die Bedienungsmannschaft hätte mit dem Geschütz liegenbleiben und zurückfahren müssen. Was trieb sie dazu va banque zu spielen?
Ich glaube, wir alle waren damals keine kühlen Rechner, und der ganze Krieg bestand bei uns aus irrationalen Handlungen. Triebfeder war nicht der Wunsch nach Anerkennung, nach Auszeichnung. Das war vielleicht am Anfang so. Jetzt galt es das Notwendige zu tun, um zu überleben, oder anderen das Überleben zu ermöglichen. Wir lebten auf einem eigenen Planeten, folgten eigenen Gesetzen, die keiner nachempfinden kann, der nicht unter ähnlichen Umständen gelebt hat. In diesen Zeiten waren die eigene Familie, die Heimat nicht nur weit entfernt, sie existierten bestenfalls nur noch tief in unserem Unterbewußten. Nur wenn gerade einmal Post von zuhause eintraf, wenn wir längere Ruhepausen und Zeit zum Nachdenken hatten, wurde alles wieder lebendige Wirklichkeit. Doch behielt sie einen Hauch von Fremdheit. Das war die Zeit mit den sentimentalen Anwandlungen, in denen sich manche depressiv absonderten oder sich gemeinsam besoffen.
Eines Tages hatte ich wieder einmal das »Vergnügen« in der Vorausabteilung mitzufahren. Die Kampfgruppe bestand

aus Panzern, Panzerspähwagen, Kradschützen und Schützen (die jetzt übrigens Panzergrenadiere heißen) und unserem Zug Panzer-Pioniere. Wie damals noch immer ging es flott voran. In einem winzigen Nest ließ man mich mit meiner Gruppe alleine zurück. Hier war eine Brücke zu verstärken. Bei uns blieb noch ein Beiwagenkrad und der Kübelwagen des Zugführers mit Hugo Pieper.
Wir machten uns an die Arbeit. Einer der Panzer hatte den Brückenbelag zermalmt und die Pfahljoche brauchten zusätzlich Stützen. Wir hatten kaum angefangen, da versammelten sich bei uns rund 30 Rotarmisten. Sie kamen aus irgendwelchen Winkeln und wollten sich gefangengeben. Wir selbst waren nur ein gutes Dutzend Mann stark! Mir gefiel das hier gar nicht, obwohl sich die Russen ganz friedlich gaben. Ich ließ sie im Schatten versammeln und von Hugo Pieper mit Ferdinand zusammen überwachen. Ein paar von den Russen kamen und halfen bei der Arbeit. Sie stellten sich dabei sehr geschickt an, und ich hatte auch keine Bedenken, sie mit der Axt in der Hand arbeiten zu sehen. Am späten Nachmittag war meine Arbeit getan. Wir konnten der Vorausabteilung nachfahren. Was aber mit den Russen? Es waren inzwischen 200 Männer zusammengekommen. Einige von den Gefangenen sahen mir verdächtig nach Offizieren oder Kommissaren aus. Die hier einfach so zurücklassen?
Nach kurzer Beratung ließen wir den ganzen Verein antreten. Am Ende der Marschkolonne ein Panjewagen, auf den ein Rotarmist mit einem Kopf- und Brustdurchschuß lag. Er sah nicht älter als 16 Jahre aus. Für seine Verwundungen wirkte er erstaunlich wenig mitgenommen. Trotzdem wir, wie inzwischen gelernt, versucht hatten, seine Wunden am Brustkorb abzudichten, mußte er dringend zu einem Arzt. Ich hielt eine »Rede an das Volk« und erklärte, daß wir sie zum nächsten Ort bringen und dort der Obhut einer größeren Einheit übergeben würden. Alles hätte in der Mar-

schordnung zu bleiben, wenn jemand ohne Erlaubnis ausscherte, müßten wir leider schießen. Einer der Gefangenen übersetzte.

Die Russen gaben sich wirklich Mühe Ordnung zu halten. Vorweg fuhr das Beiwagenkrad, am Schluß ich im Pkw mit dem aufgebauten Maschinengewehr. Von hier aus konnte ich die Kavalkade einigermaßen übersehen. Die ganze Lage gefiel mir gar nicht, erst recht nicht, als sich unsere Kolonne zunehmend verlängerte. Aus den Büschen kamen weitere versprengte Russen, die sich einfach einreihten. Jetzt hatte ich rund 300 Mann am Hals. Ich atmete schon auf, als ich eine Zugmaschine unserer Artillerie auf mich zukommen sah, auf der 20 Kanoniere mit schußbereiten Gewehren saßen.

Ich meldete mich bei dem Oberleutnant. Die Artilleristen waren wegen eines Kettenschadens liegengeblieben und suchten nun Anschluß an ihren Verein. Vor einer halben Stunde hatten sie eine Schießerei mit einer russischen Kavallerie-Patrouille. Der Oberleutnant gab mir den Rat umzukehren. Der Rat war bestimmt gut, denn vor uns reichte der Wald bis an die Straße und ich konnte mir vorstellen, was passieren würde, wenn wir von Russen angeschossen wurden. Der Oberleutnant warf noch einen Blick auf meinen verwundeten Russen und fragte: »Was sollen Sie denn mit dem? Den legen Sie am besten gleich um.« Diesen Rat fand ich nicht gut und fragte deshalb: »Ist das ein Befehl? Wenn ja, möchte ich bitte Ihr Soldbuch sehen.« Der Oberleutnant: »Ach machen Sie doch, was Sie wollen.« Und weg war er.

Ich entschloß mich zur Umkehr. Als wir wieder an der Brücke waren, fanden wir dort schon wieder 100 neue Gefangene vor. Ich war wie erlöst, als noch vor dem Einbruch der Dunkelheit Hauptmann Engel mit dem ersten Zug eintraf und mir die Verantwortung abnahm.

Episoden und Impressionen, die sich nicht mehr zeitlich

einordnen lassen: Deutsche Jäger, die einen Bomberpulk angriffen. Eine Maschine flog einen Bomber an, feuerte, der Bomber zerbarst in einer schwarzen Wolke, die der Jäger durchflog und aus ihr schwarz eingefärbt wieder herauskam. Oder Vormarsch. Auf der Straße ein Funkwagen mit einem kreisrunden Loch im Heckaufbau. Keine 50 Meter weiter eine verlassene 7,62 cm Flak. Neben ihr ein toter deutscher Soldat. Er hatte am Geschütz herumgespielt und versehentlich den Abzug betätigt. Der »Amateurkanonier« wurde vom Rohrlauf getroffen und getötet. Die Granate durchschlug einen Leutnant im Funkwagen und den Heckaufbau ohne zu detonieren. Sinnloser kann ein Tod kaum sein.

Im September kam die Heeresgruppe wieder in Bewegung. Mit weiten Panzervorstößen wurden die Operationen für die Kesselschlachten von Smolenks und Wjasma eingeleitet. Am 6. Oktober fiel der erste Schnee. Einen Tag später trafen wir uns mit dem Spitzenverband der 7. Panzerdivision, die von Norden kam. Wjasma war eingeschlossen. In den schweren Kämpfen um die Stadt wurde sie fast völlig zerstört. In einem Parteigebäude fanden wir ein Unterkommen. Aber von Ruhe keine Spur. Auf dem nahegelegenen Bahnhof ging ein langer Munitionszug Waggon für Waggon in die Luft. Stundenlang wurde das Gebäude von den Explosionen erschüttert. »Harmloser Lärm« wie dieser hinderte jedoch nicht beim Einschlafen. Ich war aber gleich wieder hellwach als mich der Gefreite Nadler, einer unsrer Kradmelder, weckte. Er hatte eine Kiste mit vielen kleinen Wodkaflaschen gefunden und bot mir an zu kosten. Das Zeug schmeckte abscheulich, aber nach den ersten Flaschen merkte man das nicht mehr. Am nächsten Morgen hatte ich entsetzliche Kopfschmerzen und ich wußte, daß ich niemals mehr im Leben freiwillig Wodka trinken würde.
Nadler würde Ärger bekommen, hörte ich. Er hatte in der

Nacht, volltrunken wie er war, Feldwebel Burg in den Hintern getreten.
Da mußte man bei Erwin ein gutes Wort einlegen. Der versprach mir zwar, dem Nadler den A . . . bis zur Halsbinde aufzureißen, aber sonst den Mantel der christlichen Nächstenliebe über den Vorfall auszubreiten. Beide Versprechen brauchte Burg nicht einzuhalten. Der kleine Nadler wurde, als er vor dem Kompaniegefechtsstand vom Krad stieg, von einer Panzergranate getroffen und verblutete.
Keiner von uns wußte genau, wie viele Gräber von Kameraden an dem Weg lagen, den wir gegangen waren und was uns noch erwartete. Wenn es nach dem »Großdeutschen Rundfunk« ging, war alles zum Besten bestellt. Für uns hatten die Siegesfanfaren und Propagandasprüche keine aufmunternde Wirkung. Was half es, wenn wir bei Wjasma und Smolensk sechs russische Armeen eingeschlossen hatten. Vor Wochen hatte der »Völkische Beobachter« gejubelt: »Timoschenkos letzte Reserven vernichtet!« Wo kamen die russischen Armeen nur immer wieder her? Die Sprücheklopper an der sicheren Heimatfront fielen uns ganz schön auf den Wecker. Oder hatten sie mit ihrer Siegeszuversicht doch recht?
Am Abend vor der Offensive, die uns angeblich nach Moskau führen sollte, hatte sich Hauptmann Engel bei der Befehlsausgabe ähnlich zuversichtlich geäußert. Er war sicher, daß wir es schaffen würden. Bei der Gelegenheit fragte er ausgerechnet den dümmlich grinsenden Gefreiten Reiter: »Reiter glauben Sie das?« Reiter nahm Haltung an und schmetterte: »Nein, Herr Hauptmann.«
Ein himmlischer Engel ging durch den Raum. Nach langer Pause, die betont gelassene Stimme unseres irdischen Engel: »Reiter, Sie nehmen eine gestreckte Ladung, und zur Steigerung ihrer Siegeszuversicht laufen Sie einmal bis zum Waldrand und zurück. Aber mit Tempo, wenn ich bitten darf.« Engel hatte sich elegant aus der peinlichen Situation

befreit. Allerdings sollte der Gefreite Reiter recht behalten. Engels Therapie mit der gestreckten Ladung hatte nicht angeschlagen, aber ich nahm es Reiter nicht mehr ab, daß er so dumm war, wie er tat.

Aber noch glaubten wir daran, daß wir auch bei Moskau siegten. Wir hatten es eilig und nahmen den direkten Weg – die Autobahn Smolensk–Moskau. Sie war riesig breit und hatte mit einer deutschen Autobahn wenig Gemeinsames. Keine feste Fahrdecke. Ein einziges Band von Schlaglöchern, denen die Fahrer tunlichst auswichen. So entstanden mehrere Fahrspuren, in denen wir uns voranquälten.

Der Schnee war nicht liegengeblieben und es gab Schlamm. Immer wieder blieben Fahrzeuge darin stecken und mußten rausgeschleppt werden. Bequeme Ziele für sowjetische Schlachtflieger! Unsere Jäger ließen sich jetzt schon kaum noch blicken.

Am Autobahnkreuz Gschatsk hatten die Russen gut getarnte und ausgedehnte Stellungen gebaut; Laufgräben, Bunker, Aufenthalts- und Lagerräume. Alles unter Erde. Hier hatten russische Handwerker ihr Meisterstück gemacht. Die Tische und Bänke waren aus Birkenholz und beste Zimmermannsarbeit. Anscheinend war diese Stellung für ein Armee-Oberkommando oder sonst einen hohen militärischen Stab vorgesehen, aber nie bezogen worden. Hier ließen wir uns für zwei Tage nieder.

Das Wort Zufall erklärt für mich nicht alles, aber wie sollte man dies sonst nennen? Mein Bruder Albert trat durch die Tür. Er war mit seinem Beiwagenkrad auf der Autobahn unterwegs und hatte das taktische Zeichen meiner Kompanie entdeckt. So kam er hierher. Kein fröhliches Wiedersehen. Albert wirkte erschöpft und sehr niedergeschlagen. Auch in seiner Einheit hatte es hohe Verluste gegeben, eher noch schlimmer als bei uns. Der Besuch dauerte kaum zehn Minuten. Es wurde wenig gespro-

chen und ich fühlte, daß Alberts gedrückte Stimmung noch andere, mir unbekannte, Gründe haben mußte.
Es schneite ganz leicht. Unsere Ruhepause war vorbei. Die nächste Etappe hieß Borodino. Hier hatte Napoleon 1812 den Russen eine Schlacht geliefert und sich den Weg nach Moskau freigekämpft. Allerdings war das Anfang September gewesen und wir steckten schon mitten im Oktober. Für unsere Führung und auch für die Russen war die historische Bedeutung gleichzeitig eine Prestigefrage. Entsprechend wurde hier nun auch gekämpft. Zum ersten Mal lagen uns sibirische Truppen gegenüber. Während wir uns in unseren dünnen Mäntelchen einen abfroren, hatten diese Burschen wattierte Uniformen, Filzstiefel und Pelzmützen, außerdem sonst noch einiges, was uns das Leben schwer machen konnte. Vor allem genug 7,62 cm Ratsch-bum, auch die berüchtigte Stalinorgel. Raketengeschütze, die Salve zu 16 Schuß. Wenn man inmitten ihrer Einschläge lag, konnte man nur abwarten. Ein ekelhaftes Gefühl.
Die Sibirier wichen keinen Schritt. Sie starben, wo man sie hingestellt hatte. Der am heftigsten umkämpfte Fleck in dieser Schlacht war ein Bahndamm. Bei einer Nachbareinheit waren zum ersten Mal die Panzer vom Typ T 34 im großen Verband aufgetreten. Unsere 3,7 Pak, mit dem Namen »Heeresanklopfgerät« war machtlos gegen den T 34 und unsere Panzerkanonen hatten nur geringe Chancen einen wirksamen Treffer anzubringen. Das einzige »Heilmittel« war die 8,8 cm Flak, aber die war in Borodino nicht zur Stelle.
Wir hatten es wieder geschafft – Moskau wir kommen! Das glaubte selbst Stalin. Am 12. Oktober informierte er das diplomatische Korps, daß die sowjetische Regierung – mit Ausnahme von ihm – Moskau verließ. Auch die diplomatischen Vertretungen verlegten ostwärts bis hinter den Ural. Wir blieben auf der Autobahn, bis zum Straßenkreuz Moschaisk, genauer gesagt, Schelkowka. Hier wurde es wieder

hart. Starke Bunker hinter einer Brücke, die mit dem ersten deutschen Panzer in die Luft flog.
»Die 10. Panzerdivision und ›Das Reich‹ rückten über die verschneiten Felder an der Moskwa. Der letzte Widerstand russischer Kampftruppen wurde hier gebrochen. Am 19. Oktober 1941 war Moschaisk gefallen. Noch 100 Kilometer Autobahn, und die Moschaisker Chaussee führte direkt in die Hauptstadt«, sollte Paul Carell später schreiben. Die Russen hielten es nun für an der Zeit, Lenins Sarg aus dem Mausoleum am Roten Platz in Sicherheit zu bringen.
Am Straßenkreuz von Schelkowka änderten wir unsere Marschrichtung und drehten zusammen mit der Vorausabteilung nach Norden ab. Es war die Richtung auf Rusa. Die Division sollte Moskau von Nordwesten her angreifen. Das wußten wir noch nicht und außerdem sollte es erst einmal ganz anders kommen. Der Vormarsch blieb stecken, im wahrsten Sinne des Wortes – im Schlamm. Der kalte Regen hatte den Boden grundlos werden lassen. Die ganze Vorausabteilung, die nur auf einer Straße marschierte, war in ihrer gesamten Länge von 30 Kilometern festgenagelt. Die vorderste Panzerspitze lag im Ort Skirminowo fest. Meine Kompanie nur sechs Kilometer dahinter in einem kümmerlichen Dorf, zusammen mit einer Panzergrenadierkompanie. Zwischen unseren Dörfern war dichter Wald. Weiter zurück und ohne jede Verbindung, der große Rest unserer Kampfgruppe entlang der Vormarschstraße. Jetzt mußte jeder selber sehen, wie er mit dem Russen fertig wurde, und der machte es uns schwer – Schlachtflieger am Tag und Angriffe in Bataillonsstärke in der Nacht.
Um die Verbindung nach Skirminowo herzustellen, fingen wir damit an, einen Knüppeldamm durch den Wald zu bauen. Bäume gab es ja genug. Sie mußten gefällt, in Dreimeter-Stücke gesägt und transportiert werden. Dann wurde Stück für Stück nebeneinander in den Schlamm

gelegt. Links und rechts lange Baumstämme, die mit ihrer Unterlage verdrahtet wurden. Das klingt ganz einfach, war aber schwere Knochenarbeit. Wir wateten im eiskalten Schlamm, der uns oben in die Stiefel hineinlief. Je länger der Knüppeldamm wurde, desto länger wurde auch der Weg, den wir die Baumstämme schleppen mußten. Nachts lagen wir zähneklappernd in einer Scheune. Aber nur bis der unvermeidliche Nachtangriff kam und wir raus mußten. So ging das tagelang. Kein Fahrzeug mit Munition oder Verpflegung kam durch. Beides wurde knapp. Pro Tag gab es für meine 12 Mann und mich gerade ein Kommißbrot und eine dünne Suppe von der Feldküche.
Als eines Tages das Brot auch noch nach Benzin schmeckte, waren meine Männer nahe am Durchdrehen. Am liebsten wollte auch ich noch zu spinnen anfangen, aber das konnte ich mir nicht leisten. Doch ich merkte, daß wir alle nicht weit vom Ende entfernt waren. Ich hatte Fieber, Schüttelfrost und Durchfall. Aber immer wieder raffte ich mich auf und ging zum Knüppeldamm. Da war es mit Unteroffiziersherrlichkeit nicht weit her. Da stand keiner wie auf dem Kasernenhof, die Daumen im Koppel, die Beine gespreizt und schrie Befehle. Man konnte sie in ihren Zeltbahnen, die sie als Schutz gegen den Regen umgehängt hatten, nur dadurch von den Mannschaften unterscheiden, weil sie oft noch intensiver arbeiteten.
Paul Carell: »... 78 Kilometer vor Moskau. Auf einem fünfzehn Kilometer langen Knüppeldamm muß die 10. Panzerdivision versorgt werden. Beiderseits dieses Knüppeldamms stehen die Fahrzeuge, Geschütze, Panzer so, wie sie sich festgefahren haben, liegen Schützen, Pioniere, Panzerjäger und Kradschützen in den Dörfern und Wäldern. Die Panzer haben keinen Brennstoff mehr. Die Geschütze bekommen jeden Tag nur ein Dutzend Granaten. Und unentwegt greifen die Russen an mit ihren recht schlammgängigen T34. Die 10. Panzerdivision hält. Doch sie verblutet im

Schlamm. Zwischen Prokowskoje und Skirminowo. Wer da davonkommt, verflucht noch heute diese beiden Nester.«
Irgendwann, war bei mir der Punkt erreicht, an dem alles leichter wurde. Denn wenn der Hunger eine bestimmte Grenze überschreitet, verändert sich bekanntlich die Seelenlage. Es trat der Zustand ein, in dem fastende Mönche »himmlische Offenbarungen und Erleuchtungen« erfahren. Man wurde euphorisch und merkte nicht mehr wie schwach man war. Eine heitere Gleichgültigkeit breitete sich aus. Selbst als nun der Knüppeldamm fertig war und man uns zwei Ruhetage versprach.
Plötzlich wurde es bitterkalt, der Boden war knochenhart gefroren. Der Knüppeldamm war nun überflüssig. Im Wald, zwischen den Bäumen, mußten sich die Fahrzeuge an ihn halten. Auch im freien Gelände war es nicht ratsam ihn zu verlassen, denn dort waren die tiefen Fahrspuren im Schlamm gefroren. Eine Gefahr für Achsen und Stoßdämpfer. Doch nun rollte der Verkehr wieder und es gab ein richtiges Festessen. Wir atmeten auf. Zu früh . . .
Nachts wieder Alarm. Im Wald zwischen uns und Skirminowo hatten die Russen den Knüppeldamm gesprengt und besetzt. An einer Stelle, die kein anderes Durchkommen erlaubte.
Leutnant Altmann sollte mit dem Zug den Knüppeldamm freikämpfen. Mit 40 Mann und mit einer Stinkwut im Bauch zogen wir los. In Schützenkette links und rechts vom Knüppeldamm. Im Wald war es stockfinster. Bei der Nachbargruppe gab es eine Explosion. Jemand hatte den Zünder einer versteckten Ladung ausgelöst. Er war schwerverwundet.
Die Waffenbrüder von der anderen Seite waren nicht allein auf sich gestellt wie wir, denn wir wurden jetzt von einem schweren Granatwerfer eingedeckt. Der mußte ganz in der Nähe stehen, denn wir hörten die Feuerbefehle, die der russische Offizier oder wer auch immer, schrie. Wir hörten

das Plopp des Abschusses und nach geraumer Zeit das *Ssssst* der gleich einschlagenden Granate. Da blieb kaum Zeit sich hinzuwerfen, was ohnehin wenig Zweck hatte, denn die Wurfgranaten krepierten in den Ästen und ihr verheerender Splittersegen kam von oben.
Leutnant Altmann tat das einzig Richtige: er beschleunigte unseren Angriff. Je näher wir dem Russen kamen, um so früher mußte er sein Granatwerferfeuer einstellen, wenn er nicht seine eigenen Leute gefährden wollte. Doch wir stießen auf keinen Russen. Die spielten mit uns Katze und Maus. Später wußten wir, wie man das machte. Die Russen waren auf die Bäume gestiegen und hatten uns seelenruhig unter sich passieren lassen. Dann waren sie wieder runtergekommen und der Knüppeldamm war in unserem Rücken wieder dicht. Der Anschauungsunterricht hatte uns vier Tote und zwölf Verwundete gekostet. Unter den Gefallenen war auch Leutnant Altmann. Erst zwei Wochen vorher hatte er erfahren, daß er Vater eines 3200 Gramm schweren Sohnes geworden ist. Wie stolz er darauf gewesen war . . .
Am Morgen waren wir in Skirminowo und blieben gleich hier. Die Schützen sollten den Knüppeldamm bei Tageslicht noch einmal freikämpfen und wir Skirminowo sichern. Skirminowo sah trostlos aus. Kein Haus stand mehr. Zwischen den Ruinen ausgebrannte deutsche Panzer, aber auch zwei T 34. Vor Tagen hatten hier die Sowjets zugeschlagen, und zwar mit einem großen Rudel T 34. Skirminowo war aufgegeben und wieder zurückerobert worden. Zu spät für die 17 Verwundeten, die zurückgelassen worden waren. Keiner von ihnen hatte die Sowjets überlebt. Ich konnte ihre Gräber sehen.
Wir gruben uns ein. Bei dem gefrorenen Boden sehr kräftezehrend, aber, wie sich bald zeigte, auch lebensverlängernd. Ich hatte mir noch ein paar Balken über mein Deckungsloch gelegt. Das zahlte sich aus. Die Russen gaben uns ein Konzert auf der Stalinorgel. Ich zählte mit. Genau 15mal lag

ich in so einer Salve. Die Raketen rissen kaum Trichter in den Boden, aber ihre Splitterwirkung war verheerend, denn die Geschosse waren mit Schrott gefüllt. Es war der 17. November, der Geburtstag meiner Mutter, und ich bin auf den Tag genau seit drei Jahren Soldat.

Drei Jahre schon und davon zwei Jahre im Krieg. Wie hatte mich das verändert! Von der tapsigen Neugier und dem durch nichts gerechtfertigten Stolz war nicht viel übrig geblieben. Stolz war man vielleicht noch, wenn man wieder einmal den inneren Schweinehund überwunden und das Richtige getan hatte. Doch bei aller Wurstigkeit blieb die Gewißheit, daß die Angst trotzdem ganz tief in den Knochen steckte und nur darauf wartete wieder hochzukommen. Würde man wieder mit ihr fertig? Tat man dann instinktiv das Richtige? Ich war meiner selbst nicht sicher. Wir alle hatten uns verändert, waren verschlossener geworden. Gewachsen war das starke Gefühl der Kameradschaft, das Wissen um die Nähe des anderen und um seine Treue. Das verband, aber gleichzeitig hatten sich Schranken aufgebaut.

Aber gab es eine Norm, die für alle stimmte? Und was wußte man schon über die anderen? Wie man sich täuschen konnte, erlebte ich am Beispiel des Gefreiten Schöller. Dieser kleine Kerl war erst vor kurzem mit dem Ersatz zu uns gekommen. Mit seinem durch keine Tat gerechtfertigten Selbstbewußtsein entwickelte er sich zur unausstehlichen Nervensäge. Sein Mundwerk und seine Lautstärke standen in so groteskem Mißverhältnis zu seiner Körpergröße, daß es schon fast wieder komisch war. Richtig unerträglich war er eigentlich nur wegen seiner ständigen Angabe mit seinem Vater. »Mein Vater ist Kreisleiter und alter Kämpfer«, hieß es ständig . . . und das bei uns, wo Parteifunktionäre keinen hohen Stellenwert hatten. Nach unserer Meinung reichte es für deren Qualifikation schon aus, wenn sie behaupteten, »fanatisch« an den Führer, an die Vorse-

hung, an den Endsieg, an Deutschland zu glauben. Taten wurden nicht verlangt – Ehrenwort genügte.
Schöllers Gehabe entsprach genau diesem Strickmuster und so wurde er auch eingeschätzt – bis er durch seine Tat bewies, wie ernst es ihm war. Unser dritter Zug, zu dem Schöller gehörte, war in einen Hinterhalt geraten und mußte sich zurückziehen. Ein Mann war verwundet liegengeblieben und es gab keine Chance, ihn zu bergen. Schöller versuchte es. Gegen alle Vernunft und ohne jede Erfolgsaussicht – und starb.

Man hatte seine Reservate, die auch den besten Freunden verschlossen blieben, an die man nicht rühren ließ. Und dann die Tabus. Man vermied, über Einzelheiten bei den Kampfhandlungen zu sprechen. Keiner sprach über seine oder die »Heldentaten« des anderen. Ich war keineswegs von daheim christlich geprägt, aber nun suchte ich nach einem, der hinter allem steckte. Es mußte doch Regeln geben, nach denen sich das alles abspielte! Ich glaubte nicht an eine ausgleichende Gerechtigkeit mit einer akkuraten Buchführung für jeden einzelnen. Aber im Zusammenleben der Menschen mußte es doch einen Ausgleich für Gut und Böse geben. Wenn »Böses Böses muß gebären«, mußte doch Gutes auch Gutes gebären können. Es kam also darauf an, dafür zu sorgen, daß das Gute eine Chance bekam. So einfach war das. Aber wie erreichte man das? Ganz bestimmt keine Überlegungen, die zum erstenmal angestellt wurden und keine neuen Erkenntnisse. Doch was dachte man, wenn jede Minute die letzte sein konnte?

Endlich lag Skiminowo, das mir wie ein verdammter Ort vorkam, hinter uns. Wieder war der Vormarsch eine Befreiung für mich. Es ging nach Wolokolamsk und dann über die alte Poststraße nach Istra, einer Stadt im Vorfeld von Moskau. Von da an kamen wir, im ständigen Kampf mit sibiri-

schen Soldaten, nur mühsam voran, von Ort zu Ort, von Waldstück zu Waldstück, bis zum Moskwa-Kanal, der zwischen sehr hohen Uferböschungen verlief. Eine Eisenträger-Fachwerk-Brücke, hoch über dem Fluß, war gesprengt. Keine saubere Pionierarbeit. Die Fahrbahn war nicht abgestützt, sondern hing, in sich verdreht, zwischen den Pfeilern. Unten, neben der gesprengten Brücke, baute die zweite Kompanie eine Behelfsbrücke. Ich machte mich nützlich und stieg in die Sprengtrümmer und löste die Bohlen vom Fahrbahnbelag, die ich ins Wasser fallen ließ. Dort wurden sie rausgefischt und in die Behelfsbrücke eingebaut.
Diese Beschäftigung, acht bis zehn Meter über dem Wasserspiegel, nahm meine volle Aufmerksamkeit in Anspruch, deshalb entging mir ein sowjetisches Schlachtflugzeug, das es auf die Brückenstelle abgesehen hatte. Das bekam ich erst mit, als seine Leuchtspurgeschosse in die verbogene Stahlkonstruktion der gesprengten Brücke prasselte. An Deckung war da gar nicht zu denken. Also wieder einmal Helm ab zum Gebet und warten ob man dran war. Ein paar Bomben rauschten heran, fielen aber Gottseidank auf die abgewandte Seite der Böschung und pusteten mich deshalb nicht aus meiner luftigen Höhe. Als ich wieder festen Boden unter den Füßen hatte, waren meine Knie ziemlich zittrig.
Ein paar Pioniere waren mit Minenräumen beschäftigt. Als Verstärkung hatten sie – nicht im Einklang mit dem Völkerrecht – ein paar Rotarmisten eingeteilt, die viereckigen Panzerminen zusammenzutragen, damit man sie sprengen konnte. Einer der Kriegsgefangenen nahm ihnen diese Arbeit ab. Er warf eine noch scharfe Mine mit aller Kraft auf den Stapel. Von den Russen blieb nichts übrig und zwei Pioniere, die weitab gestanden hatten, waren tot. Ein Held?
Wir waren wieder in Istra. Alle paar Minuten gab es hier einen Bombenangriff. Dieser Flugplatz bei Moskau war nur einen Katzensprung entfernt. Mein Versuch aus zwei Eiern, etwas Mehl und Fett ein Omelett zu fertigen schlug fehl, weil

das »Mehl« in Wirklichkeit Gips war. Als dann auch noch eine Fliegerbombe das halbe Haus, in dem ich meine Kochkünste erprobte, abdeckte, war ich froh, daß wir diesen ungemütlichen Ort verlassen konnten.

Mit Hauptmann Engel und zwei Zügen machten wir uns auf den Weg. Wir hatten drei oder vier Panzer bei uns. Es war bitterkalt. Unsere Straße führte durch den Wald. Wir überquerten eine Schneise, auf der eine Batterie leichter Feldhaubitzen in Stellung lag. Endlich eine Lichtung und auf ihr ein Dorf. Ein zweites Dorf weiter entfernt, wo der Wald ganz zurücktrat. Vom nahen Dorf gaben uns Soldaten aufgeregt Zeichen, die wir nicht sofort deuten konnten. Kaum waren wir im Dorf abgesessen, verstanden wir auch die Aufregung.

Die Bedienungsmannschaft einer 8,8 cm Flak war mit Feuereifer dabei, Balken aus einer Hausecke herauszuschlagen. Diese Hausecke hinderte die Flak, einen Sowjetpanzer aufs Korn zu nehmen, der, noch 500 Meter entfernt, langsam durch den tiefen Schnee auf uns zurollte. Nicht viel Zeit für die Flak, die es gerade noch schaffte. Mit dem ersten Schuß flog der eckige Turm mit dem 15 cm-Geschütz weg. Der Wagen stand und zwei Männer booteten aus. Sie stapften, als wären sie ganz alleine auf der Welt, in der Panzerspur zurück. Die mußten behämmert sein. Warum blieben sie nicht in Deckung, hinter ihrem Ungetüm liegen? Die Flaksoldaten zerrten eine 2 cm über den rutschigen Schnee. Der Richtschütze stieg in seinen Sitz. Ein kurzer Feuerstoß, die beiden Russen fielen.

Von unserem Dorf waren es noch 28 Kilometer nach Moskau. Weiter sollten wir nicht mehr an die Stadt herankommen. Der große Rückzug hatte seinen Anfang genommen.

Die Kompanie war wieder einmal beisammen. Es gab Feldpost und Verpflegung. Es wurde dunkel und fing an, leicht zu schneien. Wir bekamen den Auftrag, mit der ganzen

Kompanie in Richtung auf das heute aufgegebene Dorf aufzuklären. Da konnte man nur noch leise vor sich hinfluchen, aber auch das ließ man bald bleiben.
Hauptmann Engel stieg mit zwei Meldern in seinen Geländewagen, fuhr voraus, wir marschierten hinter ihm her. Nach kurzer Zeit kam Engel aufgeregt zurück. Kurz vor der Schneise, die wir am Vormittag gesehen hatten, stand im Dunkeln ein Panzer. Engel wollte mit dem Kommandanten sprechen, um sich mit der Lage vertraut zu machen, aber der Kamerad sprach nicht deutsch und der Panzer war ein T 34. Rückwärtsgang und Vollgas. Kein Schuß fiel. Engel war heil zurückgekommen.
Als Aufklärungsergebnis brauchten wir mehr. Von nun an ging der erste Zug links und der zweite Zug rechts der Straße in Schützenkette auseinandergezogen im Wald vor. Engel folgte mit Abstand auf der Straße. Wir bewegten uns sehr leise. Der feine Schnee, typisch bei diesen Kältegraden, überzuckerte den Waldboden und gab noch genug Licht, um zu sehen, wohin man trat. Kein Ast knackte. Von der Gruppe Schmidt, die links von mir auf der anderen Straßenseite im Wald ging, hörte und sah ich nichts. Die Verbindung war abgerissen. Ich ließ halten und sprang über die Straße.
Von der Gruppe Schmidt war immer noch nichts auszumachen. In der Annahme, daß sie wahrscheinlich schneller vorangekommen und vorgeprellt war, ging ich vorsichtig weiter. Von dem Verein war nichts zu sehen. Die Bäume lichteten sich, es wurde heller. Dann stand ich zwischen den Bäumen am Waldrand, vor mir die Schneise. Die Batterie war nicht mehr da, aber drüben am Waldrand Russen, mindestens zwei Kompanien. Auf der Straße ein Panzer. Ich wandte mich vorsichtig weiter nach rechts. Fünf Schritte vor mir zeichnete sich deutlich gegen den Himmel die Silhouette eines Sowjetsoldaten ab. Langer Mantel, Gewehr mit aufgepflanztem Bajonett. Er stand Posten vor einem Erdbunker,

der vor zwölf Stunden noch unseren Artilleristen gehörte. Ich verhielt mich mucksmäuschenstill und bewegungslos. Was tun? Zurückschleichen? Und wenn dann ein Ast knackte? Den Posten mit der MP umlegen? Ja, und dann den ganzen Feuerzauber von der anderen Seite der Schneise. Meine geballte Ladung vor die Bunkertüre werfen? Auch keine saubere Lösung meines Problems.
Ich versuchte einen Rekordsprung aus dem Stand. Riß dem Iwan das Gewehr von der Schulter und umklammerte mit dem linken Arm seinen Hals. Der war wie erstarrt und erst als ich ihm mein Knie in den Hintern stieß, ließ er sich langsam von mir tiefer in den Wald hineinschubsen. Ich war auch nicht gerade die Ruhe selbst, stolperte über einen Ast und lag lang. Der Iwan blieb gehorsam stehen und gab keinen Laut von sich. Ich packte ihn wieder von hinten und weiter ging's mit meinem Gefangenen, der etwas streng roch. Diese typische Mischung aus Machorka und Schweiß. Bald war ich mit ihm bei Engel. Jetzt konnte ich mir mein Opfer ansehen. Ein blutjunges Kerlchen, sah aus wie 16. Meine Heldentat begann merklich zu schrumpfen und ich schlug mich seitwärts in die Büsche, um mich zu übergeben. Ganz für die Katz war das Abenteuer dennoch nicht gewesen. Der Kleine plauderte. Auf der Schneise hatte sich ein Bataillon niedergelassen; mit schweren Waffen und drei Panzern. Engel verzichtete auf weitere Exkursionen und ließ den Rückmarsch antreten.

»Mensch, hau ab!«

Am nächsten Tag war das Thermometer auf 35 Grad unter Null gesunken und wenige Tage später auf 40. Damit hatte es seinen Tiefpunkt noch nicht erreicht. Es war der 4. Dezember 1941. Nichts ging mehr. Die Dieselfahrzeuge gaben ihren Geist auf und Fahrzeuge mit Ottomotor schafften es nur, wenn man sie des Nachts in kurzen Abständen anwarf und warmlaufen ließ. Das kostete Kraftstoff. Rückzug.

Ich war wieder in Istra. Eine kurze Brücke aus K-Gerät sollte abgebaut und das wertvolle Brückengerät in Sicherheit gebracht werden. Der Morgen war diesig und durch die Sonne, die über den Dunst stand, war alles in ein blaues Licht getaucht. Noch nie zuvor hatte ich solch eine Stimmung gesehen. Mit meinen 20 Mann ging ich an die Arbeit. Die Brücke wurde zerlegt und mußte auf den Brückenwagen verladen werden. Fast war ich damit fertig, da kam schon die Nachhut der sich zurückziehenden Verbände. »Mensch, hau ab. Der Iwan ist uns dicht auf den Fersen!« Das spornte uns ganz schön an. Geschafft! Alles war verladen und der schwere Lkw fuhr an. Der Fahrer hatte es eilig und die Hinterräder drehten durch. Der Wagen kam seitlich ins Rutschen und landete mit dem Heck im Straßengraben. Ich ließ ein MG in Stellung bringen, winkte Ferdinand mit dem Henschel ein und ließ das Spillseil klar machen. Das war eine Stahltrosse, das an einer Motorwinde hing. Der K-Wagen wurde festgemacht. Ich hatte Angst, daß bei der extremen Kälte das Stahlseil reißen könnte, aber Ferdinand

Klinger machte das von ganz zarter Hand, langsam und vorsichtig. Alle verfügbaren Männer drückten den Gerätewagen in Richtung Straße. Ganz langsam kam er zurück auf die Fahrbahn. Das Spillseil wurde ausgehakt. Wir hielten uns nicht damit auf, es wieder aufzuwinden. Schnell das MG eingeholt und nichts wie weg.
Paul Carell beschreibt die damalige Lage:
»Chevalleries (Oberstleutnant und Führer einer Kampfgruppe) Haufen ist der Rest der einst so stolzen 10. Panzerdivision. Ihr Panzerregiment Nr. 7 besitzt noch achtundzwanzig Panzer und die Schützenregimenter 69 und 86 noch vier schwache Schützenbataillone mit je 120 Mann. Die Artillerieabteilung Boehringer hat noch eine einzige Zugmaschine und das Regiment ganze zehn Rohre. Aber die Reste der 10. fechten unverdrossen . . .
Die beiden Divisionen ›Das Reich‹ und die 10. Panzerdivision, sowie die Korpstruppen verloren am 9. Oktober bis 5. Dezember 7582 Offiziere, Unteroffiziere und Soldaten. Das waren rund 40 Prozent der Sollstärke der kämpfenden Truppe.«

Ein neuer Anfang für uns: Stellungsbau am Westufer der Istra. Wir bauten für eine Sicherungsgruppe, die hier verteidigen sollte. Aber wir bauten, als ob wir uns selbst hier niederlassen wollten. Aus dem Trümmerholz zerstörter Ortschaften schufen wir gedeckte Kampfstände und Unterkünfte. Sogar Öfen sollten sie bekommen. Anders konnte man bei der Kälte hier auch nicht überleben. Aber niemand sollte sich in dieses gemachte Netz setzen, höchstens die Russen. Die waren weiter nördlich und auch im Süden durchgebrochen. Wer hier an der Istra verteidigen wollte, saß in der Mausefalle. Wir stellten unsere Arbeit ein.
Es geschah ein Wunder. Wir fuhren 20 oder 30 Kilometer zurück, ins Hinterland in den Raum von Wolokolamsk. Wir hatten einige friedliche Tage. Zum erstenmal

lebten wir mit den Dorfbewohnern im selben Haus, im selben Raum. Die Familien schliefen nach altem Brauch auf dem gemauerten Ofen in der großen Allzweckstube. Wir hatten uns Holzgestelle gezimmert und schliefen zweistökkig. Das Landserwort vom kalten Ozon und warmen Mief bestätigte sich. Hauptmann Engel verschonte uns vom Dienst. Wir hatten aber auch so genug zu tun, denn wir führten einen aussichtslosen Kampf gegen die Läuse, die niemanden verschonten. In meinem Kradpullover gab es keinen Quadratzentimeter, der nicht von ihnen bevölkert war.

Unsere unfreiwillige Gastgeberin war eine typische Mamuschka. Sie sah aus wie 70, dürfte aber mindestens 20 Jahre jünger gewesen sein. Sie ging den sechsbeinigen Partisanen zu Leibe: Unsere Uniformen wurden im Backofen entlaust, die Unterwäsche gekocht. Mamuschka war ein Prachtstück und lud uns zu Kartoffelbrei in Kuchenform ein, der im Ofen eine goldbraune Farbe bekommen hatte. Dazu gab es saure Gurken. Wir revanchierten uns mit Essen aus der Feldküche und Schokolade aus den ersten eintreffenden Weihnachtspäckchen. Mamuschka schien übrigens mit dem Sozialismus Ärger zu haben. So weit wir verstehen konnten, hatte man zwei ihrer Söhne »abgeholt«.

Es wurde Weihnachten und wir durften immer noch hier, in diesem eingeschneiten Dorf, bleiben. Weitab vom Krieg. Pünktlich zum Heiligen Abend kam noch einmal Feldpost, Briefe und Päckchen. Der Gefreite Walter Hagen zeigte mir ein Foto seiner Freundin, das er heute bekommen hatte. Als mein Nebenmann neugierig nach dem Bild griff, reagierte Hagen äußerst aggressiv: »Das ist nicht für deine dreckigen Pfoten bestimmt!« Er nahm das Bild wie seinen kostbarsten Besitz an sich und verstaute es in seinem Soldbuch. Er sollte dieses Mädchen nicht mehr sehen.

Dann kam Sylvester und wir lagen immer noch im selben Quartier. Ein paar Verrückte veranstalteten draußen mit

Sprengmunition und Handgranaten ein Sylvesterfeuerwerk, daß wir um unsere Fensterscheiben fürchten mußten. Dann stieg ein kräftiges Besäufnis. Kein Wodka, den ich seit Wjasma verabscheute. Nein. Grand Marnier, Martell, Benediktine, Champagner! Der Küchenbulle konnte das erklären: Die Verpflegungslager sind voll und die Verpflegungsstärken der Einheiten sind unvorstellbar gesunken.
Besser als die Vorräte in die Luft zu jagen, war es allemal, jetzt großzügig zu sein. Der Küchenbulle hatte noch kräftig nachgeholfen. In den letzten Wochen waren wir so oft wechselnden Kampfgruppen und Divisionen zugeteilt worden, daß man in vielen Verpflegungslagern absahnen konnte. Das hatte er dann auch doppelt und dreifach getan.
Das Fest war aus, der Rausch ausgeschlafen. Die Fahrzeuge mußten klargemacht werden. Unter die Henschel wurden Bleche mit Holzfeuer geschoben, um die Motorblöcke anzuwärmen und das Öl flüssig zu machen. Ein heikles Verfahren. Wenn man nicht höllisch aufpaßte, gab es Risse im Motorblock oder der Wagen fing Feuer.
Abschied von Mamuschka. Sie weinte. Vielleicht dachte sie dabei an ihre Söhne. Aufgesessen. Wir fuhren Richtung Moschaisk.
Immer noch war es erbärmlich kalt. So um 35 Grad. Hinter mir auf dem Wagen trampelten meine Männer mit den Füßen, um sich nicht die Knochen zu erfrieren. Dabei hatten sie sich in Fahrermäntel, Decken und was sie noch so auftreiben konnten eingehüllt. Die weiten Fahrermäntel, die man über die normalen Mäntel anziehen konnte, waren außer ein paar Ohrenschützern, das einzige an zusätzlicher Winterbekleidung, was bis zu uns nach vorne gekommen war.
Wir erreichten die Autobahn und bogen rechts auf sie ein, Richtung Gschatsk. Vor wenigen Wochen waren wir hier in der Gegenrichtung gefahren. Es wurde windig und die mühsam vom Schnee geräumte Autobahn wuchs wieder zu.

Im Handumdrehen bildeten sich meterhohe Schneewehen. Wir verließen die Autobahn, suchten einen Unterschlupf. Alle Häuser waren voll belegt. Mein Zug blieb trotzdem hier, der Rest wollte im nächsten Ort sein Glück versuchen. Mit viel Nachdruck und wenig guten Worten kamen wir in einem Haus unter, in dem sich ein Troß breitgemacht hatte. Draußen war der Wind zu einem ausgewachsenen Sturm geworden und heulte um das Haus. Über der Schneefläche lag ein milchiger Schleier – Pulverschnee, den der Sturm vor sich hertrieb. Das verursachte ein feines Singen, das ich noch manches Mal hören sollte und bei dessen Erinnerung mir noch heute eine leichte Gänsehaut den Rücken hinunterläuft.
Natürlich steckte niemand die Nase raus, wenn er nicht unbedingt mußte. Ferdinand Klinger, der nur wenige Minuten draußen an seinem Wagen hantiert hatte, kam mit steifgefrorenen Händen rein. Als die langsam wieder warm wurden, waren seine Schmerzen so groß, daß er hemmungslos heulte.
Ich betrachtete meine »Gastgeber« etwas genauer. Ihre Uniformen waren noch neu und gar nicht verschlissen wie die unseren. Die Männer waren gut genährt und hatten glatte Gesichter. Sie gehörten zu einer Infanteriedivision mit hoher Hausnummer, die erst wenige Wochen hier im Arbeiter- und Bauernparadies war, das ihnen gar nicht so gut gefiel wie das südliche Frankreich, wo man sie vor gar nicht so langer Zeit in den Zug geladen hatte.
Als wir uns entblättert hatten und die dekorierten Heldenbrüste sichtbar wurden, zeigten die Knaben schnell Respekt und wurden richtig freundlich. Ein gut rasierter und nach Kölnisch-Juchten duftender Obergefreiter biederte sich ziemlich an. Er holte eine teure Tangoharmonika hervor und machte in Wunschkonzert. Und das machte er wirklich brillant. Wir waren schon lange nicht mehr mit Musik verwöhnt worden und applaudierten. Bratkartoffeln kamen

auf den Tisch und Schnaps, und alles mit Musike. Ich wünschte mir die Schlager »Bei dir war es immer so schön« und »Immer und ewig trag ich im Herzen heimlich dein schönes Bild«. Superschnulzen und fast peinlich, aber ich war angetrunken und dachte an Claudia.

Später, am Abend ließ unser Spielmann dann die Katze aus dem Sack. Er würde so gern Truppenbetreuung machen. Das Soldatenleben läge ihm nicht so recht. Ob ich nicht ein paar Zeilen an den Divisionsstab schreiben könnte. Dort gäbe es einen Talentsucher für das Fronttheater, der Junge trüge den Namen eines berühmten Orgelbauers. Ich zweifelte, ob mein Einfluß bei der Division reichte und außerdem roch mir das Ganze zu sehr nach Drückebergerei. Heute urteile ich nicht mehr ganz so hart über ihn.

Nach zwei Tagen hatte sich der Sturm gelegt. Engel holte seine Kompanie zusammen. Ich hätte es hier noch lange aushalten können, aber man brauchte uns wieder. Zur Abwechslung hatten wir einmal Südkurs auf den Raum von Juchnow. Inzwischen hatten wir mitbekommen, wie belämmert die Lage aussah. Die sowjetische Großoffensive lief. Auf 800 Kilometer Breite hatten die russischen Armeen angegriffen und nach Einbrüchen nördlich und südlich der Autobahn setzten sie nun zur Einschließung der Heeresgruppe Mitte an. Das waren wir. Die Angriffsziele der Russen lagen bei Wjasma und Moschaisk. Bei Juchnow wurde gekämpft. Im Klartext hieß das: Die Russen waren mehr als 300 Kilometer nach Westen vorgestoßen!

Am dritten Marschtag ließen wir den Troß, das waren Schreibstube, Handwerker (Schuster und Schneider), Waffenmeister, den Kfz-Instandsetzungstrupp und die Feldküche, zurück. Nur was unter »Gefechtsstärke« aufgeführt wurde, fuhr weiter. Das roch nach Feindberührung. Unser Ziel war eins von den zahllosen Dörfern, von denen eins wie das andere aussah. Zu unserer Verwunderung lag hier nur ein deutscher Verbandsplatz. Die Ärzte, das Sanitätsperso-

nal und die Verwundeten hatten sich hier nicht ohne Grund recht schutzlos gefühlt und waren froh, daß wir gekommen waren.
Den Nachmittag nutzten wir, um uns mit dem Gelände vertraut zu machen, MG-Stellungen wurden festgelegt, Schneelöcher gegraben und auf dem Boden mit Stroh gegen die Kälte abgesichert. Die Wachen für die Nacht wurden eingeteilt. Alles war Routine und lief wie am Schnürchen.
Die Nacht blieb ruhig, zumindest bei uns. Vom nicht ganz 20 Kilometer entfernten Juchnow war starkes Artilleriefeuer zu hören und man sah die Flugfahnen von Leuchtspurgeschossen. Es brannte.
Juchnow lag an einer Eisenbahnstrecke und sein Bahnhof war hart umkämpft. In den nächsten Wochen sollte er immer wieder den Besitzer wechseln. Abwechselnd luden hier Russen und Deutsche ihren Nachschub für die Front aus.
Mit dem Verpflegungswagen waren am Abend Skier eingetroffen. Am nächsten Tag wurde mit ihnen ein Spähtrupp ausgerüstet. Keiner von uns hatte eine Ahnung vom Skifahren und so waren wir entsprechend unbeholfen. Die Bindungen an den Skiern waren primitiv, außerdem ganz und gar nicht für Kommißstiefel gedacht. Aber ohne diese Bretter konnte man sich im tiefen Pulverschnee erst recht nicht bewegen. Zu der Skiausrüstung gehörten noch Schneehemden, die man über die Uniform streifte.
Am nächsten Morgen war ich mit meiner Gruppe dran. Aufklärungsziel war ein Dorf namens Rogibelka. Mit den Kommißstiefeln in den Bindungen, die nicht paßten, und den MG-Munitionskästen bepackt, bewegten wir uns mehr schlecht als recht. Aber unsere Schneehemden waren noch blütenweiß und unsere Stahlhelme hatten einen weißen Kalkanstrich.
Zwei Stunden waren wir unterwegs. Über Plaine und durch Waldstücke. Es war fast unmöglich über die flirrende

Schneefläche Entfernungen zu schätzen. Ein paar dunkle Punkte. Häuser? Menschen? Sie bewegten sich, wurden größer. Sechs Mann auf Skiern wie wir. Auf 200 Meter kamen sie uns parallel entgegen. Als wir auf gleicher Höhe waren, riefen wir ihnen zu und winkten. Sie winkten zurück, zogen aber weiter und verschwanden im nächsten Waldstück. Und da kam der erste Feuerstoß aus einem unverkennbar russischem MG. Die Kameraden waren Russen – in Schneehemden wie wir. Kein Wunder, daß sie nicht zu einem Schwätzchen aufgelegt waren. Wir konnten uns mit ihnen nicht aufhalten, ballerten einmal zurück und steuerten, wie befohlen, Rogibelka an.
Rogibelka war abgebrannt. Nur Grundmauern, Trümmer, Schornsteine. Keine Menschenseele. Auftrag erfüllt, zurück zur Kompanie. Der ungewohnte Marsch auf Skiern hatte uns geschlaucht. Vor unserem Dorf schossen wir eine weiße Leuchtkugel, weil wir nicht gerne von den eigenen Leuten angeschossen wurden. Meldung bei Engel. Ich hatte den Verdacht, der Alte hatte gewußt, daß Rogibelka nicht mehr existierte. Ob er mich nur auf die Probe stellen wollte? Dem Fuchs wäre das zuzutrauen gewesen!
Nachts gab es Alarm. Ein kampfstarker Spähtrupp. Bei dem hellen Mondschein haben unsere Sicherungen ihn früh genug erkannt. Man hatte sie näher kommen lassen und dann zugeschlagen. Bei Tageslicht sah man 100 Meter vor den Stellungen 20 bis 30 tote Rotarmisten. Keiner von uns machte sich dorthin auf den Weg. Zum einen war der Anblick nicht gerade erfreulich und zum andern riskierte man von einem »Scheintoten« abgeschossen zu werden. Die Russen wußten das auch und schickten sehr oft nach einem solchen Gefecht in der Nacht Soldaten, die die Waffen der Gefallenen bergen sollten.
Wir wurden abgelöst. Ein anderes Dorf, der gleiche Trott, der gleiche Ablauf. Als einzige Abwechslung zwei russische Schlachtflieger, die ein paar Häuser und einen Lkw in Brand

schossen. Richtig zur Ruhe kamen wir nicht. Ständig waren wir so übermüdet, daß wir im Stehen einschlafen konnten. Auf Posten war das doppelt gefährlich, einmal wegen der Russen und auch wegen der Erfrierungen.
Ausgerechnet jetzt bekam ich noch zusätzlichen Ärger und zwar mit Hauptmann Engel. Ich kam dazu wie die Jungfrau zum Kind. In einem dieser namenlosen Dörfer hatten wir uns für die Nacht auf verschiedene Häuser, die schon von Infanteristen belegt waren, verteilt. Ich war mit vier Mann in einer Kate untergekrochen, in der es herrlich nach frischgebackenem Brot duftete. Wir waren todmüde und hungrig und sehr dankbar, als uns die Gasteber eins von den frischen Broten schenkten.
Zu dieser Sache wurde ich nun von Engel befragt. Wer außer mir noch Brot bekommen hätte, wollte er wissen. Bei Engel lag eine Meldung vor, daß den Infanteristen drei Brote gestohlen worden waren. Was soll das? Wir hatten nicht gestohlen. Ich hatte ein sauberes Gewissen und ich fiel aus allen Wolken, als beim nächsten Morgenappell der Spieß verkündete, daß mir und meinen vier Mann für eine Woche die Brotration gekürzt wurde.
Mit einer fürchterlichen Wut im Bauch meldete ich mich bei Engel: »Ich fühle mich zu unrecht bestraft und in meiner Ehre verletzt.« Engel blieb sachlich, fast väterlich und belehrte mich: Die Brotkürzung sei keine Strafe, sondern eine Erziehungsmaßnahme, weil ich als Vorgesetzter einen Vorteil angenommen hätte, der nicht allen meinen Männern gewährt worden wäre. Diese Lehre sollte ich nie vergessen.

Inzwischen hatten wir Ende Januar. Immer noch war es eiskalt. Das wievielte Dorf? Keiner mußte das mehr.
Am Abend Befehlsausgabe für Zug- und Gruppenführer beim Chef. Morgen, am 30. Januar, Angriff auf ein Nachbardorf. Mit von der Partie war noch eine Schützenkompanie. Die Leitung hatte Hauptmann Engel. Mit unserem

Angriff sollten die letzten Kilometer einer 10 Kilometer breiten Einbruchstelle dicht gemacht werden, durch die die Russen ihren Nachschub pumpten. Ständig drängten russische Einheiten durch diese Lücke in unsere Abwehrfront und verstärkten den südlichen Keil, der die Heeresgruppe umfassen sollte. Seit Wochen kämpften die Russen verbissen gegen jeden Versuch von uns, diesen Nachschubweg abzuschnüren. Angeblich soll es einen Stalinbefehl gegeben haben, hier keinen Fußbreit Boden aufzugeben.

Der Chef hatte nachgedacht und am nächsten Morgen sollte uns seine Taktik den ersten Erfolg bescheren. Noch in der Nacht hatte die Kompanie ihre Ausgangsstellung eingenommen. Der zweite Zug, also wir, sollten als erste angreifen und nicht etwa an der Straße, die in den Ort führte, sondern 300 Meter nördlich von ihr, durch den tiefen Schnee. Auf Skiern und leise wie ein fallendes Blatt im Herbstwald waren wir zehn Minuten vor dem Angriffstermin am Ortsrand angekommen. Geschützt in einer Mulde, zogen wir unsere Mäntel aus und die Schneehemden wieder an. So waren wir beweglicher.

Ich führte mit meiner Gruppe, hinter uns folgte Hans Korn mit seiner Gruppe und dann die Gruppe von Helmut Schmidt. Das ganze war als Ablenkungsangriff gedacht. Sobald die Russen mit uns beschäftigt waren, sollte der eigentliche Angriff im Zuge der Straße vom Rest der Kompanie und den Schützen anlaufen. Mit fünf Meter Abstand von Mann zu Mann hatte ich mich mit der Gruppe an das erste Haus herangepirscht. Hinter mir der MG-Trupp, geführt von Walter Hagen, Jupp mit der Panzerbüchse und dann die Schützen.

Nichts rührte sich. Ich gab ein Zeichen. Zwei Mann öffneten die Haustür und kamen gleich wieder mit zwei verschlafenen Rotarmisten heraus. Einer fing an zu schreien und sofort rasselte Hagens MG los. Die ersten Russen sprangen aus den Häusern und liefen davon. Ich lag jetzt ein paar Meter rechts vom MG. Die flüchtenden Soldaten waren für meine Maschinenpistole zwar schon etwas weit weg, aber ich hielt drauf, wegen der sogenannten »moralischen Wirkung«.

Da blitzte etwas bei mir auf und gleichzeitig verspürte ich einen Schlag an meiner Maschinenpistole. Im ersten Augenblick glaubte ich, daß Hans Korn, der schräg hinter mir lag, vor mir in den Dreck geschossen hätte und rief ihm zu: »Mensch, paß doch auf!« Doch Korn zeigte nur auf ein Haus 40 Meter vor uns. Von dort wurde geschossen. Mein nächster Feuerstoß ging auf das Fenster, wo ich den Schützen vermutete. Es knallte jedoch weiter. Der Bursche mußte aus einem anderen Loch schießen. Aber nicht mehr lange. Ein Mann von der Gruppe Schmidt war schon an der Hauswand. Ich gab ihm Feuerschutz und schon hatte er seine Sprengbüchse (1 kg Sprengstoff) gezündet und durch das geschlossene Fenster geschleudert. Das Hausdach hob an und kam versetzt wieder runter. An der Hausecke hatte es die Balken auseinandergetrieben.

Jetzt konnte ich mich wieder um meine Gruppe kümmern und sie weiter vorgehen lassen, denn inzwischen ging der Feuerzauber auch an der Straße los, wo die Kompanie angriff. Ich sah mich um. Seitlich hinter mir lag Walter Hagen – tot, weiter zurück, die Panzerbüchse noch im Anschlag, Jupp Vincenz – ebenfalls tot. Den beiden Toten konnte ich nicht mehr helfen. Erst wenn wir hier Fuß gefaßt hatten, konnte ich wieder nach ihnen sehen. Die Schützenkompanie war reichlich spät in den Angriff eingestiegen und überließ uns die Hauptarbeit.

Geschafft. Die Verteidigungsabschnitte wurde eingeteilt. Das mußte rasch gehen, denn wir hatten gelernt, wie schnell der Russe einen Gegenstoß ansetzte. Doch der blieb erst einmal aus. Dafür deckte man uns fleißig mit Artillerie und Granatwerfern ein. Es gab keine Deckungslöcher und das

Feuer lag unangenehm genau. Nur der tiefe Schnee minderte die Splitterwirkung.
Inzwischen mußte ich feststellen, daß meine Maschinenpistole durch einen Gewehrschuß stark angeschlagen war. Die Kugel war schräg über den Lauf gegangen, in den ich jetzt von außen hineinschauen konnte. Ein anderer Schuß war unter meiner Achselhöhle, zwischen Arm und Oberkörper durchgegangen. Schneehemd, Uniformrock, Kradpullover und Hemd sind durchlöchert – meine Haut nicht einmal angekratzt.
Der Tag wurde sonnig, blieb aber kalt. Wir hatten uns am gegenüberliegenden Ortsrand, links und rechts einer Straße festgesetzt. Die Straße führte schnurgerade und eben zum nächsten Ort, der vier Kilometer entfernt war. Der Ort wimmelte von Russen und Fahrzeugen und von dort wurde vermutlich auch das Artilleriefeuer auf uns gelenkt. Doch das hatte jetzt ziemlich nachgelassen. Aber nun fuhr ein einzelner russischer Panzer aus dem Dorf, ganz langsam kam er auf uns zu. Ihm folgten, in Schützenreihe links und rechts, am Straßenrand, ungefähr 150 Russen. So lange der Panzer bei ihnen war, konnten die uns sehr lästig werden. Zumal, wenn er nicht nahe genug an uns heranfuhr und aus sicherer Entfernung den Infanteristen Feuerschutz gab. Wir hatten keine Pak und auch keinen Panzer bei uns.
Der russische Panzer beschleunigte etwas, war seiner Begleitinfanterie etwa 200 Meter voraus, hielt an und schoß mit seiner Kanone. Wir nahmen die Nase nach unten und rührten uns nicht. Da fiel mir Jupps Panzerbüchse ein. Ich ließ sie schnell holen. Die Prozession kam näher. Es war kein T34, das konnten wir deutlich erkennen. Die Schützenreihen der Russen hielten sich stur an die Straßenränder. Sie konnten auch gar nicht anders. Denn die Straße – lebenswichtig für den russischen Nachschub – war sauber geräumt und neben der Straße würden die Infanteristen bis

zum Bauch im Pulverschnee versinken. Die Straße war wie ein Hohlweg.
Wir ließen die Spitze bis auf 300 Meter herankommen, dann setzten unsere sechs leichten Maschinengewehre schlagartig ein. Ein schweres MG der Schützen war auf die Sehschlitze des Panzers angesetzt und meine »trübe Tasse«, der Obergefreite Reiter, schoß mit Jupps Panzerbüchse auf den Kampfwagen. Der setzte sich sofort ab und rollte zurück, ohne einen Schuß abzugeben. Es mußte ihn schwer erwischt haben. Die allein gelassenen Infanteristen versuchten zwar noch einmal mit Hurräh ihren Angriff in Schwung zu bringen, vergebens. In einer Viertelstunde war alles vorbei. Die meisten der Sowjets waren liegengeblieben. Wieviel verwundet, wieviel nur abwartend? Wir wußten es nicht. Einzelne versuchten sich nach hinten abzusetzen. Engel ließ das Feuer einstellen.
Der russische Offizier, der diesen Angriff zu verantworten hatte, gehörte vor ein Kriegsgericht. Aber vielleicht bekam er noch einen Orden für dieses Massaker! Wir haben allerdings vorgeführt bekommen, zu welcher Selbstaufopferung, wenn auch zu einer sinnlosen, man auf der anderen Seite fähig war, und wußten genau: Sie würden wieder kommen – spätestens in der Nacht.
Wir löschten ein paar Brände, die von der Panzerkanone und von den Leuchtspur- oder Explosivgeschossen der Maschinengewehre stammten. Wir richteten uns da, wo wir gerade waren ein, bauten Stellungen aus und wärmten uns abwechselnd in den Häusern immer wieder auf. Dann nahm ich Abschied von Hagen und Jupp; ging noch einmal die Stellungen ab und fühlte: Es würde eine schlimme Nacht werden.
Sie fing schon schlimm an. Nicht bei uns, sondern bei der Schützenkompanie, die rechts von uns den Nordrand unseres Dorfes verteidigen sollte. Dort setzte ein schweres Maschinengewehr mit langen Feuerstößen ein, dazwischen ein-

zelne Schüsse und dann wieder Stille. Erwin Burg, der nach dem Tod von Leutnant Altmann nun wieder den Zug führte, schickte einen Melder zu den Schützen, um zu erfahren, was los war. Das schwere Maschinengewehr hatte auf eine große Zahl von Infanteristen, die sich in Gefechtsordnung dem Dorf näherten das Feuer eröffnet und es erst wieder eingestellt, nachdem man im Schein der Leuchtkugel erkannte, daß man auf Deutsche schoß. Eine Kompanie des eigenen Regiments war zu einem Nachtangriff angetreten und hatte die Orientierung verloren. Bevor dieser Fehler erkannt wurde, mußten 17 Mann sterben.
Gegen Mitternacht kamen bei uns die Russen wieder. Ihre Stoßrichtung zielte auf den dritten Zug, der an der anderen Straßenseite lag. Wir hörten Leutnant Ziegelmaier seine Befehle schreien. Da drüben krachten jetzt Handgranaten, es mußte da schon ziemlich eng zugehen. Ziegelmaier war wohl der unbeliebteste Typ in der ganzen Kompanie. Ein Kraftbündel und schikanöser Kleinigkeitskrämer, der keine menschliche Regung zeigte. Aber eines war sicher: Er würde standhalten. Und wirklich, er hatte die Russen abgeschmiert und nun versuchten sie es bei uns. Jetzt setzten sie auch ihre Artillerie ein. Die Einschläge lagen aber mehr in der Dorfmitte, weil man die eigenen Leute nicht gefährden wollte, die schon sehr nahe an uns herangekommen waren. So nahe, daß keine Zeit mehr für den Laufwechsel am MG blieb. Jetzt flogen bei uns die Handgranaten. Nur gut, daß wir genügend Munition hatten. Wer von den Angreifern noch dazu in der Lage war – es waren wenige – versuchte sich abzusetzen. Bis auf zehn Meter waren sie an uns herangekommen, jetzt lagen sie da.
Die Hälfte meiner kleinen Streitmacht schickte ich in ein Haus zum Aufwärmen. Ich selbst schaute bei Erwin Burg rein, denn der hatte etwas mehr Überblick. Der dritte Zug hatte zwölf Mann verloren. Leutnant Ziegelmaier war schwer verwundet, aber er hatte bis zu seinem Abtransport

wie ein Verrückter gekämpft. Außer meinen beiden Toten hatte die Gruppe Schmidt noch einen Schwerverwundeten. Bei dem »Betrieb« heute grenzte das geradezu an ein Wunder.

Erwin hatte einen Samowar in Betrieb genommen, und füllte meinen Feldbecher mit Tee. Sogar mit einer Portion Rum. So angenehm es hier war, ich war unruhig und ging bald wieder hinaus zu meinen Männern. Das hieß, ich wollte gehen. Kaum hatte ich das Haus verlassen, schlug auf der anderen Hausseite eine schwere Granate ein. Das Haus war in sich verschoben, eine Hausecke hatte es weggerissen und die Splitter waren durch den Innenraum gefegt. Erwin hatte mehrere Splitter im Rücken. Ich wußte nicht, wie schlimm es um ihn stand, aber es sah sehr böse aus. Ich machte mich daran, ihn zu verbinden und schickte nach einem Schlitten für seinen Abtransport. Meine Männer ließ ich wieder ihre Gefechtsstationen einnehmen.

In den nächsten Stunden blieb alles ruhig. Im Morgengrauen kamen sie wieder. Sie hatten nichts dazugelernt. Alles wie gehabt, kein Umgehungsversuch, kein Ablenkungsmanöver, nur eine ziemlich starke Artillerievorbereitung, die wieder über uns hinwegging. Als es richtig hell geworden war, fiel kein Schuß mehr. Vor unserer Stellung die ganze Straße entlang nur Tote über Tote.

Im Tagebuch des Oberkommandos der Wehrmacht vom 31. Januar 1942 hieß es:

»Am Südflügel konnte der Angriff zur Schließung der Lücke gegen die 4. Armee nur wenig Boden gewinnen. Feind hatte sich in der Lücke weiterhin verstärkt. An der Ostfront der Armee wurde ein Feindangriff in Gegend der Autobahn zerschlagen. Bei geringen eigenen Verlusten blieben über 100 tote Russen auf dem Kampffeld liegen. Der Rest ging fluchtartig zurück.«

Zu den »geringen eigenen Verlusten« gehörten Walter Hagen, Jupp Vincenz und weitere 30 Mann meiner Kompanie, die am 30. Januar 1942 in einem russischen Dorf verwundet wurden oder fielen.

Wir waren ausgepumpter als ein Langstreckenläufer nach einem Marathonlauf, empfanden keinen Triumph, nur Leere. Mir war fast zum Heulen zumute. Mit uns allen war wohl zur Zeit nicht viel anzufangen. Man löste uns ab. Einen Tag Ruhe beim Kompanietroß. Und schon wieder wartete ein Dorf darauf, von uns verteidigt zu werden.

Die beiden Ortschaften Ssawino und Wosskressensk wären im Sommer und zu Friedenszeiten bestimmt sehr reizvoll gewesen. Wosskressensk, zu Deutsch Auferstehung, lag auf einer Höhe inmitten von Wiesen und Feldern. In der Mitte des langgestreckten Straßendorfs stand eine große Kirche mit einem mächtigen Zwiebelturm. Von der Höhe hinunter, über einen kleinen Bach, führte die Straße nach Ssawino, das in halber Höhe am Hang lag. Dieses Bild stand vor mir jedoch nicht im Sommer, sondern in einem Winter mit 30 Grad unter Null. Die Bedeutung der topographischen Giederung wurde mir erst allmählich klar.

Nachts waren wir in Wosskressensk von den Fahrzeugen geklettert und – den Berg hinunter, über den Bach und den halben Berg wieder rauf – schwer bepackt nach Ssawino gestolpert. Ein kümmerliches Kaff. Hier wurden wir gebraucht, denn so lange wir hier aushielten, hatten die Einheiten in Wosskressensk nichts zu fürchten. Die 100 Infanteristen, die wir ablösten, hatten es eilig wegzukommen. Wir richteten uns in den paar Häusern und in den Stellungen ein, so gut es möglich war. Zu 20 Mann in einem Raum. Die Hälfte von uns war ja immer in der Stellung. Die mußten wir uns allerdings erst in den Schnee schaufeln.

Der Stellung konnte ich keinen Geschmack abgewinnen. Sie lag am Hinterhang, das heißt 100 Meter vor uns hatte die Bodenwelle ihren höchsten Punkt. Der Russe konnte un-

sere Stellung nicht einsehen, aber wenn er kam und wir ihn sehen konnten, war er uns auch schon ganz dicht auf den Pelz gerückt. Wir entschärften das Problem, indem wir auf der Höhe einen einsamen Gefechtsposten installierten. Ich empfand das aber immer noch wie eine Mausefalle. Wenn es hier eines Tages losgehen sollte, konnte man sich nur totschlagen lassen. An einen Rückzug nach Wosskressensk war nicht zu denken, denn der Hang dort hinauf war von den Russen bei Tageslicht einzusehen und ihre Artillerie war auf ihn eingeschossen.
Es gab noch mehr, was uns beunruhigte. Hauptmann Engel war verwundet und lag in Smolensk im Lazarett. Neuer Kompaniechef war ein Oberleutnant, der uns mißfiel. Er war schnöselig und nervös, und genoß kein rechtes Vertrauen. Die reine Katastrophe aber war Leutnant Schulz, der, als Ersatz von Erwin, nun den Zug führen sollte. Gerade 20 Jahre alt und praktisch keine Fronterfahrung. Der arme Kerl konnte einem schon leid tun. Keiner nahm ihn für voll. Später sollten wir merken, daß man ihn auch wirklich nicht für voll nehmen konnte. Er war ängstlich und inkompetent, also gar nicht in der Lage zu führen. Wir drei Unteroffiziere versuchten das zu überspielen und langsam begriff Schulz, daß es für alle Beteiligten besser war, wenn er sich zurückhielte.
Es sah so aus, als ob wir hier länger bleiben würden und ich versuchte, mir das Gelände und seine Möglichkeiten genau einzuprägen, so lange nichts anderes zu tun war. Vom Gefechtsvorposten aus hatte man nach links eine leicht ansteigende Schneefläche. In acht Kilometer Entfernung eine Straße und ein paar Häuser, beides in russischer Hand. Drei Kilometer vor uns ein kleines Waldstück im Niemandsland und rechts davon ein Dorf mit deutschen Truppen. Das war das Panorama nach Süden.
Eine schwache Sicherung hatten wir auch nach Westen aufgebaut. Sie lag an einer Straße, die tief unter Schnee

begraben war und zu dem Dorf führte, das man vom Gefechtsvorposten rechts liegen sehen konnte. Von hier aus war es durch einen Hügel verdeckt. So, die Bühne war gerichtet, das Schauspiel konnte beginnen! Und es begann mit einem kompaniestarken Spähtrupp an der Hinterhangstellung. Der Vorposten hatte rechtzeitig gewarnt, und wir ließen den Iwan auf 50 Meter herankommen. Wenn wir zu früh schießen würden, zögen sie den Kopf ein, blieben hinter dem Hang in Deckung und wären dann in überhöhter Stellung im Vorteil. Also wieder einmal rankommen lassen. Nur wenige der Angreifer schafften es, sich wieder hinter die Bodenwelle zurückzuziehen. Dieses grausame Spiel wiederholte sich nun Tag für Tag. Immer wieder kamen sie im Morgengrauen, viele von ihnen nicht einmal bewaffnet. Gewehre sollten sie sich bei ihren Toten holen. Unbegreifliche russische Sturheit und Menschenverachtung. Der ständige Anblick der Toten, die zum Teil übereinander lagen, war kaum noch zu ertragen. Gottseidank lagen die Temperaturen bei 20 Grad unter Null!
Eines Tages erschien bei uns in der Stellung ein Artillerieleutnant. Blutjung, schmächtig, rothaarig und sommersprossig. Kein Orden verunzierte seine schmale Brust. Frisch von der Artillerieschule. Der Junge begann sein Geschäft ziemlich aufgeregt: »Grundrichtung 200 weniger, 63 Hundert; erbitte hohen Sprengpunkt.« Aus der Feuerstellung wurde das Kommando wiederholt und kurz darauf »Abgefeuert«. Nach der errechneten Flugzeit hinter uns in 400 Meter Höhe die Sprengwolke. Der Knabe hantierte mit Karte und Richtkreis: »60 mehr, 500 zulegen«. Als Antwort das übliche »Abgefeuert« und nach angemessener Zeit Huuuiiii und Flop. Drei Meter neben unserem Loch hatte der Blindgänger eingeschlagen. Besoffene und Kinder haben einen Rechtsanspruch auf einen Schutzengel! Der junge Krieger hatte sich bald gefaßt und schoß drei Batterien ein. Mich hatte dieses Handwerk schon immer fasziniert und ich

schaute deshalb interessiert zu. Ab nun stand beim Gefechtsvorposten ein Telefon mit Verbindung zur Artillerie. Der junge Leutnant war wieder abgezogen. Eine halbe Stunde nach seinem Abzug sah ich auf der Straße halblinks von uns den Abschuß einer Stalinorgel. Die galt uns und die Salve lag ziemlich gut, wenn man berücksichtigt, daß man mit der größtmöglichen Schußentfernung schießen mußte.

Am nächsten Vormittag konnte ich vom Gefechtsvorposten aus beobachten,wie sich der Iwan zum Angriff auf das Dorf bereitstellte, das rechts vor mir lag. Er war mindestens bataillonsstark und zwei T34 hatte er auch dabei. Ich schickte einen Melder zum Kompaniechef und rief durch das Feldtelefon die Artillerie. Als Anhalt konnte ich denen sagen, daß der Iwan sich im »Zielpunkt Kastenwald« bereitstellte. Man schoß und ich konnte durchsagen, wo die Einschläge lagen. 30 Minuten später war der Beobachter wieder da und machte weiter. Viel war es nicht, man hatte Munitionsmangel. Die Russen zeigten sich wenig beeindruckt und gingen auf das Dorf vor. Ich sah alles wie von einem Feldherrenhügel aus.

Doch sehr bald fesselte mich ein anderer Anblick viel mehr. Drei Russen kamen auf uns zu. Hinter sich, auf einem Schlitten schleppten sie eines dieser museumsreifen Maxim-Maschinengewehre her. Sie hatten mich nicht gesehen und verschwanden gleich darauf in einer sanften Geländefalte. Ich schnappte mir ein MG, stieg aus der Stellung, um sie abzufangen. Im tiefen Schnee war es mühsam voranzukommen. Die drei tauchten 250 Meter rechts von mir auf. Wenn sie die Richtung beibehielten, mußten sie zwischen uns und der Westsicherung ins Dorf kommen. Es gab keine Möglichkeit das MG aufzulegen. So nahm ich das MG wie zum Nahkampf, Abzug nach rechts, an die Hüfte und zog durch. Der Leuchtspur nach zu urteilen, lag der Feuerstoß gut. Die Russen reagierten jedoch kaum. Sie beschleunigten nur ihr Tempo geringfügig und tauchten wieder weg.

Ich ging zurück in unsere Hinterhangstellung, erzählte dem MG-Schützen Konrad, was los war und verständigte noch die Nachbargruppen. Unteroffizier Helmut Schmidt war zu mir in den Schneebunker gekommen. Ich mußte noch Hans Korn Bescheid geben, hatte aber noch keine drei Schritte gemacht, da fegte eine MG-Garbe in Konrads Schneebunker. Ich ließ mich in den Schneegraben fallen. Direkt vor mir hatte ich das Gesicht von Schmidt. Er blutete aus dem Mund, röchelte noch einmal und starb. Seine Augen hatten mich dabei ratlos angesehen, und ich erlebte das erste Mal wie das »Auge bricht« und ins Unendliche schaut.
Ich konnte meinen Kopf nicht heben. Das russische MG im Rücken unserer Stellung feuerte unbarmherzig weiter. Die Geschosse schlugen in die MG-Munitionskästen, die gleich bei mir auf dem Rand des Laufgrabens lagen, der nur 40 Zentimeter tief war. Hier kam ich sobald nicht weg. Erst als ein MG-Schütze der Nachbargruppe, das feuernde MG ausmachte und es niederhielt, konnte ich mich wieder bewegen. Karl Konrad war tot und Franz Hecker, der Sudetendeutsche, hatte einen zerschossenen Arm.
Ich war wieder einmal an einem Punkt, an dem ich nicht wußte, wie es weitergehen sollte. Dazu quälende Fragen: Hatte ich alles richtig gemacht? Hätte ich Korn sagen müssen, daß er besonders nach rückwärts hätte beobachten sollen? Das Erleben, »dem Tod ins Auge geschaut« zu haben – nicht dem eigenen – hatte mich erschüttert und ich kam mir vor, als hätte ich unberechtigt einen sehr intimen Vorgang beobachtet. Ich war deprimiert. Dazu die ständige Übermüdung, außerdem die ewige Plage mit den Läusen.
Der Kompaniechef zog mich mit der Gruppe aus der Hinterhangstellung heraus und verlegte uns an die Westsicherung. In dieser Richtung lag ja das Dorf, daß die Russen nun eingenommen hatten. Von dort war die Bedrohung gewachsen. Klar, daß hier bald der Teufel los sein würde.
Dem Kompaniechef, Oberleutnant Lommer, hatte ich ohne

große Anstrengungen eine 2 cm-Flak abluchsen können, die der Kompanie gerade zugeteilt worden war. Bei der Gelegenheit schlug ich ihm noch vor, auf der Straße, die auf unsere Stellung zulief, einen Riegel T-Minen zu verlegen. Ich dachte an die beiden Panzer, die den Angriff auf das Dorf unterstützt hatten. Lommer schien meine Lagebeurteilung ernstzunehmen und gab mir gleich noch eine 5 cm-Pak dazu. Sicherheit ging eben über alles, auch bei Lommer, den ich nicht einmal in unseren Stellungen gesehen hatte. Er hielt sich ausschließlich in dem Haus auf, das ihm als Kompaniegefechtsstand diente.
Die kommende Nacht blieb alles ruhig, aber ich war die ganze Zeit kribbelig und sicher, daß es hier bald mit der Ruhe vorbei sein würde. In der hellen Morgensonne sah ich zwei Kilometer vor mir die Russen bei Schanzarbeiten, wenn man das so nennen kann. In den gefrorenen Boden kamen sie nicht rein. So bauten sie ihre Stellungen im Schnee aus. Genau so, wie wir das machten. Sie benahmen sich dabei reichlich ungeniert. Unsere Maschinengewehre reichten zwar bis zu ihnen, aber auf die Entfernung war das glatte Munitionsverschwendung. Mit der Flak müßte man aber die Kameraden vertreiben können. Hinderlich war nur eine Bodenwelle zwischen der Kanone und der russischen Stellung. Man konnte sich gegenseitig nicht sehen. Das war auch unsere Absicht, denn nach bewährter Methode lagen Pak, Flak und auch unsere Stellung wieder am Hinterhang.
Der Richtkanonier meinte erst einmal, er könnte nichts machen. Ich überredete ihn, es einmal mit indirektem Richten zu versuchen. Er blieb skeptisch, ließ sich aber breitschlagen. Ich kroch auf die Bodenwelle vor der Kanone, wohlweislich nicht gerade vor ihre Mündung. Armzeichen für den Richtschützen: ein Schuß Feuer frei. Der Schuß lag zu kurz. Etwas höher, zu weit links. Noch eine Korrektur und nun streute die 2 cm die ganze Schneebunkerreihe ab. Die Russen verzogen sich vom Präsentierteller.

Noch während wir bei der Arbeit waren, wurde mir klar, daß wir den Drachen am Schwanz kitzelten, und wir uns auf seine Reaktion einstellen konnten. Die Reaktion kam am Nachmittag in Gestalt eines T 34. Er fuhr auf der Straße, wo der Pulverschnee nicht so tief war, weil dort früher Schnee geräumt worden war. Wir spielten toter Mann und warteten.

Erst wenn der Wagen die sanfte Kurve hinter sich hatte und ganz nahe war, kam er der Pak ins Schußfeld. So war es auch unsere Absicht. Mit geschlossener Luke und etwas schneller als Schrittempo kam das Vehikel näher. An mir und der Schützenstellung fuhr es im Abstand von 50 Meter vorbei. Die Kerle mußten mit Blindheit geschlagen sein. Sie bemerkten auch nicht die 2 cm-Flak. Nun kam der T 34 vor das Rohr der Pak. Noch bevor die aber zum Schuß kam, rollte er über eine T-Mine und gleich darauf auch noch mit der Kette über cinc zweite.

Beide Male hob es den Panzer an und er schwankte wie ein Schiff bei hohem Seegang. Jetzt verpaßte ihm die Pak zwei Panzergranaten. Die Abschüsse machten mich fast taub. Dem T 34 schien das alles nichts auszumachen. Deutlich waren die Aufschläge der Granaten am Panzer zu hören, keine Wirkung war auszumachen. Aber der Wagen drehte eine scharfe Linkskurve und machte kehrt. Für ein paar Augenblicke zeigte er uns seine Breitseite. Ich wartete auf den Abschuß der Pak, jetzt war der richtige Augenblick, ihn zu knacken. Die Bedienung an der Kanone fummelte aufgeregt – Ladehemmung. Die Chance war vertan. Der Wagen war schon hinter der Kurve verschwunden und kam erst wieder in Sichtweite, als er schon 600 Meter entfernt war. Er bekam noch zwei Treffer auf das Heck ab, fuhr aber weiter. Nach fast drei Kilometer, an einem Waldrand, machte er halt. Die Besatzung stieg aus und versuchte am Heck einen kleinen Brand zu löschen. So sah es jedenfalls für mich im Fernglas aus.

Beklemmung, Angst, Jubel und Enttäuschung, dies alles lag in diesem Moment ganz dicht beieinander für uns. In leicht abgeänderter Reihenfolge auch für die sowjetische Panzerbesatzung. Unvorstellbar die Wirkung eines Treffers auf diese Männer, die Panzerung dröhnt unter dem Geschoßaufprall, Stahlsplitter von der Innenwand und lose Gegenstände fliegen durch den Innenraum.
Uns hatte das Intermezzo etwas Auftrieb gegeben. Aktiv sein zu können war eben doch besser, als nur den Kopf hinzuhalten. Nur der Gefreite Adam war sauer. Er war mit einer geballten Ladung auf den T 34 losgegangen, hatte aber liegenbleiben müssen, als die Pak das Feuer eröffnete. Der Mißerfolg mit den T-Minen fand eine ganz simple Erklärung. Ihre Sprengwirkung war im Schnee zum größten Teil nach unten verpufft und hatte große Trichter gerissen.

Nachts ging es mir miserabel. Schüttelfrost, hohes Fieber und Gliederschmerzen. Am Vormittag war dann alles wieder wie weggeblasen, ich fühlte mich aber sehr schwach – bis zum nächsten Anfall. Ich hatte Wolynisches Fieber, eine Krankheit, die unsere Ärzte hier erst kennengelernt hatten. Lommer jammerte, wie wenn ich fahnenflüchtig werden wollte, als ich mich krank meldete, ich fehlte ihm hier als Sicherheitsfaktor.
Mit dem nächtlichen Verpflegungsschlitten fuhr ich zum Troß und suchte mir ein warmes Plätzchen. Nach zwei Tagen ging es mir schon ein wenig besser. Eine innere Unruhe ließ mich nicht mehr los, und in der Dunkelheit fuhr ich zurück in das »heimatliche« Ssawino.
Hier war eine »Luftveränderung« eingetreten. Man konnte es wittern. Tag für Tag schwere Artillerieüberfälle. Gelegentlich Beschuß durch einen Panzer, den wir nicht ausmachen konnten und jede Nacht oder im Morgengrauen russische Vorstöße bis zur Bataillonsstärke. Das zehrte an den Kräften. Kein Tag ohne Tote und Verwundete, die nachts

mit dem Verpflegungsschlitten nach hinten gebracht wurden. Lange würden wir Ssawino nicht mehr halten können.
Die Stimmung, wenn es überhaupt eine gab, war auf dem Nullpunkt. Nicht einmal geschimpft oder geflucht wurde. Wir waren alle permanent am toten Punkt und mußten uns zu jeder neuen Aktion mühsam aufraffen. Die Versuchung, sich einfach fallen zu lassen – gleichgültig was dann passiert – wurde unwiderstehlich. Das bißchen Denken kreiste nur noch darum, was der Gegner tat, was wir tun mußten, oder um Gerüchte über nahende Katastrophen und Ablösung.
Das Klischee vom deutschen Soldaten, der den »Faust« im Tornister trug – auf uns traf es nicht zu, wenn es überhaupt jemals zutreffend war. Wer nicht gerade draußen sein mußte, hockte in der Russenkate und spielte den stumpfsinnigen »Partisanenskat«, wie wir das Kartenspiel 17 und 4 nannten. Man versuchte zu schlafen oder hockte stumm da. Augen auf Unendlich, Ohren auf Durchgang.
Allmählich reifte in mir die Gewißheit, daß ich demnächst »reif« war. Schon nach der Wahrscheinlichkeitsrechnung konnte ich nicht annehmen, daß ich ungeschoren herauskommen würde. Das bedrückte mich weniger, als man annehmen mußte. Fatalismus, der sich aus der Situation und der Verfassung ergibt, in der wir waren.
Unsere Gefechtsstärke betrug keine 40 Mann. Es blieben uns drei Möglichkeiten: Entweder man schrieb uns zusammen mit diesem Nest ab und ließ uns hier vor die Hunde gehen, oder man ließ uns ablösen oder wir zogen ab und gaben Ssawino auf. Wir sollten Ssawino so verlassen, wie wir gekommen waren: in der Nacht. Als erstes wurden Pak und Flak abgezogen, dann die Außenstellungen geräumt. Fischer mit seiner Gruppe war Schließender. Ein ehrenvoller, aber undankbarer Auftrag und ich konnte nur hoffen, daß der Russe nicht zufällig mit einem seiner Angriffe in die Absetzbewegung hineinstieß. Die Männer wurden auf

die Häuser verteilt und gleichzeitig gingen die armseligen Katen in Flammen auf. Jetzt nichts als schnell weg von hier! Als wir den Hang nach Wosskressensk hinaufstapften, waren wir von dem Brand hell angestrahlt. Aber bei Ssawino rührte sich noch nichts. Der Russe war noch nicht nachgerückt. Am Straßenkreuz in Wosskressensk bogen wir nach links ab und im nächsten Dorf trafen wir auf unseren Troß, den kümmerlichen Rest der Kompanie, und zu unserer großen Freude auch auf Hauptmann Engel, der aus dem Lazarett gekommen war. Uns hatte man ein gut geheiztes Haus angewiesen, es gab Tee mit Rum und wir durften schlafen.

Bei Tageslicht sah ich, daß wir das attraktivste Haus des ganzen Dorfes bewohnten – obwohl wir als Letzte hier angekommen waren. Die Sache mußte einen Haken haben. Und ob. Das Haus, strahlend weiß getüncht, stand auf einem Hügel am Dorfrand mit freier Aussicht zum Tal. Also ein markanter Punkt in der Hauptkampflinie, die nun hier verlief, und eine Einladung für jeden Artilleristen!

Nach dem Frühstück machten wir Waffenpflege, die nach den letzten Wochen dringend nötig war. Der Gefreite Wegmann, der als Nachfolger von Karl Konrad mein MG-Schütze 1 war, nahm seine Spritze auseinander. Ordentlich legte er die Einzelteile auf eine Zeltbahn. Die Sonne schien in das Zimmer. Es war angenehm warm und ich schaute Wegmann schläfrig bei seiner Tätigkeit zu. Ganz schnell war ich hellwach. Hhuuuuuuuui, Einschlag 20 Meter rechts vom Haus, und huuuuuuui, Einschlag links vom Haus. Ich packte Wegmann am Arm und zerrte ihn zur Tür. Die dritte Granate detonierte unter dem Fußboden, wo wir eben noch gesessen hatten. Wegmanns MG war nicht mehr vollständig und im Nebenzimmer, wo Soldaten einer Schützenkompanie lagen, fanden wir zwei Verwundete. Wir suchten uns ein anderes Quartier.

Es wurde Abend und man hatte uns ausnahmsweise zu

keinerlei Wache eingeteilt. Eine Aufmerksamkeit von Hauptmann Engel. Im drei Kilometer entfernten Wosskressensk brach ein toller Feuerzauber los und Engel gab vorsorglich Alarm. Wir schnappten unsere Mäntel und Waffen. Was wir im Freien von Wosskressensk herüber hören konnten klang sehr bedrohlich. Engel ließ uns in Stellung gehen. Meine Gruppe versammelte sich an einem Stallgebäude. Von hier aus lief ein Graben im Schnee, ungefähr 70 Zentimeter tief. Bevor wir uns weiter umsehen konnten – Panzer! Ein T34 kam auf das Dorf zu. Uns ziemlich nahe. Sein Motor stockte, lief wieder rund, stockte wieder und setzte ganz aus. Mit seinen Ketten stand der T34 genau über dem Laufgraben, nur vierzig Meter von uns entfernt. Ich griff mir eine geballte Ladung. Sollte ich? Noch bevor ich zu einem Entschluß kam, ging die Luke auf und wir hörten die Russen reden. Was werden die schon sagen. Für meine Ohren klang das wie: »Job dweu Match.« Unbemerkt kam ich jetzt nicht mehr an den Wagen. Deshalb warteten wir ab. Der Motor sprang nach ein paar erfolglosen Startversuchen wieder an und der Wagen fuhr weiter. Nur bis in den Ort, dann stand er wieder. Ein Gefreiter beim ersten Zug war entschlossener als ich. Er sprang auf den Wagen und schob eine abgezogene Eierhandgranate ins Kanonenrohr. Die brachte die im Rohr steckende Granate zur Explosion. Der Panzerturm flog weg. Die Russen hatten nichts dazugelernt. Ein einzelner Wagen, ohne Begleitinfanterie, nachts in einem Ort – das war reiner Selbstmord.
Nach dem Panzerbesuch ließ sich kein Iwan mehr sehen. Vielleicht hatte der Wagen sich verfranzt. Das hätte auch eine Erklärung für sein Verhalten sein können. Vermutlich war sein wirkliches Ziel Wosskressensk gewesen.
Leutnant Schulz erschien bei mir, zähneklappernd. »Der zweite Zug macht einen Gegenstoß auf Wosskressensk!« verkündete er mir. O Gott, mit diesem Vorgesetzten, das konnte was werden! Er hatte sich, seitdem er zu uns gekom-

men war, als völlig unfähig erwiesen. Es sprach für den Geist in unserem Haufen, daß wir alle seine Blamagen mit Stillschweigen übergingen. Niemand erzählte anderen von den »Heldentaten« unseres Zugführers, für den wir Mitleid, aber mehr Verachtung empfanden.

Ganze 17 Mann brachte unser Zug noch auf die Beine. Wir hatten das übliche »Handwerkszeug« für einen Stoßtrupp aufgenommen und schlurften in Reihe auf der Straße nach Wosskressensk. Es war kurz nach Mitternacht und ziemlich dunkel. In Wosskressensk brannten ein paar Häuser. Der Gefechtslärm war eingeschlafen. Nur vereinzelt ein paar Gewehrschüsse und auch mal eine Panzerkanone.

Wir waren fast am Ortsrand angekommen. Wosskressensk war ein klassisches Straßendorf, das sich auf anderthalb Kilometer in Nord-Süd-Richtung hinzog. Wir kamen vom Westen und unsere Straße kreuzte seine Längsachse gerade in Höhe der Kirche mit dem Zwiebelturm. Die Russen bewegten sich rechts von uns zwischen den Häusern und hoben sich manchmal deutlich von den Bränden ab. Wenn die sich hier so völlig ungeniert benahmen, dürfte kein deutscher Soldat, der noch kampffähig war, mehr im Ort gewesen sein. Vor ein paar Stunden war hier noch ein Bataillon Infanterie gelegen, verstärkt durch Panzerjäger und Flak. Wo waren die geblieben?

Ich kroch zurück bis zu Leutnant Schulz, der sich immerhin hinter dem MG-Trupp eingereiht hatte. Schulz hatte eine tolle Idee: »Ich jumpe mal zurück und hole Verstärkung«. Am liebsten hätte ich ihm eine gescheuert: »Bevor Sie jumpen, Herr Leutnant, würde ich erst einmal den ganzen Zug zurückjumpen lassen. Für besser halte ich es aber, erst mal die Lage richtig zu peilen.« Mit einer Sauwut im Bauch ging ich wieder zum MG-Trupp zurück. Um den Armleuchter Schulz würde ich mich einfach nicht mehr kümmern.

Mit Wegmann und seinem Schützen 2, dem Gefreiten Langer krochen wir bis zu den ersten Häusern. Kein Russe.

Halb aufgerichtet sprangen wir nun mit dem MG von Haus zu Haus und waren am letzten Haus vor der Kreuzung. Schräg über der Kreuzung und etwas von der Straße abgesetzt stand ein einzelnes Gebäude, vermutlich eine Scheune. Dafür hatte sie mir aber zu viel Publikumsverkehr. Dauernd kamen und gingen da Rotarmisten ein und aus. Vermutlich ein Gefechtsstand. Ich ließ Wegmann und Langer von der Leine. Die jagten einen ganzen Munitionskasten, 300 Schuß, in das Haus, das sofort zu brennen anfing. Erst das Dach und dann an vielen anderen Stellen, die Wegmann mit Leuchtspur beflasterte. Die Russen reagierten nicht.
Ich kroch vor bis zur Hausecke und spähte nach rechts. Im Südteil des Ortes, nur zwei- bis 300 Meter entfernt die brennenden Häuser und auch Soldaten. Mein Fernglas schwenkte weiter nach rechts und ich schaute praktisch in das Kanonenrohr eines T 34. Der stand keine 50 Meter vor mir am rechten Straßenrand und schräg hinter ihm auch noch ein zweiter. Was war hier eigentlich los?
Ich kroch wieder zu Langer und Wegmann, die für geballte Ladungen waren. Aber ich lehnte ab. Bei zwei Wagen war die Chance unbemerkt heranzukommen und erst recht, wieder wegzukommen, äußerst gering. Noch während wir palaverten, kam Unterstützung. Auf dem selben Weg, den wir gekommen waren, trafen bei uns zwei Panzer, und ausnahmsweise eigene, ein. Ein Panzer IV mit der kurzen 7,5 cm Kanone und ein Panzer III mit der etwas längeren 5 cm. Führer war ein Oberleutnant mit Ritterkreuz. Die beiden Wagen waren schon viel, denn von den 240 Panzern, die unsere 10. Pz. Div. einmal hatte, existierten ungefähr noch ein Dutzend Wagen!
Von unserem Leutnant Schulz war nichts zu sehen und ich vermißte ihn nicht. Lieber hielt ich mich an den Ritterkreuzträger. Ich unterrichtete ihn von den beiden T 34 und von der allgemeinen Lage. Die fand er schlicht beschissen und ich konnte ihm da auch nicht widersprechen. Leider schien

er auf die beiden T 34 nicht scharf zu sein. »Nachts kann ich da nichts machen,« meinte er. Das hatte ich doch vor einer kleinen Ewigkeit schon einmal gehört. Sollte ich mich wieder damit abfinden? »Wenn das so ist, und Sie zurückfahren, lassen Sie uns bitte bei Ihnen aufsitzen. Wir können hier auch nicht mehr viel tun.« Das saß. Er erklärte, wie schwer es war nachts das Ziel auszumachen, aber da konnte ich ihn beruhigen: »Ich steige auf Ihren Wagen, Sie fahren die 30 Meter, bis auf die Kreuzung vor, den Turm auf drei Uhr und Sie haben das Ziel vor dem Rohr.«

Ich glaubte nicht, ihn überzeugt zu haben. Vermutlich war er nur zu feige, um feige zu sein. Der Panzer III blieb in der Deckung. Ich stieg beim P IV auf und hockte mich neben den Turm. Der Oberleutnant stand in der offenen Luke. Der Motor heulte auf. Beim Anfahren bäumte sich der Panzer förmlich auf und ab ging die Post auf die Kreuzung zu. Ich gab das Haltezeichen und sprang ab, über die Kreuzung. Meine Männer taten etwas, was ich ihnen nicht befohlen hatte. Sie nutzten die Gelegenheit und kamen ebenfalls über die Kreuzung gesprungen. Der Panzer IV schoß einmal, zweimal. Jedes Mal hörte man den Aufschlag auf dem T 34 und wie die Granate als Querschläger durch die Landschaft orgelte.

Dann der hellere, trockene Abschuß vom T 34. Treffer auf dem P IV, und zwar auf die vordere Laufrolle der linken Kette. Der Wagen fuhr rückwärts. Die linke Ketten lag sauber ausgerollt im Schnee. Die Besatzung stieg aus, schwang sich auf den Panzer III und verschwand in der Nacht.

Die Russen mußten nun, wohl oder übel, langsam wach geworden sein. Für uns aber nicht gerade ratsam, jetzt den Rückzug anzutreten. Denn dann müßte der ganze Haufen wieder zurück über die Hauptstraße und die war breit und bestimmt nicht mehr ungesichert. Ich zog es deshalb vor, die Flucht nach vorn anzutreten. Truppweise, immer drei oder vier Mann, gingen wir auf unserer Straßenseite die Häuser an. Mit geballten Ladungen, Handgranaten und Maschinenpistolen. Nach den ersten Schwierigkeiten kamen immer mehr Rotarmisten mit erhobenen Händen aus den Häusern. Alle waren im höchsten Grade wodkaselig. Wir hatten sie anscheinend bei ihrer Siegesfeier gestört. 40 Mann hatten wir zusammen und damit wieder mehr Bewegungsfreiheit. Ich ließ sichern und Pause machen. Die beiden T 34 auf der anderen Straßenseite hatten sich verkrümelt.

Unser Schwung war verbraucht. Die Munition wurde knapp und wir spürten jetzt wieder, wie kalt es war. Wegmann wollte sich aufwärmen und ging zu dem Haus, das er am Anfang des Unternehmens in Brand geschossen hatte. Ich hatte ihm zwar abgeraten, aber nichts getan, ihn davon abzuhalten. Wegmann war nur ein paar Minuten an seinem Ersatzofen, als der in die Luft ging und ihm die brennenden Balken um die Ohren flogen. Mein erster Gedanke war, daß da ein T 34 mit seiner Kanone draufgehalten hatte. Es war zwar ein T 34, aber der hatte in der brennenden Scheune gestanden und war explodiert.

Bald würde Morgendämmerung einsetzen. Auch bei mir dämmerte es, daß es für uns dann kritisch werden könnte. Wenn der Iwan spitz bekam, wie wenig Figuren das waren, die sich hier mausig gemacht hatten, dann waren wir der Affe am Bahnhof! Mit viel Glück könnten wir uns kämpfend auf den Nordrand von Wosskressensk zurückziehen und dort uns totschlagen lassen. Denn dahinter kam nichts als freies Schneefeld.

Zwei Mann mit den Gefangenen hatte ich sicherheitshalber schon mal nach Norden geschickt. Von dort sollten sie einen Bogen schlagen und zum Troß marschieren. Langsam rollten drei Panzer die Längsachse herauf. An uns vorbei, denn wir hatten uns klein gemacht. Sie rollten genau in den Norden, wie meine zwei Mann mit den Gefangenen. Allerdings hatten sie eine halbe Stunde Vorsprung. Unbegreif-

licherweise folgte den drei Wagen keine Infanterie. Jetzt oder nie! Das war die Lösung. Wir müssen diesen Panzern in ihren Spuren folgen. Wir gingen davon aus, daß die drei bestimmt nicht auf der Hinterhand kehrt machen würden, um den gleichen Weg zurückzukommen. Uns blieb gar keine andere Lösung. Wenn wir hier erst einmal angegriffen würden, wäre es für uns alle zu spät.
Mit zwei Maschinengewehren machte ich noch einmal Rabatz, das gewohnte Ritual vor dem Absetzen. Skrupel hatte ich deshalb nicht im geringsten. Wenn sich schon eine Kampfgruppe, bataillonsstark, mit Pak und Flak ausgestattet, hier vom Russen hatte rauswerfen lassen, konnte man von uns paar Männeken nicht verlangen, daß wir uns bis zur letzten Patrone . . .
Raus aus diesem Nest. Am Nordrand schlugen wir unseren Bogen nach links und bewegten uns immer noch in den Panzerspuren. Die Biester waren wirklich genau auf das Dorf mit unserem Troß zugefahren. Schon sahen wir die ersten Häuser vor uns liegen – aber viel aufregender war der Anblick der Straße, auf der wir heute Nacht nach Wosskressensk gezogen waren. Dort marschierte Hauptmann Engel mit dem Rest der Kompanie in der gleichen Richtung, dahinter vier oder fünf Panzer und mindestens noch eine ganze Kompanie. Ob die uns raushauen wollten?
Nun änderten wir unsere Marschrichtung noch einmal, so daß wir mit dieser Streitmacht am Ortsrand von Wosskressensk wieder zusammentrafen. Genau dort, wo heute Nacht unser Abenteuer begonnen hatte.
Hauptmann Engel konnte seine Freude über unsern Anblick nicht verbergen und auch die Tatsache nicht, daß er mit uns nicht mehr gerechnet hatte.
Er bedankte sich auch für die 40 gefangenen Rotarmisten, die nach einem merkwürdigen Intermezzo bei der Kompanie anlangten.
Die drei Panzer, die an uns vorbei in Wosskressensk nach

Norden gefahren waren und deren Spuren wir folgten, hatten einen Linksbogen gefahren und waren auf meine zwei Mann mit ihren Gefangenen gestoßen. Die Gefangenen liefen zu den Panzern und saßen auf. Die beiden Bewacher legten sich in den Schnee und blieben unbehelligt. Prompt fuhren die Panzer mit den befreiten Soldaten auf das Dorf zu, in dem die Kompanie lag. Als sie dort von MGs beschossen wurden, sprangen die Soldaten herunter und die Panzer drehten ab. Die letzten Schritte mußten die sowjetischen Anhalter somit zu Fuß gehen und ihre zwei Bewacher sollten zwar unbequemer, aber sicher den gemeinsamen Bestimmungsort erreichen.
Zu meinem Erstaunen entdeckte ich im Gefolge von Hauptmann Engel den Leutnant Schulz, der sehr bedeppert aussah. Ich strafte ihn mit Nichtbeachtung. Uns blieb nicht viel Zeit. Die Russen hatten ausgeschlafen und griffen an. Wieder ohne Infanterie, drei Panzer, die auf unsere rechte Flanke zufuhren. Wir befanden uns aber schon zwischen den ersten Häusern, die uns Deckung boten. Einer der T34 fuhr einem Panzer III direkt vors Rohr und bekam einen Treffer in die Breitseite. Volle Wirkung nach einem Schuß in die Motorwanne aus 20 Meter Entfernung! Auch die anderen bekamen Treffer, wenn auch nicht mit dem gleichen durchschlagenden Erfolg. Aber sie drehten ab. Der Angriff war abgeschlagen. Die Nordhälfte von Wosskressensk bis zum Straßenkreuz gehörte wieder uns.
Die Kompanie, mit der Engel gekommen war, war in Wirklichkeit der Rest einer Aufklärungsabteilung. Der Kommandeur war der typische Kavallerist, adelig, zierlich, Monokel und O-Beine. Ein fabelhafter Offizier und entsprechend gut ist auch der Eindruck, den seine Männer machten. Mit ihnen drückten wir die Sowjets noch weiter nach Süden zurück. Der in der Nacht angeschossene Panzer IV konnte nun geborgen werden. Was konnte sich mein Ritterkreuzträger da freuen, denn jeder einzelne

Panzerverlust mußte neuerdings dem Führer gemeldet werden!
Unser Gerangel mit den Rotarmisten nahm zeitweise groteske Formen an. Zwei Pioniere hatten eine Pak entdeckt, über deren Spreizlafette ein Sowjetpanzer gerollt war. Mit untergelegten Balken hatten sie die Kanone notdürftig in Stellung gebracht und schossen nun mit Sprenggranaten auf einen russischen 52-Tonner, der bei Ssawino stand. Der schoß zurück, aber vom Mündungsfeuer bis zum Einschlag blieb noch Zeit, Deckung zu nehmen. Eine brotlose Beschäftigung, aber den beiden machte es offenbar Spaß.
Karl Woltershausen wiederum, einer der Henschelfahrer, hatte Appetit auf ein EK und meldete sich freiwillig zum Einsatz. Er schloß sich mir vertrauensvoll an. Ein Brocken von einem Mann und das MG schleppte er wie eine Aktentasche am Henkel. So blieb er die ganze Zeit bei mir im Fahrwasser, eine Gelegenheit abwartend. Sie kam. Wir standen in der Einfahrt einer Scheune und blickten in eine Mulde mit zerstörten Häusern und auf eine Menge ahnungsloser Rotarmisten. Fürs Schußfeld brauchten wir eine erhöhte Stellung. Die gab es aber nicht. Deshalb nahm ich das MG auf die linke Schulter, hielt es am Zweibein fest, und Woltershausen jagte einen Munitionsgurt durch.
Eigentlich hätte ich vor lauter Müdigkeit längst umgefallen sein müssen, aber ich war überwach. Ein Zustand, in dem man eine besonders empfindliche Antenne hat. Sonst hätte ich wohl auch nicht den T34 entdeckt, der nur 200 Meter links von uns gerade seinen Turm mit der 7,62 cm-Kanone herüberschwenkte. Wir machten ganz schnell die Mücke und Woltershausen hatte gelernt, wie riskant es war, einem Orden nachzujagen.
Im Dorf stabilisierte sich eine Art Hauptkampflinie. Es war eine dünne Kette von Pionieren und den Leuten von der Aufklärungsabteilung, die sich ihre Stellungen gesucht hatten und eine lose Verbindung miteinander hielten.

Hauptmann Engel mußte zur Division und Oberleutnant Lommer führte wieder die Kompanie. In der folgenden Nacht unternahmen die Russen nichts. Abgesehen von den Schüssen nervöser Posten blieb alles ruhig. Aber schlafen konnte ich trotzdem wenig. Außerdem hatte ich das dringende Bedürfnis mich etwas aufzuwärmen. Ich verband dies mit einem Besuch im Kompaniegefechtsstand, der in einem Kellerraum unter dem Kirchturm untergebracht war. Man konnte von der Straße her direkt in ihn hineinrutschen. Ich landete mitten zwischen Lommer und noch drei oder vier Figuren. Lommer war, so glaubte ich, in der Nacht nicht eine Minute aus seinem Keller rausgekommen! In mir stieg langsam eine richtige Wut über diesen Mann auf. Vielleicht spürte er das oder er hatte wirklich ein schlechtes Gewissen. Jedenfalls gab er sich mir gegenüber von seiner besten Seite und bewirtete mich mit heißem Bohnenkaffee. Eine Kostbarkeit, die der Kompanie nicht geboten wurde. Ich fühlte mich fast korrupt, weil ich ihn annahm. Aber die Versuchung war zu groß. Mit dem Rücken an der Wand sitzend schlief ich dann ein. Lange konnte ich nicht geschlafen haben, denn bis in den Schlaf hinein fühlte ich: Irgend etwas hatte sich verändert. Und schon war ich wieder ganz da.
Auf der Straße gedämpfte Zurufe und das Getrappel von den beschlagenen Kommißstiefeln. Eilige Schritte. Die liefen, die liefen zurück, an unserem Keller vorbei. Lommer saß mir gegenüber. Auch er hatte die Geräusche richtig gedeutet und schaute mich mit aufgerissenen Augen an. Ich griff nach einem Gewehr, daß neben mir lag. Lommer mißverstand das und bettelte: »Fischer, laufen Sie nicht auch weg.« Das machte mich vollends wütend.
Es ist nicht nur Wut, es ist Verzweiflung und Trotz dabei. Ich kroch aus dem Keller auf die Straße und die Männer kamen mir entgegen in regelloser Flucht. Sobald sie mich sahen, wichen sie mit den Augen aus. Das war keine richtige Panik. Irgendwer hatte die Nerven verloren und den ganzen

Laden verrückt gemacht. Der Verein war nicht aufzuhalten. »Die Russen kommen!« Das gab meiner Wut zusätzliche Nahrung und ich ging Richtung HKL. Alles war an mir vorbeigelaufen. Ich war allein, trottete auf einem Trampelpfad im Schnee, der parallel zur Nord-Süd-Achse verlief. Ein Strohhaufen. Der Pfad führte um ihn herum.
Auf der Straße, keine 50 Meter entfernt, rollten T 34 nach Norden. Hinter dem dritten Panzer ein Russe mit Pelzmütze. Die Ohrenklappen standen waagerecht ab. Das sah so aus, als ob der Iwan einen lächerlichen Hut trage. In der rechten Hand, mit der er in der Luft herumfuchtelte, eine Pistole. Wie mein dicker Major in Calais, denke ich. Mit dem Rücken am Strohhaufen lehnend spürte ich ein paar Balken. Ich zielte sorgfältig. Schuß. Das Magazin hatte nur noch vier Schuß, keinen durfte ich verschwenden.
Noch bevor das Magazin leer war, kam der Gefreite Helmich angesprungen. Einer von den unscheinbaren Soldaten, die niemals auffielen. Ich fühlte mich wie Robinson Crusoe, als er auf Freitag stieß, und bekam einen Kloß im Hals. Ich machte auf betont forsch: »Prima, hoffentlich hast du Munition dabei.« Helmichs Patronentaschen waren voll. Damit konnten wir uns eine Weile halten und wir hatten auch gleich alle Hände voll zu tun. Doch mittendrin bekam Helmich einen Schuß auf den Stahlhelm und war für ein paar Minuten benommen. Später sahen wir; der Schuß hatte die Stahlhelmblende dort getroffen, wo sie als Ohrenschutz nach unten abbiegt. Das Geschoß war auf der Naht des Stahlhelmrands entlanggefahren und hatte den Helm auf der anderen Kopfseite wieder verlassen!
Mittlerweile hatte sich auch der Unteroffizier Gebhard bei uns eingestellt. Mit seiner Maschinenpistole konnte er uns etwas entlasten. Wir hörten, wie die T 34 weiter vorne hielten und schließlich wendeten. Sie kamen auf der Straße zurück. Ohne ihre Begleitinfanterie war es ihnen zwischen den Häusern wohl doch zu mulmig geworden. Gleichzeitig

mit ihnen kamen nun auch unsere Ausreißer zurück. Anfangs kleckerweise und dann, schuldbewußt und eifrig, immer mehr.
Es war noch nicht alles überstanden. Ein T34 schwenkte seine Kanone zu uns herüber und setzte als Abschiedsgruß eine Granate in unseren Strohhaufen. Wir lagen natürlich augenblicklich flach, aber Unteroffizier Gebhard bekam einen Balken ab. Schwere Quetschung der linken Hand und eine leichte Gehirnerschütterung. Es reichte fürs Lazarett. Von Lommer war nichts zu sehen. Er war wieder in seinen Keller zurückgekehrt, immerhin. Hier vorn ließ er sich nicht blicken. Auch nicht, als wir herausgezogen wurden und die Aufklärungsabteilung unseren Abschnitt mit übernahm. Wieder einmal hatten wir den Russen den Schneid abgekauft und ich dachte wieder an den »dicken Major« und an das, was er vor Calais über die Initiative gesagt hatte.
Der Abschied von Wosskressensk fiel uns nicht schwer. Wir atmeten auf, als wir uns nachts aus den Stellungen schlichen und später auf der breiten Fahrstraße ins Hinterland marschierten. Wie zerrüttet ich war, zeigte mir auf diesem Weg ein einzelner Artillerieeinschlag. Es war ein ganz schweres Kaliber, 200 Meter vor uns, genau auf der Straße. Ein einziger Schuß, Störungsfeuer, also nichts besonderes. Doch ich mußte mich furchtbar zusammennehmen. Vielleicht erinnerte mich diese Granate zu sehr an Bazeilles. Wosskressensk hatte Nerven gekostet!
Der Kompanie ging es nicht besser als mir. Wir waren ausgebrannt. Unsere gesamte Gefechtsstärke betrug nur noch 24 Mann – bis eine Fliegerbombe ein Haus traf. Danach waren wir nur noch zwölf.
Bei der Division hatte man endlich ein Einsehen und verlegte uns weit nach hinten. In den Raum von Jelnja. Keine Gegend, die in uns gerade freundliche Erinnerungen weckte. Aber die Front war weit. Nicht weit waren hingegen die Partisanen, die hier besonders aktiv wurden.

Wir hatten keinen Kampfauftrag. Es sei denn gegen Läuse, die sich jetzt bemerkbar machten, denn es war inzwischen März. Das Thermometer zeigte nur noch zehn Minusgrade an. Sobald uns die Frühlingssonne wärmte, wurden die Läuse munter. In Smolensk konnten wir uns endlich entlausen lassen. Die nächsten Wochen waren eine endlose Wiedersehensfeier. Alte Kumpel kamen zurück – aus den Lazaretten, vom Ersatzbataillon und von Lehrgängen. Hauptmann Engel ließ ruhigen Dienst machen, hielt aber unverändert auf preußische Disziplin. In ihm hatte ich etwas ähnliches wie einen väterlichen Freund gewonnen, obwohl sich nichts an der korrekten und dienstlichen Distanz änderte.
Eines Tages bekamen wir 50 Mann Ersatz aus der Heimat. Eine Mischung aus ganz jungen Spunden und »uralten« Familienvätern von 30 bis 35 Jahren, die in einem Ausbildungszug zusammengefaßt wurden. Engel machte mich zum Zugführer. Meine neue Würde war mir sehr ungewohnt. Eigentlich war ich innerlich viel zu müde. Meine Seelenlage hatte sich auf plus minus Null eingepegelt. Heftige Gemütsbewegungen waren zur Zeit nicht drin. Die letzten Monate lasteten einfach noch zu stark auf uns allen.
Engel hielt mich in Bewegung und schickte mich oft mit einer Gruppe auf Spähtrupp – auf den Skiern mit den primitiven Bindungen. Ich glaube, er tat es nicht nur, weil die Vorschrift ständig Aufklärung vorschrieb! Nebenbei lief die Ausbildung mit dem Ersatz: Unterricht, Sprengdienst, Gefechtsdienst.
Ein einziges Mal sah es nach Kampfauftrag aus: Die Kompanie sollte gegen Partisanen vorgehen, die sich in einem entfernten Dorf festgesetzt haben sollten. An einer Hauptstraße stiegen wir von den Fahrzeugen. Wir kamen an einer Batterie mit 10,5-cm-Kanonen, die uns auf Anforderung unterstützen sollte, vorbei. Langer Marsch über verharschte Wege und Felder. Das Dorf bestand nur noch aus ein paar Häusern. Wir verhielten uns kriegsmäßig – völlig unnötig,

das Dorf beherbergte keine Partisanen. Nur einen Mann in mittleren Jahren, der drauf Wert legte, Ukrainer zu sein, und eine alte Mamuschka, die in einem Erdbunker wohnte, obwohl ein paar Häuser noch ziemlich unversehrt aussahen. Die wollten wir uns einmal näher anschauen. Vorsichtig öffnete ich eine Haustür. Ein quadratischer Flur, links die halboffene Stalltür. Die rechte Tür führte zum Wohnzimmer. Ich machte sie auf, trat ein und wollte mich umschauen. Da hatte mich schon jemand von hinten am Hals gepackt – wie ich damals den Burschen im Wald vor Moskau. Aber der Angreifer war nicht scharf auf meine Maschinenpistole, die ich umhängen hatte. In seiner Rechten hatte er ein Messer. Ich wehrte ihn notdürftig damit ab, indem ich versuchte, meinen Oberarm vom Körper abzuspreizen und mich aus seiner Umklammerung herauszuwinden. Das gelang mir nur schwach und ich spürte das Messer an meiner rechten Brustseite. Nur kurz, Hans Korn kam mir mit seiner Pistole zu Hilfe.

Der Angreifer, ein junger Mann mit ungefähr 20 Jahren, war tot. Er hatte einen bräunlichen Teint, war glattrasiert. Die geschlossenen Augen hatten lange Wimpern. Vom Typ her hätte er ein spanischer Edelmann sein können. Unter seinem blauen Overall trug er eine elegante Reithose. Das war kein Dorfbewohner. Was tat der noch hier? Wir waren kilometerweit zu sehen, als wir uns dem Dorf genähert hatte. Woher hatte er die Kraft genommen hier zu bleiben, ohne jede Hoffnung auf einen Ausweg? Dieser Tote berührte mich eigenartig. Wo gab es eine Verbindung zwischen uns? War das Zufall, daß wir uns hier begegneten?

Es waren Latrinenparolen, daraus wurden Gerüchte und schließlich wurde es Wahrheit: Die ganze Division sollte Rußland verlassen, um aufgefrischt zu werden. Unser Bataillon – wie lange haben wir uns schon nicht mehr zusammen gesehen – wurde in Potschinok auf die Eisenbahn

verladen – es sollte nach Frankreich gehen. Wir wagten es fast nicht zu glauben und hielten uns mit unserer Freude zurück. Es war April. Die letzten Schneereste tauten vor sich hin, die Erde war aufgeweicht. Wenn der tiefgefrorene Boden erst mal richtig auftaute, war die nächste Schlammperiode fällig. Diese Vorstellung allein reichte schon aus, dankbar für diesen Aufbruch zu sein.
Wir saßen in Personenwagen. Die wenigen Fahrzeuge, die bis jetzt »überlebt« hatten, standen auf den angehängten Rungenwagen. Wir fuhren tagelang und immer noch waren wir in Rußland. An den Bahnhöfen Namen, die wir nie vergessen sollten: Orscha, Smolensk, Minsk. In Wilna befanden wir uns dann schon in Litauen und in Kowno bzw. Kaunas stiegen wir aus.
Große Entlausung. Alles, was wir an Kleidung hatten, wurde abgegeben. Nackt, wie der Herr uns schuf, gingen wir unter die Duschen. Bei vielen von uns waren Narben am Körper zu sehen, keiner, ausgenommen ein paar »Troßknechte«, hatte nur die Spur von Fettpolstern. Unsere Hände und Gesichter waren tief gebräunt, es sah so aus, als ob sie nicht zum übrigen Körper gehörten. Der war blaß und hatte die Farbe von Kartoffelkeimen im dunklen Keller.
Es gab neue Unterwäsche und Strümpfe. Unsere zerknitterten Uniformen waren in der Zwischenzeit entlaust. Das machte sie allerdings nicht attraktiver. Unser Wohlbehagen war fast grenzenlos, wurde aber am Bahnhof noch gesteigert. Am Zug standen Rot-Kreuz-Schwestern, die Schokoladenriegel und Zigaretten verteilten und Muckefuck anboten. Es waren Mädchen, wie mit AOK-Mandelkleie geschrubbt, rosige Gesichter, schneeweiße Hauben und Schürzen und sie strahlten uns richtig an. Das weckte Gedanken, die vor Urzeiten versunken waren. Der Zug fuhr an. Langes Winken.
Königsberg, Deutschland! Wir fuhren quer durch das ganze Land, um Berlin herum, genau wie wir auch alle anderen

großen Städte umfuhren. Es war eine Fahrt in den Frühling. Je weiter wir nach Westen fuhren, desto näher kamen wir ihm. Der Flieder blühte. In Köln ging es über die Rheinbrücke und immer noch weiter gen Westen. Wir rätselten, in welche Gegend Frankreichs es uns wohl verschlagen würde.

Atempause und Karriere

Unser Ziel war ein kleines Städtchen in der Nähe von Amiens – Corbie. Nicht weit von hier hatte unsere Kompanie – vor zwei Jahren – an der Weygandlinie schwere Verluste erlitten. Vor erst zwei Jahren? Uns war es, als ob das schon vor Ewigkeiten passiert war.

Es war Mai, und was in Rußland erst wie das Winterende aussah, war hier ein Versprechen auf den Sommer. Wir waren in Privathäusern untergebracht, die Zivilbevölkerung war reserviert freundlich, aber längst nicht mehr so herzlich, wie wir es teilweise nach dem Feldzug erlebt hatten. Zum Leidwesen vieler Soldaten waren, von Ausnahmen abgesehen, auch die französischen Mädchen den deutschen Soldaten gegenüber zurückhaltender geworden . . .

Unsere Schreibstube lag fast im Zentrum der Stadt und ihr gegenüber ein Bistro. Das war schnell zum Stammlokal der Kradmelder und Fahrer des Kompanietrupps geworden. Zum Teil lag das auch an der Wirtstochter Janin, die einen genau so bereitwilligen wie belastbaren Eindruck machte. Sie hatte von ihren Stammgästen ein ganz spezielles Deutsch gelernt. Als Engel bei ihr ein Bier trinken wollte, begrüßte ihn Janin mit einem freundlichen: »Du Angeber«, was nach ihrer Meinung »Guten Tag« hieß. Statt »Was darf es bitte sein?« kam ein verbindliches »Ich bin geil« über Janins volle Lippen. Engel sollte das Lokal nie wieder betreten.

Es gab den langersehnten Urlaub. Aber nicht für mich, obwohl ich 18 Monate nicht mehr daheim war. Engel hatte sich für mich etwas Besonderes einfallen lassen: Ich sollte

den Hauptfeldwebel vertreten. Ein peinlicher Job. Abgesehen vom Schreibstubenbetrieb, von dem ich keine Ahnung hatte, war ich in dieser Funktion der Vorgesetzte aller Unteroffiziere der Kompanie inclusive der Feldwebel und Oberfeldwebel. Wenn die mich hängen ließen, würde ich sehr alt aussehen! Abgesehen vom Dienstgrad, waren die alle durchwegs älter als ich und konnten die Regelung als Zumutung empfinden.
Sie sollten keine Schwierigkeiten machen. Es dauerte lange, bevor ich ahnte, welche Pläne Engel mit mir hatte. Als der richtige Spieß aus dem Urlaub zurückkam und wieder die Dienstgeschäfte übernahm, teilte mir Engel mit, daß ich mich als Fahnenjunker auf die Offizierslaufbahn vorbereiten sollte. Als ich keinen Freudenausbruch zeigte, war er ein bißchen enttäuscht. Ich mußte erst mal darüber nachdenken. Im Urlaub wollte ich das tun.
Als erstes versuchte ich, meinem Vorsatz zu folgen, alles in Rußland Versäumte nachzuholen. Daran änderte auch die lange Blonde, die sich wieder einfand, nichts. Ich hatte nur wenig Zeit für sie. Ich schlief und schlief. Morgens bis 10 oder 11 Uhr, nachmittags zwei Stunden und gegen 20 Uhr lag ich schon wieder im Bett.
Da konnte etwas nicht in Ordnung sein. Ich raffte mich auf und machte einen Besuch im heimatlichen Reservelazarett. Es war das Krankenhaus, in dem Udos Vater Chefarzt war. Udo, bei dem unser Lesezirkel stattgefunden hatte, war inzwischen bei der Marine.
Ein freundlicher Internist untersuchte mich sehr gründlich. Meine Blutsenkung war nicht normal und ich hatte vermehrte Leucozyten. Das deutete auf einen Entzündungsherd hin, der irgendwo vor sich hinschwelte. Der Stabsarzt hielt es für richtig, mich stationär zu behandeln, aber ich wollte auf jeden Fall zur Kompanie. Ich bedankte mich gehorsamst, aber der Doktor hielt mich für höchst undankbar, nachdem er sich so viel Mühe gemacht hatte. Vielleicht

konnte er auch nicht nachvollziehen, daß ich mir meinen Urlaub nicht verlängern lassen wollte.
Natürlich hatte ich mir Engels Vorschlag durch den Kopf gehen lassen. Meine Bedenken, mir mit der neuen Aufgabe zusätzliche Verantwortung aufzuhalsen, hatte ich zurückgestellt. Verantwortung als Aufgabe war schließlich nicht eine Frage der Quantität, und besser als Lommer oder Schulz würde ich meine Sache bestimmt machen. Den Ausschlag gab dann meine Überzeugung, daß es auf jeden Fall besser war auf eigene Verantwortung zu handeln, als im Auftrag von unfähigen Vorgesetzten verschlissen zu werden. Wie naiv man sein konnte. Flaschen gab es ja auch bei hohen Dienstgraden. Doch diese Erfahrung sollte ich erst später machen.
Es war nicht zu leugnen, als Fahnenjunker-Unteroffizier fühlte ich mich wie Krafts Katze. Der Fähnrichsvater vom Bataillonsstab – Typ Frühstücksdirektor – brachte uns Junkern Tischsitten, Handkuß und »Die Pflichten des deutschen Soldaten« bei. Auf militärischem Gebiet schien der Hauptmann, ein Reserveoffizier, aber weniger kompetent zu sein. Der Dienst in der Kompanie lief nebenher. Der Ersatz wurde auf Trab gebracht. Die Kompanie hatte wieder fast volle Stärke: 210 Mann. Leutnant Ziegelmaier kam nach seinem Lazarettaufenthalt wieder zu uns. Die Freude war gemischt, geliebt wurde er immer noch nicht, aber respektiert. Er gab sich sogar noch kommissiger als zuvor.

Mit Bahntransporten kamen unsere neuen Fahrzeuge. Viele von ihnen waren britische Beutefahrzeuge: Morris und Rover. Mit der Zeit war die Kompanie wieder ein einsatzfähiger Haufen.
An der Küste bei Brest waren ein paar Kommandos von uns mit Minenlegen beschäftigt. Der Sommer ging zu Ende. Vom Atlantik her blies ein steifer Wind, zwischendurch regnete es. Wegen des schlechten Wetters gab es dienstfrei.

Ich ging an die Bucht, um zu baden. Keiner wollte mitgehen. Es war reichlich kalt und der Seegang nicht ganz ohne, aber das soll doch einen Seemann nicht erschüttern. Ein kurzes Stück schwamm ich raus. Es machte Spaß, mit den Wellen und Brechern zu kämpfen. Ich hatte bald genug und machte kehrt. Das Stück zurück erschien mir endlos und wäre beinahe zu meinem letzten Stück geworden. Ich war in eine Strömung geraten und mußte um jeden Meter ringen. Gerade noch so eben geschafft! Mit zitternden Knien und völlig unterkühlt stand ich am Ufer.
Am nächsten Tag hatte ich eine Erkältung, die sich zu einer üblen Mittelohrentzündung auswuchs, und lag auf der Nase. Und ausgerechnet jetzt kam ein Einsatzbefehl. Bei Dieppe waren am 19. August 1942 6000 Kanadier gelandet. Aber noch bevor unser Bataillon zum Einsatz kam, war das Unternehmen bereits gescheitert. Viel hatte ich hier also nicht verpaßt. Doch in wenigen Tagen sollte in Dessau-Roßlau der 12. Offizierslehrgang beginnen, für den ich gemeldet war. Da konnte ich nicht dabei sein.
Zwei Wochen später hatte Engel eine neue Überraschung für mich. Ich sollte nun doch nach Dessau-Roßlau, aber jetzt zu einem Zugführerlehrgang für Unteroffiziere. Das war ein weniger glanzvolles Angebot, aber ich hatte Vertrauen zu Engel und war überzeugt, daß er das Richtige für mich wollte. Wichtig war allerdings noch etwas anderes: Dessau-Roßlau war nur einen Katzensprung von zuhause entfernt und es gab vor dem Lehrgang noch einmal Urlaub!
Ich konnte nicht ahnen, daß dies der Abschied für immer von Hauptmann Engel und von der ganzen Kompanie sein sollte: Engel wurde als Bataillonskommandeur an die Ostfront versetzt und fiel dort. Mein Bataillon ging mit der 10. Panzer-Division nach Tunesien und erlebte dort den Untergang des Deutschen Afrika-Korps. Die wenigen, die nicht verwundet wurden oder fielen, kamen in amerikanische Gefangenschaft. Unter den Gefallenen war auch Leut-

nant Ziegelmaier, der es noch zum Oberleutnant und Kompaniechef gebracht hatte.

Dessau-Roßlau lag an der Elbe, ungefähr 60 Kilometer nördlich von Leipzig. Die Stadt war Sitz der Junkers-Werke, die die »Tante Ju«, die Ju 52, und die Sturzkampfbomber Ju 87 und Ju 88 bauten. Der Vorort Roßlau war in Pionierkreisen berüchtigt, denn dort war das Pionier-Lehrbataillon und die Pionierschule zuhause. Dort wurden Lehrgänge abgehalten, neue Waffen und Techniken erprobt und hier war eben auch die »Offiziersfabrik« der Pionierwaffe. Jeder Abgänger eines Lehrganges verwies darauf, wie knallhart in Dessau der Schliff war – schon um seine eigene Tüchtigkeit zu beweisen! Diesen Laden sollte ich nun selbst und aus nächster Nähe kennenenlernen.
Die Kasernenbauten der Pionierschule lagen weit verstreut unter den Kiefern am Stadtrand. Zu meinem Zugführer-Lehrgang fanden sich rund 100 Unteroffiziere, Feldwebel und Oberfeldwebel ein. Alle hatten Fronterfahrung aus Rußland, hatten also überlebt und waren entsprechend dekoriert. Alle sollten hier die höheren Weihen eines Unteroffiziers erhalten. Zugführer war eine Planstelle für einen Leutnant, deshalb sehr begehrt. Oft bedeutete er den Einstieg in die Offizierslaufbahn.
Begrüßt wurden wir durch den Lehrgangsleiter, Hauptmann Hilbert. Ein schmales Handtuch, etwa 30 Jahre alt und superelegant. Durch seine heruntergezogenen Mundwinkel sah er aus, als ob er ständig beleidigt oder mürrisch sei. Zusätzlich entpuppte er sich auch noch als Schleicher. Er verstand es meisterhaft, sich unbemerkt unter das Volk zu mischen und zu lauschen. Er öffnete leise die Stubentür, legte den Finger auf den Mund, damit niemand »Achtung« rief, um so Gespräche zu belauschen. Auch wenn wir duschten, tauchte er auf – wortlos und aufmerksam. Auffallend war die manierierte Art, wie er seine Zigarette rauchte oder

wegwarf. Alles Eigenschaften, die ich erst im Laufe des Lehrgangs bewußt registrierte, aus denen ich jedoch keine Schlüsse zog.
Wie eine Kompanie wurden wir in Gruppen und Züge eingeteilt. Die Zugführer waren unsere Lehroffiziere, zumeist Hauptleute. Der Betrieb ging los: Unterricht, Gefechtsdienst, Taktik, Sport, Appelle. Zur Ruhe kamen wir nicht mehr, Essen und Schlaf wurden kleingeschrieben. Und jederzeit über uns das wachsame Auge von Hilbert. Falls er zufällig eine Panne bemerkte, zückte er sein Notizbuch, kritzelte grinsend eine geheimnisvolle Eintragung hinein, ohne ein Wort darüber zu verlieren.
Hilbert hatte ansonsten seinen Betrieb tadellos in Ordnung, sein Unterricht war flott und gut vorbereitet. Der Mann verstand sein Geschäft und trieb uns zu Hochleistungen. Die Kameradschaft bei den Lehrgangsteilnehmern war hervorragend. Mit so einer Kompanie könnte man des Teufels Großmutter aus der Hölle holen. Kein Wunder, daß es mir hier erst mal gefiel.
Nach Dienstschluß und aus heiterem Himmel kam ein Schreibstubenhengst aufs Zimmer: »Herr Unteroffizier Fischer zu Herrn Hauptmann Hilbert.« Was war jetzt los? Auf einem solchen Lehrgang hatte man immer ein schlechtes Gewissen, weil es hier quasi wie beim lieben Gott war: Es war einfach unmöglich, ohne Sünde zu sein.
Also runter zum Boß, auf die Schreibstube. »Unteroffizier Fischer bittet eintreten zu dürfen.« Zackige Ehrenbezeigung. »Unteroffizier Fischer zur Stelle, Herr Hauptmann.« Kein »Stehen Sie bequem«, der Knilch ließ mich weiter stramm stehen. Das war kein gutes Zeichen. Hilbert saß weit zurückgelehnt mit übereinandergeschlagenen Beinen an seinem Schreibtisch, lächelte mokant und spielte mit seinem Bleistift. Der fiel ihm »zufällig« runter. Alte Masche. Der wollte nur sehen, wie schnell ich reagierte. Konnte er haben. »Bitte Herr Hauptmann«, ich streckte

ihm den Bleistift hin. Hilbert sagte noch immer nichts und fummelte eine »Attika« aus seinem silbernen Zigarettenetui. Jetzt wollte er sehen, wie beflissen ich ihm Feuer reichte. Da saß ich ganz schön in der Klemme. Ich hatte keine Streichhölzer bei mir – und ein Pionier mußte jederzeit Streichhölzer, einen Nagel und ein Stück Bindfaden bei sich haben. Eine alte und sicher höchst überflüssige Tradition. Hilbert merkte, daß ich zögerte. Sein Lächeln wurde noch mokanter. Vor ihm auf dem Tisch lag sein Feuerzeug, aber er dachte nicht daran, nach ihm zu greifen. Ich nahm das Feuerzeug und fragte erst dann scheinheilig: »Gestatten Herr Hauptmann, daß ich Ihnen mit Ihrem Feuerzeug Feuer gebe?« Und noch bevor er antworten konnte, hielt ich das Feuerzeug an seinen Glimmstengel. Ein albernes Spiel.
Hilbert hatte wieder sein spöttisches Grinsen im Gesicht, doch er zeigte auch begrenztes Wohlwollen:
»Unteroffizier Fischer, Sie nehmen am 13. Offizierslehrgang teil.«
Der Zugführerlehrgang ging zu Ende. Zwischen beiden Lehrgängen lag Weihnachten und ich würde Urlaub haben. Meine Kompanie war in Afrika und hatte schwere Kämpfe zu bestehen. Seit Ende November war die 6. Armee in Stalingrad eingeschlossen. Kein Zweifel, es stand nicht gut um uns.
Nur wenige Optimisten glaubten noch an einen Sieg. Von dieser tristen Lage war auch der Weihnachtsurlaub zuhause überschattet. Ich traf nur wenige andere Urlauber. Viele von meinen Freunden waren gefallen oder steckten in irgendwelchen Lazaretten und Genesungskompanien. Die anderen waren an der Front. Ich hatte ein schlechtes Gewissen. Im Reich zu sein, während draußen der Krieg weiterging, war für mich ein neues Lebensgefühl und nicht unbedingt ein besseres. Wenige Urlaubstage, meist noch unter dem Eindruck turbulenter Erlebnisse stehend, das war etwas anderes, als wenn man seit Wochen inmitten der Nor-

malbevölkerung lebte und wußte, daß sich das auch in den nächsten Monaten nicht ändern würde. Mir fielen die Verständigungsschwierigkeiten mit den Zivilisten auf, die wir in zwei Gruppen einteilen konnten. Da gab es einmal die Gruppe der ›Heldenverehrer‹, die uns anerkennend auf die Schulter klopften und uns versicherten, daß sie an der inneren Front ihre Pflicht taten. Sie glaubten fest an den Endsieg und ließen durchblicken, daß der Führer noch eine Geheimwaffe in petto habe. Die waren zum Abgewöhnen.
Die andere Gruppe, und das war wahrscheinlich die größere, machte mich unsicher. Das waren Leute, die ihre Skepsis nicht aussprachen, aber ständig mit sich herumtrugen. Manchmal glaubte ich bei ihnen einen Vorwurf uns Soldaten gegenüber zu spüren, als ob wir den Krieg gewollt oder zu verantworten hätten. Vielleicht warfen sie uns sogar vor, daß wir nicht erfolgreicher waren. Ganz gegen den Strich ging mir und auch meinen Kameraden in Dessau der Propagandarummel: Schlagzeilen, Wehrmachtsbericht und Phrasendrescherei. Darüber witzelten wir reichlich und unbefangen. Selbst unsere Lehroffiziere gestatteten sich spöttische Andeutungen in dieser Richtung. Wir waren ein Club geworden mit eigener Sprache. Die Verständigung mit Nichtmitgliedern war gestört.
Der Offizierslehrgang lief problemlos. In besserer Form hätte ich gar nicht sein können. Durch den vorangegangenen Lehrgang war ich auf den Unterrichtsstoff gut vorbereitet, und körperlich war ich so fit, wie man nur sein konnte. Allerdings war hier die Kameradschaft nicht so gut wie bei dem Unteroffizierslehrgang. Zu sehr meinte jeder im Konkurrenzkampf zu stehen. Die Lehroffiziere waren durchwegs korrekte und fronterfahrene Männer. Nach drei Monaten war ich Leutnant. Als Zweitbester des Lehrgangs hatte ich abgeschnitten und in meiner Beurteilung stand: »Besondere Eignung zum Ordonnanz-Offizier oder Adjutanten«. Das hielt ich für eine glatte Fehleinschätzung.

Der Lehrgänge war kein Ende. Noch zwei Monate hatten wir in Dessau-Roßlau zu bleiben. So lange dauerte ein Kompanieführer-Lehrgang, der sich nun anschloß.
Man riß sich nun keine Beine mehr aus, genoß den ungewohnten Umgangsstil unter Offizieren. Man wurde mit »Herr« angeredet, hatte etwas Reiten gelernt und wie man bei Paraden die Säbelgriffe zelebriert. Man drückte dem ersten Wachposten, der vor dem frischgebackenen Leutnant den Präsentiergriff gemacht hatte, fünf Reichsmark in die Hand. Man ging abends in die Stadt, schaute nach Mädchen – und feierte. Es war wie der Tanz auf dem Vulkan. Wir wußten alle, daß die durchschnittliche Lebenserwartung eines Infanterieleutnants an der Front nur wenige Wochen betrug, die des Pionierleutnants noch etwas darunter lag.
Am 13. April 1943 kapitulierte das Afrika-Korps. Meine 10. Panzerdivision und meine alte Kompanie existierten nicht mehr. Das »Groschengrab« war auf eine Mine gefahren und gefallen. Als Soldat fühlte ich mich verwaist. Meinen Übervater Hauptmann Engel gab es auch nicht mehr und auch nicht mehr die Kameraden, mit denen ich jahrelang alles geteilt hatte.
Da meldete sich ein neuer »Adoptivvater«: Hauptmann Hilbert. Er stellte in Ostpreußen ein neues Bataillon auf und schrieb mir, daß er mich angefordert hätte. Nun wußte ich wenigstens, wo ich hingehörte.
Zuvor mußte ich aber noch nach Ulm. Dort lag mein Ersatzbataillon. Ich meldete mich pflichtschuldig beim Kommandeur, der erfreut war, einen Offizier für die Ausbildung zu bekommen. Wenigstens so lange, bis er seine Abstellung an die Front bekam. Als ich erklärte, daß ich in den nächsten Tagen zu der Neuaufstellung nach Ostpreußen versetzt würde, war der Kommandeur enttäuscht, reagierte aber sehr kameradschaftlich: »Dann lohnt es sich nicht, Sie zum Dienst einzuteilen. Machen Sie sich ein paar schöne Tage.«

Diesen »Befehl« führte ich gerne aus. Es war Juli, ein herrlicher Sommer. Ich flanierte durch Ulms Straßen, stolz wie Bolle auf die Schulterstücke, kam da doch eine Kompanie anmarschiert. Geführt von einem Feldwebel. Das Zeremoniell nahm seinen Gang: »Aaachtung, zur Meldung Augen rechts!« Die Kompanie legte einen mittelprächtigen Paradeschritt hin und der Feldwebel kam auf mich zu, um zu melden. Ich traute meinen Augen nicht. Der Feldwebel war Hans Korn. Meine anfängliche Stimmung, gemischt aus dümmlichem Stolz und peinlicher Verlegenheit, schlug schnell in große Freude um.
Am Abend saß ich mit Hans und seiner Frau, die gerade zu Besuch in Ulm war, im »Lamm«. Wir aßen und tranken, beides konnte man in Ulm trotz des vierten Kriegsjahres noch ganz ordentlich. Korns Frau kannte ich aus der Zeit vor dem Rußlandfeldzug. Damals war sie mit ihrer Schwester zum Truppenübungsplatz gekommen, um ihren Mann zu besuchen. Schwester Gertrud, mit der ich ein paar Briefe gewechselt hatte, war inzwischen verlobt. Was soll's! Mit großer Freude erfuhr ich, daß Erwin Burg in Ulm war. Er machte Dienst im Ersatzbataillon, weil er noch nicht wieder kriegsverwendungfähig war. Erwin stammte aus Ulm, war hier verheiratet und wohnte bei seinen Eltern.
Selten empfand ich das Gefühl der Zusammengehörigkeit so stark wie damals. Am nächsten Abend war ich bei Erwin eingeladen. Ein schwäbisches Abendessen mit schwäbischem Wein! Es war, als wäre man heimgekehrt. Kein Wunder, daß ich es sehr bedauerte, daß die Tage in Ulm für mich gezählt waren. Aber ich wollte sie wenigstens richtig genießen.
Erwin lieh mir eine kurze Lederhose. Von nun an war ich Zivilist und lernte schnell, daß es sich ohne militärische Ehren sehr angenehm leben ließ. Erwin gab mir noch sein Fahrrad und bald radelte ich mit einem netten Mädchen nach Blaubeuren. Niemand konnte mir was, wenn ich am

hellichten Tag auf dem Brückengeländer über der Donau saß und ein Mädchen im Arm hielt! Ich begriff, daß ich ja eigentlich noch nie Zivilist gewesen war. Bevor ich mich jedoch zu sehr an diesen Zustand gewöhnen konnte, kam auch schon mein Marschbefehl nach Ostpreußen.

Das Bataillon war fast komplett, nur ein Teil der Fahrzeuge fehlte noch. Hauptmann Hilbert war mit ungeheurer Präzision dabei, sein Bataillon in Form zu bringen. Ich kam zur ersten Kompanie, deren Chef ein Oberleutnant Boldt war; ein Pennälertyp mit aufgeworfenen Lippen und einem einsamen EK II im Knopfloch. Zwei Zugführer waren schon da, die Leutnants Dollberg und Strobel, die ich beide von Dessau her kannte. Sie sollten mir das Eingewöhnen erleichtern.

Der tägliche Dienst war Garnisonsroutine. Die Soldaten stammten in der Mehrzahl aus Ostpreußen und der Unteroffiziersstamm war das Überbleibsel eines Pionierbataillons, das in Stalingrad aufgerieben war. Zwischen ihm und Hauptmann Hilbert bestand ein inniges Verhältnis. Offensichtlich kannte man sich aus einer gemeinsamen Zeit in einer anderen Einheit.

Hilbert hielt – und das sicher nicht zu Unrecht – sein Offizierkorps noch für schulungsbedürftig. Dies erstreckte sich allerdings vorwiegend auf gesellschaftliche Umgangsformen im Kasino und auf die Ehrerbietung, die man dem Kommandeur schuldete!

Im Kasino wurde fleißig gebechert – natürlich bei strenger Trinkdisziplin. Dieser Betrieb lag mir gar nicht. Ich zog es deshalb vor, mit Dollmann oder Strobel nach den Garnisonsschönen Ausschau zu halten, auch wenn unsere Abwesenheit im Kasino von Hilbert, wie wir hörten, mißbilligt wurde. Hie und da mußten wir uns dort natürlich sehen lassen. Nach einem dieser Kasino-Abende kam Dollberg leicht verstört noch auf mein Zimmer. Hilbert hatte ihn bei

der Verabschiedung im Kasino noch zu einem Gespräch auf sein Zimmer gebeten. Dort war der Kommandeur dann plötzlich »zärtlich« geworden und hatte versucht, Dollberg an die Hose zu gehen, was diesem gewaltig mißfiel und auch deutlich zum Ausdruck brachte. Nun hatte der arme Dollberg verständlicherweise Angst, daß der gute Hilbert sich wegen seiner »Ablehnung« rächen könnte. Ich versuchte Dollberg zu beruhigen: Homosexualität würde mit KZ bestraft und Hilbert mußte froh sein, wenn Dollberg keine Meldung machte.
Von da an betrachteten wir den penetrant gepflegten Hilbert natürlich mit anderen Augen. Auch seine Jungs im Bataillonsstab. Die waren anscheinend nach ihrem Sex-Appeal ausgesucht. Auch die Kameraderie mit den Unteroffizieren wurde uns langsam verdächtig. Das sah ganz nach einer Clique mit einer gemeinsamen Leiche im Keller aus.
Nach ein paar Wochen war das Bataillon keine Einheit mehr. Es kam zu einer klaren Trennung zwischen der Partei um Hilbert und dem Rest. Was diese Entwicklung für die Zukunft bedeuten könnte, daran verschwendete ich keinen Gedanken.
Ich verbrachte meine Zeit meistens in der Gesellschaft von Dollberg und Strobel. Strobel ein jungenhafter Rotschopf mit den obligatorischen Sommersprossen hatte ursprünglich Ingenieur werden wollen und deshalb an der Ingenieur-Offiziers-Akademie (IOA) studiert. IOA übersetzte Strobel mit Intelligence of Army. Leider war die Akademie aufgelöst und Strobel zum Truppenoffizier gemacht worden. Daher rührte auch Strobels Unsicherheit, die er mit seiner burschikosen Art zu überspielen versuchte. Der arme Kerl war völlig ahnungslos und hatte keinerlei Truppen- oder Fronterfahrung. Zum Ausgleich dafür aber hatte Strobel viel Glück bei den Mädchen.
Geradezu umgekehrt verhielt es sich mit Dollberg, dem Sohn eines Königsberger Reeders. Großes Haus, Segel-

jacht, Abitur und Reserveoffizier. Er sollte einmal die Familienfirma leiten. Der Junge war unglücklich verliebt in ein bildschönes Mädchen, das ein böses Spiel mit ihm trieb. Die Darsteller hatten sich vorgestellt – das Drama konnte beginnen.

Es war Ende Juli. Die Fahrzeuge waren vollzählig, das Bataillon war einsatzbereit. Für die Mannschaften hatten wir übrigens Lkws der Marke Renault bekommen, die in Frankreich für die Wehrmacht produziert wurden, und für Kompaniechef und Zugführer Volks-Schwimmwagen. In die konnte man zwar nur mit Hilfe eines Schuhanziehers einsteigen, aber sie waren geländegängig und konnten wirklich schwimmen – mit Schraubenantrieb, versteht sich. Außerdem gab es natürlich Solo- und Beiwagenkräder für die Melder.

Wir rätselten, wohin die Reise gehen würde. Insgeheim hofften alle, daß es nicht an die Ostfront ging, und ebenso insgeheim fürchteten wir alle, daß dies doch der Fall sein würde.

Der italienische Marschall Badoglio wendete unser Schicksal zum Guten: Er hatte mit den Alliierten einen Waffenstillstand geschlossen, und damit waren die Italiener aus dem Krieg ausgestiegen. Besonders kritisch wurde es jetzt auf dem Balkan, wo relativ viele italienische Divisionen standen, die nun plötzlich unsere Feinde waren. Dort wurden wir gebraucht, also kamen wir auf den Balkan.

Krieg in einem warmen Klima

Tagelang waren wir auf den Schienen. Zum ersten Mal sah ich ein richtiges Gebirge. So weit in den Süden war ich auch noch nie gekommen. Alles war aufregend und neu. In Belgrad hielten wir und entluden. Auf unseren Fahrzeugen ging es weiter gen Süden. In kleinen Etappen, denn die Fahrzeuge mußten noch eingefahren und entsprechend gewartet werden. Ich war wie betrunken von den neuen Eindrücken. Skoplje, Prilep, wir waren in Mazedonien. Diese Provinz hatte man den Jugoslawen abgenommen und den Bulgaren zugeschlagen.

In Prilep übernachteten wir. Abends saß ich auf einem kleinen Platz mit einem Brunnen, an dem die Frauen Wasser holten. Die Krüge trugen sie auf dem Kopf – das war für mich wie der Orient. Minarette, der Muezzin, der zum Gebet rief, die Türkinnen in ihren Pluderhosen und das undefinierbare Völkergemisch – wie Tausendundeine Nacht oder bei Zwerg Nase.

Ein paar bulgarische Offiziere sprachen mich an und luden mich zum Abendessen ein. Es wurde eine feuchte Nacht mit vielen Trinksprüchen. Als nächstes Florina, der malerische Prespa-See und dann ein Stück durch Albanien, wo es wirklich so aussieht wie im Land der Skipetaren bei Karl May. Unser Ziel war die griechische Stadt Joanina, die nahe der albanischen Grenze liegt. Hier in Joanina lag das Gebirgs-Korps, zu dem wir jetzt gehörten. Vorerst kamen wir uns in der neuen Umgebung sehr fremd vor mit unseren grauen Uniformen. Alle trugen hier Tropenuniform, wie beim Afrika-Korps. Grau trug man hier nur im Winter. Bis dahin sollte es aber noch acht Wochen dauern und irgend jemand höheren Orts hatte entschieden, daß es sich nicht lohnte, uns für die kurze Zeit noch in Sommeruniform zu stecken.

Bis der Kommandeur sich beim Kommandierenden General vorgestellt hatte, alle Formalitäten abgewickelt waren, genossen wir das südliche Klima, badeten im See, an dem die Stadt liegt, und machten die ersten Probefahrten mit den Schwimmwagen. Zum Baden waren sie hervorragend geeignet. Der Kompaniechef hielt sich viel beim Bataillonsstab auf. Wir vermißten Oberleutnant Boldt, der sich übrigens auf dem motorisierten Marsch höchst unprofessionell verhalten hatte, nicht. In einem schwachen Moment hatte er zugegeben, von einem bespannten Pionierbataillon zu kommen. Ein unbestimmtes Gefühl sagte mir, daß Boldt nicht mein idealer Chef werden würde.

Der erste Einsatz an unserem neuen Kriegsschauplatz. Es galt, die Italiener in Albanien anzugreifen. Das Bataillon wurde geschlossen zusammen mit einem Bataillon der Gebirgsjäger eingesetzt. So was hatte ich auch noch nicht gesehen. Diese Soldaten trugen genagelte Bergschuhe, Keilhosen und das Edelweiß an der Mütze! Viele bärtig und jeder ein halber Wildschütz Jennerwein. Dazu Pferde und Maultiere. Ein abenteuerlicher Haufen, den ich bald in mein Herz geschlossen haben sollte.

Der Krieg gegen die ehemals mit uns verbündeten Italiener gestaltete sich ziemlich schwierig, denn wir bekamen sie nicht zu Gesicht. Immer das gleiche Spiel: Feuer auf die Vorhut, auf der Straße das Ganze Halt, Absitzen, Gefechtsordnung und rauf in die Berge, zum Gipfel oder am halben Hang parallel zur sich windenden Straße. Selten gelang es uns, den Gegner im Gebirge aufzustöbern. Es wurde viel auf Verdacht geschossen und wenn man die feindliche Stellung erreicht hatte, war der Gegner längst über alle Berge.

Für uns Flachlandtiroler waren die Strapazen gewaltig und ich schwor tausend Eide, niemals freiwillig auf Berge zu steigen. Die Sonne brannte gnadenlos herab und die vegetationslosen Berge mit ihrem Geröll boten nicht eine Spur von Schatten. In der Gegend von Tepelene machten wir unsere ersten Erfahrungen mit albanischen Partisanen. Die Brücke über eine Schlucht vor uns war gesprengt. Von den Hängen bekamen wir vereinzelt Gewehrfeuer. Dollberg und ich stiegen mit unseren Zügen in die Hänge, bildeten eine breite Schützenkette und kämmten das Gelände durch. Bei mir hatte ich einen MG-Trupp und einen Gewehrschützen. Um die sinnlose Schießerei einzuschränken, hatte ich angeordnet, daß niemand ohne meine Feuererlaubnis zu schießen hatte.

Sobald wir unverkennbar ein Ziel eindeutig ausgemacht hatten, ließ ich das MG mit Leuchtspur darauf schießen, damit jeder erkennen konnte, wo die Musik spielte. Das hatte sich bis dato sehr bewährt. Nur hier hätte dieses Vorgehen fast zu meinem Verhängnis werden können.

Gerade hatte ich mich von Dollberg getrennt, der wieder einmal eine depressive Phase wegen seiner unglücklichen Liebe zu Daniela hatte, und ging mit meinen Männern vor. Geröll, dorniges Buschwerk und vereinzelt ein dürftiger, verkrüppelter Baum. Hinter jedem Strauch, hinter jedem Felsbrocken konnte jemand lauern. Ich trug die Maschinenpistole umgehängt an der Hüfte und die Hand am Abzug. Der MG-Schütze hatte etwas entdeckt: »Herr Laitnant, da steht ainer!« Ich schaute in die angegebene Richtung, sah aber nichts und griff zum Fernglas. Der MG-Schütze jetzt fast bittend: »Herr Laitnant, da drieben am Baum!«

Jetzt saß ich es auch. Dreißig Meter vor mir stand ein schwarz gekleideter Albaner mit runder Kopfbedeckung und hatte sein Gewehr auf mich gerichtet. Wir schossen zur gleichen Zeit. Sein Schuß ging durch den Trageriemen meiner MP. Wir gingen weiter. Fünf Minuten später fiel

unmittelbar hinter mir ein Schuß und mein Zugtruppführer schrie auf. Ein Partisan, der im Busch saß, hatte mich drei Meter an sich vorbeigehen lassen und meinem Truppführer einen Armschußbruch verpaßt. Ich konnte nur erahnen, welchen Ärger wir mit solchen Kämpfern noch bekommen würden.
Die Straße war freigekämpft, die Kolonne rollte. Von den Italienern keine Spur. Auch nicht in der Stadt Tepelene, der wir uns vorsichtig näherten. Der ganze Ort eine Geisterstadt ohne eine Menschenseele. Der einzige Schuß, der hier fiel, galt einem streunenden Hund. Im Gefechtsbericht von Hilbert las ich dann von Straßenkämpfen in Tepelene. So etwas wurde dann als Nahkampftag angerechnet und wenn man den Schwindel noch zweimal wiederholte, bekamen die Beteiligten das Sturmabzeichen verliehen. Oberleutnant Boldt bekam für die Straßenkämpfe in Tepelene das EK I verliehen. Ein schöner Laden hier!
In einer der kleinen Ortschaften, in denen die Bevölkerung noch nicht geflohen war, erwischte ich ein paar von Hilberts smarten Boys beim Plündern und brachte sie auf Trab. Hilbert, der dazukam, bekam alles mit und gab sich große Mühe, den Vorfall zu ignorieren. Das Verhältnis zwischen Hilbert und meinem Chef Boldt schien weit über das rein Kameradschaftliche hinauszugehen. Es dauerte gar nicht lange und ich lag mit diesen beiden Vögeln im Clinch. Aber auch Dollberg und Strobel waren nicht von der Art, Schwierigkeiten mit diesen Herren aus dem Weg zu gehen.
Wir hatten einen Sicherungsauftrag für die Straße von Coriza nach Joanina übernommen. Zugweise waren wir an der Straße in Stützpunkten verteilt, um Partisanenüberfälle zu verhindern. Tagsüber führten wir kleine Reparaturen an der Straße aus und unternahmen Spähtrupps in die umliegenden Dörfer. Das schützte vor Überraschungen und bereicherte den Speisezettel durch Hühner und die Getränkekarte mit Raki, einem mörderischen Schnaps.

Gelegentlich kam aus einem nahegelegenen Dorf ein albanischer Bauer zum Stützpunkt und verkaufte uns Hühnereier und Olivenöl. Einmal ging ich auf Spähtrupp zu seinem Dorf. Ich machte dem Bürgermeister meine Aufwartung und wurde von ihm gastlich aufgenommen. Ganz nebenbei fragte ich, ob er mir ein paar Hühner verkaufen könnte. Er sprach mit einer der finsteren Gestalten, die um ihn herumstanden. Der Mann verschwand, kam aber bald mit drei an den Beinen zusammengebundenen Hühnern zurück. Als ich bezahlten wollte, lehnte der Bürgermeister freundlich ab. Seine Begründung verschlug mir die Sprache: Manchmal käme hier ein britischer Offizier vorbei, der immer in Gold zahlte. Für meine Hühner wollte der Bürgermeister bei ihm kassieren. Ich bat ihn, dem Briten meinen Dank auszurichten und war überzeugt, daß er dazu nicht weit gehen brauchte.
Meinen Stützpunkt hatte ich von einem Jägerregiment übernommen. Es war eine alte Kapelle, die uns ein festes Dach und genügend Raum bot und dazu auch noch auf einem Hügel lag, der sich leicht verteidigen ließ. Meine Vorgänger hatten eine große Holztafel mit einem Heiligenbild auf einen Baumstumpf genagelt und zum Tisch entfremdet. Soweit war es mit uns als Kulturträger schon gekommen!
Der Platz war romantisch. Ringsum Berge über Berge, so zwischen 1500 und 2000 Meter hoch. Manchmal zogen an ihren Hängen riesige Schafherden entlang, mit tausenden von Tieren, wie eine langsam dahinsegelnde Wolke. Oft kreisten Steinadler oder Lämmergeier über uns.
Vier Kilometer weiter an der Straße hatte Dollberg seinen Stützpunkt. Von Strobel wußte ich wenig, denn er war zur zweiten Kompanie versetzt worden und ich hatte keine Ahnung, was die jetzt trieb. Gegen Mitternacht rief Dollberg mich an. Es gab Ärger. Hilbert hatte sich an den Stützpunkt angeschlichen und den dösenden Posten überrascht. Ein gewaltiges Donnerwetter über den »Sauhau-

fen«! Dollberg war sicher, daß Hilbert bei mir gleich dasselbe Theater versuchen würde.
Schönen Dank für die Warnung! Hilbert würde ich einen standesgemäßen Empfang bereiten. Ich ging raus zum Posten und wartete auf den Kommandeur. Nach einer halben Stunde hörten wir am Stacheldraht verdächtige Geräusche und ich ließ den Posten »Halt, wer da?« rufen. Als die Antwort ausblieb, nahm ich das MG und pfefferte einen kurzen Feuerstoß über den Stacheldraht. »Halt, nicht schießen! Hier Hauptmann Hilbert.« So kläglich hatte ich den Herrn noch nie gehört.
Als er in die Kapelle kam, war er sehr blaß und konnte nur mühsam zusammenhängend sprechen. Der Schreck war nicht ganz unbegründet, denn Hilbert wäre nicht der erste Offizier gewesen, der auf einem Kontrollgang erschossen wurde. Er hatte keine Ahnung, daß er erwartet worden war, und ich ließ ihn im Glauben, daß der Posten geschossen hatte. Der sollte von ihm dafür drei Tage dienstfrei bekommen!
Die Stimmung im Zug war gut. Die Mannschaften bestanden aus etwas schwerfälligen ostpreußischen Jungens, aber gutwillig und gottergeben. Die Unteroffiziere, noch verhältnismäßig unerfahren, kamen nicht aus Hilberts altem Haufen. Die Schlange in diesem Paradies und von allen in schöner Eintracht abgelehnt war Oberfeldwebel Trooger, mein Stellverteter. Einer aus Hilberts Stall. Er mimte bei mir den Ergebenen, aber es bestand kein Zweifel, er war der Zuträger für Boldt und Hilbert, die über alle Vorgänge im Zug erstaunlich gut informiert waren.
Boldt erschien bei mir auf dem Stützpunkt und suchte nach etwas zum Meckern. Zu seinem Mißvergnügen wurde er nicht recht fündig. Man merkte ihm den Ärger darüber an. Vermutlich wollte er sich für Hilbert rächen, den ich in eine peinliche Situation gebracht hatte. Der sollte mir das sowieso nicht vergessen.

Boldt zog weiter zu Dollberg. Hier konnte er Dampf ablassen, weil der Wachdienst nicht funktionierte. Aber es sollte noch schlimmer kommen: Dollberg hatte kurz zuvor mit dem Solokrad einen Unfall gebaut und nach einem Kompaniebefehl war es aber den Offizieren verboten, selbst zu fahren! Die zweite Dummheit von Dollberg: Er überredete den Kradfahrer, den Unfall auf seine Kappe zu nehmen! Das Krad war beschädigt, also wurde ein Bericht gemacht und natürlich kam der wahre Sachverhalt zu Tage.
Boldt meldete an das Bataillon, weil er seinen Strafrahmen nicht für ausreichend hielt, das Vergehen zu ahnden. Hilbert verpaßte Dollberg 21 Tage Stubenarrest, die Höchststrafe, die er verhängen konnte. Dollberg wurde in einem Haus isoliert untergebracht. Niemand durfte ihn sprechen oder besuchen. Nur Hilbert war fast jeden Abend stundenlang bei ihm. Nachdem Dollberg seine Strafe hinter sich gebracht hatte, verschwand er, ohne sich von jemanden zu verabschieden. »An die Ostfront versetzt« hieß es gerüchteweise. Ich hörte nie wieder etwas von und über ihn.
Als nächsten sollte es Strobel erwischen. Er war mit seinem Zug auf Partisaneneinsatz und übernachtete in einem Gebirgsdorf. Am Abend hatte er eine Gruppe als Sicherung eingeteilt, aber sein Zugtruppführer, ein Feldwebel hilbertscher Prägung, meinte, daß ein Doppelposten genug wäre und Strobel ließ sich darauf ein.
Nachts drangen die Partisanen in den Ort ein. Es gab zwei Tote. Strobel verlor die Nerven und schwang sich aufs Beiwagenkrad, um »Verstärkung zu holen«. Der Tatbestand hieß »Feigheit vor dem Feind«. Tatbericht, Kriegsgericht. Strobel wurden vor versammelter Kompanie die Rangabzeichen abgenommen. Er sollte zu einem Strafbataillon versetzt werden. Hilbert hatte das Schauspiel mit seiner üblichen Perfektion inszeniert. Für die Nacht wurde Strobel in einem Haus unter Bewachung gehalten. Als er am nächsten Morgen zum Strafbataillon gebracht werden

sollte, war er tot. Er hatte sich erschossen. Nach meinen Informationen hatte Hilbert ihm nachts die Pistole gebracht, damit er die Ehre des Bataillons wiederherstellen konnte ...

Als ich das erfuhr, fühlte ich mich mehr als schlecht. Aussprechen konnte ich mich nicht. Es gab hier keinen älteren Kameraden. Hauptmann Günther, Strobels Kompaniechef, wäre der richtige Mann gewesen, aber der war weit weg und ich hatte keinen Vorwand, ihn aufzusuchen. Abends auf dem Stützpunkt hatte ich einen ausgewachsenen »Moralischen«.

Der Hilbert, dieses Schwein! Erst hatte er Dollberg verschwinden lassen, weil er ihm hätte gefährlich werden können. Ich wollte gar nicht wissen, wie er ihm während der Arrestzeit jeden Abend zugesetzt hatte. Nun hatte er den unerfahrenen Strobel in den Selbstmord getrieben! Das Kriegsgerichtsurteil war ihm nicht hart genug. Warum? Hatte er in Strobel einen Mitwisser vermutet oder hatte Strobel ihn nur an seine eigene Feigheit erinnert? Praktisch jeder Mann im Bataillon wußte, daß Hilbert in seinem Pkw und mit seiner Kradstaffel Ausreiß genommen hatte, als sein Stab bei einem nächtlichen Marsch von ein paar Partisanen angeschossen worden war. Den Kampf selbst hatte der Kraftfahrzeug-Ingenieur vom Bataillonsstab mit ein paar Kraftfahrern geführt und die Partisanen in die Flucht geschlagen. Der Schreibstubenwagen des Stabes war bei dieser Gelegenheit ausgebrannt. Aus diesem Flecken auf dem »Ehrenschild des Bataillons« hatte Hilbert keine Konsequenzen gezogen.

Das wollte ich ihm einmal unter die Nase reiben, bevor ich drankam. Ich zweifelte nicht daran, daß ich als nächster auf der Abschußliste stand. Jetzt wollte ich es genau wissen! Ich ließ mich am Telefon mit dem Stab und mit Hilbert verbinden und bat um ein Gespräch. Erstaunlicherweise ging er sofort darauf ein. Ich sollte gleich kommen.

Juni 1941. Auf drei Achsen gegen die Sowjetunion. Das Fahrzeug einer Pioniergruppe.

Die wenigen Atempausen auf dem schnellen Vormarsch werden zum Waffenreinigen und zur Körperpflege genutzt.

Der Dnjepr-Übergang am 11. Juli 1941 bei Schkloff.

◄Ein großer Floßsack wird in die Bereitstellung gebracht.

Die Übersetztrupps wurden von einer sowjetischen Feldkanone zusammengeschossen.

Die Gräber unserer Gefallenen am Dnjepr.

Der Vormarsch mit dem Ziel Jelnja geht weiter.

Eine Brücke über die Beresina wurde gesprengt. Ihr Holz wird für die Behelfsbrücke unmittelbar daneben verwendet.

Eine der vielen Sprengstellen wird in wenigen Minuten mit dem K-Gerät überbrückt.

Ich stieg aus dem Beiwagen und ging hinüber zum Stabsgebäude. Ein sehr komfortables Haus. Nach einem kurzen Gespräch mit dem Adjutanten, der gern gewußt hätte, was ich beim Kommandeur wollte, ließ er mich vor. Hilbert machte auf väterlich-verbindlich und bot mir Platz an. »Im Sitzen ist nicht gut singen« dachte ich mir und blieb stehen. Hilberts Verbindlichkeit verlor sich schnell. Er war irritiert und fragte: »Was haben Sie?« Ich wiederholte kurz, was ich über die Umstände von Strobels Tod gehört hatte und fragte: »Herr Hauptmann, sagen Sie mir bitte, ob das zutrifft.« »Und warum wollen Sie das wissen«, fragte Hilbert noch ziemlich selbstsicher zurück. »Weil ich Strobel kameradschaftlich verbunden war, und seinen Eltern schreiben möchte.«

Hilbert verfärbte sich, als er nun auf mich losging: »Paßt Ihnen das nicht, daß die Ehre des Bataillons wiederhergestellt ist? Sie haben doch wohl wirklich nicht viel Grund, auf Ihren Kameraden stolz zu sein.« Das gab nun auch meiner Selbstbeherrschung den Rest. Ich packte Hilbert am Uniformrock, zog ihn von seinem Sessel hoch und drückte ihn an die Wand. Ich konnte mich nicht mehr bremsen. »Tote Kameraden können sich nicht wehren, Herr Hauptmann.« Ich hatte mich wieder in der Gewalt, ließ den bleichgewordenen Hilbert los, drehte mich um und ging – ohne Ehrenbezeigung.

Was ich getan hatte, hieß »Tätlicher Angriff auf einen Vorgesetzten«. Da konnte es um meinen Kopf gehen. Ich wartete nur darauf, daß ich auf dem Stützpunkt abgeholt werden würde. Nichts geschah. Weder von Boldt noch von Hilbert kam eine Reaktion, keiner von den beiden ließ sich sehen. Aber ich war fest davon überzeugt, daß man auf Rache sann.

Aber so bald sollte es keine Gelegenheit dazu geben. Ich wurde mit meinem Zug aus dem Bataillon herausgelöst und dem Korps direkt unterstellt. Mein direkter Vorgesetzter wurde der Korps-Pionierführer Major Zogelmann. Wirtschaftlich, das hieß betreffs Verpflegung und Sold, war ich einem Jägerregiment zugeordnet. Mit dem Bataillon hatte ich für die nächste Zeit nichts zu tun.

Ich hatte den Auftrag, mit meinem Zug im Küstengebiet Minen zu verlegen. In einer traumhaft schönen und stillen Bucht sollte begonnen werden. Untergebracht waren wir in zwei leerstehenden Wochenendhäusern, etwas abgesetzt von der Jägerkompanie, die hier zum Küstenschutz eingesetzt war und die uns verpflegte. Mit dem Kompaniechef, einem älteren Reservehauptmann, hatte ich sofort einen freundlichen und kameradschaftlichen Kontakt.

Meine Männer und ich fanden es hier paradiesisch. Wenn wir nur nicht die verfluchten S-Minen im dichten Brombeergestrüpp verlegen müßten! S-Minen waren wirklich verteufelte Dinger. Sie reagierten auf einen Druck von 6–8 Kilo, also auf den Druck des Fußes, »warteten« vier Sekunden und sprangen dann aus der Erde, um in eineinhalb Meter Höhe zu detonieren. Dabei verstreuten sie rund 100 kleine Kugeln oder Schrot. Dieses Zeug verlegten wir also gut getarnt im Gestrüpp und versahen sie mit langen dicht über dem Boden gespannten Drähten und mit Zugzündern. Eine heikle und gefährliche Arbeit. Wir hatten keine Unfälle, obwohl zwei Minen beim Verlegen hochgingen. Reines Glück, aber die Nerven der Pioniere wurden aufs höchste strapaziert.

Erholung fanden wir beim Baden und beim Fischen. Das geschah mit Spreng-Munition oder Handgranaten. Eine barbarische Methode, Neptun verzeihe mir!

Mit Hauptmann Martin von der Jägerkompanie hatte ich mich angefreundet. Er war Chef der Stabskompanie des Regiments und hatte prachtvolle Reitpferde in seinem Haufen. Bei ihm bekam ich Nachhilfeunterricht im Reiten, was mit vielen »Ex« – bei jedem Fehler und bei jeder Leistung – verbunden war. Ich kam zu dem Ergebnis, daß ich weder

einen besonders begabten Reiter noch ein begeisterten Trinker abgab.
Major Zogelmann machte uns einen Besuch, war mit der Arbeit zufrieden und ließ sich viel Zeit bei uns. Viel Zeit auch für ein längeres Gespräch mit mir. Durch ihn erfuhr ich viel über die politischen Hintergründe in Griechenland, wo Partisan eben nicht gleich Partisan war, wo einzelne Gruppen nicht nur gegen uns, sondern auch untereinander Krieg führen und wo das Korps bei einem Partisanenführer sogar einen ständigen Verbindungsoffizier sitzen hatte. Auch vom Kommandierenden General war die Rede, der bei Charkow einen Führerbefehl nicht befolgt und eigenmächtig entschieden hatte. Beim Abschied kündigte mir Zogelmann an, daß wir demnächst noch Korfu verlegt würden. Korfu – die Trauminsel schlechthin.
Bei den Routinemeldungen, die ich der Kompanie noch wöchentlich machen mußte, hatte ich einen Bagatellunfall erwähnt, bei dem mein Kradfahrer in einer Kurve den Wagen eines Generals gestreift hatte. Das hatte ich inzwischen schon vergessen und war deshalb sehr erstaunt, als Boldt ausgerechnet bei mir auftauchte, um über diesen Unfall ein Protokoll zu machen. Der Zeitpunkt, den er sich dazu ausgesucht hatte, war denkbar ungünstig, denn ich war gerade dabei, meine Fahrzeuge auf das Schiff zu verladen, das uns nach Korfu bringen sollte. Wir waren fertig und wollten gerade ablegen, als Boldt mit seinem Anliegen herausrückte. Nun hatte ich ja den Unfall nicht verursacht und konnte deshalb für ein Protokoll keine Angaben machen, außerdem mußte das Schiff ablegen. Zuerst hatte ich noch gedacht, daß Boldt vielleicht mal an die Küste fahren wollte und das Protokoll eben nur ein Vorwand für die Dienstfahrt war. Doch als er mich jetzt bedrängte, wenigstens eine Unterschrift zu leisten, das Protokoll würde er dann schon selbst verfertigen, merkte ich was los war. So leicht ließ ich mich nicht reinlegen und sagte ganz kühl:

»Nein, so weit reicht mein Vertrauen nicht!« Das Schiff legte ab und Boldt stand verlassen am Kai. Wir fuhren nach Korfu.
Der Ärger, den Boldt jetzt hatte, machte das Kraut nun auch nicht mehr fett. Fest stand, man würde mir irgendwann an den Hals gehen . . .

Die dreistündige Überfahrt nach Korfu war wie Urlaub. Nur ganz leichter Seegang, eine erfrischende Brise und keine von den gefürchteten Spitfires. In letzter Zeit kam es oft vor, daß britische Jäger, vom nahen Brindisi kommend, die Küstenschiffe angriffen.
Der Hafen von Korfu mit seiner alten Festung, sah aus wie im Reiseprospekt. Am Kai dann beim Löschen viel Gedränge, viel künstliches Gedränge, vermute ich, als ich einen 13jährigen beobachtete, der mit einem Karton unter dem Arm die Flucht ergriff. Wir fingen ihn und seine Beute. Es waren drei Kilo Donarit (Sprengstoff). Der Junge hatte offensichtlich geglaubt, daß das Lebensmittel wären. Wir drohten ihm die grausamsten Strafen an und ließen ihn laufen.
Korfu war gut verwaltet. Die Kreiskommandantur sorgte für Quartiere und der Inselkommandeur wies mich in die Lage ein. Alles wickelte sich gepflegt und ordentlich ab, als ob hier tiefster Frieden herrschte. Als Quartier hatte ich eine Villa, die einem Herr Vlastos gehört, der angeblich französischer Staatsbürger war. Er wohnte noch im Haus und zeigte sich von seiner gastfreundlichsten Seite. Aber hier hielt ich mich nur abends auf. Unter Tags war ich mit dem Schwimmwagen und einem Krad unterwegs. Befehlsgemäß erkundete ich Sperrmöglichkeiten. Wo waren Brükken, Engpässe, Steilhänge, die sich durch Sprengungen oder Minen leicht sperren ließen? Welche Versorgungsanlagen müßten zerstört werden und wie hoch war der Munitionsbedarf und der nötige Zeitaufwand. Alles wurde sorgfältig

zusammengestellt und die Lage der Objekte säuberlich in eine Karte eingetragen. Eine Tätigkeit, die sich nur schwer mit den Eindrücken, der Schönheit der Insel, und der Freundlichkeit ihrer Bewohner vereinbaren ließ!
Ähnlich schien auch der Kommandierende General, der General der Gebirgstruppe Hubert Lanz, zu empfinden, als er hier die Einheiten und deren Verteidigungsstellungen besichtigte. Im Schlepp von Major Zogelmann hatte ich die Besichtigung miterlebt, taktische Überlegungen und Anweisungen oder Befehle des Generals im Falle eines britischen Angriffs mitbekommen. Am meisten beeindruckte mich allerdings der General mit seinem Schlußwort auf einer Höhe bei Gasturi, von der man einen weiten Ausblick zum südlichen und ganz flachen Teil der Insel hat: »Meine Herren, vergessen wir nicht über unsere kriegerischen Gedanken hinweg, auch die Schönheit dieser Insel zu würdigen.«
Nach dem Abendessen beim Inselkommandanten, der im Mon Repos, dem britischen Gouverneurssitz, residierte, zog mich Zogelmann auf die Seite. Nachdenklich schaute er sich meinen Sperrplan an, gratulierte mir zu meiner Gründlichkeit. Dann musterte er mich lange und prüfend.
Was Zogelmann mir nun sagte, war nicht für fremde Ohren bestimmt, die Rückzugsvorbereitungen auf dem Balkan galten als »Geheime Reichssache«. Allerdings konnte er sich an den fünf Fingern abzählen, daß die Alliierten damit rechneten, daß die Deutschen hier das Feld räumen würden. Nach Meinung von Zogelmann würden die Alliierten bei ihrer Invasion nicht mit einem isolierten Angriff auf Korfu starten, sondern gleichzeitig an verschiedenen Stellen an der Küste zu landen versuchen. Alle Zerstörungen, die auf Korfu angerichtet würden, träfen ausschließlich die Zivilbevölkerung und würden die Operationen auf dem Festland nicht im geringsten beeinflussen.
Langsam begriff ich nun auch die vorangegangenen Gesprä-

che, in denen Zogelmann mir auf den Zahn gefühlt hatte. Nun sprach er Klartext und das klang etwa so: Der Sperrplan wurde für die Heeresgruppe in Saloniki gebraucht. Zogelmann selbst hielt die angeordneten Zerstörungen für sinnlos und wollte, daß sie nicht durchgeführt werden. Unausgesprochen fühlte ich, daß Zogelmann mit seiner Meinung nicht alleine war. Wozu kürzlich der Hinweis auf den General, der Hitler den Gehorsam verweigerte? Zogelmann schlug mir vor, daß ich die gesamten Vorbereitungen auf Korfu verlangsamte und nach Möglichkeit auch die Sprengmunition nicht an den vorgesehenen Objekten deponierte. »Was halten Sie davon?« Ich hielt wirklich viel davon. Dann meinte Zogelmann ganz harmlos: »Herr Fischer, Sie verstehen doch, daß ich Ihnen keinen schriftlichen Befehl geben kann.« Ich verstand, den Schwarzen Peter hatte ich, aber Zogelmann hatte doch recht.
Nach diesem Gespräch mit dem Korps-Pionierführer gefiel mir Korfu noch besser. Bald kannte ich die ganze Insel. Den gebirgigen Norden mit dem Blick auf die albanische Küste und den herrlichen Sonnenaufgängen. Besonders schön war die Küste, wenn sie von der untergehenden Sonne vergoldet wurde. Oder die Nordwestecke mit dem Kloster auf den Steilfelsen bei Paleokastrizza, wo auch eine Radarstation stand, die oft von den britischen Flugzeugen angegriffen wurde. Das malerische Skriperom mit der Musikhochschule, die von deutschen Bomben teilzerstörte Stadt Korfu, deren venezianische, aber auch britische Vergangenheit auch heute noch spürbar war. Gasturi, wo es angeblich das beste Wasser und die schönsten Mädchen Griechenlands geben sollte und dann der Südteil der Insel mit einer Lagune auf der westlichen Seite, in der ein amerikanischer Bomber lag, der den Rückflug von Ploetsi nicht mehr geschafft hatte.
Bei meinen Fahrten übers Land hielt ich oft an, um bei den Fischern Sardinen, die sie mit ihren Netzen von Land aus

einholten, gegen Brot einzutauschen. Abends ließ ich mir in der Taverne, einem Weinlokal, das von der Wehrmacht verwaltet wurde, die Sardinen in Öl braten und trank den geharzten Retsina dazu. Hier in der Taverne saß ich auch oft mit meinen Männern zusammen, an den Nebentischen die Gebirgsjäger.

An einem solchen Abend fühlte ich, daß etwas in der Luft lag. Meine Pioniere und die Gebirgsjäger wechselten Blicke, die nichts Gutes verhießen. Als ich mal rausgehen wollte, streckte mir ein Obergefreiter der Gebirgsjäger seine Haxen provozierend in den Weg. Er saß auf dem Barhocker und grinste mich an. Der wollte Ärger, konnte er haben. »Wenn ich wieder bei Ihnen vorbeikomme, haben Sie Ihr rotes Halstuch nicht mehr um und Ihre Haxen haben Sie bei sich.« Als ich zurückkam, war es mäuschenstill im Lokal. Alle Augen waren auf mich gerichtet und folgten mir, bis ich wieder beim Obergefreiten war. Der hatte immer noch das Halstuch um und sagte ganz lässig:« »Herr Leutnant, verhaften Sie mich ruhig.« Wenn ich jetzt falsch reagierte, war das das Zeichen für eine Saalschlacht mit verheerenden disziplinarischen Folgen. Wortlos ging ich zu meinem Tisch. Meine Männer schauten mich erwartungsvoll an. Dicke Luft.

Ich drehte mich auf dem Stuhl um und forderte einen Feldwebel der Gebirgsjäger auf, zu mir an den Tisch zu kommen. »Wie heißen Sie? Ich gebe Ihnen den Befehl, den Obergefreiten vorläufig festzunehmen und im Wachlokal festzuhalten.« Der Feldwebel tat wie befohlen. Ein Raunen in der Runde und man ging zur Tagesordnung über. Jetzt erst erzählten mir meine Männer, daß es gestern hier eine Schlägerei zwischen ihnen und den Gebirgsjägern gegeben hatte. Fortsetzung sollte heute folgen.

Am nächsten Morgen suchte mich ein Hauptfeldwebel der Gebirgsjäger, der Spieß des festgenommenen Obergefreiten, auf und fragte mich im Namen seines Kompaniechefs,

ob ich mit drei Tagen geschärften Arrest für den Mann zufrieden wäre. Mir war klar, damit wollte man vermeiden, daß es eine Meldung beim Inselkommandanten gab. Das wäre auch für den Kompaniechef recht unangenehm. Ich hatte keine Rachegefühle. Der Obergefreite auch nicht. Eine Woche später kam er mir auf der Straße entgegen, grüßte zackig und bedankte sich dafür, daß ich ihn so schonend behandelt hatte.
Der dumme Spruch »Genießt den Krieg, der Frieden wird schrecklich« war zynisch, aber ich genoß meine Situation, weil ich mir dessen sicher war, daß noch genügend Schreckliches auf mich wartete. Ich sah mich auf der Insel um. Bei einem Besuch im Achilleion, dem Schloß, das Kaiser Wilhelm II. erworben hatte und das auch der Kaiserin Sissi lange als Aufenthalt gedient hatte, lernte ich eine Rot-Kreuz-Schwester kennen. Im Achilleion war ein Hilfslazarett untergebracht. Die Schwester hatte gerade einen heftigen Disput mit einem Stabszahlmeister. Sie war die Generaloberin, kam von der Heeresgruppe und stauchte den Zahlmeister zusammen, weil er einem sterbenden Soldaten seinen letzten Wunsch, eine Flasche Sekt, nicht erfüllen wollte. Wie ich erfuhr, war ihr Schiff von zwei Spitfires beschossen und der Soldat, um den es hier ging, dabei tödlich verwundet worden.
Zu meiner Verwunderung erhielt ich eine Einladung zum Abendessen vom Kommandeur eines Strafbataillons, der im Norden der Insel im Schloß eines italienischen Grafen seinen Bataillonsgefechtsstand aufgeschlagen hatte.
Den Kommandeur, einen Hauptmann, hatte ich bei der Besichtigung kennengelernt. Da ich keine Ahnung hatte, wie es in einem Strafbataillon zuging, war ich natürlich neugierig und sagte zu. Mit meinem Schwimmwagen fuhr ich auf die Schloßanfahrt. Eine Ordonnanz stürzte auf mich zu und war verunsichert, weil man am Schwimmwagen keine Tür aufreißen konnte. Als ich die Stufen hinanschritt,

wurde ich vom Adjutanten begrüßt. Der Kommandeur lebte wie ein Barockfürst. Festliche Tafel mit Sechs-Mann-Orchester, das Millöcker und Lehár spielte. Hervorragendes Essen. Ich erinnere mich an das Dessert: Mandeln mit Ei in Karamel. Komponiert hatte die Speisenfolge ein Koch, der angeblich im Führerhauptquartier in Ungnade gefallen war. Ich sah mir die Musiker, die Ordonnanzen und die Wachen an. Alle machten einen hervorragenden soldatischen und meist auch intellektuellen Eindruck – mehr als die anwesenden Dienstgrade. Diese Einladung beim Strafbataillon sollte nicht die letzte sein.

Die Aufmerksamkeiten mir gegenüber häuften sich. Die Kommandantur, der Stadtkommandant, die Kommandeure und selbst die Zahlmeister behandelten mich wie einen reichen Erben. Allmählich stieg ich dahinter. Niemand von diesen Herren wußte, was ich hier auf der Insel für einen Auftrag hatte und alle hatten andererseits die Anweisung vom Korps, mich in jeder Hinsicht zu unterstützen. Da konnte man doch nicht wissen, nicht wahr? Das ging so weiter bis in den zivilen Bereich. Die französische Konsulin war entzückt, mich an ihrer Kaffeetafel zu sehen und mein Quartierwirt, Herr Vlastos, lud interessante Menschen an seine Abendtafel, um sie mir vorzustellen. Ihm hatte ich zur Erklärung meiner Anwesenheit auf Korfu erzählt, daß ich Recherchen für ein militär-geografisches Werk machte. Er glaubte mir bestimmt kein Wort, aber wir behielten die Version bei.
Zwei von Vlastos Gästen machten auf mich tiefen Eindruck. Einer war Athos Wassilaikis, einer der großen Klaviervirtuosen Griechenlands. Wir verstanden uns auf Anhieb und als ich erzählte, daß ich Robert Schumann liebte, lud er mich in seine Wohnung ein. Die Wohnung lag in der Stadt. Draußen war es bereits ziemlich kalt und die Wohnung war ungeheizt, Holz war knapp auf Korfu. Wassilaikis bot Wein

und Mandeln an während wir plauderten. Wassilaikis hatte die Hände in einem Muff, um sie aufzuwärmen. Später ging er an den Flügel und ich hörte Schumann. Es war das schönste Konzert, das ich je gehört hatte.

Der zweite Gast aus dem Kreis um Vlastos, der mir unvergessen blieb, war Saïra. Vlastos hatte sie mir als die Witwe eines griechischen Leutnants vorgestellt. Sie war 20 Jahre alt und das schönste Mädchen, das ich bis dahin gesehen hatte, schwarzhaarig und dunkeläugig. Ein ebenmäßiges Gesicht und einen Mund zum Träumen.

Vlastos richtete es bei den Einladungen häufig so ein, daß Saïra noch die letzte im Hause war. Ab 22.00 Uhr war in Korfu Sperrstunde und kein Grieche durfte sich mehr auf der Straße sehen lassen. So fiel mir die angenehme Aufgabe zu, Saïra sicher heimzubringen. Längst war mir klar: Ich war heillos entflammt. Aber noch konnte ich mich nicht entschließen, der Witwe eines gefallenen Kameraden »näherzutreten«. Es blieb bei einem scheuen Handkuß vor der Haustür.

Vlastos mußte mich für sehr naiv halten. Wie naiv ich wirklich war, sollte ich am letzten Abend auf der Insel merken. Vlastos hatte Saïra als einzigen Gast gebeten. Kurz vor Mitternacht sollte mein Schiff nach Iguminiza auslaufen. Wir aßen zu Abend, saßen anschließend im Salon am Kamin. Vlastos zog sich zurück. Im Radio Walzermusik aus Wien. Saïras schöne Hände und das Gesicht waren vom Kaminfeuer angestrahlt. Und ihre großen traurigen Augen. Zum Dahinschmelzen. Vlastos kam herein, entschuldigte sich, schaute mich kurz an, schüttelte den Kopf und zog sich wieder zurück. Dann kam er wieder und fragte, warum wir nicht tanzten. Ich deutete auf meine genagelten Bergschuhe. Aber er gab nicht nach und schon hielt ich Saïra im Arm. Vlastos war wieder weg und plötzlich klammerte sich Saïra schluchzend an mich. Das war es denn auch – ich mußte zum Schiff.

Von einer anderen Frau hatte ich am Vorabend Abschied genommen. Das war weit weniger problematisch. Sie war eine albanische Prinzessin, mit je einer Großmutter aus Österreich und der Türkei. Ihre Hoheit war ungefähr siebzig Jahre alt, rauchte Zigarren und trank harte Schnäpse. Ab 21.00 Uhr konnte man, falls man eingeführt war, in ihrem Salon unangemeldet erscheinen. Ihr Hofstaat war bunt und abenteuerlich, und roch nach Politik und Ranküne. Eine wichtige Rolle spielte offenbar ein ungefähr fünfunddreißig Jahre alter Mann, der mir als der künftige »Reichsjugendführer« von Albanien vorgestellt wurde. Wenn ich kam, zog mich Hoheit an ihren welken Busen, Küßchen links und rechts und ein »Mon Enfant«. Genau so, wenn ich ging. Bei meinem Abschiedsbesuch überreichte sie mir eine Flasche: »Bon Voyage, mon Enfant«.

Die Wochen und Monate auf Korfu waren vorbei. Ich hatte sie ausgekostet, weil ich wußte, daß schlimme Zeiten auf mich warteten. Vorbei die Abende im Kreise einer griechischen Familie, die Gastfreundschaft, gebratene Sardinen, frisch aus dem Meer, die Orangen vom Baum, die am frühen Morgen noch wie eisgekühlt waren. Jetzt ging es zurück in die vergiftete Atmosphäre bei der Kompanie.
Aber vorläufig saß ich noch an Bord eines griechischen Küstenseglers mit Hilfsmotor. Kapitän war ein Obergefreiter der Kriegsmarine, das Schiff aber führte der Eigner, ein Grieche. Wegen der britischen Jäger fuhren wir nachts. An Bord befanden sich Soldaten, die in den Urlaub fuhren oder auf Dienstreise waren und Rot-Kreuz-Schwestern. Die Nacht war noch warm genug, um an Deck zu sitzen und den Elmsfeuern an den Mastspitzen zuzusehen oder von der Reeling aus das Meeresleuchten im Kielwasser zu bewundern. Meine Gedanken waren bei Saïra und entsprechend sentimental. Hart wie Kruppstahl kam ich mir dabei nicht vor, eher schon dumm wie Bohnenstroh.

Nun war ich wieder mit meinen Männern bei der Kompanie. Die lag im Pindusgebirge, 1800 Meter über dem Meeresspiegel und sollte dort eine Paßstraße sichern. Zwischendurch spielte sie für das Korps Feuerwehr. Das konnte sie, weil sie im Gegensatz zu der Gebirgsjägerdivision und der Jägerdivision nicht bespannt, sondern vollmotorisiert war.
Sehr schnell stellte ich fest, daß meine »Freunde« Boldt und Hilbert mich mit Freuden erwarteten. Das fing mit kleinlichen Schikanen an, die leider meine Männer mehr trafen als mich. Der Zug wurde zu allen unangenehmen Aufgaben herangezogen. Die Jungens hatten schnell gemerkt, was da los war und zeigten viel Korpsgeist. Mein Haufen war in den letzten Monaten sehr zusammengewachsen und selbstbewußt geworden.
Boldt machte sich einen Spaß daraus, mich reichlich mit Dienst einzudecken: »Sie sind ja bestimmt sehr ausgeruht.« Das machte mir nicht viel aus, denn ich war hart im Nehmen. Aber dann jubelte er mir eine sehr heikle Sache unter: Die Feldgendarmerie lieferte bei uns einen Obergefreiten ab, der vor einer Woche aus dem Lazarett entlassen worden war, sich aber dann bei einem Mädchen versteckt gehalten hatte, anstatt sich sofort bei der Kompanie zu melden. Boldt betrachtete das als Fahnenflucht. Das hieß, ein Tatbericht mußte gemacht werden – der Mann wurde dem Henker empfohlen. Ich sollte die Vernehmung durchführen.
Der Fahnenflüchtige saß mir gegenüber. Bestimmt ein harter Bursche, aber davon war nicht viel übrig geblieben. Boldt hatte ihm schon klar gemacht, was ihm blühte. Ich vernahm den Obergefreiten Bornecker zur Person und kam dann zur Sache. Als wir zu dem Zeitpunkt kamen, an dem er sich entschlossen hatte, nicht zur Kompanie zurückzukehren, sagte Bornecker: »Da wollte ich nicht mehr zur Kompanie zurück.« Wenn das im Protokoll stand, war er geliefert. »Überlegen Sie mal genau, vielleicht wollten Sie nur *noch* nicht zur Kompanie zurück«, versuchte ich, ihm auf die

Sprünge zu helfen. Er stimmte zu und so kam es ins Protokoll. Damit hieß das Vergehen »Unerlaubte Entfernung von der Truppe« und war nicht todeswürdig.
Das war überstanden. Aber richtig bösartig wurde die Situation bei den nächsten Partisaneneinsätzen. Ich bekam mit meinem Zug völlig unsinnige Einsatzbefehle, zum Teil mit nur unvollständiger Lagebeschreibung und fast immer Aufgaben, die ein Himmelfahrtskommando werden konnten. Ich schaltete erst einmal auf stur. Wenn Boldt oder Hilbert glaubten, ich würde mir eine Blöße geben, damit sie mich endlich fertig machen konnten, hatten sie sich geirrt! Mit viel Glück kam ich aus heiklen Situationen wieder heraus und manchmal – sehr zum Ärger meiner beiden »Freunde« – sogar mit großem Erfolg. Boldt versuchte krampfhaft, die Erfolge als seine kluge Taktik darzustellen und sich die Federn an seinen eigenen Hut zu stecken.
Wieder einmal hatte er einen tollen Einfall: Wir waren mit unseren Fahrzeugen im Nachtmarsch in ein Partisanengebiet eingedrungen. Noch vor dem Hellwerden hatten wir die Fahrzeuge in einem Olivenhain getarnt abgestellt. Es war ein idyllisches Plätzchen, eine schmale Bucht an der albanischen Küste. Ein kleiner Bach mündete hier in das Meer. Im Schatten war es angenehm kühl. Ich hatte meinen gewebten Schafwoll-Teppich mit dem blauen Mäanderornament als Schlafunterlage ausgebreitet und das Moskitonetz darüber gespannt. Wir hatten viel Schlaf nachzuholen.
Als Fliegersicherung hatten wir ein MG auf dem Dreibein aufgestellt – mit Warnposten, versteht sich. Am frühen Nachmittag hatte Boldt einen Auftrag für mich. Ich sollte mit dem Schwimmwagen losfahren und erkunden, ob eine Sprengstelle auf der Straße von unserer Kolonne passiert werden konnte. Das sah so offensichtlich nach Beschäftigungstherapie aus, daß man nur lachen konnte.
Aber mir war gar nicht danach zumute. Zwischen Brunch und Five o'clock tea war die Stunde der Spitfires. Sie kamen

von Brindisi herüber und machten besonders die Küstenstraßen unsicher. Das wußte Boldt genau, und das war ja auch der Grund dafür, daß wir uns jetzt bei Tage hier getarnt hatten und nicht spazierengingen! Offenbar hoffte Boldt auf einen Widerspruch von mir. Da könnte er lange warten. Ich grinste nun doch und meldete mich ab. Außer dem Fahrer und mir saß noch ein MG-Schütze im Wagen, der von der Rückbank aus nach Flugzeugen Ausschau hielt und sie von der Drehstütze aus bekämpfen konnte. Nach 15 Kilometern auf der gewundenen Küstenstraße waren wir an der Sprengstelle. Eine Bagatelle. Mit dem MG-Schützen und dem Fahrer zusammen, wälzte ich ein paar Felsbrocken in den flachen Trichter und zur Not hätten schon jetzt unsere Lkw hier durchfahren können. Mit zehn Mann könnte die Straße innerhalb einer halben Stunde wieder voll benutzbar sein.
Wir setzten uns in den Schatten und ließen unseren Schweiß trocknen. Von einem Nickerchen nahmen wir Abstand. Dazu war uns die Gegend zu unsicher. Ausgeruht stiegen wir in den Wagen und fuhren zurück. Wir kamen um die letzte Kurve und sahen nun unsere Bucht mit dem Bach und dem Olivenhain mit den Fahrzeugen auf der anderen Seite vor uns. Keine friedliche Szene mehr. Zwei Spitfires griffen abwechselnd die Fahrzeuge mit ihren Bordwaffen und Bomben an. Das Abwehrfeuer bei der Kompanie war schwach. Ich glaubte, daß nur zwei MG im Einsatz waren. Die Spitfires hatten ihr Werk getan und drehten ab. Kurz darauf stand über den Olivenbäumen der Rauchpilz einer Explosion.
Das Bild, das sich mir bot, war schrecklich. Eine Bombe hatte eines meiner Gruppenfahrzeuge getroffen, das mit dem geladenen Sprengstoff und den Minen in einer riesigen Explosion hochgegangen war. In meinem Zug gab es einen Toten und sechs Schwerverwundete. Der Gefreite Hornberg, der mit seiner Ziehharmonika manchen feuchten Abend belebt hatte, hatte mehrere Splitter in der Brust und

im Bauch. Ich versuche ihm Trost zuzusprechen und Hoffnung zu machen. Er wußte es besser und sagte mit schwacher Stimme: »Das wird nicht wieder, Herr Leutnant.« Hornberg starb noch bevor er im Lazarett war.
Mein Moskitonetz und mein Teppich waren im Feuerball der Explosion zu Asche geworden. Hier hätte ich gelegen, wenn mich Boldt in seiner »Fürsorge« nicht weggeschickt hätte. Nach und nach änderte ich aber meine Meinung: Vielleicht wäre das gar nicht passiert, wenn ich da gewesen wäre? Wie immer bei solchen Katastrophen waren hier scheinbar harmlose Umstände zusammengekommen, die eine große Wirkung auslösten. Das erste Opfer des Luftangriffs war der Unteroffizier Batnuweit geworden. Ganze 19 Jahre alt und sehr unsicher. Er war, wie viele, den Weg des geringsten Widerstandes gegangen und hatte einen Soldaten als Warnposten eingeteilt, der noch unsicherer war, als er selbst. Der Pionier Kruschinski war nämlich Stotterer und brachte, wenn er aufgeregt war, kein Wort heraus. Auch nicht, als er die Spitfires sah. Was wäre passiert, wenn früher gewarnt worden wäre und die anderen MG früher hätten eingreifen können? Müßig, darüber nachzudenken, aber meine Gefühle für Boldt waren nicht freundlicher geworden. Eines Tages sollten mir noch die Sicherungen durchbrennen.

Am nächsten Tag – wegen der Spitfires noch vor dem Morgengrauen – setzte die Kompanie, wie vorgesehen, ihren Marsch auf der Straße nach Süden fort. Boldt war über Nacht schon wieder eine neue Schikane eingefallen. Ich sollte mit dem Rest meiner Leute die auf der Straße rollende Kompanie sichern und am halben Hang parallel zur Straße vorgehen. »Sie wissen ja, die ersten zehn Kilometer sind Partisanengebiet.« Das hatte Boldt auch gewußt, als er mich gestern mit meinem Wagen losschickte. Meine Fahrzeuge rollten also bei der Kompanie leer mit und nahmen uns nach zehn Kilometern wieder auf. Dann mußten wir uns sehr beeilen, den Anschluß an die Kompanie wieder zu bekommen.

Zehn Kilometer durch die Berge, das machte uns bei der Kondition, die wir hatten, nicht viel aus, doch als reine Schikane sah das schon anders aus. Ich wünschte Boldt die Pest an den Hals und meine Männer, die das Spiel längst durchschaut hatten, hatten bestimmt ähnlich fromme Wünsche.

Wir stiegen also in den Hang. Natürlich war die motorisierte Kolonne unter uns schneller als wir, und nach kurzer Zeit war sie nicht mehr zu sehen. Ein Beweis für die Sinnlosigkeit unseres Auftrags. Nach gut zwei Stunden stiegen wir ab und fanden unsere Fahrzeuge am verabredeten Platz auch vor.

Hier erhielten wir die Nachricht: Oberleutnant Boldt ist tot! Er war mit einem Kradmelder, im Beiwagen sitzend, der Kompanie vorausgefahren. Eine Spitfire war von hinten angeflogen, hatte einen Feuerstoß abgegeben und Boldt mit einem Schuß in den Kopf, mit einem zweiten ins Herz getroffen. Ein sauberer Soldatentod, falls es so etwas überhaupt gab. Boldts Tod berührte mich erstaunlicherweise viel mehr als ich erwartet hatte. Ich war dankbar, daß er weder die anfliegende Maschine gehört noch die Schüsse gespürt haben konnte. Der Kradfahrer war ohne jeden Kratzer davongekommen. Es war naheliegend, daß ich darüber nachdachte, ob böse Wünsche oder Gebete etwas bewirken konnten. Ich verwarf diesen Gedanken sofort wieder, weil es anmaßend war zu glauben, andere Schicksale auf diesem Wege beeinflussen zu können.

Zwei Wochen nach Boldts Tod wurde Hilbert zum Major befördert, mit dem Deutschen Kreuz in Gold ausgezeichnet (wofür?) und zum Oberkommando des Heeres versetzt. Von da aus würde es schwer werden, mich umzubringen. Meine militärische Karriere sollte nun bestimmt nicht sehr steil nach oben verlaufen. Damit fand ich mich aber leicht ab.

Vor gar nicht langer Zeit hatte ich mit Sicherheit gewußt, was weiß und was schwarz war. Jetzt erkannte ich Grautöne. Wer hatte recht? Der mutige, aber nicht mehr bedingungslos ergebene Zogelbaum und der Kommandierende General? Oder der persönlich feige Hilbert, dessen hysterischer Auftritt nach dem Attentat vom 20. Juli 1944 ich noch gut in der Erinnerung hatte: »Unvorstellbar! Deutsche Offiziere haben versucht, den Führer zu ermorden . . .!«
Vieles war nicht mehr miteinander zu vereinbaren. Auf Korfu bereitete ich den deutschen Rückzug vom Balkan vor, aber meinen Männern sollte ich die Zuversicht auf den Endsieg stärken. Wie sollte ich ihnen verständlich machen, daß sie ihr Vaterland hier gegen die Griechen – die wir übrigens als Nation hoch schätzten – verteidigen mußten, statt für die Sicherheit ihrer Familien in Ostpreußen zu sorgen? Die Wehrmacht war dazu ja nicht mehr in der Lage. Immer häufiger kam einer der Soldaten mit der Nachricht, daß seine Familie ausgebombt wurde und keiner zweifelte mehr daran, daß über kurz oder lang der Russe in Ostpreußen war.
Mit Phrasen konnte ich meine Männer nicht abspeisen. Ich versuchte, ihnen klar zu machen, daß wir nicht um den Endsieg kämpften, sondern unsere eigene Haut zu verteidigen hatten. Die einzige Chance, heil hier herauszukommen, hatten wir, wenn wir zusammenhielten, anständige Soldaten blieben. Wer feige seine Kameraden im Stich ließ, um sich selbst zu retten, war ein Schuft. Das wurde verstanden und man handelte danach. Bei uns wurde niemand im Stich gelassen.
Das war inzwischen notwendiger denn je, denn die Partisanen traten nicht mehr in kleinen Gruppen auf, sondern lieferten uns richtiggehende Gefechte. Es kam nun auch

manchmal vor, daß wir den Rückzug antreten mußten, weil sie uns zahlenmäßig überlegen waren und alle Vorteile nutzten, die sie durch die genauen Ortskenntnisse hatten.
Bei einem groß angelegten Unternehmen drangen wir zusammen mit den Gebirgsjägern überraschend in das Partisanengebiet ein. Wir waren nachts angetreten und erschienen gerade rechtzeitig, um die Partisanen bei der Gefechtsausbildung zu beobachten. Wir konnten von unserem Hang aus das ganze Tal überblicken. Die Gebirgsartillerie legte ein paar Lagen hin und wir griffen an. Die Partisanen waren schnell verschwunden, ließen aber einen toten britischen Kapitän zurück. Er war in voller Uniform und in seinen Taschen fanden sich 20 Goldpounds. Die Gentlemen pflegten in Gold zu bezahlen!
Beim weiteren Vordringen in das nahegelegene Dorf, trafen wir auf einen Lkw, zu dem drei Zivilisten gehörten. Sie wiesen sich als Angehörige des Schwedischen Roten Kreuzes aus. Die Papiere waren in Ordnung und vom Armeekorps bestätigt. Das Rote Kreuz versorgte hier offenbar die Partisanen, aber wer wollte das beweisen. Die Partisanen waren wie weggeblasen. Im nächsten Moment saßen sie wieder fest am gegenüberliegenden Hang und nahmen uns unter Feuer. Ich hatte hinter einer Friedhofsmauer Dekkung, konnte aber nicht vom Fleck, bis eine 8,8 Flak von der Hauptstraße aus unmittelbar über mir in den Hang schoß. So oder so ähnlich verliefen die meisten Einsätze.

Die Stimmung in der Kompanie hatte sich wieder einmal geändert. Chef war jetzt Hauptmann Günther, der bisher die zweite Kompanie geführt hatte. Der trank zwar ganz gerne einen, aber das taten viele. Wichtig für mich war aber, daß er über das Herrschaftssystem von Hilbert nicht anders dachte als ich. Das bestätigte mir auch, daß ich kein Spinner war und Gespenster gesehen hatte. Hilberts ehemalige Kamarilla verhielt sich still. Am wichtigsten aber war: Günther

war ein erfahrener Offizier. Vielleicht verstanden wir uns deshalb so gut.
Unverhofft gab's für mich Abwechslung. Auf der Pionierschule hatte man ein neues Verfahren zum Minenverlegen entwickelt und ich sollte in Dessau-Roßlau eine Woche lang darin unterwiesen werden, um dann im Bataillon das Verfahren einzuführen. Wie ein Urlauber versorgte ich mich mit den Schätzen des Orients: Zigaretten, Rosinen und Raki. Das alles gab es hier noch ohne große Schwierigkeiten. Auf der Heimfahrt hatte ich einen entsprechend großen Koffer zu schleppen.
Trotzdem sollte beim Wiedersehen zuhause keine rechte Freude aufkommen. Es war Oktoberanfang und wir schrieben das Jahr 1944. Kaltes regnerisches Wetter, aber das war nicht allein schuld an der traurigen Atmosphäre, die überall spürbar war. Mein Bruder Albert war als Oberscharführer bei Charkow gefallen und unser Jüngster, mein Bruder Werner – inzwischen ebenfalls Leutnant in einem Pionierbataillon –, war schwer verwundet worden. Die russische Artillerie hatte ihn bei Rschew vom Pferd geschossen. Der Lungenstecksplitter nahe am Herzen wurde nicht herausoperiert. Er war nur noch für den Garnisonsdienst zu verwenden.
Das waren die Sorgen unserer Mutter, unserer Familie. Das ging auch anderen nicht anders. Dazu kam, daß manche ausgebombt oder evakuiert waren und um das tägliche Brot bangen mußten. Völlig neu war für mich, was sich als Schwarzmarkt eingebürgert hatte. Mit Windeseile hatte es sich herumgesprochen, daß ich Zigaretten hatte. Ich war Nichtraucher ... Ich merkte Tag für Tag mehr, wie wenig ich davon wußte, was zuhause vor sich ging. Ich kam wie von einem anderen Stern. Auch die »Sprache« war hier noch eine andere. Am Spätnachmittag war ich mit einer Freundin verabredet. Ich sollte sie von einer Versammlung der Ortsgruppe abholen, an der sie teilnehmen mußte. Ich ging in

den Versammlungsraum und blieb an der Tür stehen. Was ich noch von den Schlußworten des Ortsgruppenleiters hörte, drehte mir fast den Magen um: »Unser Glaube an den Führer... und erst nach dem Endsieg werden wir... die Vorsehung... und wenn wir unsere tapferen Soldaten vor uns sehen...« Da merkte ich erst, daß er auf mich deutete und seine Zuhörer sich zu mir herumdrehten. Nichts wie raus hier! Mir war alles verdorben. Nicht einmal die schnukkelige Käthe konnte meine Stimmung bessern. Nicht gerade ein erfolgreiches Rendezvous!

Was dachte sich ein Ortsgruppenleiter bei einer solchen Rede? Glaubte er denn an das, was er sagte? War er bereit, das zu leisten, was er von den anderen forderte? Heute weiß ich mehr über diesen Mann. Als die amerikanischen Panzer in die kleine mitteldeutsche Stadt kamen, ging der Ortsgruppenleiter ihnen entgegen, rief: »Es lebe Deutschland!« und fiel. Eine ebenso konsequente, wie sinnlose Handlungsweise, aber ein Beweis dafür, daß dieser Mann an seine Phrasen glaubte.

Endlich wieder bei der Kompanie und in der vertrauten Umgebung! Hauptmann Günther, der nicht gerne allein trank, freute sich, daß ich wieder da war. In meiner Abwesenheit hatte es einen nächtlichen Partisaneneinsatz im Pindusgebirge gegeben. Dabei war es zu einem Zwischenfall gekommen, den Günther noch nicht verkraftet hatte. Mein Zug, unter der Führung von meinem Stellvertreter, Oberfeldwebel Trooger, war nachts unbemerkt in ein Partisanendorf gelangt. Dort hatte Trooger eine junge Frau, die gerade aus ihrem Haus kam, ergriffen und mit dem Seitengewehr erstochen, »damit sie nicht das Dorf mit ihrem Geschrei alarmiert«. Nun konnte ich mir auch erklären, warum meine Männer in der letzten Zeit dem Trooger aus dem Weg gingen und ihn praktisch isolierten. Günther überlegte, ob er gegen Trooger Tatbericht einreichen sollte, zweifelte aber, ob das bei Troogers Argumentation Erfolg haben würde. Falls Trooger heil davonkommen würde, würde sich das sehr negativ auf die Stimmung in der Kompanie auswirken und wäre Wasser auf die Mühlen der Hilbertclique. Trooger konnte sich zum Problemfall ausweiten. Die Männer hielten ihn für einen feigen Mörder und das konnte zu ganz gefährlichen Spannungen führen. Mir erschien Trooger ohnehin nicht ganz stubenrein, aber gerade weil ich ihn unsympathisch fand, versuchte ich, ihn ganz besonders korrekt zu behandeln. Jetzt erinnerte ich mich auch wieder daran, wie ich Trooger einmal überrascht hatte, als er einen italienischen Hilfswilligen übel schikanierte. Der arme Kerl hatte an der Paßstraße Schnee räumen müssen, hatte Durchfall und entsetzlich gefroren. Trooger hatte ihn zwingen wollen, seinen Stuhlgang am Straßenrand mit den Händen wegzuräumen! Eine sadistische Ader hatte der Bursche bestimmt und für eine üble Überraschung schien mir Trooger jederzeit gut.

Der deutsche Rückzug vom Balkan war nun endlich in Gang gekommen. Mir ging es zu der Zeit gesundheitlich miserabel: Fieber mit Schüttelfrost, aber keine Malaria. Wie die aussah, wußte ich aus eigener Erfahrung – ungefähr zehnmal hatte sie mich schon gepackt. Meistens als Malaria Tertiana aber auch als Tropica hatte ich sie kennengelernt. In der Kompanie hatten wir manchmal bis zu 50 Prozent Malariakranke.

Mit ein bißchen Fieber konnte man bei einem Rückzug keinen Eindruck schinden. Ich versuchte es auch gar nicht. Wie man es erwarten konnte, war Fischer wieder einmal Schließender. Das bot die einmalige Gelegenheit, ein ganzes Gebirgskorps in seiner vollen Pracht an sich vorbeiziehen zu sehen. Wir sprengten, verminten und schlugen uns mit den nachdrängenden Partisanen herum.

Nördlich von Joanina, bereits auf albanischem Boden, hatte man ein Munitionslager der Artillerie zurückgelassen.

Runde 300 Tonnen Granaten und Kartuschen, die gesprengt werden mußten. Viel Zeit blieb uns nicht, denn die Partisanen hatten es eilig. Es war bereits dunkel, als das letzte Maultier des Korps an mir vorbeikam. An eine schulmäßige Sprengung war hier nicht zu denken. Glücklicherweise konnte ich alle Sicherheitsvorschriften vergessen, denn weit und breit gab es hier kein Haus und kein Dorf. Die einzelnen Munitionsstapel versah ich mit einer Sprengladung, in der eine empfindliche Sprengkapsel auf den Nachbarstapel zeigte. Das ersparte lange Zündleitungen, war aber nicht so zuverlässig. An die Ladung, die mit ihrem Druck die Zündung der vielen anderen Ladungen bewirken sollte, kamen zwei Meter Zeitzündschnur. Das ließ uns genau drei Minuten und 20 Sekunden Zeit, von hier wegzukommen. Die Zündschnur brannte. Hinein in den Schwimmwagen und weg! Verdammt, ich hatte nicht einkalkuliert, wie gewunden hier die Gebirgsstraße war. Abgesehen davon, daß wir hier nicht schnell fahren konnten, war auch die tatsächliche Entfernung zur Sprengstelle nicht so groß wie die zurückgelegten Kilometer. Das wurde knapp!

Wir hatten das Ende der abziehenden Kolonne eingeholt, an den Maultieren war hier kein Vorbeikommen. Da ging auch schon der Laden hoch. Die Erde bebte. Nach geraumer Zeit orgelte ein dicker Brocken heran. Eines von den Felstrümmern traf ein Maultier vor uns. Das Tier war tot und das Rohr eines Granatwerfers auf seinem Rücken war unbrauchbar. Noch längere Zeit hörten wir immer weitere Detonationen. Das waren Granaten, die erst jetzt durch den Brand hochgingen. Durch die Berge waren wir vor Splittern geschützt, viel konnte nun nicht mehr passieren.

Zwei Stunden lang quälten wir uns an der bespannten Marschkolonne vorbei. Wir waren zum Umfallen müde und froh, als wir schließlich in einem Haus am Straßenrand ein Unterkommen fanden. Mein Fieber stellte sich wieder

ein. Als ich auf einen freundlichen Stabsarzt traf, entpuppte der sich leider als Stabsveterinär ...
Zwei Tage steckten wir in dem langsamen Heerwurm fest. Zwischendurch räumten wir Minen, die neuerdings einen Säurezünder hatten und gelegentlich schlugen wir uns auch mit Partisanen herum, die von den Hängen her mit ihren Gewehren herumschossen. Das war mehr Imponiergehabe als Bedrohung. Deswegen stiegen wir meistens gar nicht erst von unseren Fahrzeugen, sondern feuerten mit den Flieger-MGs zurück. Unser Bataillon fanden wir schließlich bei Skoplje, an der Straße nach Kriwo-Palanka, wieder.

Heimatschuß, aber die Heimat ist auch nicht mehr das ...

Wir waren wieder in Mazedonien. Aber die Zeiten hatten sich geändert: Die gastfreundlichen bulgarischen Offiziere, die mich auf der Herreise bewirtet hatten, waren jetzt unsere Gegner. Die Bulgaren hatten die Seiten gewechselt – erst vor ein paar Tagen, was eigentlich niemandem überraschen konnte, außer die höhere Führung. Die hatte noch am Tag vor dem Abfall den Bulgaren in Skoplje eine große Anzahl nagelneuer Panzer übergeben! Diese Nachricht erfuhr ich bei einem Besäufnis der Unteroffiziere, in das ich hineingeplatzt war.

Der Ernst begann am nächsten Tag. Das Bataillon bezog Stellung entlang der Straße, um den Rückzug zu gewährleisten. Mit mir und meinem Zug hatte man Mitleid, denn wir waren in den letzten Tagen fürchterlich geschlaucht worden und durften deshalb als Eingreifreserve in unseren Quartieren bleiben. Von dort aus konnte ich unseren Verteidigungsabschnitt gut übersehen. Die Stellungen befanden sich auf den Hügeln längs der Straße. Am nächsten Tag beschloß ich, mit einem Melder einmal die Kompaniestellungen abzugehen, um im Bilde zu sein, wenn meine Hilfe gebraucht werden sollte. In meiner Meldetasche hatte ich eine Tafel Schokolade für Leutnant Cramer, der mit seinem Zug zwei Hügel, die durch einen Sattel miteinander verbunden waren, besetzt hielt. Der Sattel war nach meiner Meinung genau der Punkt, von dem aus man unsere Verteidigung aufbrechen konnte.

Es war ziemlich heiß. Als wir an Cramers Berg angekommen waren, machten die Bulgaren einen Artillerieüberfall. Das Feuer lag ziemlich genau auf Cramers Stellungen. Ich konnte mich entscheiden, entweder hier liegen zu bleiben oder den Anstieg zum Gipfel fortzusetzen – die Stunde der Wahrheit und die Wahl zwischen schlichtem Verstand oder Selbstüberwindung. Mein Melder sah mich fragend an. Ein Grund mehr für mich weiterzugehen. Wenn ich dem Cramer Schokolade bringen will, lasse ich mich durch die Bulgaren nicht daran hindern, beschloß ich. Die Bulgaren zeigten, daß sie viel Munition hatten und schossen mit Ausdauer weiter. Natürlich hatte ich Fracksausen. Mein Melder grinste mich an und ich grinste zurück. Jeder wußte vom anderen, daß er Angst hatte, aber auch, daß er nicht kneifen würde. Als wir endlich und ohne Schramme oben waren, hatte der Bulgare das Feuer eingestellt. Cramer freute sich über seine Schokolade.
Den Rest des Tages verschlief ich im Quartier. Wir hatten ja alle viel Übung darin, zu jeder Zeit und auf Vorrat zu schlafen. Heute zahlte sich das aus. Nach Einbruch der Dunkelheit ging der Feuerzauber los. Auf der ganzen Breite Artillerie- und später auch Schützenfeuer. Ein Bataillonsmelder sprang heran: »Im Abschnitt Cramer Lage bereinigen!« Der Zug stapfte los. Von vielen Partisaneneinsätzen her waren wir Nachtgefechte gewöhnt. Auf dem Wege zu Cramer kamen wir an dem Bataillons-Gefechtsstand eines Marine-Pionier-Bataillons vorbei. Ich ging rein, um Näheres über die Lage zu erfahren. Fehlanzeige. Der Kommandeur war ein uralter Reserveoffizier, der mit seiner Reservisteneinheit in den letzten Jahren an der Adriaküste Stellungen gebaut hatte. Keine Spur von Kampferfahrung. Sein Adjutant mit der Marine-Ausgehmütze war genau so nervös wie wohlgenährt. Beide wußten von nichts. »Wir haben keine Telefonverbindung mehr zu den Kompanien«, klagten sie. Auf den Gedanken mal persönlich Verbindung aufzuneh-

men, waren sie noch nicht gekommen! Die beiden würden sich erst von ihrem Hintern erheben, wenn ihnen der Bulgare darunter Feuer machte. Dieser Verein war unser linker Nachbar in der Stellung. Ein großes Sicherheitsgefühl kam da nicht auf.

Ganz leise, wie so unzählige Male in Griechenland erprobt, zog ich mit meinen Leuten weiter. Das war gut so. Vor uns hörten wir Bulgaren. Unterdrückte Rufe und das Klappern von Waffen. Wir gingen lautlos in Stellung. Wenn es etwas gab, was ich meinen Männern beigebracht hatte, dann war das Feuerdisziplin. Niemand schoß ohne Befehl und auch dann nur auf erkannte Ziele. Wir konnten warten. Die Geräusche kamen auf uns zu. Leuchtkugel und Feuer! Nach wenigen Minuten waren die Bulgaren wie ein Spuk verschwunden – ohne einen Schuß abgegeben zu haben. Weiter war es stockdunkel, aber der Mond würde bald aufgehen. Noch waren wir im tiefen Schatten eines Berges.

Als die ersten von uns aus dem Schatten traten, bekamen wir MG-Feuer. Es war ein MG mit einer langsamen Schußfolge und feuerte von einem Hügel, der von den Marine-Pionieren besetzt sein sollte. Ich schoß eine weiße Leuchtkugel – durch die wir uns als eigene Truppe zu erkennen gaben – um den »Unsinn« zu stoppen. Vergebens, das Feuer verstärkte sich noch. Ein paar von meinen Männern waren getroffen. Alle anderen sprangen zurück in den Schatten.

Im hellen Mondschein lag Oberfeldwebel Trooger, den es schwer erwischt zu haben schien. Ganz langsam kroch ich auf ihn zu. Ich hielt mich nicht damit auf festzustellen, was ihm fehlte. Als ich neben ihm lag, wälzte ich ihn auf meinen Rücken und arbeitete mich langsam zurück. Ab und zu griff ich nach hinten, damit mir Trooger nicht wegrutschte. Ich faßte in Blut und es roch nach Kot. Trooger mußte einen Bauchschuß haben. Nur noch ein kurzes Stück, dann war ich wieder im Schatten. Schweißüberströmt und am Ende meiner Kraft. Trooger wurde notdürftig verbunden und acht

Männer wurden für den Abtransport der Verwundeten bestimmt.
Inzwischen hatten die Marine-Pioniere die Lage endlich erkannt und das Feuer eingestellt. Mit denen würde ich noch ein Wörtchen zu reden haben! Jetzt allerdings noch nicht – Cramer war in Bedrängnis.
Wir erstiegen den niedrigeren Hügel von Cramers Stellung. Ich rief nach Cramer, worauf nur geantwortet wurde: »Leutnant Cramer ist verwundet.« Als ich nach seinem Stellvertreter fragte, hörte ich, daß der gefallen war. Auf meine Frage nach dem Dienstältesten meldete sich ein Luftwaffenoffizier. Ich robbte hin. Es war wieder dunkel, weil sich der Mond hinter einer Wolke versteckt hatte. Mein Gegenüber stellte sich vor: Oberleutnant bla bla bla Luftwaffen-Felddivision. Die Lage war beschissen: Der höhere Hügel der Stellung befand sich in der Hand der Bulgaren. Vom Zug Cramer waren noch ganze sechs Mann übrig. Ich hatte noch fünfzehn Soldaten und der Luftwaffenheini stolze 30 Mann, aber dafür kaum noch Munition für das schwere und die drei leichten MGs. Wir schickten Munitionholer nach hinten. Sobald sie wieder da waren, wollten wir im Gegenstoß die Bulgaren vom Hügel vertreiben.
Mitten im Palaver packte mich der Luftwaffenmann am Kragen und fragte ganz aufgeregt: »Wolfgang?« Ich fiel aus allen Wolken. Neben mir lag Walter Boelcke, dessen Elternhaus keine 500 Meter von meinem entfernt war! Nach der ersten Überraschung genehmigten wir uns einen kräftigen Schluck vom Hochprozentigen aus Boelckes Feldflasche. Da kam auch schon die Munition.
Das schwere MG sollte über den Sattel Feuerschutz geben. Wir wollten links und rechts am halben Hang gegen die besetzte Höhe vorgehen. Das SMG sollte erst das Feuer eröffnen, wenn wir fertig zum Einbruch in die Stellung, also wenn wir auf Handgranatenwurfweite herangekommen waren. Warum noch warten?

Wir gingen los. In der Hitze des Gefechts war ich etwas vorgeprellt. Vor mir das Mündungsfeuer der Bulgaren. In unregelmäßigen Abständen antwortete ich mit einem Pistolenschuß oder warf eine Handgranate. Das brachte nicht gerade viel. Meine Männer mußten ran. Ich rief nach meinem Melder, der auch sofort herankam. Kurz bevor er mich erreicht hatte, bekam er einen Schuß in die Kartentasche, in der er zwei Leuchtpatronen untergebracht hatte. Die fingen sofort Feuer und wir lagen beide im grellen Magnesiumlicht wie auf dem Präsentierteller. »Hau ab!« rief ich ihm zu, was er auch tat. Er fing sich aber dabei noch einen Schuß durch den Oberarm ein.
Ich war zwar wieder im Dunkeln, aber die Burschen drüben wußten, wo ich lag. Und schon traf mich am Oberschenkel ein Schlag wie von einem Schmiedehammer. Als ich dorthin faßte, hatte ich die Hand voll Blut und Brei. Mein erster Gedanke galt unsinnigerweise meiner schönen Reithose, die ja nun wohl hin war. Schade um den schönen Lederbesatz! Dann wurde es rosa vor meinen Augen und angenehm wolkenleicht. Ich freute mich schon auf ein weißbezogenes Bett und auf die nette Krankenschwester, und war sehr zufrieden. Nur mühsam gelang es mir, mich zusammenzureißen. Der Gedanke an meine Mutter half mir dabei. Ich fing an zurückzukriechen. Nach ein paar Metern wurde mir bewußt, daß ich meine Pistole weggelegt hatte, als ich nach der Schußwunde griff. Da lag sie noch. Noch einmal hin und wieder zurück. Zwei meiner Männer kamen mir gebückt entgegen und nahmen mich in ihre Mitte. So kam ich, halb gehend, halb geschleift, zwischen ihnen in volle Deckung. Dort packte man mich in eine Zeltbahn. Vier Mann nahmen mich auf und trugen mich weiter nach hinten. Mir war das ziemlich peinlich, so getragen zu werden.
Im Bataillonsgefechtsstand der Marine-Pioniere fand ich mich wieder. Diesmal schon in etwas reduzierter Verfassung. Der Marinearzt bemühte sich um mich. Er versuchte

die Blutung in den Griff zu bekommen, legte einen Druckverband an und gab mir eine Morphiuminjektion. Das war alles, was er tun konnte.
Der nutzlose Adjutant saß daneben und sein Kinn bibberte wie ein Pudding. Ich konnte mir nicht verkneifen zu sagen: »Man könnte meinen, nicht ich, sondern Sie wären verwundet.« Man legte mich auf eine Trage. Zwei Mann nahmen sie auf. Zur Ablösung kamen noch zwei weitere Männer mit, denn bis zur Straße führte nur ein schmaler Gebirgspfad und es war ziemlich weit. Trotz der Morphiumspritze war das kein reines Vergnügen und als man mich an der Straße erst einmal abstellte, war ich erleichtert.
Es war inzwischen heller geworden. Ein fahler Morgen mit goldgesprenkelten Wölkchen am Horizont und kalt. Einer von den nun verwaisten Schönlingen von Hilbert sollte sich um mich kümmern. Der Kübelwagen für mich kam, aber der Adonis trödelte noch rum. Ich mußte ihn auf Trab bringen, denn ich merkte, daß unter meiner Trage eine Blutlache war. Schließlich stellte man die Trage auf den Wagen. Das Kopfteil stand auf dem hinteren Aufbau, das Fußteil auf der Oberkante der Windschutzscheibe.
Weit waren wir noch nicht gekommen, da hielt der Wagen. Fahrer und Beifahrer waren mit einem Satz im Straßengraben, denn ein bulgarisches Flugzeug warf Bomben. Von meinem Logenplatz konnte ich bequem mit ansehen, wie die Eier über mich hinweggingen und 200 Meter hinter mir am Straßenrand einschlugen.
Der Fahrer und sein Kumpan rafften sich zu neuen Taten auf. Bis zum Lazarett war es noch eine Fahrstunde und ich merkte, daß ich allmählich gleichgültiger und auch schwächer wurde. Ich konnte mir ausrechnen, daß ich in einer Stunde schon ausgelaufen war. Aber das beunruhigte mich nicht besonders. Dann sackte ich ganz weg und kam wieder zu mir im Lazarett, wo man mich im Flur abgestellt hatte. Eine Ärztin kniete sich neben meine Trage, hob die Decke,

die man über mich gebreitet hatte und ließ sie gleich wieder sinken. »Oh, mein Gott«, hörte ich nur noch und schon war ich wieder weggesackt.
Als ich wieder zu mir kam, lag ich auf dem Operationstisch. Neben mir hatte ein Operationsteam eben eine Oberschenkelamputation durchgeführt. Das abgetrennte Bein wurde gerade in einen Eimer gelegt. Mein Arzt sprach beruhigend auf mich ein. Mein linker Oberarm war leicht abgebunden und ich bekam eine Evipaninjektion in die Armvene. Noch bevor der Glaskolben leer war, versank ich ins Reich der Träume. Dann kam sie wieder, diese rosarote Helligkeit, die ich schon einmal erlebt haben mußte. Und mit ihr kamen auch die Schmerzen und dann wieder diese sanfte Dunkelheit. Aber die schützte mich nicht mehr und verlor an Tiefe, so sehr ich mich auch dagegen wehrte. Das Hellerwerden kam in immer kürzeren Intervallen und plötzlich gab es kein Zurück mehr ins Dunkel. Der Schmerz zerschnitt mich wie ein Rasiermesser.
Ein Fensterkreuz, dahinter eine fahle Sonne, kahle Äste, ein Heizungskörper, weiße Wände, ein Kruzifix. Als ich den Kopf vorsichtig zur Tür wandte, erkannte ich einen Mann in Offiziersuniform, der schon länger an meinem Bett gesessen haben mußte. Jetzt neigte er sich über mich, und noch bevor er den Mund öffnen konnte, wußte ich, daß ich ihn nicht sehen wollte. Er gehörte zur Realität, für die es in den Tiefen, aus denen ich auftauchte, keinen Platz gab, und gegen die ich mich nun zu wehren hatte. Doch der Mund mit den schmalen Lippen bewegte sich und ich hörte die salbungsvolle Stimme: »... gestern schon einmal bei Ihnen, aber da schliefen Sie so schön ... inzwischen bei Ihren Männern, die lieben Sie alle sehr ...« Er soll aufhören, dachte ich. Ich hatte nicht geschlafen und was wußte er schon von meinen Männern? Und bevor er in seinem Monolog fortfuhr, wußte ich plötzlich, warum ich mich so gegen die Rückkehr wehren mußte. Wer von meinen Männern

hatte überlebt und wer nicht? Meine Männer? Gehörten sie mir oder ihren Eltern, ihren Frauen, ihren Kindern? Liebten »meine Männer« mich auch noch jetzt, nachdem sie verwundet, verstümmelt waren?
Befehlen war leicht – Verantwortung tragen schwer. Auch wenn man für sich selbst bereit war, alles hinzunehmen, konnte man Opferbereitschaft befehlen? Der Fahneneid, das Vaterland ... waren alle, die ständig davon redeten, auch immer bereit dafür zu sterben? Mein Kommandeur offensichtlich nicht. Und die Propagandaredner? Und war die Sache, für die wir den Kopf hinhielten, schon an sich falsch? Ich wollte das nicht glauben, aber das sollte meine ureigene Angelegenheit sein. Nie mehr wollte ich Verantwortung für das Schicksal anderer auf mich laden. Ich wollte nicht zu der Sorte Patriot gehören, die jederzeit bereit war, das Leben *anderer* auf dem Altar des Vaterlandes zu opfern.
Eine neue Schmerzwelle überflutete mich, aber dieser verkniffene Mund bewegte sich weiter: »Ja, manchmal fragt man sich, warum es gerade den einen so schwer treffen muß.« Was redete der? Ich wollte ihm antworten, aber dazu mußte ich erst im Mund Feuchtigkeit sammeln und dann wurde es doch nur ein rauhes Flüstern: »Sie wissen doch, daß es jeden Tag Tausende schwer trifft. Warum meinen Sie, sollte ich eine Ausnahme sein?« Er lehnte sich zurück. Ich merkte, wie ich mir Distanz geschaffen hatte. Der Mund stand endlich still, er war nun noch schmallippiger geworden. Nach einer Schrecksekunde hatte sich dann der Wehrmachtspfarrer gefaßt und sich auf seine amtliche Position zurückgezogen: »Ich wollte Ihnen Kraft und Trost und Hilfe bringen in Ihrer schweren Stunde, aber ich sehe, Sie haben alleine den rechten Glauben. Kann ich etwas für Sie tun?« Ein schwacher Abgang. »Ja, schicken Sie mir bitte eine Krankenschwester, falls Sie eine sehen.«
Wovon hatte dieser Gottesmann in Uniform eigentlich gesprochen? Vom rechten Glauben an den Führer? Vom

Schicksal? Welche Vorstellungen in dieser Zeit? Nach den Gesetzen der Wahrscheinlichkeit starben täglich Tausende, oder wurden verstümmelt. Wieviel Arroganz gehörte dazu, um zu fragen: Warum gerade ich? Warum gerade ich nicht, hätte ich mich fragen müssen. Ich kannte das Risiko, hatte es anderen zugemutet und mußte es selbstverständlich auch auf mich nehmen.

Als die Schwester kam, war ich schon wieder in den Halbschlaf abgeglitten. Erst als sie mir die Hand auf die Schulter legte, wurde ich wieder wach. Ganz vorsichtig richtete sie mich ein wenig auf, damit ich aus einer Schnabeltasse lauwarmen Kamillentee trinken konnte. Schon die kleinste Veränderung meiner Körperlage löste neue Schmerzwellen aus. Trotzdem dämmerte ich bald wieder hinüber. Das Zeitgefühl geriet mir durcheinander. Wenn ich wach wurde, hatte ich keine Ahnung wie spät es war.

In einer der kurzen Pausen des Wachseins erkannte ich zwei Ärzte und eine Rot-Kreuz-Schwester an meinem Bett. Einer der Ärzte setzte sich auf einen Stuhl neben mein Bett. Er stellte sich als Oberstabsarzt Schneider vor. Es war der Chirurg, der mich unter dem Messer hatte. Anders als beim Wehrmachtspfarrer spürte ich hier intuitiv: Das war ein Mensch, der nicht routinemäßig seiner Amtspflicht nachkam. Es wurde ein Gespräch unter Kameraden, als sprächen wir über ein gemeinsam durchgestandenes Gefecht – ohne verlogene Sentimentalität, sachlich und doch voller Verständnis. Ich stellte fest, daß der Chirurg seinen Part im Operationssaal besser beherrschte als ich den meinen auf dem Gefechtsfeld.

Vier Stunden hatte sich das Operationsteam mit mir beschäftigt. Mit Bluttransfusionen und Kochsalzlösung hatte man zwei Liter Flüssigkeit »nachgefüllt«. »Das Bein wird wahrscheinlich wieder in Ordnung kommen«, versicherte mir der Oberstabsarzt. »Übrigens, mein Feldwebel, der mit Ihnen nun blutsverwandt ist, möchte noch nach Ihnen schauen.« Da kam er, ein netter Kerl, von dem nun 500 Kubikzentimeter Blut in mir kreisten. Von ihm erfuhr ich auch, daß Oberfeldwebel Trooger seine Verwundungen nicht überlebt hatte. Ich wurde nun wieder müde und sackte weg. Tage gingen zwischen Bewußtlosigkeit, Halbschlaf und Schlaf dahin. Dr. Schneider saß wieder an meinem Bett. »Heute abend werden Sie ausgeflogen, aber vorher sehe ich noch einmal zu Ihnen herein.« Dann war er fort und ich schlief schon wieder.

Der Schlaf mußte tief gewesen sein. Nur ganz schwach fühlte ich, daß um mich herum Veränderungen vor sich gingen. Ich wurde aufgenommen und auf eine Trage gelegt. Es folgte eine schmerzensreiche Fahrt im Krankenwagen und als man hinten die Tür öffnete, schlug mir kalte Nachtluft entgegen. Ich war auf einem Flugplatz. Der Krankenwagen stand neben einer Ju 52 mit laufenden Motoren. Es wehte ein eiskalter Wind. Dr. Schneider war neben mir, paßte auf, daß die Krankenträger mich auch sanft behandelten. Die Trage wurde angehoben und in den Rumpf der Maschine geschoben. Es war kein Sanitätsflugzeug, denn die Liegen für die Verwundeten waren nur behelfsmäßig am Boden festgemacht. Wieder war der Oberstabsarzt bei mir, verabreichte mir eine Injektion und deckte mich zusätzlich mit einem bulgarischen Militärmantel zu. Noch ein Händedruck. Die Tür wurde geschlossen und die Motoren gingen auf volle Kraft.

Mir war leicht, als könnte ich selber auch fliegen. Erschöpfung oder Morphium. In einer halbdunklen großen Halle schlug ich wieder die Augen auf. Um mich herum viele Verwundete auf Tragen. Ganz in der Nähe schlugen Granaten ein. Unweit von mir saß ein älterer, dicklicher Sanitätsgefreiter an einem Tisch, auf dem eine brennende Kerze stand. Ich winkte ihn heran. Er stand widerwillig auf und kam herangeschlurft. Seine Antworten waren voll Schadenfreude: Ja, die Ju 52 mußte wegen Schlechtwetter hier in

Zagreb landen. Die Granaten? Das waren Partisanen, die den Flugplatz mit Granatwerfern beschossen. Er machte noch eine Andeutung, daß sie seinetwegen ruhig den Flugplatz kassieren konnten. Am liebsten hätte ich diesem Kerl in den Hintern getreten. Aber meine beiden Beine waren gelähmt.

Irgendwann, es mußte bald hell werden, kam Bewegung in den Laden. Ein Arzt griff nach meinem Verwundeten-Begleitzettel, winkte zwei Krankenträger herbei und wieder einmal lag ich auf einer Trage. Eine Stunde später befand ich mich in einem Lazarettzug. Schöne D-Zug-Wagen. Mein Bett war weiß bezogen und ich konnte durch die untere Hälfte des Fensters sehen, wie die Landschaft vorbeizog. Die Schienenstöße, das Fahrgeräusch und die Schwester, wie sie mir vorschwebte, als ich den Schuß verpaßt bekam. Jetzt stand sie neben meinem Bett, blond, schlank, mit großen braunen Augen. Auf meine Bitte angelte sie aus meinem Seesack Rasierapparat, -pinsel und -seife und meinen kleinen Taschenspiegel. Ich klemmte ihn genau über mein Gesicht unter der Matratze des Bettes über mir fest. Die nächste Stunde war ich damit beschäftigt, meine Bartstoppeln abzuschaben. Eine anstrengende Tätigkeit. Immer wieder sank mein kraftloser Arm vor Erschöpfung auf die Bettdecke und ich mußte aufs neue Kraft sammeln, bevor ich weitermachen konnte. So allmählich konnte man sagen: Die Zivilisation hat mich wieder.

Die Schwester verwendete besonders viel Zeit für mich, sie strich mir über das Haar und strahlte mich an. Dann gab sie mir ihre Adresse: »Schreiben Sie mir einmal? Meine Schmerzen ließen jetzt zwar nach, aber nur für immer kürzer werdende Intervalle, um dann um so stärker wieder einzusetzen. Als meine blonde Schwester das zweite Mal mit einer Morphiumspritze kam, weil ich mein Stöhnen nicht mehr unterdrücken konnte, lehnte ich dankend ab. Schmerzen würden für längere Zeit zu mir gehören und ich würde

mich damit abzufinden haben. Je früher ich damit anfing um so besser.
Kurz nach Mitternacht war die Schwester bei mir und weckte mich auf. »Wir werden gleich in Neustadt bei Wien sein. Sie kommen dort in ein Lazarett.« Es war ein liebevoller Abschied.
Zum wievielten Male wurde ich nun auf eine Trage gelegt? Bevor ich in den Sanka geschoben wurde, spürte ich die beißende Kälte. Auch im Wagen ist es erbärmlich kalt. Auf der Trage neben mir lag ein blutjunger Soldat. Er sah so aus, als ob er jeden Augenblick sterben könnte. Im Lazarett schien bereits alles zu schlafen, denn es dauerte eine Ewigkeit, bis jemand den Wagen öffnete und die Träger kamen. Sie faßten nach meiner Trage, aber ich bestand darauf, daß der Junge neben mir zuerst ins Warme kam. Das geschah nicht nur aus Kameradschaft, denn ich hatte mir gerade vorgestellt, daß eine schwere Erkältung recht hilfreich sein könnte für einen ehrenvollen Abgang. Alle Probleme wären endgültig gelöst . . .
Und dann lag ich wieder flach, in einem Zweibettzimmer. Ich wunderte mich, weil mir ein solcher Komfort dienstgradmäßig nicht zustand. Den genoß man erst ab Hauptmann. Mein Bettnachbar, Obersturmbannführer der Waffen-SS, also ein Oberstleutnant, hatte, wie ich erfuhr, auf Bitte des Chefarztes mich als seinen Stubengefährten akzeptiert.
Der Operationssaal wartete auf mich. Ein Eingriff, den Dr. Schneider unter den primitiven Umständen im Feldlazarett nicht vornehmen wollte, war dringend notwendig.
»Mit einer anständigen Narkose im Heimatlazarett geht das besser«, hatte der Oberstabsarzt mir damals versichert. Jetzt nahm sich hier der Chefarzt meiner an. Er sprach kein Wort zu mir und machte sich mit seinem Team an die Arbeit – ohne Narkose. Ich hatte wahnsinnige Schmerzen und als ich schließlich in mein Zimmer zurückrollte, stand mir überall der kalte Schweiß. Im Bauch hatte ich eine Sauwut

auf den »sadistischen Schlächter« im weißen Kittel. Ganz erledigt lag ich wieder in meinem Bett, jetzt aber auf einem Wasserkissen. Eine kluge Vorsorgemaßnahme. Mit den gelähmten Beinen konnte ich meine Lage nur ganz wenig verändern und das gab schon nach kurzer Zeit Wundstellen am Körper.

Über meinem Kopf hing, von einem Galgen getragen, eine Kordel mit einem Handgriff. An ihm konnte ich mich vorsichtig und unter erbärmlichen Schmerzen ganz vorsichtig ein wenig aufrichten. Auf der Tafel mit der Fieberkurve am Kopfende stand ein »W« für das Wort Wunschform. Das hieß ganz schlicht, ich bekam zu essen, was ich mir wünschte. Sehr groß waren allerdings meine Ansprüche zur Zeit nicht. Aber auch ohne einen Wunsch zu äußern, bekam ich jeden Tag eine Flasche Rotwein, zwei Eier und sechs frische Semmeln. Große Kostbarkeiten in dieser Zeit.

Auch hier nahmen sich die Schwestern meiner recht liebevoll an. Da war Schwester Erika, eine Wolgadeutsche. Die üppige Blondine hatte es übernommen, mir jeden Morgen das Gesicht und den Oberkörper zu waschen. Das geriet von Tag zu Tag mehr zu einer Liebkosung anstatt zu einer Reinigungsprozedur. Nicht, daß mir das unangenehm gewesen wäre. Aber warum tat sie das? Die ältlichen Nonnen, die hier das Sagen hatten, beobachteten alles mit zur Schau gestellter Mißbilligung. Erika wurde durch Schwester Helga ersetzt. Die kümmerte sich auf andere Weise um mein leibliches Wohl. Sie verwöhnte mich mit einer Schaumspeise, die sie aus heißem Rotwein, einem Ei und Zucker bereitete.

Mein Obersturmbannführer, ein ehemaliger Unteroffizier der Reichswehr, behandelte mich »tapferen Frontoffizier« mit respektvoller Kameradschaft. Er selbst war Nachschuboffizier in einer Division der Waffen-SS. Sein höchster Orden war das Kriegsverdienstkreuz erster Klasse. Er bot mir das kameradschaftliche »Du« an, aber ich »vergaß« es geflissentlich, davon Gebrauch zu machen. Das war bestimmt undankbar, denn schließlich gewährte »er mir Gastfreundschaft« und war nett zu mir. Ich weiß nicht, warum ich zwischen uns keine Vertraulichkeit aufkommen lassen wollte. Als er am Wochenende Besuch von seiner Freundin bekam, hatte ich fast ein schlechtes Gewissen, weil die beiden nun nicht alleine sein konnten.

Zu einem richtigen Freund wurde der Oberarzt, der mich behandelte. Die Unterhaltungen mit dem ernsten und gleichzeitig humorvollen Dr. Leitner machten mir besonders viel Freude. Täglich saß er bei mir auf der Bettkante und zeichnete mit dem Höllensteinstift phantasievolle Ornamente auf meine Oberschenkelwunden. Groß genug war der Platz dafür ja. Der Ausschuß am rechten Oberschenkel war um die Hälfte größer als meine Handfläche: Und ich habe Handschuhgröße 9 . . .

Während der Doktor »arbeitete« redete er, erzählte oder er deklamierte nicht ganz stubenreine Verse von Bonifazius Kiesewetter. Auf keinen Fall vergaß er darüber seine Zigarre unter Dampf zu halten. Er dürfte übrigens der einzige Chirurg der deutschen Wehrmacht gewesen sein, der eine abgeschlossene Lehre als Metzger aufweisen konnte. Sein Vater war Inhaber einer Kette von Fleischerläden in Wien und hatte darauf bestanden, daß der Sohn ein richtiges Handwerk lernt, bevor er zu studieren anfing!

Manchmal kam Dr. Leitner mitten in der Nacht zu mir. Wie oft sah er dann um 20 Jahre gealtert aus. Er brauchte gar nicht den furchtbaren Spruch von der geglückten Operation – Patient tot – anzubringen – ich wußte, daß ihm dieses Mal kein Erfolg im OP vergönnt gewesen war. Dann angelte ein völlig anderer Mensch mit einem von Erschöpfung und Enttäuschung, manchmal auch von Resignation gezeichnetem Gesicht, sich eine von den Rotweinflaschen, die sich unter meinem Bett angesammelt hatten, und nahm sie zur Brust.

Es dauerte eine Weile, bis die Anspannung bei ihm abfiel

und wir mit Rücksicht auf meinen Bettnachbarn unsere Gespräche halblaut begannen. Bei einer solchen Gelegenheit erzählte er mir, daß der Lazarettzug, mit dem ich kam, weiter ins Reich gefahren war. Man hatte nur die hoffnungslosen Fälle ausgeladen. So erfuhr ich auch, wie Unrecht ich dem Chefarzt getan hatte. Er war alles andere als ein Sadist. Er hatte mir keine Narkose geben können, weil ich das bei meinem desolaten Kreislauf nicht überlebt hätte! Und ich hatte ihm bei einer späteren Narkose im Ätherrausch »Meine Meinung« gesagt und ihm gedroht –, daß ich ihn noch umlegen würde. Peinlich, peinlich, aber was sagt man nicht alles im Rausch! Der Chefarzt sah es jedenfalls so.
Anders die armen Nonnen. Die hatte ich mir für immer vergrätzt. Allerdings auch im Zustand der verminderten Zurechnungsfähigkeit – zwischen Schlaf und Bewußtlosigkeit. Und dies gleich nach meiner Ankunft im Lazarett. In meinem Dämmerzustand hatte ich verschwommene Eindrücke von Personen, Stimmen und Kerzen wahrgenommen. Die Stimmen hörte ich zwar, aber sie erreichten mich nicht. Zu den Impressionen gehörten auch die weißen Hauben der Nonnen und die Kerze auf meinem Nachttisch. Erst als Dr. Leitner mich auf meine Verfehlung ansprach, erinnerte ich mich wieder daran: Die Nonnen hatten in Erwartung meines Dahinscheidens Gebete gesprochen. Einer der weihwassersprengenden Nonnen soll ich damals den Rat gegeben haben: »Schwester, sprengen Sie draußen, hier staubt es nicht.«
Einen Vergleich mit den Brüdern im Lazarett in Trier hielten die Nonnen somit nicht aus – was waren das für freundliche, stets hilfsbereite und fröhliche Menschen gewesen. Die Nonnen hier verbreiteten im Gegensatz dazu um sich nur eine kalte, freudlose Atmosphäre. Ihre Schikanen und Intrigen gegen die Rot-Kreuz-Schwestern und zum Teil auch gegen die Ärzte wirkten sich verheerend auf das gesamte Klima aus.

Die kleinen Ereignisse im Lazarett bekamen allmählich für mich die gleiche Bedeutung wie die Pseudosensationen eines Gefängnisses für einen Gefangenen. Sie vermittelten einen schwachen Abglanz eines Lebens, an dem man nicht mehr teilnahm. Auf der dünnen Kruste der täglichen Banalitäten bewegten sich meine Gedanken wie ein Schlittschuhläufer mit seinen eleganten Schwüngen auf dünnem Eis. Nur keine gewagten Sprünge, denn unter der dünnen Decke lauert das Verdrängte, Unbewältigte und Bedrohliche! Es war da in den schlaflosen Nächten und manchmal überfiel es mich am hellichten Tag. Dann konnte ich nur den Kopf zur Wand drehen und die Augen schließen.
Von Claudia bekam ich jede Woche zwei Briefe. Was sie mir in ihrer ausgeglichenen Handschrift mitzuteilen hatte, war Zuneigung und etwas aufgesetzte Munterkeit. Sie wußte nur von mir, daß ich bald in ein Lazarett nach Mitteldeutschland verlegt werden sollte.

Fünf Wochen waren ins Land gegangen. Die Schmerzen hatten inzwischen nachgelassen. Es gab Phasen, in denen ich ganz schmerzfrei war und eines Morgens merkte ich, daß ich die große Zehe am linken Fuß bewegen konnte. Bereits nach einer Woche konnte ich das ganze Bein bewegen und in das rechte Bein kehrte auch allmählich Leben zurück. Durch das lange Liegen hatte ich Waden wie ein Storch. Die Wunden am rechten Bein waren allerdings noch nicht verheilt. Der Querschläger hatte zuviel Substanz mitgenommen, Muskulatur und Nerven.
Vorsichtig setzte ich mich an den Bettrand und ließ die Beine auf den Fußboden baumeln, damit sich das Herz daran gewöhnte, wieder mehr leisten zu müssen. Am nächsten Tag machte ich bereits die ersten Gehversuche im Zimmer, natürlich am Stock. Schwester Helga sah darin einen Anlaß zum Feiern und packte mich, ohne Rücksicht auf meine Proteste, in einen Rollstuhl. In Decken gehüllt

schob sie mich durch einen nebligen Park. Es war ein trüber Sonntag Ende November. Obwohl ich es genoß, endlich wieder an der freien Luft zu sein, ließ ich bald kehrt machen. Ich konnte die Blicke der Spaziergänger nicht ertragen.
Vom Blut-und-Boden-Maler Padua existiert ein zeitgenössisches Gemälde mit dem Titel »das größere Opfer«. Es zeigt einen an Krücken gehenden Beinamputierten und einen Hitlerjungen mit der Sammelbüchse für das Winterhilfswerk in der Hand. Die Passanten, die ihre Spende in die Büchse steckten, warfen bedeutungsschwangere Blicke auf den Kriegskrüppel. Als ich dieses Bild zum ersten Mal sah, hatte ich Abscheu empfunden darüber, daß hier ein Versehrter für Propaganda mißbraucht wurde.
Ich wollte zurück ins Lazarett. Denn hier fühle ich mich wie zur Schau gestellt. Ich wollte mich verkriechen.
Mein sechster Sinn zeigte mir wieder einmal an, daß etwas im Gange war. Den Gerüchten nach sollten die Russen bedrohlich nahe an uns und an Wien herangekommen sein. Auf die Tafel an meinem Kopfende hatte man bei der letzten Visite mit Kreide ein »A« geschrieben. Natürlich wollte ich von der Schwester wissen, was das hieß. Ob das vielleicht Ausländer heißen sollte, damit die Russen die bösen Reichsdeutschen leichter von den guten Österreichern unterscheiden konnten? Tatsächlich hatten fast nur Patienten, die aus dem Reich stammten, dieses mysteriöse A bekommen. Es bedeutete: Abtransport.
Jetzt wurde Abschied gefeiert. Bei Dr. Leitner fiel es mir besonders schwer, als er mir die besten Wünsche mit auf den Weg gab. Die Schwestern waren besonders rührend und auch mein Bettnachbar zeigte sich von seiner besten Seite. Schwester Helga war ganz aufgeregt, denn sie sollte mich auf der Bahnfahrt zum Reservelazarett Eisleben betreuen. Inzwischen war es mir zwar gelungen, schon ein paar Schritte ganz alleine zu machen, aber das reichte noch nicht aus,um mich alleine auf Reisen zu schicken. Es war mehr als

ein Jahr her, daß ich eine deutsche Stadt gesehen hatte. Freundlich sah es hier allerdings nicht gerade aus. Von einer vorweihnachtlichen Stimmung war auch nichts zu spüren. In Wien mußten wir noch einmal umsteigen, aber dann konnten wir es uns in einem für uns reservierten Abteil bequem machen. Es war sogar richtig geheizt. Helga saß mir gegenüber und hat mein geschientes Bein auf ihren Schoß gebettet. Am Morgen sollten wir in Leipzig sein. Von wo aus ich einen Abstecher zu meiner Mutter machen wollte, die sich große Sorgen um mich machte.

Auf irgendeinem Bahnhof hatte Schwester Helga heißen Kaffee – wenn man das so nennen wollte – besorgt, und wir stürzten uns auf die Marschverpflegung, die unvermeidliche Dauerwurst, Margarine und Kommißbrot. Zur Nachtruhe streckte ich mich auf der Bank aus. Helga hatte mir eine zusammengelegte Decke unter den Kopf geschoben und setzte sich auf die Kante meiner Bank. Sie hielt meine Hand bis ich eingeschlafen war.

Am Vormittag war ich bei meiner Mutter. Einen Tag Urlaub für diese Zwischenstation hatte man mir erlaubt.

Seit langem lag ich einmal wieder in meinem eigenen Bett. Helga wechselte meinen Verband am Oberschenkel und Mutter verwöhnte mich. Am nächsten Morgen gab es ein üppiges Frühstück mit Ei und Wurst, weiß der Teufel wo und wie Mutter sich das abgespart hatte. Im Tagesverlauf steckten ein paar Bekannte den Kopf herein, und abends saßen wir schon wieder in einem Zug. Dieses Mal aber weit weniger komfortabel. Ein unbeleuchteter Bummelzug und bis zum Bersten überfüllt.

Schwester Helga hatte für mich einen Sitzplatz freimachen lassen, was mir sehr unangenehm war. Ich saß eingezwängt zwischen ungewaschen riechenden Menschen in einer Luft, die nach Tabak Marke Eigenbau stank. Das alles war für mein dünngewordenes Nervenkostüm schon schlimm genug, aber da war noch diese ununterbrochen vor sich hinnö-

lende Stimme. Offenbar ein Rheinländer, der kaum dem Stimmbruch entwachsen war. Er schilderte seine Erlebnisse bei einem Bombenangriff auf Köln. Was er da von sich gab, klang verdächtig nach einer Version, die er schon unzählige Male heruntergehaspelt hatte und nicht danach, daß er das selbst erlebt hatte. Da, endlich eine tiefe Stimme: »Ach halt doch deine Klappe!« Die einsetzende Stille nutzte eine Frau: »Da hätten Se mal in Essen dabei sein müssen! Da war was los. Meine Tante und mein Onkel sind dabei luftgefallen.« Sofort war ein Wettstreit darüber im Gange, wer wohl den schlimmsten Luftangriff erlebt hatte.
Ich war heilfroh, als wir endlich in Eisleben das stickige Abteil verlassen konnten. Während ich im zugigen Wartesaal stand, machte sich Helga auf die Suche nach einem Taxi. Nach einer Viertelstunde kam sie deprimiert zurück: Taxis gab es in Eisleben nicht mehr. Helga gelang es schließlich mit dem Lazarett zu telefonieren, damit man uns einen Wagen schickte. Fehlanzeige, Benzin war knapp, aber man würde einen Krankenträger mit einem Krankenstuhl schikken.
Wir saßen eine halbe Stunde in dem eiskalten Wartesaal, dann war mein Gefährt da, geschoben von einem freundlichen, mondgesichtigen Gefreiten. So saß ich nun in einem Rollstuhl und wurde durch Luthers Geburtsstadt geschoben. Wie alle Städte im Reich war die Stadt verdunkelt und zu meiner Erleichterung menschenleer. Ich erkannte, daß »Großdeutschland« seinen »Ehrenbürgern der Nation«, wie die Propaganda die Verwundeten nannte, nicht mehr viel zu bieten hatte. Aber ich mußte auch sehen, daß der Mangel bei der Zivilbevölkerung in der Heimat viel größer war, als ich angenommen hatte, soweit ich überhaupt darüber nachgedacht haben sollte.
Nach einer Fahrt über ungefähr drei Kilometer, zumeist über holpriges Kopfsteinpflaster, erreichten wir das Lazarett. Schwester Helga erledigte die Aufnahmeformalitäten,

gab mich an eine Kollegin weiter und verabschiedete sich von mir. Sie hatte wahrhaftig Tränen in den Augen.
Schwester Walburga hatte mich nun in ihre Obhut übernommen. Sie führte mich in mein Zimmer, wo drei abgeschirmte Nachttischlampen brannten. Aus den dazugehörigen Betten richteten sich drei Augenpaare auf mich. Meine neuen Zimmergenossen. Walburga machte uns kurz miteinander bekannt und packte mich ins Bett. Fürsorglich brachte sie mir noch eine Tasse heißen Tee und ein Schlafmittel. Diese kleine Rot-Kreuz-Schwester war sicher nicht viel älter als 20 Jahre, aber sie verbreitete eine durch Mütterlichkeit gemilderte Autorität um sich, daß man sich fragen mußte, woher dieses Mädchen seine Kraft hernahm. Mit meinen drei Leidensgefährten sollte kein Gespräch mehr aufkommen. Es ging ja auch schon auf Mitternacht zu.
Am Morgen nach dem störenden Besuch der Putzfrauen, die mit ihrem Scheuerbesen an die Betten rempelten und dem obligatorischen Messen der Temperatur, konnte ich mir meine neuen Leidensgenossen näher ansehen. Da war erst einmal der Leutnant Pohlmann vom Sturm-Pionier-Bataillon 43. Sein Bataillon war 1940 ebenfalls bei Sedan am Maasübergang beteiligt gewesen und gehörte jetzt zur Division »Großdeutschland«. Pohlmann war in Rußland auf eine Schützenmine getreten; sie hatte ihm den rechten Fuß abgerissen. Seine Unterschenkelamputation lag erst zwei Wochen zurück. Leutnant Köhler, der mir diagonal gegenüber lag, hatte schwere Erfrierungen an beiden Füßen. Fast jeden Morgen kam der Arzt mit einer Schwester, die ihm Gewebestücke von seinen vereiterten Füßen entfernten. Eine schmerzhafte und langwierige Prozedur. Der Dritte im Bunde war Oberzahlmeister, 30 Jahre alt und wohlgenährt. Eine dicke Hornbrille verlieh seinem Rundschädel eine besondere Note. Er hieß Mayer, Mayer mit AY, wie er immer wieder betonte, so als sei dies ein Adelsprädikat. Mayer hatte Gelbsucht. Vielleicht eine Berufskrankheit,

weil Zahlmeister so fett essen müssen, fragte ich ihn. Mayer nahm das gelassen. Er hatte ein sonniges Gemüt. Allzeit bereit zu helfen, manchmal etwas unterwürfig und ziemlich oft von unfreiwilliger Komik.

Unser Zimmer unterschied sich kaum von all den anderen Krankenzimmern. Es wurde viel geflachst, das heißt, es wurde naiver Unsinn getrieben. Die Schwestern wurden auf den Arm genommen und auch der junge Assistenzarzt in unsere Späße miteinbezogen. Selbstverständlich hatte jeder von uns zwischendurch seine bitteren Gedanken, aber es gehörte zum ungeschriebenen Kodex, diese nicht zum Gesprächsthema zu machen.

Das Lazarett war vorher ein Knappschaftskrankenhaus gewesen, dessen Chefarzt nun auch das Lazarett leitete. Er galt als Kapazität auf dem Gebiet der Unfallchirurgie und war ein Spezialist für Nervennähte. Er führte mich auch dem beratenden Chirurgen des Wehrkreises, Generalarzt Professor Heller, vor. Das war es dann auch. Im übrigen beschränkte sich seine Behandlung auf den Heilungsprozeß meiner Wunden. Der verlief überraschend schnell, zumindest so weit es sich um die sichtbaren Wunden handelte – mit Ausnahme des Ausschusses am rechten Oberschenkel. Das letzte Drittel wollte sich nicht schließen.

Bald war Weihnachten. Dann hatte Claudia, die Lagerführerin beim weiblichen Arbeitsdienst war, Urlaub und wollte mich besuchen. Der Gedanke daran machte mir schlaflose Nächte. Ich entschloß mich schließlich dazu, mich von ihr zu trennen, ohne ihr die Gründe zu nennen.

Als sie dann an meinem Bett saß, mußte ich alle Kraft zusammennehmen, um bei meinem Entschluß zu bleiben. Aber ich hielt durch. Es war eine Roßkur für uns beide. Claudia nahm mir das Versprechen ab, daß wir uns noch einmal sahen, wenn ich aus dem Lazarett entlassen worden war. Sie konnte nicht begreifen und ging. Für mich

war dies der Abschied von allem, was mich die letzten Jahre aufrechterhalten hatte.
So, nun fröhliche Weihnachten! Daran änderte auch die hübsche Sängerin nichts, die ihre Schallplatte »Sonne, Mond und Sterne« auf meine Bettdecke legte und auch nicht Schwester Walburga, die mich trösten wollte und versprach, »immer für mich da zu sein«. Den Rest gab mir – war es an Weihnachten oder zum Jahreswechsel – als der Reichspropagandaminister Josef Goebbels sprach! Ein einziger unerträglicher Schwulst: Die Greisin mit schlohweißem Haar, angestrahlt vom Feuersturm der brennenden Städte, die heldenhaft Brandbomben bekämpfte und die mythische Verehrung unseres Führers.
Bei der nächsten Gelegenheit bat ich den Chefarzt mich kv (kriegsverwendungsfähig) zu schreiben. Der lehnte erst mal ab: »Sie haben doch Ihre Pflicht getan.« Aber als ich darauf drängte, willigte er ein. Wahrscheinlich hielt er meinen Wunsch für ein seltenes Beispiel von Patriotismus. Doch davon war ich weit entfernt – ich wollte nur schnell alles hinter mich bringen.
Gründlich, ohne Publikum und ohne die Verantwortung für andere. Wie das aussehen sollte, wußte ich noch nicht, aber mein Gesuch, als Einzelkämpfer eingesetzt zu werden, lag beim zuständigen Generalkommando in Berlin.
Mitte Januar verließ ich das Lazarett und machte zuhause einen kurzen Besuch. Ich ging noch am Stock, und die Wunde am Oberschenkel hatte sich immer noch nicht geschlossen. Die Beinmuskulatur und das Knie streikten noch, besonders, wenn ich versuchte aufzustehen. Mein letztes Treffen mit Claudia. Sie ahnte meine Gründe nicht und zerbrach sich den Kopf. Ich konnte ihr nicht helfen. Als ich mich auf den Heimweg machte, begann es zu schneien, der Weg wurde glatt und ich mußte öfters stehen bleiben, um neue Kräfte zu sammeln.

Ich lebe immer noch

Mein neues Ersatzbataillon lag in einer brandenburgischen Kleinstadt, im Einzugsbereich von Berlin. Kommandeur war ein mit einer Wampe behafteter Major. Zwischen ihm und mir bestand eine spontane und gegenseitige Abneigung. Womöglich war er so abweisend, weil er meinetwegen eine Anweisung »von oben« hatte. Diesen Eindruck hatte ich. Anders war es nicht zu erklären, daß ich zu einem Kader abgestellt wurde, mit dem man etwas Besonderes vorhatte. Bei meiner neuen Einheit existierte ein Stamm aus einem Oberleutnant, zwei Leutnants und einem kompletten Unteroffizierkorps für eine Kompanie. Das war der Stamm für eine Pionierkompanie, die wir für die Führerbegleitdivision »Großdeutschland« aufstellen sollten. Das war nicht gerade das, was ich mir vorgestellt hatte. Doch man hatte inzwischen gelernt, nicht ständig in das Schicksal eingreifen zu wollen. Ich war nun bereit es hinzunehmen, wie immer es sich mir zeigen sollte.

Wohlgemerkt, wir schrieben Februar 1945 und es mangelte an allem, an Menschen und Material – aber nicht bei uns. Wir bekamen praktisch jeden Soldaten, den wir anforderten, und das Material, das nach und nach anrollte, war vom Besten. Die Soldaten, die zu uns kamen, waren allererste Wahl. Mit meinen 1,80 Meter war ich in dieser Umgebung gerade mittelgroß. Alle waren erfahrene Krieger mit Orden, wie sie bei einem Soldaten dieser Kategorie einfach zur Kleiderordnung gehörten. Wir hatten den gleichen »Stallgeruch« und sprachen dieselbe Sprache. In ganz kurzer Zeit

entwickelte sich ein Zusammengehörigkeitsgefühl und ein starkes Selbstvertrauen.
Eine seltene Einigkeit bestand in der Ablehnung des Kommandeurs, der ja nur unser Gastgeber war und dessen Einwirkungsmöglichkeiten auf uns stark eingeschränkt waren. Darunter schien er auch schwer zu leiden, denn er ließ keine Gelegenheit aus, sich bei uns unbeliebt zu machen. Das nahm manchmal direkt heitere Formen an.
Der Kompaniechef war auf einer kurzen Dienstreise zu unserem zukünftigen Divisionskommandeur. Ich hatte für die Kompanie Kampfball – Fußball brutal – angesetzt. Das machte den Männern mehr Spaß als Exerzieren oder Zielübungen, die sie ohnehin in der Praxis mehr als genug gemacht hatten. Da kam der Kommandeur angewatschelt. Irgendwer rief: »Kommandeur von rechts!« Ich machte pflichtgemäß Meldung: »Erste Ausbildungskompanie beim Kampfball, Herr Major!« Der wies mich auf einen Bataillonsbefehl hin, der Sport verbot, weil die gesamte Ausbildungszeit der Erziehung zur Kampftüchtigkeit vorzubehalten sei. Ich berief mich »gehorsamst« auf das letzte Heeresverordnungsblatt, nach dem Kampfball als »Nahkampfausbildung ohne Waffen« gefördert werden sollte.
Der Major lief rot an. Er winkte einen Soldaten mit langer Mähne heran und forderte ziemlich lautstark, daß ich in der Kompanie gefälligst für einen soldatischen Haarschnitt sorgen sollte. Mit seiner Lautstärke hatte Baumann sich daneben benommen. Einen Offizier »blökte« man nicht in Gegenwart von Untergegebenen an. Ich blieb dagegen bei der Form und pflichtete ihm bei, erlaubte mir aber darauf hinzuweisen, daß diese Männer erst vor Tagen von seinem Ersatzbataillon übernommen worden seien, und daß am Rande des Spielfelds ein Friseur im rollenden Einsatz wäre.
Der Major zog ab und ich habe einen Freund mehr.
Drei Tage später rächte sich der Kommandeur und erteilte mir einen Verweis, weil meine Ehrenbezeigung ihm gegen-

über zu lässig ausgeführt worden war. Es war die erste Disziplinarstrafe in meiner ganzen Kommißzeit und erschütterte mich nicht. Später sollte sich bestätigen, daß ich den Mann ziemlich richtig eingeschätzt hatte. Als er an die Westfront versetzt werden sollte, ließ er seine Verbindungen spielen . . .

Zu den Freuden des Soldaten gehörten im Krieg von jeher die sogenannten Bratkartoffelverhältnisse. Die Dame Irmgard wurde zwar nicht mein Verhältnis, aber nahrhaft war ihre Bekanntschaft schon. Das Mädchen war in der Nähe von Köln ausgebombt und wohnte hier bei ihrer Tante, und die Tante wiederum hatte gute Beziehungen zu einem Pferdefleischer. Auf diesen verschlungenen Wegen bekam ich Einladungen zu Sauerbraten oder Würstchen im Familienkreis. Damit waren Irmgards Vorzüge noch nicht erschöpft: Sie war Schreibkraft auf dem Bataillonsgeschäftszimmer, wodurch ich immer gut darüber informiert war, was sich so tat. Über diesen Draht hatte ich auch von der rückgängig gemachten Versetzung des Kommandeurs erfahren.
Ansonsten hatte die kleine Garnisonsstadt wenig zu bieten. Am Anfang bewohnte ich eine Dachmansarde in einem Privathaus, aber die Abende in dieser Bude bekamen mir gar nicht. Ich hatte viel zu viel Zeit zum Grübeln und deshalb wechselte ich in ein kleines Zimmer in der Kaserne. Fast jeden Abend saß ich hier bei Kerzenlicht, denn meistens hatten wir Stromsperre. An einem solchen Abend klopfte der Obergefreite Otto Molden an meine Tür. Der zackige Soldat mit dem EK II hatte einen sonderbaren Grund: Er wollte desertieren. Ebenso ungewöhnlich klang seine Geschichte: Molden war »Vierteljude«, deswegen hatte er auch nicht Unteroffizier werden können, obwohl er Gruppenführer war. Sein Vater war österreichischer Diplomat in Kopenhagen, bis aus Österreich die großdeutsche »Ostmark« wurde. Von dem Augenblick an hatte Molden

Schwierigkeiten mit der Gestapo. Auch seine Mutter, die Halbjüdin war, schwebte ständig in Gefahr.
An den Endsieg glaubte Molden nicht und er wußte auch nicht, was ein Sieg für ihn Positives bringen würde. Deswegen wollte er abhauen. »Und was wollen Sie von mir? Ich möchte wissen, was Sie dazu meinen.« Das war die Stunde der Wahrheit. Nehme ich Molden in Arrest und melde den Vorfall, steht er vor dem Kriegsgericht. Melde ich den Fall nicht und Molden ist Agent provocateur, komme ich vor den Kadi. Das Risiko aufgehängt zu werden, war gleichermaßen auf uns beide verteilt.
Ich glaubte Molden die Geschichte, aber was sollte ich ihm raten? »Molden, ich kann ihren Entschluß verstehen, aber Sie wissen genau wie ich, daß Sie am nächsten Laternenpfahl hängen, wenn man Sie erwischt. Dafür kann ich die Verantwortung nicht übernehmen. Sie müssen Ihre Entscheidung schon ganz alleine treffen. Ich kann Ihnen die nicht abnehmen.« Molden verabschiedete sich von mir mit einem Händedruck und am Morgen meldete mir mein Stellvertreter, daß Molden fehlte. Ich hatte den Eindruck, daß Feldwebel Henschel nicht ganz ahnungslos war und murmelte, so als ob ich nicht richtig hingehört hätte: »Das geht schon in Ordnung.«
Zwei Tage, mehr Vorsprung konnte ich ihm nicht geben, meldete ich Moldens Abwesenheit. 20 Jahre später sollte ich Professor Otto Molden in Wien treffen. Er war jetzt Präsident des Österreichischen College, Wien, und Veranstalter des Europäischen Forums Alpbach, auf dem internationale Wissenschaftler und Politiker kulturelle, wirtschaftliche und gesellschaftspolitische Fragen diskutieren.
Molden hatte sich, nachdem er die Kompanie verlassen hatte, mit gefälschten Dienstreisepapieren nach Mailand durchgeschlagen. Mit Unterstützung italienischer Partisanen war er in die Schweiz zu seinem Bruder Fritz gelangt, der zum US-Geheimdienstchef John E. Hoover Kontakt

hatte. Von der Schweiz aus waren die Brüder Molden für die Widerstandsbewegung in Österreich tätig.

Im März kamen unsere Waffen und Fahrzeuge. Wegen der bombardierten Bahnhöfe und Bahnstrecken geschah das nur kleckerweise. Dafür war alles von bester Qualität! 27 nagelneue Schützenpanzer, davon vier mit einer 2 cm-Flak bestückt, sechs Wagen trugen schwere Wurfkörper und je zwei Wagen waren mit schweren Granatwerfern oder mit schweren Maschinengewehren ausgestattet. Insgesamt verfügte die Kompanie über 52 Maschinengewehre. Die Feuerkraft konnte sich sehen lassen. Genau so die Ausrüstung: Neue Uniformen, im Schnitt wie die der Panzerwaffe, aber in Feldgrau, schicke Rollkragenpullover. Doppelt starke Ferngläser wie die Flak, ein 300-Watt-Sender für die Kompanie, Funkgerät in jedem Wagen und für das abgesessen geführte Gefecht-Feldfunksprech-Geräte Fritz (Walkie-Talkie).
Ganz oben mußte man große Hoffnungen in uns gesetzt haben. Denn überall an den Fronten herrschte Mangel. In Ostpreußen, in Schlesien, bei Düsseldorf und Remagen kämpften Hitlerjungen und Volkssturmmänner mit Beutegewehren und Munition, die nicht dazu gehörte. Aber auch »im Reich« sah es trostlos aus. Das Leben war grau. Die Menschen waren hungrig, übermüdet und gereizt. Flucht oder Evakuierung standen den Leuten im Gesicht. Man hatte seinen Besitz oder Angehörige verloren.
Mein Haufen strahlte auch nicht gerade Siegeszuversicht aus. Aber wir wußten: Mit einer gut ausgerüsteten Einheit, in der man sich auf seine Kameraden verlassen konnte, hatte man eine bessere Chance als in einem zusammengewürfelten Verein mit mangelhafter Ausrüstung.
In dieser allgemein gespannten Situation leistete ich mir etwas, was mir leicht das Genick hätte brechen können. In einem frühen Liederbuch der Hitlerjugend fand ich ein

Lied, das kaum noch einer kannte. Das fand ich besser als die abgedroschenen Sachen, die üblicherweise gesungen wurden. Dieses Lied sangen wir zum ersten Mal, als wir durch die Garnison marschierten. Es lag nicht an unserem gepflegten Gesang, daß man die Fenster aufriß und stehen blieb. Einen Tag darauf mußte ich zu dem Kommandeur und werde sehr genau befragt, was für ein Lied da gesungen wurde. Jetzt verstand ich auf einmal auch den Erfolg, den wir gestern mit unserem Gesang bei der Bevölkerung hatten. Die erste Strophe des Lieds hatte folgenden Text:

»Hört ihr es grollen durch Straßen und Gassen?
Sehr ihr die Männer die Sturmfahnen fassen?
Hört den einen, den gellenden Ton?
REVOLUTION! REVOLUTION!«

Das Wort Revolution hatten wir angeblich zu stark akzentuiert. Ich reagierte verständnislos und verwies auf den über jeden Zweifel erhabenen Refrain:

»Und wir recken zum Himmel die Hand
Und es gellt als ein Schwur durch
das Land unser Schrei
Wir tragen Hunger und Schmerzen
Die hemmen nicht unseren Schritt
Denn wir tragen in hämmernden Herzen
den Glauben an Deutschland mit!«

Der Major witterte, daß ich ihn an der Nase herumführen könnte. Außerdem hatte er den Ortsgruppenleiter der Partei im Nacken. Ihm vermittelte das Lied zu wenig Glaube an den Sieg »und wir haben doch wohl nicht eine Zeit der Revolution«, meinte er. Ich sah ihm treudeutsch in die Augen und sagte nichts. Ich hatte seinen letzten Satz als Feststellung und nicht als Frage verstanden. Abschließend empfahl mir der Kommandeur, in der Stadt lieber die bewährten Lieder singen zu lassen.

In jeder Woche gab es eine Stunde Unterricht zur politischen Lage. Einmal fiel gerade in so einer Stunde der Strom aus und wir saßen im Dunkeln. Da wurden auf einmal ganz andere Fragen gestellt, kritische und zweifelnde. Ich antwortete so, wie ich es glaubte verantworten zu können. Um nicht mißverstanden zu werden: Keinen Augenblick verstand ich mich als Widerständler – ich hielt es in meiner Naivität für selbstverständlich, daß man sagen durfte, was man glaubte und was offensichtlich wahr war. Ich tat das, was ich für meine Pflicht hielt und hätte mir gar nicht vorstellen können, daß man trotzdem hätte verfolgt werden können. Wenn ich damals gewußt hätte, wie wenig das stimmte, hätte ich wohl keine ruhige Minute mehr gehabt. Ich war so naiv zu glauben, daß meine Männer anständige Kerle waren und ich ihnen nicht mit Propagandaparolen kommen mußte. Und das waren sie ja auch. Auch der mit dem goldenen Parteiabzeichen, der ehemalige Lokführer des Sonderzuges von Adolf Hitler.
Zum ersten Mal, nachdem ich mein altes Pionier-Bataillon 49 verlassen mußte, hatte ich wieder eine Einheit, in der ich mich zuhause fühlen konnte. Mein Kompaniechef Oberleutnant Berger, im Zivilberuf Architekt, war ein korrekter Offizier Anfang der Dreißiger. Die einzige Meinungsverschiedenheit hatten wir über meine Verwendung. Als dienstältester Leutnant war ich Kompanieoffizier, der offizielle Stellvertreter des Kompaniechefs. Das war genau das, was ich nicht wollte. Am liebsten wäre es mir gewesen, wenn ich nur die Verantwortung für mich alleine zu tragen gehabt hätte. Das wäre für mein Vorhaben am besten gewesen. Aber in dieser Beziehung war mit Berger nicht zu reden. Natürlich kannte Berger meine Beweggründe nicht.
So lange wir hier in der Garnison lagen, war das ohne

Bedeutung. Später würden wir weitersehen. Berger war wieder bei der Division, die bei Lauban (Schlesien) eingesetzt war, und machte Druck, damit wir schneller komplett würden. Mit der Kompanie machte ich inzwischen Gefechtsausbildung und mit den Unteroffizieren Sandkastenspiele. Die Taktik des Kampfes vom Wagen und abgesessen mußte eingebleut werden. Für kurze Zeit setzte mir wieder einmal ein Malariaanfall zu und warf mich für ein paar Tage ins Lazarett. Dieses war in einer Schule untergebracht. Mein Stellvertreter, Feldwebel Henschel, machte sich einen Spaß und kam eines Nachmittags mit den sieben Schützenpanzern auf den Schulhof gebraust, ließ die Wagen scharf einschwenken, daß sie eine Linie bildeten. Dann folgte ein gefechtsmäßiges Absitzen, bei dem die Besatzungen blitzschnell über die Bordwand flankten. Henschel ließ antreten und der Zug sang mir ein Ständchen. Der Haufen war wirklich in Ordnung. Der Chefarzt rümpfte natürlich die Nase, weil die Schützenpanzer den Schulhof ziemlich umgepflügt hatten. Wenige Wochen später sollte in dieser Kleinstadt noch mehr umgepflügt werden – dieses Mal von Sowjetpanzern.
Es war wieder so weit. Die Kompanie wurde auf einen Güterzug verladen und in die äußerste Südostecke des Reiches gebracht, in den Raum Jägerndorf-Troppau. Zur Begrüßung war ein Oberst vom Divisionsstab erschienen. Aus seinen Worten konnte man heraushören, wie froh man hier um jede Verstärkung war. Den Ärmelstreifen »Großdeutschland«, der eigentlich erst nach einer Bewährung verliehen wurde, erkannte man der Kompanie wegen des guten Eindrucks, den sie machte, sofort zu. Ihre offizielle Bezeichnung war ab nun »1. Kompanie Führer-Panzer-Pionier-Bataillon 1«. Alle waren stolz, obwohl wir genau wußten, daß uns hier keine Parade erwartete, sondern der Einsatz an den am härtesten umkämpften Plätzen. Das lag durchaus nicht an einem »fanatischen Kampfeswillen«, son-

dern ganz einfach an der festen Überzeugung, daß man uns bei dem Unvermeidlichen, das uns erwartete, mit allen Mitteln unterstützen würde.
Die Division mit dem bombastischen Namen »Führer-Begleitdivision Großdeutschland« war ein abenteuerlicher Verband, der aus dem »Wachbataillon Großdeutschland« und dem »Regiment Brandenburg« entstanden war. Die Brandenburger waren eine Kommandotruppe der deutschen Abwehr unter Admiral Canaris gewesen. Soldaten, die in fremden Uniformen hinter den feindlichen Linien Brücken besetzten und Sabotageaufträge ausführten. Ihre letzten Einsätze hatten sie bei der Ardennenoffensive im Dezember 1944, bei der sie als GI verkleidet, unter den Amerikanern heillose Verwirrung anrichteten.
Diese Brandenburger waren also durch andere Einheiten zur Führer-Begleitbrigade und schließlich zur Führer-Begleitdivision aufgestockt worden. Wir waren nun das Panzer-Pionier-Bataillon in diesem Verband, der in seiner Zusammensetzung wenig Ähnlichkeit mit einer anderen Division hatte. Sehr ungewöhnlich war es zum Beispiel, daß wir in der Division ein Flak-Regiment hatten. Es handelte sich um die ehemalige Flak-Abteilung des Führerhauptquartiers, also um eine Luftwaffeneinheit. Und beim Panzergrenadier-Regiment gab es als Kuriosum ein Bataillon, das von der Waffen-SS gestellt wurde.
Divisionskommandeur war Generalmajor Remer – ebenfalls ein Kuriosium. Beim Umsturzversuch vom 20. Juli 1944 war er, als Kommandeur des Wachbataillons Berlin, noch Major. Durch eine Verkettung aberwitziger Zufälle war er in eine entscheidende Rolle geraten, die zum Scheitern des Aufstandes geführt hatte. Remer war dafür vom Major zum Obersten befördert worden. Nun nach kaum neun Monaten war Remer Generalmajor und mein Divisionskommandeur. In seinen Händen sollte später mein Schicksal liegen.
Wir waren gerade zum richtigen Zeitpunkt gekommen.

Genau in unserem Abschnitt startete der Russe eine Großoffensive. Was war nur aus der Roten Armee, die ich vor drei Jahren kennengelernt hatte, geworden! Sie trat mit einer riesigen materiellen Überlegenheit an und hatte auch zu siegen gelernt in den letzten zwei Jahren. Auf unserer Seite sah das jetzt anders aus. Kaum eine Kampfeinheit hatte noch ihre volle Gefechtsstärke. Benzin und Munition waren äußerst knapp und die Siegesaussichten waren auf Null gesunken, wenn man ehrlich war. Gekämpft wurde nur noch um das Überleben und aus dem Gefühl heraus, daß man der Zivilbevölkerung das Schlimmste ersparen mußte. Die Flüchtlingstrecks und die Berichte von Flüchtlingen über die Rote Armee trugen dazu bei. Unsere Division hatte dazu gerade einen grausigen Anschauungsunterricht bekommen! Kurz bevor wir bei ihr eintrafen, hatte sie das von der Roten Armee eroberte Städtchen Lauban wieder befreit und Schreckliches sehen müssen. Das hinterließ Spuren.
Einsatz und Moral der einzelnen Truppenteile waren in dieser letzten Phase des Krieges ganz unterschiedlich. Neben Beispielen von aufopfernder Verteidigung kam es, besonders bei den mangelhaft bewaffneten und zusammengewürfelten Einheiten immer häufiger bei sowjetischen Panzerangriffen zur panikartigen Flucht. Bei unserer hervorragenden Ausstattung und den handverlesenen Soldaten sah das schon anders aus. Wir hatten dem Gegner auch noch etwas entgegenzusetzen. Nach zehn Tagen Großoffensive hatte die Rote Armee in unserem Abschnitt ganze 20 Kilometer Boden gewonnen und dabei mehr als 400 Panzer verloren. Der größte Teil von ihnen ging auf das Konto der 8,8 cm-Flak 41. Die flach gebaute Kanone hatte nur eine Rohrhöhe von 120 cm und bot kein rechtes Ziel. Ihre Geschoßflugbahn hatte auf 2000 Meter Entfernung eine Gipfelhöhe von nur 40 cm. Da brauchte nur die Richtung zu stimmen. Um die Rohrerhöhung brauchte sich der Richtkanonier nicht zu kümmern.

Das Schicksal von Eliteeinheiten war es, als Feuerwehr mißbraucht, und von Krisenherd zu Krisenherd verlegt zu werden. Ruhepausen waren naturgemäß selten. Das war der Preis für Prestige und Ärmelstreifen. So erschien es ganz normal, daß wir »nach getaner Arbeit« bei Jägerndorf sofort in einen anderen Bereitstellungsraum verlegt wurden. Der lag bei Spremberg und damit ein gutes Stück näher an Berlin. Hier erwartete die Führung den entscheidenden Angriff des sowjetischen Südflügels auf die Reichshauptstadt. Nicht zu unrecht, wie sich bald herausstellen sollte.
Es war Mitte April 1945. Zum ersten Mal genoß ich das Vergnügen, für meine Einheit Spitze zu fahren, wenn es nach hinten geht. Mit einem amerikanischen Beutejeep aus der Ardennenoffensive und zwei Krädern startete ich. Ein beruhigendes Gefühl einmal nicht der sprichwörtlich letzte zu sein, den die Hunde beißen. Die Fahrt zum Spreewald führte über Römerstadt und das Riesengebirge. Dort lag in den höheren Lagen noch Schnee, es war ungemütlich kalt und windig. In einer menschenleeren Gegend lagen im Straßengraben Tote. Manchmal zu zweit, manchmal einzeln. Sie trugen graue Kleidung mit braunen Streifen. Nur ein kurzer Seitenblick. Wir fuhren weiter, hielten nicht an. Warum auch? Wir kamen aus einem Inferno, in dem der Anblick von Toten alltäglich war. Wir hatten uns mit dem Gedanken abgefunden, daß wir selbst jederzeit einer von ihnen sein konnten.
Einen kurzen Augenblick dachte man an Zuchthäusler. Warum sollten Strafgefangene in einer Zeit, in der unschuldige tote Zivilisten, Frauen und Kinder an der Tagesordnung waren, unsterblich sein! Woher sollten wir wissen, daß hier Menschen gemordet wurden – nur weil sie anders waren und dachten. Auch die Veränderungen, die in den Jahren bei mir vorgegangen waren, wurden mir nicht bewußt. Beim Anblick der ersten toten polnischen Soldaten 1939 hatte ich mir noch Fragen gestellt . . .

Unser Ziel war der Ort Schleife bei Spremberg. Ich machte Privatquartier klar und wartete auf das Eintreffen der Kompanie. Am Nachmittag kam sie an. Es ist der 15. April. Am nächsten Morgen um vier Uhr brach der sowjetische Großangriff los. Wolfgang Paul beschreibt dies folgendermaßen:
»Da es noch dunkel ist, beleuchtet nun eine hohe, in den Himmel aufsteigende Feuerwand das Oderbruch zwischen Frankfurt und Küstrin. Über den Flächenbrand, den vierzigtausend Geschütze und Granatwerfer legen, entstehen schwarze Rauchwolken, in denen wie riesige Vögel die Schatten von Bombern treiben, die in Geschwadern ihren Sprengstoff in das Feuermeer abladen.«
Im Morgengrauen fuhr ich mit meinem Schützenpanzer zur Aufklärung in Richtung Front. Von weitem war die schwarze Wand, die die Feuerwalze hat aufsteigen lassen, zu erkennen. Es waren keine einzelnen Abschüsse zu unterscheiden, nur ein einziges drohendes Grummeln. Die Straße war merkwürdig leer. Kein Verkehr zur Front, keine flüchtenden Soldaten. Als ich die Pulks der sowjetischen Schlachtflieger zu Gesicht bekam, verstand ich, warum sich niemand auf der Straße blicken ließ. Ich suchte mit meinem Wagen unter einem Baum Deckung.
Zwei russische Maschinen kamen in die Reichweite meiner 2 cm-Kanone und ich konnte mir nicht verkneifen, einmal mit der Spritze draufzuhalten. Meine Feuerstöße lagen gut, das sah man an der Leuchtspur. Deutlich erkannte man die Treffer, aber auch, wie die Granaten an der Panzerung abprallten. Die Maschinen flogen weiter. Entweder hatten sie lohnendere Ziele vor Augen oder sie hatten mich unter meinem Baum nicht ausmachen können.
Die Luft war wieder rein. Vorsichtig ging es weiter. Der Fahrer beobachtete die Straße, Berner, mein Melder, und ich paßten auf Flugzeuge auf. Endlich ein Mensch. Ein Volkssturmsoldat mit Schnauzbart. Er hatte ein Gewehr 98 lang umgehängt und trottete am Straßenrand gehend auf

uns zu. Wir hielten. »Na, was ist vorne los«, wollte ich wissen. Der Volkssturmmann war mindestens 60 Jahre alt. Es dauerte einige Zeit, bis dieser verwirrte Mensch ein Wort herausbrachte. »Herr Leutnant, ich bin von Beruf Schornsteinfeger, aber wie es da vorne raucht – so etwas habe ich noch nicht erlebt. Man kriegt gar keine – Luft.« Anschaulicher kann man das wohl nicht sagen. Ich ließ ihn aufsitzen, fragte ihn aber nicht, wo seine Einheit lag und nahm ihn auf dem Rückweg mit, wo ich ihn in einem Dorf absetzte.
Ich war wieder in Schleife, wo ich heute nacht im Quartier gelegen hatte. Jetzt, wo die Front nur noch wenige Kilometer entfernt war, fing man endlich an, die Zivilibevölkerung zu evakuieren. Beim Kompaniegefechtsstand war man froh, daß zwischen uns und der Front noch etwas Luft war. Aber in Halbendorf, nur wenige Kilometer ostwärts, hatten die Russen gerade eine Kompanie eingeschlossen. Ich sollte mit meinem Zug zu ihr durchstoßen und ihr den Rückzug ermöglichen. Zu meinen sieben Wagen bekam ich noch die beiden Schützenpanzer mit den 8 cm-Granatwerfern. Kaum war ich aus Schleife draußen, luden dort schon vier Sowjetbomber ihre Last ab. Wir verdrückten uns schnell in einem Waldstück und fuhren, als der Himmel wieder sauber war, weit auseinandergezogen, in Richtung Halbendorf weiter – nicht mehr auf der Straße. In Keilformation ging es über ein Saatfeld. Vor uns lag ein Waldstück, durch das die Straße nach Halbendorf führte. Am Waldrand lag ein Grenadier-Bataillon, das ebenfalls den Auftrag hatte, Halbendorf zu entsetzen.
Nach einigem Suchen fand ich den Bataillonskommandeur, ein Reservehauptmann: »Im Wald sind schon die Russen«, das war alles, was er zu sagen hatte. Seine Kompanien lagen am Waldrand untätig herum. Von Aufklärung keine Spur. Der Haufen flößte mir kein Vertrauen ein. Mit der Zeit entwickelte man ein Gespür dafür, welch ein Geist in einer Einheit steckte.

Ich ließ die Männer absitzen und schickte die Wagen, mit Ausnahme von meinem, bis hinter eine Bodenwelle zurück. Dann gingen wir rund 100 Meter in den Wald hinein und gruben uns dort zwischen den Bäumen ein. Gelegentlich fegte ein sowjetisches MG einen Feuerstoß hoch über unseren Köpfen in die Äste. Ein Beweis, daß sie uns nicht sehen konnten, sondern sich nur Mut anschossen. Unangenehmer wurden die Wurfgranaten, die etwas später folgten, denn bald stand das niedere Gestrüpp in Flammen. Lange würden wir hier nicht mehr liegen bleiben können. Das hatte ich auch nicht vor, aber ich mußte wissen, wie die Lage wirklich aussah.
Die Gruppe von Unteroffizier Windmöller wurde als Spähtrupp eingesetzt, Windmöller selbst genau eingewiesen. Er ging in Schützenkette rechts neben einem Waldweg, der nach Halbendorf führte, im Wald vor. Ich fuhr mit meinem Wagen auf dem Waldweg und hielt mit ihm Sichtverbindung. Windmöller sollte sich bei Feindberührung sofort zurückziehen. Ich würde ihm dann nötigenfalls mit der 2 cm-Kanone flankierend Feuerschutz geben.
So lief das Unternehmen dann auch ab. 200 Meter, 300 Meter, dann prasselte beim Spähtrupp das Schützenfeuer los. Erst ein langsames russisches MG, dann die zwei schnarrenden MG 42 von der Gruppe Windmöller. Mit dem Schützenpanzer fuhr ich noch 30 Meter weiter, bis die Kanone gerade über den Hang hinwegfeuern konnte. Nichts ging über eine gute Hinterhangstellung! Zwei Magazine Sprenggranaten leerte ich auf die Stellen, wo ich die Russen vermutete. Das mußte dem Spähtrupp genug Luft geschaffen haben, um sich abzusetzen. So lange ich feuerte, hatte sich kein russisches MG hören lassen. Nun nichts wie weg von hier und zwar rückwärts, denn zum Wenden war kein Platz, außerdem blieb die Kanone so in Schußposition. Nach 20 Minuten traf ich mit Windmöller wieder am Ausgangspunkt unseres Unternehmens zusammen. Ein Mann

war von der ersten Garbe des russischen MGs tödlich getroffen worden und liegengeblieben.
Wir konnten es uns nicht leisten, hier die Zeit bis zum Abend verstreichen zu lassen und mußten etwas unternehmen. Ich ging noch einmal zum Kommandeur des Grenadier-Bataillons. Dort war gerade noch ein Oberleutnant der Artillerie eingetroffen. Noch bevor wir ins Gespräch kamen, sahen wir ein paar Dutzend Grenadiere, die in wilder Flucht über das Saatfeld zurückliefen. Der Kommandeur wollte ein paar Leute von mir, die mit ihren Maschinenpistolen seinen Verein bei der Stange hielten. Kam nicht in Frage. Sollte sich doch der Kommandeur um seine Soldaten selber kümmern anstatt Däumchen zu drehen! Endlich würde Bewegung in die Sache kommen, denn der Artillerist hatte den Auftrag, unser Unternehmen mit zwei Batterien zu unterstützen. Wenn ich dabei an die kriegsmüden Grenadiere dachte, schien es mir angebracht, das Schicksal meiner Männer nicht zu stark von diesem Haufen abhängig zu machen.
Gerade in diesem Augenblick kam Oberleutnant Berger, mein Chef. Er hatte einen neuen Auftrag. Wir mußten dorthin zurück, wo wir eben hergekommen waren – nach Schleife – und sollten dort einen russischen Panzerangriff verhindern. Im Augenblick war mir jeder Auftrag willkommen, um von hier wegzukommen. Aber wie sollte ich mit meinen dünngepanzerten Mannschaftstransportwagen die schweren sowjetischen Kampfwagen am Durchbruch hindern?

»Es will Abend werden . . .«

Ehe sich die Führer-Begleitdivision zum Gegenangriff bereitstellen kann, hat sie an ihrer provisorischen Verteidigungslinie Feindberührung. Die eigene Verteidigung ist zusammengebrochen. Der Gegner erscheint mit Panzern im Rastraum der Division. Der Ort Schleife wird am Abend in Brand geschossen. Nahkämpfe sind im Gange.« (W. Paul, ›Der Endkampf‹)

Mehr als zehn Stunden hatten wir nun unseren Auftrag erfüllt und die Sowjets hier aufgehalten! Aber bei Nacht würden sie mit ihrer Übermacht, mit ihren Panzerrudeln und der Begleitinfanterie kommen. Doch dann sollten meine Männer auf ihren Schützenpanzern den Ort schon verlassen haben. Die Befehle hierzu hatte ich gegeben und mein Stellvertreter, Feldwebel Henschel, würde die Absatzbewegung führen. Ich saß in meinem Deckungsloch und wartete, bis es so weit war. »Herr bleib bei uns, denn es will Abend werden und der Tag hat sich geneiget.« Jetzt fiel mir der ganze Satz wieder ein. Wurde der nicht im Garten von Gethsemane gesprochen?
Hinter mir waren unsere Maschinengewehre verstummt. Jetzt würden die Männer zu ihren Fahrzeugen hasten und in den nächsten Minuten waren sie unterwegs nach Trebendorf. Dann würden die beiden Sowjetpanzer, die sich hier im Dunkeln auf mich zubewegen, nahe genug sein . . .
Mitten in diese Überlegungen plumpste eine dunkle Gestalt in mein Deckungsloch. Berner, mein Melder. Der sollte

schon längst mit meinem Schützenpanzer verschwunden sein. »Herr Leutnant, kommen Sie hier raus. Der Wagen steht gleich hinter der Scheune und ist fahrbereit.« Nur um Zeit zu gewinnen, sagte ich: »Gehen Sie schon voraus, ich komme gleich nach«, und hoffte, daß Henschel, der meine Absichten durchschaut hatte, mit ihm abfuhr. Aber Berner war nicht abzuschütteln: »Sie kommen doch alleine gar nicht aus dem Loch.« Berner hob den Panzerschreck, der meine letzte Waffe sein sollte, aus der Deckung und zog mich aus dem Loch. Die Zeit lief und durch diese Verzögerung gerieten Henschel und die anderen im Wagen in höchste Gefahr.

Nur noch als Rechtfertigung für mein Zögern, schoß ich mit dem Panzerschreck auf einen der beiden Sowjetpanzer, die noch 200 Meter entfernt waren. Zu weit. Berner packte mich am Arm und schleifte mich förmlich zum Wagen. Der hintere Einstieg war geöffnet und Schrader fuhr an, bevor der geschlossen wurde. Auf der anderen Straßenseite sah ich noch einige Rotarmisten, die in den Laufgraben sprangen.

Die Dorfstraße war durch den Feuerschein brennender Häuser in flackerndes Licht getaucht. Sowjets liefen aus ihren Maschinenpistolen feuernd, zwischen den Häusern umher. Wir mußten mitten durch sie hindurch; um zum Ortsausgang zu gelangen. Ich stand hinter dem Gefreiten Schrader, der am Steuer saß und dirigierte die Fahrtrichtung, indem ich ihn an der rechten oder linken Schulter berührte. Das Knie in das Kreuz hieß »Gib Gas«. Wir kamen an einem Haus vorbei und passierten unmittelbar die Mündung eines russischen Sturmgeschützes, das hinter dem Haus stand.

Berner hatte sich hinter den Beifahrer geduckt. Nur ich stand und ragte mit dem Oberkörper aus dem Wagen. Die durch einen Treffer nutzlos gewordene 2 cm-Kanone hatte jetzt doch ihr Gutes. Die Panzerplatte, die den Richtschüt-

zen gegen Splitter schützen sollte, gab mir auf der rechten Seite bis zur Schulterhöhe notdürftig Deckung. Die brauchte ich aber auch! Vom Straßenrand aus schossen die Rotarmisten mit Maschinenpistolen auf mich. Ich mußte direkt an ihnen vorbei und antwortete mit der Pistole. Alles lief wieder auf dieser »zweiten Ebene der Realität« ab, die mir längst bekannt geworden war. Das Blickfeld hatte sich verengt. Alle Handlungen geschahen reflexartig und wie unter Zwang.
Im Haus links vor uns detonierte eine Granate, wahrscheinlich vom Sturmgeschütz, das sich um 90 Grad gedreht hatte und hinter uns herfeuerte. Dann das widerliche Jaulen der Geschosse aus den Maschinenpistolen, die, von der Panzerung abgelenkt, als Querschläger die Gegend unsicher machten. Mich traf etwas an meiner rechten Hüfte. Ein Steinbrocken, vermutete ich, denn es tat nicht weh. Schlimm konnte das nicht sein.
Aber es war schlimm. Die gezündete Handgranate lag in einer Ablage der rechten Innenwand und sprühte vor sich hin. Ich konnte nicht hinlangen. Zwischen ihr und mir war die Panzerung für den Richtschützen. Das Teufelsei krepierte. Das Funkgerät brannte. Das Feuer patschte ich mit den Händen aus. Nur raus aus diesem Hexenkessel! Schrader fuhr nun auf eigene Faust und er machte es gut.
Um uns war es wieder dunkel. Schleife lag hinter uns. Schrader in seinem Fahrersitz hatte nichts abbekommen. Den Beifahrer hatte es leicht am rechten Oberarm erwischt. Er bemühte sich um Berner, der schwer verwundet war. Die Handgranate mußte direkt neben ihm explodiert sein. Bei mir war etwas im Gesicht passiert und meine Hände waren voll Blut. Aber wichtiger war jetzt ein Arzt für Berner. Zum Divisionsgefechtsstand waren es nur sechs Kilometer. Dort gab es bestimmt einen Arzt – und auch den General.
Schrader fuhr wie der Teufel. Wir waren da. Zwei Wagen meines Zuges standen als Sicherung am Straßenrand. Jetzt

schnell einen Arzt für Berner! Aber Berner brauchte keinen Arzt mehr. Wo war hier der Regiefehler? Wer hatte diesen Rollentausch zu verantworten?

Der Gefechtsstand befand sich in einem Haus mit einem parkartigen Vorgarten mit einer Auffahrt zum Hauseingang. Im Schatten standen zwei Schützenpanzer. Noch zwei Wagen von meinem Zug. Wo waren die anderen? Jetzt merkte ich, daß ich auf dem linken Auge nichts mehr sah. Vom Kinn tropfte Blut und mit der linken Hand war auch etwas los.

Bringen wir erst einmal den General hinter uns! Der saß am Tisch über einer ausgebreiteten Karte in einem großen Zimmer, das von einer Petroleumlampe und ein paar Kerzen nur spärlich beleuchtet war. Um ihn herum das notwendige Gewimmel von Stabsoffizieren, Ordonnanzen, Meldern, Telefonisten und Funkern. Generalmajor Ernst Otto Remer würde sich freuen, wenn er erfuhr, daß zwischen den Russen und seinem Gefechtsstand nur sechs Kilometer, und zwar sechs Kilometer ohne jede Sicherung, lagen – denn Fischer hatte Schleife nicht wie befohlen bis zur letzten Patrone verteidigt.

Ich meldete mich. Der General schob mir die Karte rüber, damit ich berichten konnte. Sein Ia zu meiner Linken schaute interessiert zu. Als ich mich über die Karte beugte, fielen einige Tropfen Blut darauf. Remer lehnte sich etwas zurück. Der Divisionskommandeur hörte sich meinen Bericht wortlos an. In dem knochigen Gesicht über dem Ritterkreuz mit Eichenlaub spielte sich nichts Erkennbares ab. »Ich danke Ihnen. Lassen Sie sich draußen verbinden.« Das klang nicht unfreundlich, aber auch distanziert.

Ein Ordonnanzoffizier kam hinter mir her und wollte wissen, welche Auszeichnungen ich hatte. Warum? Sollte er vielleicht noch eine hinzufügen? Oder wollte der General wissen, ob meine Brust noch »nackt« ist, um dann auf

Sommer und Herbst 1941. Eindrücke auf dem Vormarsch, an die man sich nicht gewöhnt: Verwundete, Flüchtlinge, Gefangene.

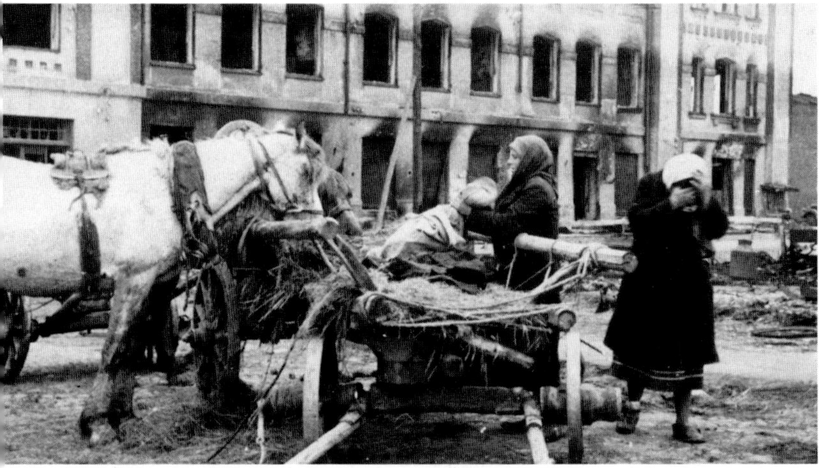

Bei Wjasma schließt sich der Kessel. Die Stadt wird hart umkämpft, geht in Flammen auf und fordert auf beiden Seiten ihre Opfer.

»General Winter« greift ein. Unsere Fahrzeuge sitzen auf der Autobahn nach Moskau im Schnee fest.

Die Rote Armee ist zur Gegenoffensive angetreten. Der Kampf geht um Häuser und Dörfer.

Die Kirche von Woskressensk. Bei uns ist der kritische Punkt erreicht.

Sommer 1943. Wir verladen in Ostpreußen auf die Schiene. Es geht nach Belgrad.

Unsere Schwimmwagen auf einer Rast in Nordgriechenland.

März 1945. Mit Schützenpanzer und Schwerem Wurfgerät gegen die anstürmende Rote Armee.

seine Interpretation des Begriffes Verteidigung zurückzukommen? Die Frage blieb unbeantwortet.
Was ich nicht ahnen konnte: Keine 48 Stunden später sollte der General die gleichen Probleme haben wie ich in Schleife. Nur hing von seinen Entschlüssen das Schicksal der ganzen Division ab. Sie war von den Sowjets eingeschlossen. Als sich nach drei Tagen – am 21. April – die Korpsgruppe Jolasse, zu der Remers Division gehörte, zum Ausbruch nach Südwesten entschloß, war es dafür zu spät. Remer rettete sich und ganze 400 Mann. Dazu Wolfgang Pauls Schilderung in seinem Buch »Der Endkampf um Deutschland 1945«:
»Für einen Angriff auf den Gegner fehlt es an Munition und Treibstoff ... Die Wiese, über die sie jetzt ohne Feuerschutz müssen, ist 600 Meter breit. Auf sie konzentriert sich das russische Feuer.
Es ist eine blühende Wiese, die zur Todeswiese wird. Auf ihr fallen Grenadiere, Frauen und Kinder, die in den Schützenpanzerwagen mitgenommen wurden.
Panzer brennen, bleiben im Sumpf stecken. Von Westen und Osten greift die Leuchtspur der Pak und MG-Munition nach den Deutschen.
General Jolasse, den Knotenstock in der Hand, versucht auf den Schützenpanzerwagen des Generals Remer zu springen, rutscht ab, hastet weiter ...
Auf diesen Wiesen bei Neu-Petershain geht die Führer-Begleitdivision unter. Remer wartet jenseits der Wiesen auf seine Division, aber er sammelt nur 400 Mann. Er zieht mit ihnen weiter, bis er auf eine gepanzerte Gruppe der SS-Panzer-Division »Frundsberg« trifft. Ihr übergibt er die Verwundeten. Mit den übrigen geht er zu Fuß. Er wird sich am 3. Mai bei Dresden in Zivil zurückmelden ...«

Der Arzt verstand sein Handwerk. Das linke Auge hatte eine Hornhautverletzung durch einen winzigen Splitter.

Rechts neben der Nase hatte ich einen Einschuß. Wenn ich atmete, kam Blut aus ihm, wie aus dem Atemloch eines harpunierten Wales. Dazu noch ein paar kleine Splitterverletzungen im Gesicht, das auch angesengt war. Splitter hatten die linke Hand gestreift. Einer steckte im linken Oberschenkel. Alles kleine Fische. Der Arzt ließ den Verwundeten-Begleitzettel schreiben und verabreichte mir einen Martell. Den nahm ich gerade an die Brust, da kam ein Stabsoffizier. Remer hatte ihn geschickt. Für mich war kein Ersatz da und Oberleutnant Berger war vermißt. Ob ich wohl die Kompanie vorerst weiterführen konnte? Nur ein paar Stunden, bis man eine neue Regelung fand?
Ich war wieder bei meinen Männern. Der Beifahrer war auf dem Weg zum Verbandsplatz. Der tote Berner lag zugedeckt neben dem Schützenpanzer. Außer dem einen Granatwerfer-Wagen waren alle Schützenpanzer wieder beieinander und außer dem Beifahrer und Berner hatte es keine weiteren Ausfälle gegeben.
Der neue Tag begann mit Bohnenkaffee vom Divisionsstab und einem Angriff von drei Schlachtfliegern. Ich schmeckte den Kaffee und hörte die Flugzeuge mit ihren Bordkanonen. Sehen konnte ich nichts mehr. Auch das rechte Auge hatte dichtgemacht. Die leichten Verbrennungen im Gesicht – wo kamen die eigentlich her? – und an den Händen machten sich schmerzhaft bemerkbar. Der Schädel brummte. Aber es ging mir ganz gut.
Es hatte nicht ganz gereicht. Warum dann aber bei Berner, der so stolz war, daß er seine Angst überwunden hatte und der mich aus dem Deckungsloch zog? Waren meine Entscheidungen richtig gewesen? Was hatte ich falsch gemacht? Viele Fragen und keine Antworten.

Blindlings nach Bayern

Meine quälenden Grübeleien wurden durch einen Hauptmann von unserem Panzer-Regiment unterbrochen. Auch er war verwundet. Als er aus seinem Panzer gestiegen war, um den Grenadieren zu zeigen, wie man einen russischen Panzer mit der Panzerfaust abschießt, hatte er sich einen glatten Durchschuß an der Hüfte eingehandelt. Ein idealer Heimatschuß, der ihn nicht traurig stimmte. Er hatte seinen Wagen, ein Mercedes Cabriolet und den dazugehörigen Fahrer bei sich. Hauptmann Herr wollte mir das letzte Warten auf den Krankentransport ersparen und mich zum nächsten Bahnhof bringen, damit ich schnellstens zum Augenarzt kam. Herr packte mich auf den Rücksitz. Dort blieb ich, bis wir den Bahnhof erreicht hatten und Herr die Lage geklärt hatte: Der Bahnhof war noch im Betrieb. Auf dem Gleis stünde ein leerer Güterzug mit einer Strohschütte in den Waggons. Der sollte als Lazarettzug eingesetzt werden und gleich abfahren. Wie ein Bruder führte er mich zu einem Waggon und bettete mich dort aufs Stroh. Mit »Hals- und Beinbruch« und mit der Versicherung, daß es gleich losginge, verabschiedete er sich.
Wie recht der Hauptmann hatte. Keine fünf Minuten später ging es los. Wenn meine Ohren richtig hörten, griffen zwei Schlachtflugzeuge den Bahnhof und den Zug an. Allein das heller werdende Kreischen des Anflugs, die Bordwaffen und das in Brummen übergehende Motorengeräusch beim Abflug, dann wenige Sekunden später das Krachen der Bomben. Zwei, drei, vier. Durch die offene Schiebetür

polterten Steinbrocken, vermutlich Pflastersteine in den Wagen. Der Wagen vor mir schien getroffen zu sein. Schreie und wieder das ansteigende Kreischen eines neuen Anflugs. Ich lag in absoluter Dunkelheit und wartete darauf, daß endlich Schluß war. Nun hatte ich endlich die Regie abgegeben. Bordwaffen, eine 2 cm-Flak belferte, Schreie und wieder Bomben. Dieses Mal waren sie weiter von mir entfernt. Liegenblieben und warten. Was sollte ich anderes tun. Rufen? Wonach? Draußen gab es Wichtigeres zu tun, als bei mir Händchen zu halten. Doch dann geschah das Wunder. Hauptmann Herr war wieder bei mir. Er hatte den russischen Fliegerangriff beobachtet und nun war er da, um nach mir zu sehen, ob mir etwas passiert wäre? Das war die selbstverständliche Kameradschaft, die man nicht nachempfinden kann, wenn man ihr nicht teilhaftig geworden ist oder wenn man sie nicht selbst ausgeübt hat. In Wirklichkeit war sie gar nicht selbstverständlich, aber sie war der Maßstab, an dem man den Kameraden mißt. Hier wurde sie von einem Menschen gebracht, dem ich erst vor einer Stunde begegnet war und den ich bis jetzt nicht einmal gesehen hatte. Anstatt sich mit seinem Wagen schnell nach hinten abzusetzen, kam er zurück und verschwendete hier mit mir seine Zeit. Dabei schätzte er die Lage ganz richtig ein: »Schnell! Die kommen gleich wieder. Schnell in den Wagen, die Russen sind auch bald hier.«

Der Wagen fuhr schnell. Ich lehnte wieder im Rücksitz. Wie es sich für alte Hasen gehörte, machten wir eine Lagebeurteilung. Zu Punkt 1 (Feind) hatte Herr neue Erkenntnisse: Die Alliierten würden Deutschland in Besatzungszonen aufteilen. Bayern würde zur amerikanischen Zone gehören. Das waren die Beschlüsse der Konferenz von Jalta, von denen ich zum ersten Mal hörte. Da Hauptmann Herr Bayer war, stand auch der Punkt 2 (Absicht) fest: Stellungswechsel nach Bayern.

Wir kamen noch einmal auf Punkt »Feind« zurück. Der Weg

nach Bayern war nämlich mit fliegenden Standgerichten bestückt. Und wer hängt schon gerne am Galgen? Letzter Punkt (Entschluß): Wir fahren zum nächsten Wehrkreiskommando und besorgen uns einen Marschbefehl. Das sollte uns vor dem Strick schützen.

Wir hofften auf die psychologische Wirkung meines Kopfverbandes. »Willst du als Kranker Eindruck schinden, dann mußt du dir den Kopf verbinden«, sagte immer schon Eugen Roth. Auf der Habenseite schlugen die schönen Ärmelstreifen und die Orden – Herr hatte das Deutsche Kreuz in Gold und ein Panzervernichtungsabzeichen – zu Buche.

Die nächste Kreisstadt auf unserem Weg war Kamenz in Sachsen. Wir fragten uns zum Wehrkreiskommando durch. Herr stieg mit dem Fahrer aus. Ich blieb im Wagen. Die Sonne schien auf mein Gesicht und ich spürte die Schmerzen. Ich mußte eingedöst sein. Als der Fahrer mich ansprach, fuhr ich zusammen. »Herr Leutnant, alles klar. Der Wehrkreis-Kommandeur ist ein Landsmann vom Hauptmann. Sie möchten bitte reinkommen.«

Der Fahrer war mir beim Aussteigen behilflich und führte mich am Arm. Dabei beschrieb er mir sehr einfühlsam die Umgebung. »Jetzt geht es drei Stufen runter. Jetzt gehen wir durch den Garten. So, jetzt sind wir am Eingang. Wieder zwei Stufen rauf. So, jetzt sind wir da.« Herzliche Begrüßung durch den Oberstleutnant. Man schob mir einen Sessel hin und setzte mich hinein. »Trinken Sie lieber Rot- oder Weißwein, Herr Fischer?« Der Weißwein, um den ich bat, war gut. Nach dem zweiten Glas stand plötzlich ein Mädchen bei mir. Es stellte sich als »Peter« vor und fragte, ob es mich anfassen durfte. Was sollte ich schon dagegen haben. Peter versuchte mit warmem Wasser und Seife meine Blutkruste zwischen den Bartstoppeln aufzulösen. Dann dehnte sie die Toilette bis zum Oberkörper aus.

Peter hatte zarte Hände und beantwortete bereitwillig alle Fragen. Sie war einen Meter vierundsechzig groß, hatte

schwarzes Haar und trug eine schwarze Panzeruniform. Eine Panzereinheit hatte sie auf der Flucht aus Schlesien aufgelesen. Dort half sie in der Küche und war zum Maskottchen der Kompanie geworden. Ganze 19 Jahre war sie alt. Sie verschwand für kurze Zeit und kam mit einer nagelneuen Panzeruniform und neuer Wäsche für mich zurück. Meine eigenen Klamotten waren von der letzten Nacht ziemlich zerfetzt und voller getrocknetem Blut.
Die Weinflasche mußte ziemlich leer sein, denn meine Schmerzen waren fast weg. Ich fühlte mich ganz leicht. Der Oberstleutnant und Hauptmann Herr waren handelseinig. Der Fahrer durfte noch zwei Kanister Benzin abholen. Peter führte mich dann raus zum Wagen und ließ mich einsteigen. Dann faßte sie behutsam meinen malträtierten Kopf und küßte mich – lang und liebevoll.
Unsere Fahrt ging nach Dresden, oder was nach den verheerenden Luftangriffen noch davon übrig geblieben war. Zeitweise mußten wir an den Straßenrand, um Wehrmachtkolonnen Platz zu machen, die auf dem Weg zur Front waren. Unser Fahrbefehl hatte die ersten Kontrollen durch die Feldgendarmerie bestanden. Die schmerzstillende Weinseligkeit ließ allmählich nach und ich bekam Fieber. Höchste Zeit, daß ich zu einem Arzt kam. Somit sollte es also nichts mit Bayern werden. Der Abschied von Hauptmann Herr und dem Fahrer fiel mir sehr schwer. Wir waren noch nicht einen Tag zusammen und fühlten uns schon als Freunde.
Auf einem Dresdner Vorortbahnhof stieg ich in einen Lazarettzug um. Es war wieder ein Güterzug. So komfortabel wie der von Frankreich oder der von Zagreb war er nicht. Er transportierte auch keine Frischverwundeten, sondern mit ihm wurde ein Feldlazarett aus dem Osten verlegt. Das Ziel kannten wir nicht.
Blind und angeschlagen lag ich auf einer Trage. Um mich herum Ärzte und Schwestern, wie ich aus den Gesprächen entnehmen konnte. Man hatte mich mit Tee und ein paar

Tabletten versorgt. Morgen sollten wir in einem Lazarett sein, dann würde man weiter sehen. Soldatenlos: Warten. Um mich, den Neuen, kümmerte man sich nicht weiter. Ich ließ mich in einen Zustand des Dahindösens verfallen.
Neben mir unterhielten sich zwei Schwestern mit einem »Heinz«. Man frozzelte sich gegenseitig. Ich horchte genauer hin. Eine der weiblichen Stimmen kam mir bekannt vor. In einer Gesprächspause fragte ich die eine Schwester, wo sie früher gewesen war. Sie mußte weit in die Vergangenheit zurückgreifen. Dann wußten wir, woher wir uns kannten.
Im Frühjahr 1942 war Karin Betreuungsschwester im Soldatenheim in Corbie gewesen. Das war das Städtchen in Frankreich, wohin es meinen alten Haufen verschlagen hatte, als wir aus Rußland kamen. Deutlich konnte ich mich noch an Schwester Karin erinnern, mit der ich oft Tischtennis gespielt hatte. Ein blutjunges, bildhübsches, aber schüchternes Mädchen, schwarzhaarig mit einem Madonnenscheitel. Ihr war der neue Patient auch bekannt vorgekommen. Sie hatte auch an mich gedacht, aber den Gedanken gleich wieder verworfen, denn ich war damals, vor Jahren, Unteroffizier gewesen und der Patient hier war einfacher Soldat. Auf die Idee, meine Rangabzeichen auf die Uniform zu nähen, die ich von Peter bekommen hatte, war ich nicht gekommen. Ich hatte andere Sorgen!
Karins Verlobter, ein Unteroffizier von meinem alten Bataillon, war in Afrika gefallen. Karin war dann als Rotkreuz-Schwester in Warschau und Saloniki und zuletzt in der Gegend von Lodz gewesen. Aus der schüchternen Betreuungsschwester war eine resolute und erfahrene Vollschwester im Operationssaal geworden.
Wenn man wußte, daß es nicht für die Dauer ist, war es eigentlich sehr angenehm, blind zu sein. Eine Welle von Hilfsbereitschaft und Bedauern schlug einem entgegen – von Kameraden und besonders von den Schwestern. Eine

dieser Schwestern, die ihre Pflichten sehr ernst nehmen, war Schwester Marianne, eine Grazerin. Ihre Stimme mit der leichten Dialekteinfärbung hatte ich mir in meiner neuen Umgebung sofort eingeprägt. Die auf die Waggons eingeschränkte Bewegungsfreiheit begrenzte auch die Arbeitsmöglichkeiten des Sanitätspersonals und so blieb Schwester Marianne viel Zeit, bei mir zu sitzen und in ihrer burschikosen Art zu erzählen. Auf diesem Weg lernte ich die Personen, die um mich herumsaßen und die ich nicht sehen konnte, kennen. Auch von Heinz war die Rede.
Wieder einmal hielt der Zug auf freier Strecke. Der Aufenthalt sollte länger dauern. Nach fast 24 Stunden im Waggon war ich dankbar, als Heinz mich zu einem gemeinsamen Spaziergang einlud. Von Heinz wußte ich, daß er Oberleutnant bei der Flak war und das Deutsche Kreuz in Gold trug, und seit Wochen mit Marianne befreundet war. Er hakte mich am Arm unter und drehte mit mir einige Runden. Plötzlich frage er mich: »Sind Sie ernsthaft an Marianne interessiert?« Ich versuchte ihm klarzumachen, daß die Fragestellung falsch war. »Unbesehen« konnte ich wohl kein ernsthaftes Interesse an Marianne entwickeln. Angebrachter wäre es doch, Marianne selbst zu fragen, ob sie noch an ihm interessiert sei. Das leuchtete ein und der Grundstein einer Freundschaft, die sich bald bewähren sollte und noch bis heute dauert, war damit gelegt.

Leitmeritz an der Elbe sollte unsere Endstation werden. Das malerische Städtchen war noch bis 1938 tschechisch gewesen. Nach dem Münchner Abkommen war es dann mit der Zustimmung von Italien, Frankreich und England dem »Großdeutschen Reich« zugeschlagen worden. Hier bezogen wir ein richtiges Lazarett und ich kam endlich zu einem Facharzt. Der tschechische Augenarzt entfernte am linken Auge einen kleinen Splitter in der Hornhaut. Dann fragte er mich nicht ganz ohne Häme: »Nun Herr Leutnant, was werden Sie nach dem Krieg machen?« Ich fand die Frage gar nicht so abwegig. Ich hatte sie mir noch gar nicht gestellt. Aber ich mußte sie mir stellen, allerdings in anderer Form. Konnte ich weiterleben? Ich wußte noch keine Antwort. Der Krieg war ja noch nicht vorbei . . .

Von einem auf den anderen Tag konnte ich wieder sehen. Die Klappe am linken Auge wurde abgenommen. Klare Konturen hatte das Bild noch nicht, aber ich sah! Am gleichen Tag hob der Arzt im Lazarett mein rechtes Augenlid an. Ich spürte, wie mir Tränen einer Flüssigkeit herunterliefen. Der Druck auf dem Auge war weg. Ich konnte das Lid wieder selbst bewegen und mein rechtes Auge sah so gut wie zuvor.

Erstaunlich, wie die Dinge in der Wirklichkeit weitgehend den Vorstellungen entsprachen, die ich mir als »Blinder« von ihnen gemacht hatte. Natürlich warf ich jetzt auch ein Auge auf Marianne. Sie sah prima aus. Ein kumpelhafter mütterlicher Typ, mit dem man durch dick und dünn gehen konnte. Für mich aber nicht die Frau meiner Träume, meiner – ich vergaß es immer wieder – Träume, die ich eigentlich vergessen wollte. Von meiner Seite hatte Heinz nichts zu befürchten.

Heinz war ohnehin Hahn im Korb. Zu seinem »Verhängnis« hatte er eine große Ähnlichkeit mit Hauptmann Marseille, dem »Stern von Afrika«, dem Traum aller junger Mädchen und reiferen Damen. Marseille war mit 22 Jahren als Jagdflieger mit den Brillanten zum Ritterkreuz mit Eichenlaub und Schwertern ausgezeichnet worden. Mehr ging wirklich nicht.

Wenn das zynische Wort: »Freunde genießt den Krieg, denn der Friede wird schrecklich« jemals eine Berechtigung hatte, dann in diesem April 1945 bei uns im Lazarett in Leitmeritz. Ein Frühling wie im Bilderbuch, mit blühenden Gärten, lauen Nächten und dem Gesang der Nachtigallen. Das alles wurde überlagert von Torschlußpanik, Verzweif-

lung und hektischer Lebensfreude. Hitler war den »Heldentod« gestorben, was uns zur eigenen Verwunderung nicht im geringsten berührte. Nur bei einer Schwester sah ich Tränen in den Augen, als sie die Nachricht hörte. Sonst nirgendwo eine Andeutung einer Erschütterung.
Auf unserer Tagesordnung standen wichtigere Fragen. Niemand zweifelte mehr am baldigen Kriegsende und keiner glaubte noch an einen »Endsieg«. Das Wissen um die Schrecken dieses Krieges mit seiner Erbarmungslosigkeit, Vergewaltigung und Mord, Gefangenschaft und Tod, ließ keine Trauer für einen Mann aufkommen, der uns einmal etwas anderes versprochen hatte. Wir hatten andere Probleme. Kamen wir nun heim? Wie sah es zuhause aus? War nicht alles von Polen oder Russen verwüstet? Wo steckten unsere Angehörigen, falls sie überlebt hatten? Wie werden sich hier in Leitmeritz die Tschechen verhalten, wenn der Friede »ausbrach«?
Aus den gemeinsamen Nöten und Sorgen ergaben sich gemeinsame Gespräche und ein verändertes Verhältnis zu den Mitmenschen. Dienstgrade verloren ihre Bedeutung. Die Ärzte wurden kameradschaftlicher, die Schwestern suchten nach dem starken Mann, an den sie sich im Notfall anlehnen oder klammern konnten. Heinz und mir – als tatkräftig verdächtig – ging es wie den Schiffsoffizieren, wenn das Schiff sinkt und die Passagiere Rettung suchten. Wir berieten uns mit dem Chefarzt, den wir »Sturmvogel« nannten. Er war ein gestandener Mann mit bemerkenswertem Charakter. Für sich hatte er schon entschieden: »Ich bleibe im Lazarett. Wenn die Russen kommen, brauchen mich die Patienten und Schwestern dringender als zuvor.« Wir konnten ihm nicht widersprechen. Für uns sah die Situation allerdings etwas anders aus. Auf keinen Fall wollten wir in russische Gefangenschaft gehen. Wir würden also hier rechtzeitig verschwinden. Als wir den Chefarzt fragten, wen wir noch mitnehmen sollten,

nannte er uns zwei Schwestern, die er gerne gerettet sehen würde. Es waren Schwester Marianne und noch eine Operationsschwester.
Heinz und ich gingen auf »Erkundung« und wurden fündig. Ein Bekleidungslager der Marine – wer weiß, wie das nach Leitmeritz gekommen war – wurde gerade geräumt. Wir halfen dabei und hatten bald blaue und weiße Marine-Rollkragenpullover und »Marine-Colanis« in unserem Seesack. Auf der Suche nach einem fahrbaren Untersatz gelangten wir in die SS-Nachrichtenschule. Ein junger Untersturmführer vom Typ Haudegen war der Ranghöchste des Restkommandos. Das verfügte nur noch über einen Pkw und einen Lkw. Heinz und ich schauten uns an und dachten dasselbe. Den einen Wagen abzustauben war gleichermaßen verlockend wie abwegig. Die Jungens waren auch nicht gerade von gestern. Die wollten sich mit List, Tücke und auch mit Waffengewalt in Richtung Heimat absetzen. Nein, nichts für uns. Das waren ganz flotte Burschen, aber bei Kriegsende mit ihnen in einem Boot? Wir hatten andere Pläne.
Aber wo bekamen wir nur einen Wagen her? Wir versuchten es einmal mit den Garagen. In der dritten stand aufgebockt genau das, was wir suchten: Ein Adler Trumpf Junior. Nicht gerade ein Wagen der gehobenen Luxusklasse, aber ein Cabriolet. Das garantierte gute Fliegerbeobachtung und schnelles Aussteigen. Der Wagen ruhte auf Holzklötzen, damit die Reifen entlastet wurden. Offensichtlich stand er schon lange so. Das dazugehörige Haus war abgeschlossen. Kein Mensch zu sehen, der zu dem Wagen gehört. Der Besitzer, Oberst Treskow, würde Verständnis für unsere Lage haben, glaubten wir. Wie ich später erfuhr, war Oberst Treskow damals schon tot. Der glänzende Soldat – zum Schluß Generalmajor – war einer der führenden Männer beim Attentat vom 20. Juli. Als seine Rolle bekannt wurde, hatte sich Treskow, um seine Familie vor der Sippenhaft zu

bewahren, an der Front mit einer Handgranate in die Luft gesprengt.
Das Fluchtauto hatten wir nun. Aber es war nicht fahrbereit. Die Reifen sahen nicht sehr vertrauenerweckend aus, aber sie konnten vielleicht gerade noch halten. Schlimmer war es, daß die Batterie fehlte und es keinen Sprit gab. Öl brauchten wir natürlich auch noch. Also auf zur SS-Nachrichtenschule. Dem Untersturmführer schilderten wir unsere Absichten und Schwierigkeiten. Morgen wollte der mit seinen Leuten aufbrechen, um sich ins Reich durchzuschlagen. Als wir uns mit gegenseitigen Wünschen verabschiedeten, hatten wir zwei 9-Millimeter-Pistolen Modell Radom, zwei Sturmgewehre und eine Menge Munition. Auch eine Batterie bekamen wir. Sprit und Öl sollten wir nach Einbruch der Dunkelheit abholen. Drei Kanister und etwas Öl drückte man uns schon mal in die Hand.
Spät abends trafen wir wieder im Lazarett ein und gingen gleich zu Sturmvogel. Böse Nachrichten. Ab Morgen mußte man mit den Russen in Leitmeritz rechnen. Sturmvogel ließ die beiden Schwestern holen und noch einen Soldaten von meiner Division, der einen Armschußbruch hatte und einen sogenannten Stukagips trug, sie sollten auf der Rückbank im Adler sitzen, wenn wir morgen früh um sieben Uhr starteten. Wir hatten vor, uns nach Karlsbad durchzuschlagen, wo angeblich schon die Amerikaner sein sollten. Den drei »Passagieren« legten wir nahe, nicht über unseren Plan zu sprechen. Wir bauten die neue Batterie in den Adler ein und tankten noch auf. Um sicher zu gehen, wollten wir den Rest der Nacht im Wagen verbringen, damit er uns nicht noch im letzten Augenblick gestohlen wurde. Heinz mußte noch was erledigen und war erst zwei Stunden später wieder da . . .
Der Morgen war sonnig, und es wehte eine frische Brise. Der 8. Mai 1945 brach an. Für uns ein Datum wie jedes andere. Wir verabschiedeten uns im Lazarett. Es flossen Tränen und zum Schluß sollte es auch noch höchst tragisch

werden. Wie ein Kaninchen aus dem Zylinder stand plötzlich ein auffallend hübsches Mädchen vor uns. Es trug ein Köfferchen und war reisefertig. Sie war eine baltische Baroneß und die letzte Eroberung, die Heinz in Leitmeritz gemacht hatte. Jetzt wußte ich auch, welche »Besorgung« Heinz heute nacht noch zu machen gehabt hatte. Wie mir Heinz ziemlich kleinlaut erklärte, lebte das Mädchen bei seinem Bruder, der zum Personal des Konzentrationslagers Theresienstadt gehörte. Wenn die Tschechen hier die Macht übernähmen, könnte es für die Baroneß sehr gefährlich werden. Heinz war zerknirscht und wir völlig ratlos. Es war absolut unmöglich, das Mädchen noch in dem Wagen, der bis an die Grenze des Achsbruches überladen war, unterzubringen. Eine ähnlich furchtbare Situation wie wenn nach einem Schiffbruch ein Rettungsboot hoffnungslos überbesetzt ist. Heinz ging es naturgemäß ganz besonders stark an die Nerven. Wir versprachen der jungen Dame, was wir auch Sturmvogel schon versprochen hatten: Wir kommen wieder. Dann fuhren wir los. Der Wagen schwankte schwer in der Federung.
Am Marktplatz gab es einen kleinen Menschenauflauf. Wir hielten an. Die Einwohner lieferten alles ab, was auch nur eine entfernte Ähnlichkeit mit einer Waffe hatte. Auf einem Haufen lagen Jagdgewehre, uralte Vorderlader und Bajonette. Dazwischen entdeckte ich ein altes Samuraischwert in einer reich geschnitzten Elfenbeinscheide. Ich nahm es an mich und schob es in die Falten des aufgeklappten Verdecks. Hoffentlich hatte Sturmvogel mit seiner Information recht und die Amerikaner waren tatsächlich schon in Karlsbad!
Die Landschaft wirkte unschuldig und friedlich. Doch dem Frieden war nicht zu trauen. Die Landstraße war leer, weit und breit kein Mensch, kein Fahrzeug zu sehen. Auch der Sonnenschein und das frische Grün konnten nichts daran ändern, daß unsere Stimmung gedrückt war. Heinz saß

schweigend am Steuer. Der Gedanke an das in Leitmeritz zurückgelassene Mädchen machte ihm sichtbar zu schaffen. Der Soldat mit dem Schußbruch war ohnehin ein Schweiger und die beiden Schwestern wirkten ziemlich deprimiert.
Wider Erwarten kamen wir gut vorwärts. Ich war ganz zufrieden. Aber bevor ich dreimal auf Holz klopfen konnte, war es schon passiert. Das Kühlwasser kochte. Als wir den Verschluß abnahmen, sahen wir, daß wir Kühlwasser verloren. Noch einmal überprüften wir alle Schlauchanschlüsse. Die waren in Ordnung. Vermutlich hatte das Kühlsystem einige kleine undichte Stellen. Vorsichtig füllten wir aus einem Dorfteich kaltes Wasser nach. Dann bröckelten wir Kommißbrot ins Kühlerwasser – zum Abdichten. Mit Kaffeesatz hätte man das gleiche Ergebnis erzielen können, aber den hatten wir nicht. Tatsächlich wurden die Nachfüllabstände von nun an wesentlich größer.
Eine Vergnügungstour wurde es trotzdem nicht. In den Dörfern links unserer Straße hörten wir die Abschüsse von Panzerkanonen, wir sahen die Brände. Der Iwan war in der Nähe. Plötzlich entdeckten wir im Staub auf der Straße Panzerspuren. Vor dem nächsten Ort trennten sich die Spuren und führten links und rechts von der Straße auf die Ortschaft zu. Hier wurde ein Panzerangriff gefahren. Im Ort war alles ruhig, nichts brannte, keine Schießerei. Wir hofften, daß die russische Panzerspitze – wenn es eine war – schnell durchgestoßen war, weil sie keine Feindberührung hatte. Gekämpft wurde hier jedenfalls nicht.
Ganz langsam fuhren wir weiter. Kurz vor dem Ortsrand hielten wir, und ich ging zu Fuß in den Ort. Kein Mensch. Nicht einmal ein einsamer Hund oder eine Katze. Heinz folgte vorsichtig mit dem Wagen. Am Straßenkreuz in der Ortsmitte bogen wir nach rechts ab. Wir wollten nicht das Schicksal herausfordern und weiterhin unsere Marschrichtung mit den Russen teilen. Lieber nahmen wir einen Umweg in Kauf. Wir würden uns eine Parallelstraße nach

Karlsbad suchen. Nach kurzer Zeit fanden wir einen Wegweiser. Nach Karlsbad waren es nur noch sechs Kilometer. Wir kamen wieder auf eine Hauptstraße, auf die wir links einbiegen mußten. Auf einen Schlag waren wir nun nicht mehr allein. Hier rollte eine endlos erscheinende Kolonne von Wehrmachtsfahrzeugen. Stoßstange an Stoßstange, so daß wir es schwer hatten uns einzufädeln.
So sah also die Auflösung aus. Hier bewegten sich keine geschlossenen Einheiten mehr. Ganz selten trugen ein paar Fahrzeuge hintereinander die gleichen taktischen Zeichen. Alles übrige war bunt zusammengewürfelt: Troßfahrzeuge, Pkw, Mannschaftswagen. Nur im Schrittempo schleppte sich dieser Heerwurm dahin.
Unmittelbar vor den ersten Häusern Karlsbads standen zwei oder drei amerikanische Jeeps mit ihren langen Antennen am Straßenrand. Daneben Kaugummi kauende amerikanische Soldaten mit ihren komischen Helmen. Sie gaben sich gelangweilt und zeigten nur an, daß wir uns beeilen sollten. Keine Kontrollen. Wir fragten uns zum nächsten Lazarett durch und ließen dort unsere beiden Schwestern und den Soldaten mit dem Stukagips aussteigen. Der Abschied war herzlich, aber kurz, denn Heinz und ich hatten es eilig, zurück nach Leitmeritz zu kommen, wo Sturmvogel und die Baroneß auf uns warteten. In der Stadt wimmelte es wie in einem Ameisenhaufen und es war unheimlich schwierig, mit dem Wagen durchzukommen.
Endlich hatten wir uns wieder zur Ausfallstraße, auf der wir reingekommen waren, durchgekämpft. Wo bei unserer Ankunft die drei Jeeps gestanden waren, war jetzt nur noch einer, und von den amerikanischen Soldaten waren nur noch zwei GIs übriggeblieben. Einer von ihnen saß im Jeep und palaverte mit zwei Mädchen, der andere hockte auf einer Kiste und hatte den Stahlhelm ins Genick geschoben. Auf seinen Knien lag ein kurzläufiges und ziemlich lächerlich aussehendes Gewehr. Er wirkte gelangweilt, als er den

Fahrzeugstrom zur Innenstadt an sich vorüberziehen ließ. Wir fuhren ganz langsam an ihn heran und gaben, kurz bevor wir uns auf seiner Höhe befanden, Vollgas. Bis der GI begriffen hatte, was vorging, war es zum Schießen zu spät, denn die Straße war voller Menschen. Zu unserer Beruhigung folgte der Jeep uns nicht. Sicher war noch keiner der fucking germans so verrückt gewesen, den sicheren Port zu verlassen und dem Iwan entgegenzufahren!

Auf den ersten Kilometern kamen uns noch immer Fahrzeuge entgegen. Erst als wir in Richtung Saaz abbogen, gehörte die Straße uns wieder allein. Das war nicht unbedingt ein gutes Omen. Allmählich wurde es dämmrig. Die absolute Stille war uns nicht recht geheuer. Und als wir um eine Kurve kamen, sahen wir erdbraune Gestalten vor uns. Sie kamen im Straßengraben in langer Reihe auf uns zu. Es war zu spät um umzukehren.

Es waren keine Russen, sondern Rumänen. Die verbündete rumänische Armee war schon im August 1944 auf die Feindseite gewechselt, aber einzelne Verbände kämpften weiterhin mit der deutschen Wehrmacht zusammen. Eine solche Einheit mußte das gewesen sein, was wir da vor uns hatten. Noch ärmere Schweine als wir! Die erwartete ein böses Schicksal. Finstere Blicke, kein Zuruf. Wie ein Zug der Verdammten zogen sie an uns vorüber.

Nur wenige Minuten später kam uns auf der Straße ein Fahrzeug mit abgedunkelten Scheinwerfern entgegen. Es handelte sich um einen der Funkwagen, die mit Allradantrieb und Allradlenkung ausgestattet waren. Wir hielten auf gleicher Höhe an. Niemand stieg aus. Im Funkwagen saß neben dem Fahrer ein Oberstleutnant im Generalstab, auf dem Rücksitz ein Feldwebel. »Wo wollen Sie denn hin, meine Herren?« fragte erstaunt der Oberstleutnant. Als wir ihm das verrieten, schüttelte er nur den Kopf. »Das können Sie vergessen. Wenn Sie noch zehn Kilometer weiterfahren, sind Sie beim Russen. Leitmeritz ist schon seit heute Mittag

in russischer Hand. Fahren Sie schnell zurück nach Karlsbad. Um 24 Uhr tritt der Waffenstillstand in Kraft. Wenn Sie sich zu diesem Zeitpunkt ostwärts von Karlsbad befinden, kommen Sie in russische Gefangenschaft.« Wir bedankten uns, und der Oberstleutnant hatte es verdammt eilig wegzukommen.
Heinz und ich saßen niedergeschmettert im Wagen. Mir war speiübel zumute, als ich an unsere Freunde in Leitmeritz dachte, nicht zuletzt an Heinz' Baroneß. Natürlich wußten wir beide, daß uns nichts anderes übrig blieb als umzukehren, aber keiner wollte es aussprechen. Schließlich wendete Heinz wortlos den Wagen und schweigend fuhren wir den Weg zurück, den wir gekommen waren.
Der Posten am Stadtrand von Karlsbad machte uns keine Schwierigkeiten, obwohl es bereits nach 24 Uhr war. In einer Seitenstraße parkten wir den Wagen und schliefen sofort erschöpft ein. Wir erwachten, als das Leben um uns herum sich wieder zu rühren begann. Heinz holte an einer Feldküche Kaffee und ich packte den Proviant aus, den uns die Schwestern im Lazarett mitgegeben hatten. Wie mochte es ihnen wohl ergehen? Wir beschlossen, die beiden Schwestern zu suchen. Von einem aufgeweckt aussehenden Jungen ließen wir uns den Weg zum Lazarett erklären und fuhren los. Aber wir kamen nicht weit. Ein paar Straßen weiter gab es einen Stau, und plötzlich standen zwei Zivilisten links und rechts auf dem Trittbrett. Sie trugen eine Binde mit den tschechischen Nationalfarben am Arm und hatten eine Pistole in der Hand. Es waren Partisanen. Der Wagen steckte fest. Mitten in einer riesigen Menschenmenge. An Schießen war hier nicht zu denken, und außerdem herrschte Waffenstillstand. Es fiel uns nicht gerade leicht, klein beizugeben, aber die beiden Herren machten es uns nicht allzuschwer, sie waren von ausgesuchter Höflichkeit. Als wir ihnen klar machten, daß wir Verwundete waren und ins Lazarett wollten, durften wir die Fahrt fortsetzen. Erst am

Lazarett übernahmen sie dann das Auto – allerdings ohne Schlüssel, weil wir es nur kurzgeschlossen hatten. Sie übernahmen auch unsere Waffen: die Sturmgewehre und die Pistolen. Unser persönliches Gepäck durften wir behalten, es wurde noch nicht einmal untersucht. Auf diese Weise blieb Heinz im Besitz seiner Walther PP.

Zum Fußgänger degradiert und entwaffnet zu werden, war für uns eine völlig neue und herbe Erfahrung. Wir versuchten die Situation mit aufgesetzter Munterkeit zu überspielen, aber es gelang schlecht. Dazu kam, daß mein Koffer in Leitmeritz beim Aufbruch wieder vom Wagen abgeladen und auf dem Markplatz stehen geblieben war. Meinen ganzen Besitz trug ich nun in einer Wäschetasche bei mir. Adieu Marinepullover, Wäsche, Briefe und andere persönliche Gegenstände!

Nach langem Suchen fanden wir im Lazarett unsere beiden Schwestern. Sie waren wegen ihrer Tüchtigkeit hier hochwillkommen. Für uns galt das nicht. Wir waren einfach viel zu gesund, als daß uns noch der Schutz des Roten Kreuzes zustehen würde. Wir schlugen uns also in die Büsche und mischten uns unter die zahllosen ratlosen Soldaten, die durch die Stadt schwirrten und bei denen die Gerüchte Hochkonjunktur hatten.

Einem dieser Gerüchte folgend, landeten wir auf dem Wehrkreiskommando Karlsbad. Da saß tatsächlich ein Oberstleutnant in Zivil und stellte allen Offizieren, die hier aufkreuzten, Entlassungsscheine aus. Angeblich sollten sie vor der Gefangenschaft schützen. Mein Entlassungsschein bestätigte mir gute Führung, daß ich nicht bestraft war und berechtigte mich zu einer Fahrt mit der Reichsbahn zweiter Klasse von Karlsbad nach Leipzig. Schade, daß es keine funktionierende Reichsbahn mehr gab und sich Karlsbad gar nicht mehr dem »Großdeutschen Reich« zugehörig fühlte. Ich mußte wohl eine andere Methode finden, um heimzukommen.

Wenn es ein General eilig hat

An einer Straßenecke hörten wir Befehlston. Siehe, da stand ein leibhaftiger General und trieb seine Männer an, einen Lkw zu besteigen. Ein paar amerikanische Soldaten standen in der Nähe. Das konnte eine Chance für uns sein. Hier mußten wir uns anhängen und zwar schnell! Der Lkw-Motor lief schon. Im flotten Schritt, die Augen auf den General gerichtet, traten wir auf ihn zu. Wir meldeten uns in bester preußischer Manier und baten mitfahren zu dürfen. Genehmigt. Da winkte mich einer der amerikanischen Soldaten beiseite. Er war auf meine schwarze Panzeruniform aufmerksam geworden und wollte wissen, ob ich zu einer Königstigerbesatzung gehört hätte, was ich wahrheitsgemäß verneinte. Erst später konnte ich mir einen Reim darauf machen, weshalb diese Frage. Der Leutnant hatte zur 1. amerikanischen Panzerdivision gehört, die nach der Landung in Nordafrika von der Tigerabteilung meiner alten 10. Panzer-Division angegriffen wurde und schwer Verluste hatte.

Erst auf der Ladefläche des Lkw erfuhren wir, wohin die Reise ging – in die Gefangenschaft. Aber wichtig war – in die amerikanische. Die Soldaten gehörten zu einem Divisionsstab und der General war ihr Kommandeur. Man hatte es so eilig, weil die Amerikaner Karlsbad noch heute räumten, um die Stadt den Russen zu überlassen. Wichtige Kriegsgefangene, wie der General, wurden noch schnell abtransportiert. Vor unserem Lkw fuhr ein Jeep. Andere Fahrzeuge mußten scharf rechts an den Rand fahren und so kamen wir schneller vorwärts. Als ob wir es auch noch eilig hätten, in Gefangenschaft zu kommen!

Alle Fahrzeuge hatten das gleiche Ziel: Eger. Erst dort, unter der Obhut der Amerikaner, würde man vor den Russen sicher sein. Das war jedenfalls die weitverbreitete Ansicht. Amerikanische Militärpolizei mit Lautsprechern an ihren Fahrzeuge packten die Kraftfahrer bei ihrer Ehre: »Ihr seid die besten Fahrer der Welt. Zeigt wie diszipliniert ihr seid. Scharf rechts fahren!«

Bei einem Halt beobachtete ich einen deutschen Stabsfeldwebel, dem ein GI etwas wütend zurief. Der Stabsfeldwebel rührte sich nicht. Auch dann noch nicht, als der GI mit seinem Karabiner ihm nach Wild-West-Manier vor die Füße schoß. Es tat mir richtig gut, als ich so viel Haltung oder Sturheit sah.

Im Dunkeln kamen wir auf dem Flugplatz von Eger an, der mit unzähligen Fahrzeugen und entsprechend vielen Soldaten aller Dienstgrade übersät war. Unser General und einer seiner Stabsoffiziere stiegen zu den Amerikanern in den Jeep und fuhren ohne Abschied davon. Mit dröhnenden Lautsprechern dirigierten uns die Amerikaner auf das freie Flugfeld und ließen uns antreten. Im Scheinwerferlicht wurden wir in Reih und Glied gebracht und in Hundertschaften eingeteilt. Jeder Hundertschaft wurden einige Offiziere zugeteilt, die nun die Verantwortung für die so bunt zusammengewürfelten Leute zu übernehmen hatten.

Erschöpft wie wir waren, legten wir uns auf den Boden und versuchten zu schlafen. Keiner fiel mehr auf die GI's rein, die freundlich nach der Uhrzeit fragten, weil sie um deren Sammelleidenschaft für deutsche Dienstuhren längst wußten. Meine Uhr trug ich am Knöchel. Als mich der fünfte GI nach der Uhrzeit fragte, riet ich ihm, sich nach dem Mond zu richten, wie es sein Großvater vielleicht noch gemacht hatte. Damit handelte ich mir eine trockene Rechte ein, die nicht von schlechten Eltern war. Man lernte nie aus!

Mit dem ersten Sonnenschein bewegten wir uns, um die steifen Knochen wieder in Gang zu bringen und das Blut wieder zirkulieren lassen. Es war nicht unsere erste Nacht unter freiem Himmel. Wir fröstelten.
Als wir uns in unserer neuen Umgebung umsahen, hatten wir das Gefühl, uns in einer riesigen Karawanserei zu befinden. Tausende von Fahrzeugen, wild durcheinander abgestellt, Zelte und Landsergruppen, die wie wir unter freiem Himmel lagerten. Neben uns standen zwei Zirkuswagen mit der Aufschrift »Zirkus Sarassani«. Aus dem bereits arg geschrumpften Proviant von Leitmeritz genehmigten wir uns ein knappes Frühstück. Zu trinken gab es nichts. Der unvermeidliche Erkundungsgang ergab wenig Erfreuliches. Zu unserer Hundertschaft gehörten rund 20 Soldaten, die bis jetzt in einem Lazarett gelegen hatten und auch dringend in ein Lazarett gehörten. Unter ihnen waren Beinamputierte und andere Schwerverwundete.
Wir arrangierten eine Offiziersversammlung und versuchten eine Bestandsaufnahme zu machen.
Da kam der Hundertschaftsführer von einer Besprechung mit der Lagerleitung. Der amerikanische Lagerkommandant machte einen korrekten und sachlichen Eindruck. Die übrigen Nachrichten waren weniger gut. Mit Verpflegung war in den nächsten Tagen wegen der Transportschwierigkeiten nicht zu rechnen. Immerhin waren hier auf dem Flugplatz Eger 30000 Gefangene versammelt. Mit einer derartigen Masse hatte man nicht gerechnet. Wasser wurde in beschränktem Umfang durch Tank- und Sprengwagen der Stadt Eger herangeschafft. Zum Waschen durfte es nicht verwendet werden.
Wir galten nicht als Kriegsgefangene, weil wir erst nach Eintritt des Waffenstillstands vereinnahmt worden waren. Wir waren somit Internierte. Damit hatten wir weniger Rechte: keinen Anspruch auf die Weiterzahlung von Wehrsold, kein Recht auf Postverbindung zu den Angehörigen.

Dann aber eine gute Nachricht: Der Kommandant hatte versprochen, daß wir alle sehr bald entlassen würden. Eine Nachricht, die wir nicht glaubten. Zu viel war über den Morgenthau-Plan durchgesickert. Nach ihm sollten die Deutschen in die zerstörten Länder Europas deportiert werden und dort für den Wiederaufbau arbeiten.
Der einzige Beschluß der Offiziersversammlung: Der Hundertschaftführer sollte durchsetzen, daß die Verwundeten in ein Lazarett kommen. In der nächsten Nacht waren zwei der Schwerverwundeten bei uns tot. Der eine starb an einer Blutung, der andere hatte sich erschossen. Am selben Tag wurden nun endlich die Verwundeten in ein Lazarett gebracht.
Die Verpflegung ließ auf sich warten. Hunger breitete sich aus. Einige Soldaten sammelten fleißig Sauerampfer und kochten daraus eine grüne, säuerliche Suppe. Heinz und ich wurden von einer Gruppe Soldaten zum Essen eingeladen. Es gab Pellkartoffeln und ein grau aussehendes, salziges und zähes Fleisch. Eine großartige Mahlzeit. Hinterher erzählten uns die Gastgeber, daß wir soeben Kamelfleisch gegessen hätten, und zwar aus einem der Wohnwagen vom »Zirkus Sarassani«, mit dem die Landser vor den Russen geflohen waren. Richtig satt und dankbar zogen wir uns schläfrig in unsere Hütte zurück, die wir uns aus Wrackteilen einer zerstörten He 111 gebaut hatten. In ihr konnten wir nebeneinander und ausgestreckt liegen. Der Prachtbau hatte eine Innenhöhe von 80 Zentimetern, war anderthalb Meter breit und schützte ausgezeichnet vor Wind und Regen.
Ich lag alleine in unserem Heinkel-Palast und zitterte vor mich hin. Das kam nicht von dem regnerischen Wetter, sondern ich hatte wieder einmal einen Malariaanfall. Als das Fieber nachließ, fiel ich in einen unruhigen Schlaf, in dem ich die Nacht in Schleife noch einmal erlebte: Ich fuhr mit dem Schützenpanzer mitten durch die Russen und

spürte die Handgranate, die mich an der Hüfte traf. Ich wurde wach. Die »Handgranante« war eine Konservendose. Noch weitere zwei oder drei Dosen lagen neben mir und ein Kommißbrot, und vor dem Eingang kauerte Heinz. Er strahlte über das ganze Gesicht.
Außer der Verpflegung brachte er die besten Nachrichten seit langem mit. Er hatte auf dem Flugplatz einen Jeep gestoppt. Das war gar nicht ungewöhnlich, denn zwischen den Soldaten der 1. amerikanischen Panzer-Division und uns hatte sich ein fast kameradschaftliches Verhältnis entwickelt. Von den beiden schwarzen GI, die ihn mitgenommen hatten, bekam Heinz neben einer Packung »Camel« auch noch eine wichtige Information: Am Rande des Flugplatzes, und noch zum Lager gehörend, lag ein kleines Dorf, wo man das weibliche Wehrmachtsgefolge – die Rot-Kreuz-Schwestern und die Wehrmachtshelferinnen – untergebracht hatte. Für Heinz natürlich ein zwingender Grund, dem Dorf einen Besuch abzustatten. Zehn Minuten später hatte Heinz unsere beiden Schwestern und auch den Stukagips gefunden. Gott sei Dank, auch sie waren gut aus Karlsbad herausgekommen! Diese amerikanische Division war ein Eliteverband. Sie hatten das Karlsbader Lazarett in Windeseile vor den Russen in Sicherheit gebracht.
Das weibliche Wehrmachtsgefolge wurde nach amerikanischen Verpflegungssätzen versorgt.
Sofort machte Heinz einen Besuch bei der Generaloberin, die für das Wohl der Dorfbewohnerinnen verantwortlich war und schilderte ihr in bewegenden Worten die Verhältnisse bei uns. In solchen Situationen konnte Heinz einen unwiderstehlichen Charme entwickeln, der auch hier seine Wirkung nicht verfehlte. Ein Generalintendant – das ist so was ähnliches, wie ein Generalzahlmeister – wurde aufgesucht. Heinz bekam die feste Zusage, daß wir weitere Verpflegungszusätze bekommen würden.
Das machte mich schnell munter. Wir organisierten einen

Pkw und fuhren gleich in das Frauendorf. War das eine Wiedersehensfreude! Dann aber faßten wir Verpflegung und karrten sie zu unserer Behausung. In der Hundertschaft ernannten wir einen Fourier und der Heinkel-Palast wurde Verpflegungslager. Nun konnten wir den kümmerlichen Fraß, den es inzwischen offiziell gab, mit unseren Sonderzuteilungen verbessern.

Wir machten noch weitere »Eroberungen«. Ganz in unserer Nähe stand ein Sanitätskraftwagen, dessen Bewohner Heinz schnell ausfindig gemacht hatte. Es war ein Stabsapotheker, mit dem Heinz sich zweckmäßigerweise anfreundete. Aus dieser Quelle bezog ich nun auch Atebrin, ein Mittel gegen Malaria.

Herr Stabsapotheker bat zu einem »Umtrunk«. Es wurde ein entsetzliches Besäufnis. Das dargebotene Getränk war unmittelbar vor unserem Besuch aus 98prozentigem Alkohol – aus Apothekenbeständen – und aufgekochtem Vanillinzucker gebraut worden und noch lauwarm. Als wir nach Hause wankten, waren unsere Taschen mit Vitaminampullen gefüllt. Zu den Gastgeschenken gehörte noch ein kleiner Vorrat Medikamente für alle Fälle und ein Röhrchen mit Pervitin-Tabletten. Dieses Aufputschmittel wurde bei extremer Belastung an Soldaten ausgegeben. Da Heinz und ich nicht recht an das Versprechen glaubten, daß wir bald entlassen werden sollten und wir uns vielleicht zur Flucht entschließen mußten, waren uns diese Medikamente hochwillkommen. Sie konnten uns gute Dienste leisten, genau wie die Walther PP, die den tschechischen Partisanen entgangen war.

Im Lager keimte Hoffnung auf. Die Amerikaner fingen mit den Verhören an, mit denen sie Kriegsverbrecher und SS-Leute aussortieren wollten. Bei uns tauchte ein SS-Unterscharführer auf, der nach einem Wehrmachts-Koppelschloß suchte. »Gott mit uns« war gefragter als »Meine Ehre heißt Treue«. Durch Zufall konnte ich dem Jungen helfen. Eine

kleine Revanche für Benzin und Waffen von der SS-Nachrichtenschule. Wie der Unterscharführer mit seiner eintätowierten Blutgruppe am Oberarm durch die Maschen schlüpfen wollte, war mir allerdings nicht klar. Aufmerksam beobachteten wir die Verhörtechnik. Wer auf der Liste am schwarzen Brett stand, hatte anzutreten. In langen Schlangen warteten die Männer dann, bis sie dran kamen. Im Freien standen fünf Tische. An jedem ein GI, der der deutschen Sprache mächtig war. Das Gespräch mit dem Gefangenen dauerte in der Regel nur wenige Minuten. Manchmal aber auch eine Viertelstunde. Dann wurde es allerdings kritisch.
Das Verhör entschied, ob der Verhörte entlassen oder in das Lager Pilsen verlegt wurde, wo man die Kriegsverbrecher oder politisch belastete Gefangene hinschickte. Meine Zugehörigkeit zur Führer-Begleitdivision konnte mir jetzt zum Verhängnis werden. Bei Heinz verlief das Gespräch ohne Probleme. Als ich nun vor meinem »Richter« stand, war Heinz in der Nähe und drückte mir die Daumen. Der amerikanische Soldat, der gleich über mein Schicksal entscheiden würde, war nicht älter als 22 Jahre, glattrasiert, rosig, das Hemd tadellos gebügelt. Er war freundlich und geduldig. Er kam von alleine darauf, daß ich nur wenige Wochen bei der Begleitdivision gewesen war. Nun interessierte er sich dafür, bei welchen Einheiten ich davor gewesen war. Keine von ihnen wurde verdächtigt, an Kriegsverbrechen beteiligt gewesen zu sein. OK! Pilsen blieb mir erspart. Später erfuhr ich, daß alle Gefangenen in Pilsen den Russen übergeben worden waren und von denen wahrscheinlich wenige überlebt haben. So viel ich weiß, wurden alle Gefangenenlager auf dem Boden der Tschechoslowakei – mit Ausnahme von Eger – an die Russen übergeben . . .
Nach drei Wochen Gefangenschaft geschah das Wunder. Am schwarzen Brett standen die Namen der ersten Gefangenen, die entlassen wurden. Heinz war einer von den

Glücklichen, die mit den ersten Transporten wegkamen. Seine Pistole überließ er mir – »für alle Fälle«.
Eine Woche später stand ich zur Entlassung an. Wie alle anderen, mit abgelegten Orden und Dienstgradabzeichen und den sieben Sachen in meiner Wäschetasche, wartete ich in der Reihe. Mit gemischten Gefühlen. Denn nach der Aushändigung des Entlassungsscheins mußte man noch an einem GI vorbei, der sich einzelne herauspickte.
Diese »Opfer« mußten sich noch einmal einer Schlange anschließen und eine Gepäckkontrolle über sich ergehen lassen. Im Wäschebeutel hatte ich die Pistole. Sie war zwar in ihre Einzelteile zerlegt, aber zusammengesetzt ergaben sie eine Pistole. Auf Waffenbesitz stand Todesstrafe.
Ich tauschte mein Soldbuch gegen einen Entlassungsschein ein. Auf dem Weg zum großen Haufen, der darauf wartete, für den Lkw eingeteilt zu werden, der ihn heimbrachte, mußte ich an diesem Burschen vorbei, der scheinbar wahllos nach Verdächtigen griff. Ich versuchte harmlos auszusehen, aber das schien mir nicht gelungen zu sein. Ein Wink. Ich mußte zur Gepäckkontrolle. Schöne Bescherung! Vor mir standen noch ungefähr zehn Mann, die darauf warteten, gefilzt zu werden. Ich stellte meine Tasche vor mich auf den nassen Boden und fummelte umständlich aus ihrem Inhalt ein Taschentuch, mit dem ich mir genauso umständlich die Nase putzte. Und weil ich nun schon einmal den Umstandskasper spielte, brauchte ich viel Zeit, um meine Wäschetasche wieder zu schließen und zwischendurch in der Schlange nachzurücken. In kurzer Zeit waren die Einzelteile der Pistole über zwei Meter verteilt in den schlammigen Boden getreten. Als ich die Tasche zur Durchsuchung auf den Tisch stellte, wurde mir bei dem Gedanken, daß noch ein Teil der Pistole in der Tasche war, ganz heiß. Aber ein Teil ist noch keine Waffe.
Als ich endlich im Führerhaus meines Lastwagens saß, merkte ich, daß ich doch nicht die personifizierte Ruhe war,

denn meine Knie waren ganz schön wacklig. Ich war froh, daß alles so gut über die Bühne gegangen war, auch wenn Heinz vielleicht traurig war, wenn er seine Pistole nicht mehr zurückbekam!

Zehn Lastwagen, vollgepackt mit entlassenen Kriegsgefangenen waren es, die jetzt im Konvoi nach Mitteldeutschland zur Abfahrt bereitstanden. Vor und hinter der Kolonne ein amerikanischer Jeep mit aufgebautem Maschinengewehr. Das war notwendig, damit die Tschechen ihren Rachegedanken nicht freien Lauf lassen konnten. Bevor die Fahrt endlich losging, stieg zu mir und dem Fahrer noch eine recht hübsche Wehrmachtshelferin zu.

Es wurde eine Heimfahrt in ein zerstörtes Land. Wir kamen nur langsam voran, weil immer wieder Umwege und Umleitungen gefahren werden mußten. Allmählich wurde die Gegend heimatlicher. Die Dunkelheit brach herein. Zweimal hielten wir an und ließen Heimkehrer absteigen, deren Wohnsitz irgendwo an der Strecke lag. Schließlich konnte ich den Fahrer halten lassen. Keine 200 Meter von der Hauptstraße, auf der wir fuhren, war ich zu Hause. Wir hatten den 3. Juni 1945, 23 Uhr, als ich vor unserem Haustor stand, das nicht wie sonst abgeschlossen war. Ich ging die Treppe hinauf, klopfte an die Wohnungstür. Mein Bruder Werner öffnete mit verschlafenem Gesicht und hinter ihm stand Mutter. Sie schien gar nicht überrascht zu sein, obwohl sie seit Monaten keine Nachricht mehr von mir bekommen hatte. Später erzählte sie mir, und Werner bestätigte es, daß sie ein paar Stunden vorher zu ihm gesagt hatte: »Schließ nicht das Haustor ab. Wolfgang kommt heute nach Hause.«

10. Panzerdivision: Div.Gef.Stand, den 10. 7. 41 — 20.00
Ia/op Nr. 7

Befehl für den Angriff über den Dnjepr am 11. 7. 1941

1. **Feind** am Ostufer des Dnjepr scheint schwächer zu sein als bisher angenommen. Im Angriffsstreifen der Div. leichte, erst in letzter Zeit angelegte Feldbefestigungen von anscheinend geringer Tiefe.
   Pz.-Abwehrgräben unmittelbar am Ostufer.
   Im Laufe des 10. 7. hat der Feind mehrfach mit kräftigen Spähtrupps über den Dnjepr und aus dem Brückenkopf Schkloff auf das Westufer vorgefühlt.
   Mit flankierenden Gegenangriffen des Feindes nach Übergang muß jederzeit gerechnet werden.
2. **10. Panzer-Division** mit unterstelltem **I.R. GD** greift am 11. 7. — 5.20 Uhr ostw. Lit.Prigonni über den Dnjepr an und erreicht über Gorodischtsche—Gorki —Schamowo Jelnja.
3. Südl. der Div. sichert Kampfgruppe SS „Deutschland" in Linie Knjashitschi—Palykowitschi nach Süden.
   Nördl. der Div. greift SS-Div. „Das Reich", die am 10. 7. — 17.30 Uhr noch nördl. Höhe 215 (3 km südwestl. Schkloff) zur Gewinnung des Dnjepr kämpfte, über den Flußbogen, 2½ km südostw. Schkloff nach Nordosten an und öffnet den Dnjepr-Übergang Schkloff von Süden. — Vorläufige Trennungslinie zu SS-Div. „Das Reich": Dubrowk—Boriskowitschi—Sgorje—Wegekreuz etwa 12 km ostw. Schkloff—Gorki (alles zu 10. Pz.Div.).
4. **I.R. GD,** seit 10. 7. nachmittags im Angriff zur Säuberung des Westufers, stellt sich 10./11. 7. am Westufer des Dnjepr zum Angriff am 11. 7., 5.20 Uhr, über den Dnjepr bereit. Von 5.00—5.15 Uhr Angriffsvorbereitung durch Stuka-Angriff auf Ostufer. 5.15—5.20 Uhr Feuerschlag der gesamten Artillerie einschl. schw. Nebelwerfer-Abt. und der durch das Regiment eingesetzten schw. Inf.-Waffen. — Ab 5.20 Uhr klappt das Art.-Feuer auf. Wesentlich ist, daß mit letzter Granate des Feuerschlages die ersten Teile des Rgt. mit Floßsäcken übersetzen. 5.15—6.45 Uhr Stuka-Angriff ostw. Straße Mogilew—Orscha.
   1. Angriffsziel für I.R. GD: Gewinnung eines Brückenkopfes in Linie Augustowo—Bel Szasskowko—Tschamodany — (an Rgt.Kdr. mündl. voraus!).
5. **A.R. 90** — auf Zusammenarbeit mit I.R. GD angewiesen, mit unterstellter **Art.Abt. 400** (I.R. GD) und **Nebel-Abt. 8** unterstützt den Angriff des I.R. GD durch einen Feuerschlag von 5.15—5.20 Uhr auf erkannte Feldstellungen am Ostufer und den Waldrand, wo vermutlich Stellungen. Im weiteren Verlauf Bekämpfung erkannter feindl. Artillerie und Ausschaltung von Flankierungen aus Süd und Nord.
6. **Pz.Pi. 49** (ohne 3. Kp.) mit für den Übergang unterstellter **18. (Pi.) I.R. GD** mit **Brüko K/I.R. GD** stellt in Zusammenarbeit mit I.R. GD die Übersetzmittel für den Flußübergang des Rgt. bereit, beginnt baldmöglichst mit dem Bau von

Fähren für Übersetzen von verst. K. 10 und einer Kriegsbrücke an der bereits mündl. befohlenen Stelle. Vorführen der Übersetzgeräte hat in der Nacht vom 10./11. 7. bis zum Hellwerden in den Raum westl. der Straße Mogilew-Schkloff, ostw. Lit.Prigonni zu erfolgen.

7. **Verst. K. 10** mit unterstelltem **leichten Pak-Zug Pz.Jäg.Abt. 90, einer 8,8 cm Flak** der **Flak-Abt. II/11** und einer **I. Pz.Kp.** (wenn es nicht möglich sein wird, die ganze Kp. überzusetzen, soll mindestens **ein Zug I.R. GD** auf Fähren über den Fluß) gewinnt über Kriwjet Faschtschewka, Tschamodany den Bassja-Übergang Gorodischtsche und bildet hier zunächst den Brückenkopf.
8. **Verst.Pz.Brig.** mit unterstellter **6./69, 1 I. Battr. A. R. 90, 3./Pi. 49** — 15.00 Uhr in dem Waldstück südl. „o" von Wysojoje (1 : 300000) zum Übergang über die Kriegsbrücke bereit. **Auftrag:** Angriff über Brückenkopf Gorodischtsche zur Gewinnung Brückenkopf Gorki. Zuführung der unterstellten Teile am 11. 7. vorm.
9. **10. Schtz.Brig., A. A. 90** voraus, hält sich ab 16.00 Uhr mit den Resten der Div. zum Folgen hinter Pz.Brig. bereit.
10. **Ablauflinie:** für den Übergang über die Kriegsbrücke, Straße Mogilew—Schkloff. Dort Str. Kdt. I — Hptm. Nippe. **Sperrlinie:** Eisenbahn Mogilew—Schkloff. Dort Stofü. — Hptm. Harrichhausen.
11. **Flakschutz:** der Bereitstellung und des Überganges nach mündl. Anweisung an Kdr. II./Fla 11.
    1 Arbeitsgeschütz 8,8 cm Flak ist dem K. 10 zuzuführen (Barsuki)
    1 weiteres dem I.R. GD an die Straße Mogilew—Schkloff, bei Lit.Prigonni — bis 11. 7., 5.00 Uhr, für etwa notwendig werdende Bunkerbekämpfung.
12. **Div.Gef.Std.:** ab 10. 7., 20.00 Uhr: Wald südwestl. Lopowitschi.

F.d.R. gez. Schaal
Seele
Lt. u. Adj.

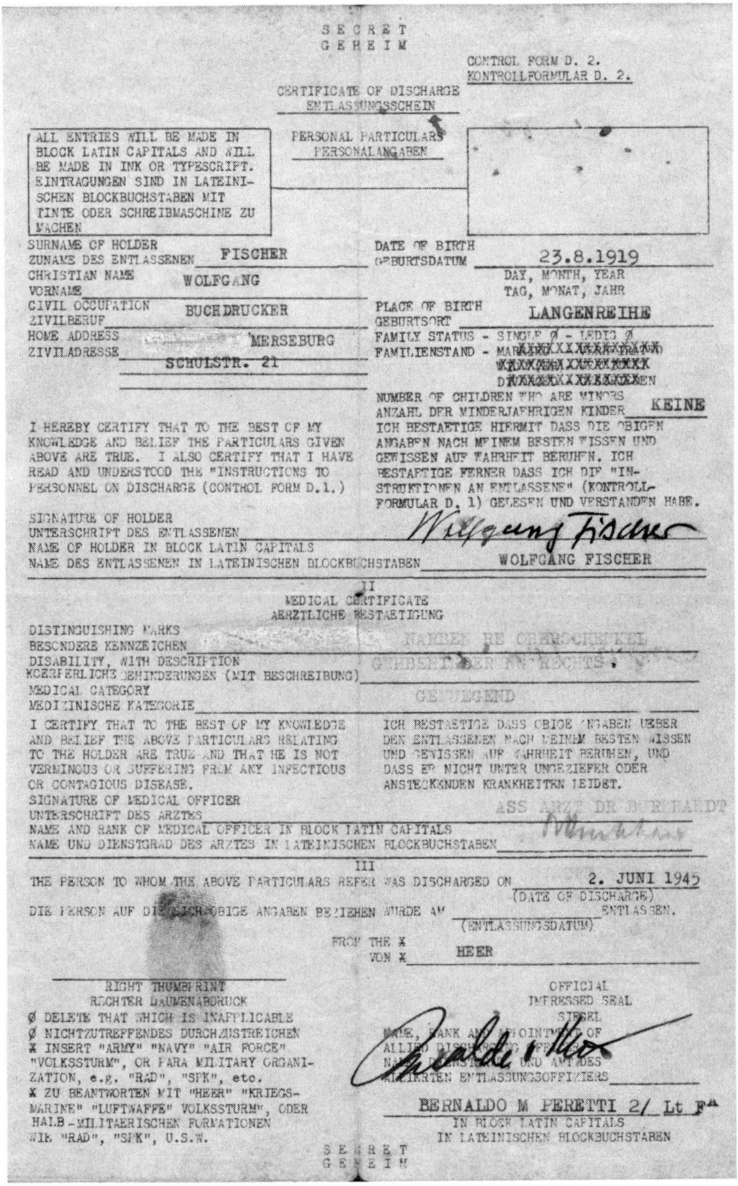

SECRET
GEHEIM

CONTROL FORM D. 2.
KONTROLLFORMULAR D. 2.

CERTIFICATE OF DISCHARGE
ENTLASSUNGSSCHEIN

ALL ENTRIES WILL BE MADE IN BLOCK LATIN CAPITALS AND WILL BE MADE IN INK OR TYPESCRIPT. EINTRAGUNGEN SIND IN LATEINISCHEN BLOCKBUCHSTABEN MIT TINTE ODER SCHREIBMASCHINE ZU MACHEN

PERSONAL PARTICULARS
PERSONALANGABEN

SURNAME OF HOLDER
ZUNAME DES ENTLASSENEN FISCHER

CHRISTIAN NAME
VORNAME WOLFGANG

CIVIL OCCUPATION
ZIVILBERUF BUCHDRUCKER

HOME ADDRESS
ZIVILADRESSE [illegible] MERSEBURG
SCHULSTR. 21

DATE OF BIRTH
GEBURTSDATUM 23.8.1919
DAY, MONTH, YEAR
TAG, MONAT, JAHR

PLACE OF BIRTH
GEBURTSORT LANGENREIHE

FAMILY STATUS - SINGLE Ø - LEDIG Ø
FAMILIENSTAND - MAXXXXXXXXXXXXXXXX
XXXXXXXXXXXXXXXXXX
DXXXXXXXXXXXXXXXEN

NUMBER OF CHILDREN WHO ARE MINORS
ANZAHL DER MINDERJAEHRIGEN KINDER KEINE

I HEREBY CERTIFY THAT TO THE BEST OF MY KNOWLEDGE AND BELIEF THE PARTICULARS GIVEN ABOVE ARE TRUE. I ALSO CERTIFY THAT I HAVE READ AND UNDERSTOOD THE "INSTRUCTIONS TO PERSONNEL ON DISCHARGE (CONTROL FORM D.1.)

ICH BESTAETIGE HIERMIT DASS DIE OBIGEN ANGABEN NACH MEINEM BESTEN WISSEN UND GEWISSEN AUF WAHRHEIT BERUHEN. ICH BESTAETIGE FERNER DASS ICH DIE "INSTRUKTIONEN AN ENTLASSENE" (KONTROLLFORMULAR D. 1) GELESEN UND VERSTANDEN HABE.

SIGNATURE OF HOLDER
UNTERSCHRIFT DES ENTLASSENEN Wolfgang Fischer

NAME OF HOLDER IN BLOCK LATIN CAPITALS
NAME DES ENTLASSENEN IN LATEINISCHEN BLOCKBUCHSTABEN WOLFGANG FISCHER

II
MEDICAL CERTIFICATE
AERZTLICHE BESTAETIGUNG

DISTINGUISHING MARKS
BESONDERE KENNZEICHEN [illegible] NARBE RE OBERSCHENKEL

DISABILITY, WITH DESCRIPTION
KOERPERLICHE BEHINDERUNGEN (MIT BESCHREIBUNG) GEHBEHINDERT RECHTS

MEDICAL CATEGORY
MEDIZINISCHE KATEGORIE GENUEGEND

I CERTIFY THAT TO THE BEST OF MY KNOWLEDGE AND BELIEF THE ABOVE PARTICULARS RELATING TO THE HOLDER ARE TRUE AND THAT HE IS NOT VERMINOUS OR SUFFERING FROM ANY INFECTIOUS OR CONTAGIOUS DISEASE.

ICH BESTAETIGE DASS OBIGE ANGABEN UEBER DEN ENTLASSENEN NACH MEINEM BESTEN WISSEN UND GEWISSEN AUF WAHRHEIT BERUHEN, UND DASS ER NICHT UNTER UNGEZIEFER ODER ANSTECKENDEN KRANKHEITEN LEIDET.

SIGNATURE OF MEDICAL OFFICER
UNTERSCHRIFT DES ARZTES ASS ARZT DR BURKHARDT

NAME AND RANK OF MEDICAL OFFICER IN BLOCK LATIN CAPITALS
NAME UND DIENSTGRAD DES ARZTES IN LATEINISCHEN BLOCKBUCHSTABEN [signature]

III

THE PERSON TO WHOM THE ABOVE PARTICULARS REFER WAS DISCHARGED ON 2. JUNI 1945
(DATE OF DISCHARGE)

DIE PERSON AUF DIE SICH OBIGE ANGABEN BEZIEHEN WURDE AM ______ ENTLASSEN.
(ENTLASSUNGSDATUM)

FROM THE X
VON X HEER

RIGHT THUMBPRINT
RECHTER DAUMENABDRUCK

OFFICIAL IMPRESSED SEAL
SIEGEL

Ø DELETE THAT WHICH IS INAPPLICABLE
Ø NICHTZUTREFFENDES DURCHZUSTREICHEN
X INSERT "ARMY" "NAVY" "AIR FORCE" "VOLKSSTURM", OR PARA MILITARY ORGANIZATION, e.g. "RAD", "SPK", etc.
X ZU BEANTWORTEN MIT "HEER" "KRIEGSMARINE" "LUFTWAFFE" VOLKSSTURM", ODER HALB-MILITAERISCHEN FORMATIONEN WIE "RAD", "SPK", U.S.W.

NAME, RANK AND APPOINTMENT OF ALLIED DISCHARGING OFFICER
NAME, DIENSTGRAD UND AMT DES ALLIIERTEN ENTLASSUNGSOFFIZIERS

BERNALDO M PERETTI 2/ Lt FA
IN BLOCK LATIN CAPITALS
IN LATEINISCHEN BLOCKBUCHSTABEN

SECRET
GEHEIM

Begleitz el für

Verwundete

und andere chirurgisch zu Behandelnde

Nichttransportfähig:	**zwei** rote Streifen
Transportfähig:	**ein** roter Streifen
Marschfähig:	**kein** roter Streifen

Name: Fischer

Dienstgrad: Lt.

Truppenteil: Fü.Pz.Pi.Btl. I

Verletzung:

Gr. Stecksp1. re. Kieferhöhle u. li.Ober. schenkel

kl. Spl. Hornhaut li.

Knochenverletzung? Sonstiges Leiden: Auge

Erhielt an starkwirkenden Arzneien

	Gabe	Zeit
innerlich?		
Eingespritzt?		
Wundstarrkrampfserum?		

Beglei ttel für

Verwundete

und andere chirurgisch zu Behandelnde

Trägt elastische Binde (Schlauch)?

Seit Uhr vorm./nachm.

Wo?

Sonstige Hilfeleistung?

unversorgt

Augenärztl. u. H.N.O.

(Zeit) ärztl. Behandlung baldigst erforderl

Nächste Wundversorgung usw. erforderlich:

(Art, Zeit)

Besonders zu achten auf:

Wird (sitzend, liegend) entsendet nach

zu { Verbandplatz / sammel / FeldLazarett Nr. Senftenberg

Name des Arztes: [illegible]

Dienstgrad: Stabsarzt

Truppenteil: HVP./Remer

Ausgestellt am Uhr vorm. nachm.

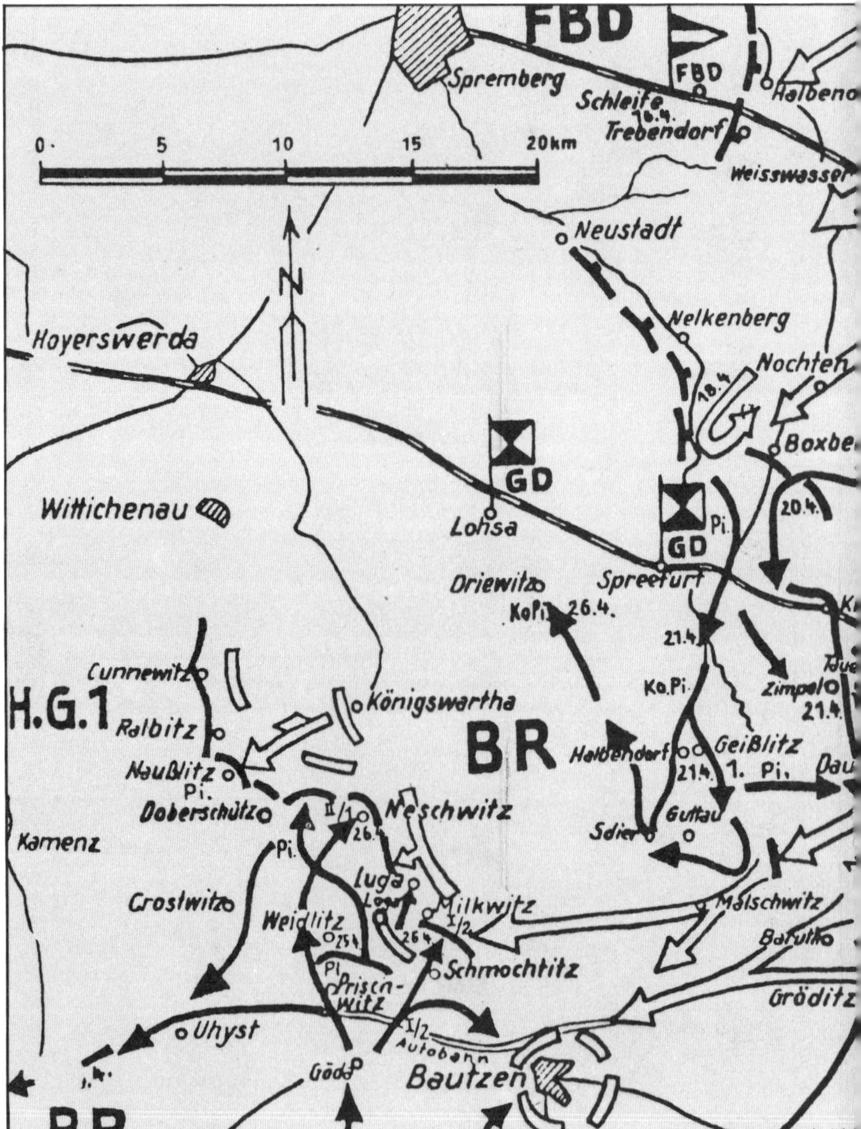
FBD
Spremberg
FBD
Schleife
18.4.
Trebendorf
Halbendorf
0
5
10
15
20km
Weisswasser
Neustadt
N
Nelkenberg
Hoyerswerda
Nochten
18.4.
Boxberg
GD
Wittichenau
Lohsa
GD
Pi.
20.4.
Driewitz
Spreefurt
KoPi
26.4.
21.4.
Cunnewitz
Ko.Pi
Zimpel
21.4.
H.G.1
Königswartha
Ralbitz
BR
Halbendorf
Geißlitz
Naußlitz
21.4.
1. Pi.
Pi.
Doberschütz
II/1
Neschwitz
26.4.
Guttau
Sdier
Kamenz
Pi.
Luga
Crostwitz
Milkwitz
I/2
Malschwitz
Weidlitz
25.4.
26.4.
Baruth
Pi
Schmochtitz
Prischwitz
Gröditz
Uhyst
I/2
Autobahn
Göda
Bautzen
BR
Hochkirch